깨어난 장미 인형들

깨어난 장미 인형들

수잔 영 지음 | 이재경 옮김

꿈의지도

역자 일러두기

1. 인명과 용어 등의 원문 병기는 본문에 최초 등장 시에만 했습니다.
2. 원문에 괄호 처리한 것은 번역문에서도 괄호 처리했습니다.
3. 원문에 이탤릭체로 표시한 것은 번역문에서도 이탤릭체로 표시했습니다.
4. 원문의 한줄 띄기 표시는 ❖로 표시했습니다.

내 딸 소피아 이사벨에게,
그리고 내 할머니 조세핀 파지크를 추모하며.

목 차

1부

———

그러나 어린 소녀들은 적응했다

2부

그다음에 그들은 막대기를 날카롭게 깎았다

1부

그러나 어린 소녀들은 적응했다

1

석 달째 비가 내린다. 아니 어쩌면 그저 사흘째인지도. 여기서는 시간을 가늠하기 어렵다. 하루하루가 전날과 너무 비슷해서 날들이 한데 섞여든다.

학교에서 나눠준 비닐 우비 위로 빗방울이 툭툭 떨어진다. 습한 공기 때문에 투명 비닐 내부에 부옇게 김이 서린다. 나는 연방화원을 빙 둘러본다. 비에 젖은 흙이 오솔길로 흘러들고, 장미꽃잎은 수분을 견디지 못해 축축 늘어진다.

다른 애들은 펜션트 교수를 둘러싸고 그의 말을 경청한다. 교수는 다양한 식물종을 가리키며 이번 학기 원예 수업 때 재배할 것들을 설명한다. 우리 이노베이션스 아카데미에서는 온갖 종류의 것들을 다 재배한다.

문득 어떤 생각에 떠밀려 나는 꽃밭 안으로 몇 걸음 들어간다. 검정 구두가 흙에 푹 빠진다. 붉은 장미가 끝도 없다. 아름답고 쓸쓸하다. 쓸쓸해 보이는 건 장미만 있기 때문이다. 함께 있지만 다른 꽃들에게서 떨어져 있다. 고립. 격리.

빗소리가 귓전을 울린다. 그래도 나는 눈을 감고 귀 기울인다. 장미들의 숨소리를 들으려 애쓴다. 그들이 살아 있는 소리가 들릴 것도 같아서.

하지만 빗소리 너머로 들리는 건 아무것도 없다. 나는 도로 눈을 뜬다. 실망이다.

끝없이 추적거리는 비 때문에 봄의 시작이 을씨년스럽기 짝이 없다. 펜션트 교수는 비가 꽃들을, 나아가 우리를 융성하게 한다고 설명했다. 글쎄, 융성이 뭔지는 모르지만 모쪼록 그게 가을에 있을 졸업 전까지는 끝나야 할 텐데. 우리의 아카데미 생활이 점차 끝나간다. 우리가 떠나면 새로운 소녀 무리가 우리 자리를 채우겠지.

나는 펜션트 교수 옆에 모여 있는 애들을 본다. 멍하니 앞을 응시하는 밸런타인 라이트가 눈에 들어온다. 그 애의 시선이 꽃밭 한중간에 떨어져 있다. 수업에 집중하지 않다니 평소의 밸런타인답지 않다. 밸런타인은 알아주는 모범생인데. 수업 끝나고 우리끼리 어울릴 때 여러 번 함께 놀자고 해봤지만 그때마다 밸런타인은 모여서 잡담하는 것은 보기 좋지 않다고 했다. 잡담하며 왁자지껄 웃어대는 게. 독불장군. 결국 나는 밸런타인에게 말 붙이는 걸 포기했다.

내가 따로 떨어져 딴전 피우는 걸 시드니가 알아챈다. 시드니는 눈을 하얗게 까고 혀를 옆으로 빼물고 시체 흉내를 낸다. 나는 웃음이 터진다. 펜션트 교수가 몸을 돌려 나를 본다.

"필로미나." 교수가 성마르게 손짓한다. "이리 와. 수업 중에 뭐해."

나는 즉각 복종한다. 장미 정원을 폴짝폴짝 가로질러 일행에 합류한다. 내가 도착하자 펜션트 교수가 엄지로 내 미간을 힘주어 누르며 거기 잡혀 있던 주름을 문질러 편다.

"공상 좀 작작해." 교수가 못마땅하게 말한다. "피부에도 안 좋아."
그는 손을 내리고 다시 일행에게 돌아선다. 그의 엄지 지문이 내 미간
에 벌겋게 남아 있을 것만 같다.

교수가 수업을 재개하자 나는 곁눈으로 시드니를 본다. 시드니가
해죽 웃는다. 시드니의 뺨에 볼우물이 깊게 패고, 짙게 부풀린 속눈썹
이 갈색 눈을 액자처럼 둘러싼다. 시드니의 피부는 매끄럽고 가무잡잡
하다. 생머리가 비닐 우비의 어깨 아래까지 늘어져 있다.

시드니 옆에서 레논로즈가 몸을 내밀고 나를 본다. 동그랗고 순진
한 파란 눈. "너 피부 완전 좋아." 레논로즈가 속삭인다.

나는 다정한 말에 감사를 표한다.

펜션트 교수가 이노베이션스 아카데미에서 이번 학기에 재배할 신
품종 화초를 설명한다. 우리는 온실에서 일하는 걸 좋아한다. 실외로
나갈 모든 기회를 사랑한다. 해가 나지 않은들 어떠리.

"하지만 품행이 바른 애들에게만 이 화초들을 키울 기회가 주어질
거야." 교수가 경고한다. "함부로 *까부는* 애들에겐 어떠한 보상도 없
어." 교수가 나를 똑바로 쳐다본다. 나는 눈을 내리깐다. 오늘은 여기
까지. 더는 교수의 심기를 건드리지 말자. "드리스콜 교수도 동의할
걸."

교수가 수업을 계속한다. 그가 몸을 돌려 다른 화초를 가리키는 틈
에 나는 다시 한 번 화원을 둘러본다. 보스 사감이 화원 초입에 서 있
다. 그는 화원의 큐레이터와 대화 중이다. 큐레이터는 젊은 여자인데
붉은색 특대형 우산을 들었다. 한 손으로는 우산을 들고 다른 손은
허리에 올리고 사감에게 말하는 품이 어쩐지 조급해 보인다. 둘이 무
슨 얘기를 하는지 궁금해진다.

보스 사감은 어디에서나 위협적인 존재지만 아카데미 밖에서는 더욱 그렇다. 그가 학교 밖까지 따라 나오는 일이 많아졌다. 그가 여기 있는 건 우리의 안전과 규칙 준수를 위해서다. 하지만 우리는 원래 반항하지 않는다. 적어도 눈에 띄는 방식으로는.

이노베이션스 아카데미는 사립 여학교다. 학교는 우리를 과보호한다. 우리는 일 년 내내 교정에 갇혀 집중 교육을 받는다. 방학 때도 집에 가지 않는다. 학교에서는 완전한 몰입이 우리의 보다 빠르고 보다 철저한 계발을 돕는다고 말한다.

최근에 아카데미가 과목 수와 훈련 양을 늘리며 교육과정의 강도를 높였다. 우리 학년 열두 명은 상향 조정된 기준에 따라 선발됐다. 학교의 표현에 따르면 우리는 *최정*예다. *아카데미가 배출한 졸업생 가운데서도 최고의 재색을 갖춘 소녀들.* 이게 우리의 미래다. 우리는 학교의 기대에 부응하기 위해 최선을 다한다.

보스 사감이 붉은 우산의 여자에게 뭔가 말한다. 여자가 웃음을 터뜨리며 머리를 가로젓는다. 사감의 자세가 굳어진다. 그가 눈을 돌리다 내가 보고 있는 걸 발견한다. 그는 몸을 틀어 내 시야에서 여자를 가린다. 그가 고개를 꼬고 여자의 귓전에 뭔가 말하자 여자가 움찔 뒤로 물러난다. 다음 순간 여자는 잰걸음으로 건물로 들어가 버린다.

사감 보스에게 또 들키기 전에 나도 서둘러 눈길을 거둔다.

우르릉 쾅. 하늘에서 천둥이 친다. 레논로즈가 악 비명을 지르다 황급히 손으로 입을 틀어막는다. 교수가 레논로즈에게 질책의 시선을 던진다. 하지만 교수도 하늘을 힐끗 쳐다본다. 비가 더 세게 떨어지기 시작한다.

"좋아요, 여러분." 그가 우비의 후드를 고쳐 쓰며 말한다. "오늘은 이쯤에서 끝. 전원 다시 버스로."

애들 중 두어 명이 실망감에 항의하지만, 펜션트 교수는 손뼉을 짝짝 쳐서 애들의 목소리를 잠재운다. 교수는 다음 달에 또 오지 않느냐고 한다. 물론 우리가 처신을 잘하면. 항의하던 애들이 반성하는 태도로 앞장서서 버스로 향한다. 다른 애들도 뒤따르는데 밸런타인만 움직이지 않는다. 버스로 몸을 돌리지도 않는다.

나는 숨을 꿀꺽 삼킨다. 불안하다. 밸런타인의 우비 위로 비가 퍼붓는다. 빗물이 투명 비닐을 타고 줄줄 흐른다. 밸런타인의 뺨에서도 빗방울이 흘러내린다. 나는 밸런타인을 지켜본다. 무슨 일인지 이유를 찾는다.

내 시선을 느끼고 밸런타인이 머리를 든다. 밸런타인의 얼굴에—표정이 없다. 섬뜩한 정적뿐.

"밸런타인." 내가 빗소리 너머로 외친다. "괜찮아?"

한참 반응이 없다. 내 소리를 못 들었나 싶다. 그때 밸런타인이 다시 꽃밭을 향한다. "너도 저 소리 들려?" 밸런타인이 내게 묻는다. 목소리가 나직하고 아득하다.

"무슨 소리?" 내가 묻는다.

밸런타인의 입가에 씰룩 미소가 맴돈다. "장미들." 밸런타인이 정답게 말한다. "있잖아, 꽃들은 살아 있어. 모두 다. 자세히 들으면 한데 얽힌 뿌리 소리가 들려. 뿌리는 하나야. 공동의 목적. 장미는 아름답지만, 그게 장미의 전부는 아냐."

순간 피부가 저릿하다. 우연인지 방금 나도 장미 소리를 들어보려하지 않았던가. 밸런타인과 내가 동시에 같은 헛생각을 할 가능성이 얼마나 될까?

"나는 아무 소리 안 들려." 내가 자백한다. "그저 조용한 만족감?"

밸런타인의 행동이 여느 때와 다르다. 그런데 이 애가 다음에 무슨 말을 할지 알고 싶다. 그래서 한 걸음 더 다가간다.

밸런타인의 얼굴에서 미소가 사라진다. "꽃들은 만족하지 않아." 밸런타인이 낮게 대꾸한다. "기다리는 거야."

빗방울 하나가 내 셔츠 깃 아래로 떨어져 등줄기를 타고 흐른다. 몸이 부르르 떨린다.

"뭘 기다려?" 내가 묻는다.

밸런타인이 나를 향해 속삭인다. "*깨어나기를.*"

밸런타인의 눈이 가늘어진다. 맵고 확고한 눈. 밸런타인이 두 손을 주먹 쥔다.

나는 다시 몸을 떤다. 이번엔 비 때문이 아니다. 아카데미는 우리에게 철학적 질문을 금한다. 우리는 그 답들을 감당하지 못한다는 게 이유다. 학교는 우리의 일시적 호기심이나 채워주는 대신 *우리에게 필요한 것*을 가르친다. 학교는 그래야 우리의 균형이 유지된다고 한다. 성장을 위해 토양이 무르익듯이.

밸런타인의 발언은 그런 면에서 위험하다. 그건 대화의 시작이니까. 내가 갈망하는 보다 넓은 대화, 하지만 동시에 내가 온전히 이해하지 못하는 대화. 나를 겁먹게 하는 대화. 꽃들이 왜 그런 말을 하겠어? 꽃들이 애초에 어떻게 말을 하겠어?

꽃들이 무엇에서 깨어난다는 건데? 내가 밸런타인에게 물어보려는 순간 누군가 내 팔꿈치를 꽉 잡는다. 기겁해서 몸을 돌리니 보스 사감이 내 앞에 우뚝 서 있다.

"여기는 내가 맡는다. 필로미나." 그가 특유의 굵은 저음으로 말한다. "너는 다른 애들 따라가."

나는 밸런타인을 걱정스럽게 훔쳐본다. 다행히 밸런타인은 다시 상냥한 표정으로 돌아와 있다. 거기다 사감이 다가가자 그가 뭐라고 하기도 전에 고분고분 고개를 끄덕인다. 언제 그랬냐는 듯한 변화에 나만 어리둥절하다.

나는 버스로 향하며 미간을 모으고 생각에 잠긴다. 시드니가 내게 손을 뻗는다. 나는 그 손을 반갑게 잡는다. 우리의 손가락이 축축하고 차갑다.

"무슨 일이야?" 시드니가 나란히 걸으며 묻는다.

"나도 잘 모르겠어." 내가 말한다. "밸런타인이 좀 이상해." 딱히 적합한 말이 떠오르지 않는다. 방금 일어난 일을 설명할 방법을 모르겠다. 특히 내 마음이 이렇게 뒤숭숭해진 이유를.

시드니와 나는 밸런타인 쪽을 돌아본다. 밸런타인과 사감도 이미 버스로 오고 있다. 밸런타인은 조용하다. 완벽한 자태. 완벽한 성정.

"멀쩡해 보이는데—" 시드니가 어깨를 으쓱한다. "평소의 범생이 그대론데—"

나는 밸런타인을 좀 더 오래 살핀다. 아까 내게 말을 걸던 소녀는 온데간데없고 흠잡을 데 없는 모방품만 있다. 아니, 원래 버전으로 돌아와 있다.

아까 들은 말이 짐처럼 내게 옮겨왔다. 전염성이 있는 것처럼.

깨어나. 소녀가 속삭인다. *깨어나, 필로미나.*

2

움폭 팬 곳을 지나며 버스가 덜컹 요동친다. 그 바람에 시드니가 자리에서 통로로 털썩 떨어진다. 시드니는 당장 해해 웃으며 일어나 킥킥대는 애들을 향해 연극배우처럼 허리 굽혀 인사한다.

펜션트 교수가 성마르게 손가락으로 허공을 찔러대며 시드니에게 자리에 앉으라고 명한다. 시드니는 교수에게 죄송하다는 미소를 보낸 뒤, "아야"하는 입 모양을 만들며 다시 내 옆자리로 미끄러져 들어온다.

내가 아랫입술을 내밀며 동정을 표하기 무섭게 시드니는 냉큼 의자에 올라 앉으며 뒷자리 마르셀라와 브린과 수다를 떤다.

"드디어 학교가 비옷을 줬어." 마르셀라가 브린에게 말한다. "남들이 보거나 말거나 쓰레기봉투라도 뒤집어쓰고 싶었거든. 목표 달성."

"비옷이 아니라 우비." 시드니의 지적에 브린이 코웃음을 친다. "아직 안심하긴 일러, 마르셀라." 시드니가 덧붙인다. "다음엔 감자부대를 나눠줄지도 몰라."

브린이 웃어대다 의자에서 떨어질 뻔한다. 마르셀라가 브린의 손을 잡는다. 둘의 손가락이 얽힌다. 둘이 마주보고 웃는다.

마르셀라와 브린은 우리가 이노베이션스 아카데미에 입학한 둘째 날부터 연애 중이다. 8개월이 지났지만 둘은 어느 때보다 돈독하다. 완벽한 한 쌍이다. 마르셀라가 똑똑하고 과감하다면 브린은 다감하고 창의적이다. 둘의 관계는 더없이 *끈끈하지만* 학교에는 감추고 있다. 사감이 알게 되면 갈라놓을 테니까. 여기서 우리는 오롯이 학업에만 집중해야 하니까. 여기서 연애는 엄금이다.

우리 앞자리의 애너리즈 기번스가 손을 든다. 보스 사감이 요란하게 한숨 쉬며 눈알을 위로 굴린다. "뭐?" 사감이 묻는다.

"화장실이 급해요." 애너리즈가 말한다. "비상사태예요."

학교에 도착하려면 아직 한 시간이나 남았다. 사감은 어쩔 수 없이 자리에서 일어나 운전사에게 간다. 예기치 않은 정차로 우리는 기대감에 싸인다. 사감이 운전사에게 나직이 말하고, 우리 모두 그 모습을 버스 백미러를 통해 지켜본다. 백발의 운전사가 자기는 상관없다는 듯 고개를 끄덕인다. 보스 사감이 백미러로 눈을 들다가 우리의 눈이 자기에게 쏠려 있는 걸 본다. 거울 속에서 우리가 고개를 숙인다. 행여 사감의 심기를 건드려 그가 마음을 바꿀까 봐.

"몇 킬로미터 앞에 주유소가 있다." 보스 사감이 알린다. "화장실에 가야 하는 사람들만 내리는 거야, 알겠어? 안 그랬다간 일정에 뒤처져."

"네, 알겠습니다."라는 웅성거림. 하지만 묘한 파장이 우리 모두를 관통한다. 현장학습은 보통 한 번에 딱 한 장소에만 가고, 우리 일행 외에 외부인을 만나는 일도 없다. 지금까지 예기치 않은 일이 일어난 적은 없다. 그러다 문득 생각난다. 나는 목을 빼고 밸런타인 쪽을 본다.

밸런타인은 사감과 통로를 사이에 두고 버스 맨 앞자리에 앉아 있다. 길고 검은 머리만 녹색 의자 등받이 너머로 찰랑댈 뿐, 밸런타인은 미동도 없이 앉아서 버스 앞 유리창만 내다보고 있다. 우리는 안중에 없이. 또 다시 장미 생각에 빠져든 것처럼.

오늘은 예기치 않게 흘러갔다. 심지어 기이하게. 밸런타인이 장미

정원에서 보인 묘한 행동 때문만은 아니다. 밸런타인의 말이 불러온 뒤숭숭함 때문이다. 손에 닿지 않는 부분이 가려운 느낌.

그래, 오늘은 다른 날과 달랐어. 그건 확실해. 그걸 증명하듯 우리 오른편에 주유소 간판이 나타나고, 버스가 차선 분리 턱을 덜컹덜컹 넘어 그리로 향한다.

나는 다른 애들이 차창에 들러붙어 있는 틈에 잽싸게 내 백팩 앞주머니에서 돈을 꺼내 허리춤에 쑤셔 넣는다. 버스가 쉬익 소리와 함께 주유소 건물 옆에 멈춰 선다.

낡아빠진 노란색 자동차 한 대가 우리 버스를 따라 들어와 주유펌프에 정차한다. 그 차를 빼면 주유소는 황량하고 괴괴하다. 뭐랄까, 예스럽게 너저분하다. 한 번도 업데이트되지 않은 것처럼. 전혀 변하지 않은 것처럼.

사감의 경고에도 거의 전원이 하차하려고 일어난다. 우리는 뭔가 새로운 곳을 볼 기회에 들뜬다.

보스 사감이 당장 두 손을 치켜든다. "뭐야?" 그가 묻는다. "전부?"

여럿이 동동거리며 방광이 터지게 오줌 마려운 시늉을 하고, 다른 애들은 애걸하는 눈으로 그를 본다. 나는 그저 사탕을 사고 싶을 뿐이다. 아카데미는 우리에게 단것을 허락하지 않는다. 우리가 먹는 것을 엄격히 감시한다. 심지어 집에 있을 때도 부모님은 내 식단에 설탕을 허용하지 않았다. 하지만 난 단것을 갈구한다. 특히 올해 초 현장학습 때 단것을 맛본 다음부터. 학교에서 우리를 타운 외곽의 박물관에서 열리는 미술전시회에 데려간 적이 있다. 정규 개관 시간이 아니었기 때문에 박물관에는 우리밖에 없었다. 나는 사감이 보지 않을 때 시드니와 계단 빨리 올라가기 시합을 했고, 레논로즈와 애너리즈랑 셋이

서 남자 누드 조각상들을 유난히 시간을 들여 감상했다. 애너리즈가 조각상 옆에서 연극적인 포즈를 취하다 조각상의 남근을 부러뜨릴 뻔했다. 그리고 박물관을 떠나기 전 우리 모두 기프트 숍에 들렀다. 몇몇은 부모님에게 보낼 엽서나 기념품을 샀다. 나는 그때 M&M 초콜릿 몇 봉지와 스타버스트 사탕을 집었다.

솔직히 설탕에 중독성이 있다고는 생각하지 않는다. 그런 말은 어느 수업에서도 들어본 적이 없다. 하지만 단것이 삶의 질을 바꾼다는 건 증언할 수 있다.

그래서 나도 사감을 향해 최대한 애처롭고 천진한 표정을 지어 보인다. 그러는 애가 나만은 아닌 모양이다. 사감이 차갑고 파란 눈을 버스 여기저기에 던지다가 머리를 내젓는다.

"좋아." 그가 말한다. "건물에는 몇 명씩 들어가고, 버스는 15분 후에 다시 출발한다, 알겠나?"

우리는 열렬히 고개를 끄덕인다. 사감이 우리에게 일렬로 버스에서 내리라는 손짓을 한다. 밸런타인과 다른 두 명만 버스에 남는다. 시드니와 나는 마지막 그룹이다. 우리가 내릴 때 보스 사감이 나를 내려다본다.

"필로미나." 그가 밸런타인을 흘깃 봤다가 내 표정을 살피며 말한다. "들어가서 한눈팔지 마."

"그럼요." 나는 생긋 웃는다. 그 무엇도 내가 사탕을 얻을 기회를 막을 수 없다.

나는 버스에서 내린다. 다행히 그새 비가 보슬비로 잦아들었다. 학교가 가까워진 만큼 산도 훌쩍 다가와 있다. 산세에 매료되는 동시에 주눅이 든다. 산 정상이 부연 안개에 싸여 있는 걸 보니 아카데미에도 비가 내리는 모양이다. 거기는 항상 비가 내린다.

나는 더는 비닐 우비를 입고 있지 않다. 피부에 닿는 물기가 기분 좋다. 빗방울이 맨 팔죽지를 간질이며 흐른다. 내 속으로 배어든다. 그러다 물웅덩이를 밟아서 흙탕물이 흰 양말에 튀는 바람에 기분이 잡친다. 나는 체크무늬 교복치마 아래를 내려다보며 구두를 턴다.

다시 걷기 시작할 때 아까의 노란색 고물차가 눈에 들어온다. 젊은 남자가 차에 휘발유를 넣고 있다. 여기서는 남자의 뒤통수만 보인다. 남자는 자동차 뒷문에 기대서 조수석에 앉아 있는 다른 남자와 대화 중이다. 나는 두 사람을 뜯어본다. 호기심이 동한다.

조수석 남자는 빳빳한 흰색 티셔츠를 입었고, 열린 차창에 팔을 걸치고 있다. 손목에서 시계가 번쩍인다. 귀여운 남자애다. 가무잡잡한 피부, 짧게 깎은 머리. 조수석 남자가 웃긴 말을 했는지 차 밖의 남자가 웃음을 터뜨리며 몸을 돌려 주유기 버튼을 누른다. 남자의 얼굴이 드러난다.

남자는 한눈에도 끝내주게 잘생겼다. 마른 몸에 날렵하게 각진 턱선, 숯처럼 짙은 눈썹, 텁수룩한 검은 머리. 그의 시선이 주유기를 지나 떠돌다 나를 발견한다. 그가 자기를 보는 나를 보고 움찔 놀란다. 그가 손을 흔든다.

나도 답례로 미소 짓는다. 그때 시드니가 내게 빨리 오라고 외친다. 나는 시드니가 기다리는 건물 유리문으로 뛰어간다. 정숙함을 내다버린 내 행동에 나도 당황스럽다. 저 남자애들을 넋 놓고 쳐다볼 생각은 아니었는데. 나는 다만— 아카데미에서는 젊은 남자들을 볼 일이 별로 없다. 정확히 말하면 전혀 없다.

시드니가 이제야 발견한 척 어깨 너머로 남자들을 본다. 도로 몸을 돌리더니 내게 히죽 웃고 유리문을 당겨 연다. 문에 달린 종이 딸랑 울린다.

주유소 건물 안에 들어서니 빵 굽는 냄새가 훅 덮친다. 두 번째 매점은 작은 델리다. 카운터 위에 메뉴 보드가 붙어 있고, 카운터 뒤에 머리를 헤어네트로 고정한 여자가 있다. 여자의 짙게 그을린 얼굴이 주름으로 일그러져 있다. 여자는 어서 오시라는 말도 하지 않는다.

시드니는 화장실로 향하고, 나는 사탕 매대로 간다. 그리고 엄청난 선택의 폭에 압도당한다. 알록달록한 색들과 갖가지 맛들.

유리문의 종이 울리고, 주유하던 두 남자가 가게로 들어온다. 둘은 델리 카운터로 직행한다. 흰색 티셔츠의 남자가 여자에게 주문을 한다. 내게 손짓했던 검은 머리 남자가 매대 사이 통로에 있는 나를 발견한다. 사탕 매대 너머로 자기를 쳐다보고 있는 나를. 그의 입이 미소로 늘어난다.

"어이, 거기." 그가 부른다. "안녕?"

주문하던 남자가 자기 친구에게 눈치를 준다. 남자의 표정에 알 수 없는 경계심이 스친다. 하지만 검은 머리 남자는 내 대답을 기다린다. 아직도 입술에 희미하게 미소를 머금은 채로.

"더 필요한 건요?" 여자가 주문서를 뜯어내며 두 남자에게 묻는다.

검은 머리 남자가 여자에게 없다고 대답하고, 그의 친구가 돈을 내러 계산대로 간다.

나는 다시 사탕 매대로 눈을 돌린다. 사탕 확보 미션에 집중해야 한다. 한눈팔면 안 돼. 잠시 후 검은 머리 남자가 다가와서 통로 끝에 선다.

"귀찮게 해서 미안한데—" 그가 말한다. 저음의 거친 목소리. "저기—" 내가 쳐다보자 그의 입술에서 말이 증발한다. 그가 미소로 표정을 추스른다.

"귀찮지 않아." 내가 말한다. 그가 안도한 얼굴로 두 손을 청바지 주머니에 찔러넣는다.

"난 잭슨이야." 그가 말한다.

"필로미나." 내가 답한다. 그러다 한 박자 늦게 덧붙인다. "미나."

"안녕, 미나." 잭슨이 스스럼없이 말한다. 그가 통로로 한 걸음 더 들어와 사탕 봉지를 하나 집는다. 아무거나 집은 티가 난다. 그가 눈썹을 모으며 창밖으로 버스를 내다본다.

"이노베이션스 아카데미?" 그가 묻는다. "예전에 이노베이션스 금속공사였던 데? 산 근처에 있는 옛날 공장 맞지?"

"더는 공장이 아니라고 말하고 싶지만—" 내가 말한다. "아직도 가끔 침대시트에서 쇳내가 나는 건 사실이야."

그가 웃는다. 내 말이 농담인 줄 알고.

이노베이션스 금속공사는 타운이 생길 때부터 있던 공장이었다. 그러다 10년 전쯤 중요한 기술을 개발해 이름이 났다. 금속적층가공. 결국 공장의 기술 특허가 어느 병원 시스템에 팔렸고, 다시 어느 테크놀로지 기업에 팔렸다. 공장 건물 자체는 용도 변경 과정을 밟았다.

예전의 공장은 이제 매너와 겸양과 원예를 가르치는 학교로 변모했다. 새로운 소유권자와 후한 기부자들 덕택에. 하지만 어쨌거나 나는 종종 기계 냄새를 맡는다.

"사립학교?" 잭슨이 내 교복을 힐끔대며 묻는다.

"응. 여학교."

그가 놀랍다는 듯 고개를 끄덕인다. "거기 다닌 지 얼마나 됐어?"

"8개월." 내가 말한다. "가을에 졸업해. 그쪽은? 산 근처에 살아?"

"아, 나는 음, 여기서 멀지 않은 곳에 살아." 그가 말한다. "사실은 너희 버스가 연방화원을 나가는 걸 봤어. 궁금했어."

"화원에서부터 우리를 따라왔다고?" 내가 놀라서 묻는다. 그가 내 눈길을 피해 사탕 봉지를 하나 더 집는다.

"아니." 그가 손을 젓는다. "일부러 따라온 건 아니고."

그때 그의 친구가 샌드위치를 담은 갈색 종이봉투를 들고 그의 옆에 나타난다. "잭슨, 이제 그만 가자." 그가 유리문을 가리킨다.

잭슨이 미세하게 고개를 젓는다. 그리고는 다시 나를 향하며 미소 짓는다. "필로미나, 여기는 내 친구 쿠엔틴."

쿠엔틴이 친구에게 짜증난 시선을 던지다가 이내 내게 웃으며 인사한다. 그가 다시 친구를 향한다.

"그럼 5분이다?" 쿠엔틴이 눈을 부라리며 말한다.

"알았어." 잭슨이 뇌까린다. 그는 입술을 꾹 다물고 나를 보며 친구가 가기를 기다린다. 쿠엔틴이 가게를 나가자 잭슨은 어깨를 으쓱한다. 친구는 그저 급한 척하는 것뿐이라는 듯이.

내가 초콜릿을 살피는 사이 잭슨이 내 옆에 와서 선다. 그가 작은 허쉬 키세스 봉지를 집는다.

"내가 좋아하는 거야." 그가 말한다. 나는 곁눈으로 그를 본다. 그의 결점에 매혹당한다. 그의 뺨과 코에 주근깨가 퍼져 있다. 살짝 들린 송곳니 때문에 웃을 때 어려보이고 귀엽다. 관자놀이 근처에는 작은 상처도 하나 있다.

"먹어볼게." 내가 그의 손에서 초콜릿을 잡아챈다.

"*에헴.*" 시드니가 통로 반대편 끝에서 호들갑스럽게 인기척을 낸다.

시드니의 시선이 잭슨을 잽싸게 훑다가 내게로 떨어진다.

"시드니, 여기는 잭슨." 내가 웃음을 눌러 참으며 말한다. 뭔가 새로운 곳을 보는 것이 흥미롭다면, 누군가 *새로운 사람*을 만나는 건 전적으로 흥분된다. 시드니가 다가와 자기소개를 한다. 정중하게. 학교에서 배운 대로.

둘은 짧게 악수를 나눈다. 잭슨이 시드니에게 만나서 반갑다고 한다. 시드니가 나를 보며 몰래 입 모양으로 "귀엽다"고 한다.

시드니는 다시 잭슨을 향할 때는 얼굴을 싹 바꿔 상냥하고 정중한 미소를 날린다.

"버스에 먼저 가 있을래?" 내가 양손에 든 사탕을 들어 올리며 재촉한다. 시드니가 잠깐 뜸을 들이다 고개를 끄덕인다. 시드니는 나오는 웃음을 참으려 아랫입술을 깨문다.

"그래—" 시드니가 말한다. "버스에서 봐." 시드니는 잭슨에게 반가웠다고 말하고 가게를 나간다. 문손잡이에서 종이 울린다.

현금인출기 위에 샌드위치가 든 봉지를 올려놓고 서성대고 있던 쿠엔틴이 가게를 나가는 시드니를 지켜본다. 그는 엄지손톱을 잘근잘근 씹다가 시드니가 사라지자 시선을 다시 문으로 돌린다.

잭슨이 트위즐러 봉지를 집고, 나는 포장지에 불타는 태양이 있는 새빨간 사탕을 집는다. 우리는 함께 계산대로 향한다.

"그거 내가 사줘도 될까?" 내가 골라온 사탕을 카운터에 수북이 내려놓자 잭슨이 묻는다. 거절하는 건 예의가 아닐 것 같다. 나는 고맙다고 말한다. 계산원이 금전등록기에 우리가 가져온 것들을 함께 입력한다.

"학교에서는 사탕 먹는 게 금지야." 나는 지갑을 꺼내는 잭슨에게

실토한다. 그가 무슨 그런 법이 있냐는 듯이 나를 본다. "하지만 기회 있을 때마다 사." 내가 덧붙인다. "이게 내가 용돈을 쓰는 방법이야. 학교에 뭐 살 게 있는 것도 아니고."

"그렇겠지." 그가 말한다. "너희 학교는 좆나 오지에 박혀 있으니까."

나는 그의 상스런 말에 충격받는다. 그런데 그 외설스러움이 좀 짜릿하기도 하다. 잭슨이 카운터에 기대서서 나를 다시 뜯어본다.

"언제 나랑 커피 마실래, 미나?" 그가 묻는다. "너희 사립학교 겸 공장에 대해 물어보고 싶은 게 엄청 많아."

학교에서 외출을 허락하지 않는다고 말하려는 찰나, 금전등록기에서 딸깍 소리가 난다. 카운터 뒤의 여자가 사탕 값 합계를 말하고, 잭슨이 지갑에서 지폐를 몇 장 꺼내 여자에게 건넨다.

유리문의 종이 울린다. 고개를 돌려 보니 보스 사감이 들어오고 있다. 작은 매점 안의 거대한 덩치. 계산원이 내 사탕들을 서둘러 비닐봉지에 담는다.

"필로미나." 사감이 낮은 목소리로 부르짖는다. 그의 눈길이 나를 떠나 잭슨에게로 화살처럼 꽂힌다. "갈 시간이야."

나는 사감의 힐난하는 투에 움찔한다. 한눈팔지 말라는 명령을 어겼고, 현장을 잡혔다.

"곧 가겠습니다." 내가 공손히 말한다. 나는 사탕을 기다리며 잭슨의 눈을 피한다.

사감이 성난 걸음으로 다가와 내 손목을 붙잡는다. "아니." 그가 무섭게 말한다. "*지금*. 이미 다들 버스에 탔어."

잭슨이 입술을 비죽거린다. "애를 그렇게 잡지 말죠." 그가 말한다.

나는 사감을 본다. 그의 반응이 어떨지 무섭다. 누구도 그에게 이런 식으로 말하는 걸 보지 못했다. 사감이 쏘아붙이려 입을 연다. 그의 손아귀가 느슨해진다. 나는 슬그머니 손을 빼고 카운터에서 내 사탕 봉지를 집어 든다.

하지만 그 순간 보스 사감이 내 팔죽지를 홱 낚아챈다. 나는 아파서 움츠리다 사탕 봉지를 바닥에 떨어뜨린다.

"버스에 타라고 했다, 미나." 사감이 나를 바싹 잡아당기며 잡아먹을 듯 으르렁거린다. 나는 질겁한다. 사감을 화나게 한 것이 부끄럽다. 아파 죽겠지만 그에게 사과한다.

잭슨이 말리려 다가드는 것을 사감이 손바닥을 치켜들어 저지한다.

"넌 빠져, 꼬마." 보스 사감이 말한다. "너랑은 상관없는 일이니까."

잭슨이 어이없다는 듯 쓴웃음을 지었다. 그의 뺨과 목이 뻘겋게 달아오른다. "나도 그딴 식으로 잡아보시지, 터프가이 씨." 잭슨이 말한다. "한 번 해봐요." 보스 사감은 같잖다며 웃는다.

어떻게 싸우든 사감이 잭슨쯤 거뜬히 이길 거라는 데는 의심의 여지가 없다. 하지만 나는 잭슨의 노골적 반항에 감동한다. 이 얼마나 어리석고 동시에 용감한 행동인가. 너무나 멋지다. 내 얼굴에 미소가 번지는 순간 보스 사감이 나를 문으로 홱 잡아당긴다.

"가." 사감이 명령한다. 나는 허둥지둥 끌려가다가 발이 꼬여 휘청댄다. 내 팔을 잡은 사감의 손아귀에 힘이 들어간다. 아프다.

잭슨 쪽을 돌아본다. 그가 고갯짓으로 쿠엔틴을 부르는 게 보인다.

"아파요." 내가 사감에게 말한다. 사감은 들은 척도 않고 내 몸으로 문을 밀어서 열고 나를 주차장으로 끌어낸다. 사방이 안개로 부옇다. 나는 사감의 어깨 너머로 가게 안을 보려 용을 쓴다. 내 구두가 보도를 긁는다. 하지만 사감은 계속해서 나를 앞장세워 밀고 간다. 그의 손가락이 팔죽지에 파고든다.

나는 버스를 향해 몸을 돌린다. 애들이 김 서린 버스 차창에 들러붙어 놀란 눈으로 구경 중이다.

접이식 버스 문이 열리자 보스 사감이 나를 난폭하게 떠다민다. 나는 버스에 올라가다가 발을 헛디뎌 자빠진다. 버스 계단의 고무깔개에 무릎을 찧는 바람에 살갗이 벗겨지고, 나는 고통에 비명을 지른다. 사감이 내 겨드랑이를 잡고 일으켜 세워 밸런타인 옆자리에다 팽개치듯 앉힌다. 핏방울이 정강이를 타고 흘러내려 양말을 더럽힌다.

버스 운전사가 이 모든 소동을 심히 우려스런 눈으로 지켜본다. 하지만 사감이 그에게 뭐라고 속삭이자 백발의 운전사는 버스 문을 닫고 전진기어를 넣는다.

눈물이 쓰리게 솟는다. 보스 사감은 미안하다는 말 한마디 없다. 심지어 내 쪽을 보지도 않는다. 애들 일부가 걱정스럽게 웅성댄다.

"이 손상의 책임은 너한테 있어." 보스 사감이 말한다. "치료비용은 네 계좌에서 차감한다."

창피하고 아파서 나는 차창으로 몸을 돌리고 밸런타인 너머로 창밖을 본다. 밸런타인은 내게 아무 말이 없다. 괜찮은지 묻지도 않는다. 다만 무릎 위에 두 주먹만 움켜쥐고 있다.

잭슨과 쿠엔틴이 가게에서 나와 우리 버스가 주유소를 떠나는 것을 지켜본다. 잭슨이 내 사탕 봉지를 들고 있다. 그걸 보니 이런 처지임에도 웃음이 나온다. 나는 팔을 뻗어 손바닥을 유리창에 댄다. 내가 할 수 있는 작별 인사다.

잭슨도 마주 손을 흔든다. 내가 그를 처음 봤을 때처럼. 그는 버스가 도로로 나갈 때까지 계속 서 있다. 나도 가능한 한 오래 그를 바라본다. 쿠엔틴이 잭슨에게 뭐라 말하며 주유기에 정차해 있는 자동차를 턱으로 가리킬 때까지. 내가 사라지는 걸 보고 두 사람 모두 발길을 돌릴 때까지.

3

버스의 분위기가 흥분에서 두려움으로 변했다. 거기다 운전사는 제한속도를 넘어 달린다. 운전사가 내가 넘어지는 것과 사감에게 계도당하는 것을 다 봤다. 창피하다. 하지만 무엇보다 내 행동이 이런 결과로 이어진 것이 속상하다.

펜션트 교수는 다른 애들과 함께 버스 뒤편에 앉아 있다. 교수를 힐끔 돌아보니 못마땅하다는 듯 입술을 잔뜩 오므리고 있다. 나는 다시 앞을 보고 앉는다.

사감은 교수진은 아니지만, 매일 학생들을 감독한다. 항상 무뚝뚝해서 그렇지 딱히 고약하게 구는 사람은 아니다. 그가 날 이렇게 포악하게 대한 적은 한 번도 없었다.

혼이 나간 기분이다. 동시에 극도로 부끄럽다. 우리는 우리를 보살피는 남자들을 노엽게 해서는 안 된다. 지금까진 이런 적이 없었는데. 아까 냉큼 복종하지 않은 건 이기적인 짓이었다.

나는 옆자리의 밸런타인을 훔쳐본다. 밸런타인은 정면만 응시하고 있다. 밸런타인의 몸이 버스의 움직임에 따라 흔들린다. 손에 손톱자국이 생길 정도로 주먹을 꽉 쥐고 있다. 하지만 내게 아무 말도 하지 않는다. 연방화원에서 있었던 우리의 대화는 모두 내 상상이었다고 생각될 정도다.

나는 눈을 슬며시 돌려 보스 사감을 본다. 그는 화가 나 있다. 턱이 딱딱하게 굳었다. 잘못했다고 사과해야 한다. 그런데 나는 그러지 못한다. 갑자기 검은 머리통 하나가 눈앞에 번쩍 나타나는 바람에. 시드니가 사감의 옆자리에 앉는다. 그러더니 사감이 뭐라 하기도 전에 상냥하게 웃는다.

"드릴 게 있어요." 시드니가 사감에게 말한다. 사감이 시드니를 수상쩍게 쳐다본다. 시드니는 주머니에서 껌 한 팩을 꺼내 사감에게 내민다.

보스 사감이 껌을 받아든다. 시드니가 그걸 가게에서 훔쳤을 거라는 생각은 미처 하지 못한다. 그는 껌을 하나 꺼내 포장을 벗기고 입에 접어 넣는다. 남은 껌을 우리에게 권하지는 않는다.

시드니는 참을성 있게 기다린다. 얼마 후 보스 사감이 고개를 끄덕이고는 창문으로 시선을 돌린다. 시드니가 활짝 웃는다. 시드니가 내 자유를 얻어냈다. 시드니가 내 손을 잡고 원래 자리로 데려간다.

내가 자리에 앉자마자 레논로즈가 통로를 건너와 나를 끌어안고 훌쩍훌쩍 울음을 삼킨다. 나는 레논로즈의 금발머리를 토닥이며 괜찮다고 말한다. 레논로즈는 도로 자리에 앉아서도 나를 걱정스럽게 지켜본다. 나는 지금까지 다쳐본 적이 없다. 찰과상 한 번 입은 적이 없다.

시드니가 몸을 굽혀 내 무릎을 보다가 오만상을 쓰며 몸을 일으킨다. "피가 장난 아냐." 시드니가 나를 본다. "박사님이 고칠 수 있을까?"

레논로즈가 헉한다. 시드니와 내가 한 동작으로 레논로즈를 본다. "당연히 고칠 수 있지." 내가 레논로즈를 안심시키기 위해 말한다. 하지만 평생 흉터가 남을지 모른다는 걱정이 스멀스멀 올라온다. "그로거 박사는 최고의 의사야."

"아무렴." 시드니도 같은 어조로 맞장구친다. 레논로즈의 패닉이 가라앉는다. 하지만 미간은 여전히 구겨져 있다. 레논로즈는 학교에서 가장 예민한 애다. 우리는 레논로즈에게 불필요한 스트레스를 주지 않으려 늘 애쓴다.

우리 모두 안다. 나쁜 행동에는 결과가 따른다. 하지만 우리는 말썽을 부리는 일이 없기 때문에 벌을 받은 적도 없었다. 내가 한 짓은 잘못이었고, 따라서 뒤따른 고통은 받아 마땅했다. 내 기분은 중요하지 않다. 이 문제에서 내 의견은 아무 상관없다.

나는 머리를 의자 등받이에 기대고 눈을 감는다. 긴장을 풀려고 노력한다. 그러면 무릎이 쓰라린 것도 덜할까 싶어서. 버스 앞자리에서 간헐적으로 짝짝 껌 씹는 소리가 들린다.

누군가 나를 보고 있는 느낌에 갑자기 머리가 쭈뼛한다. 눈을 뜨고 통로로 몸을 내밀고 보니 놀랍게도 밸런타인 라이트가 의자에서 몸을 돌려 나를 정면으로 보고 있다. 연방화원에서 봤던 바로 그 매서운 표정을 하고서. 온몸이 오싹하다.

무슨 말을 해야 할지 모르겠다. 밸런타인이 원하는 게 뭔지 모르겠다. 저 애가 내 마음을 어지럽힌다.

나는 얼른 주위를 둘러본다. 아직 밸런타인을 의식하는 애들은 없다. 하지만 사감이 밸런타인을 향하고 있다. 그가 머리를 삐딱하게 꼬고 밸런타인을 살핀다.

"똑바로 앉아." 그가 명령한다.

밸런타인은 복종하지 않는다. 심지어 들은 척도 하지 않는다. 그저 계속해서 나를 본다. 밸런타인의 눈이 내 다리에 흐르는 피를 본다. 밸런타인 뒷자리의 아이다 웰치와 매리언 린드스트롬이 걱정스런 눈짓을 주고받는다.

내 심장이 쿵쿵 뛴다. 레논로즈가 몸을 세워 놀라 둥그레진 눈으로 무슨 일인지 살핀다.

"밸런타인." 보스 사감이 언성을 높인다. "*똑바로 앉으라고 했다.*"

밸런타인은 똑바로 앉는 대신 자리에서 일어선다. 버스 여기저기서 헉하는 소리가 난다. 밸런타인이 통로 가운데에 버티고 선다. 시드니가 곧추앉는다. 시드니의 손이 앞자리 등받이로 슬그머니 올라와 녹색 패딩을 힘주어 잡는다.

애너리즈가 통로로 몸을 내밀어 밸런타인에게 앉으라고 속삭이며 사감의 눈치를 살핀다. 하지만 밸런타인은 듣지 않는다. 나를 향해 한 걸음 내딛는다. 나는 숨을 꿀꺽 삼킨다. 이 주목이 무섭다.

사감이 벌떡 일어나 밸런타인의 손목을 움켜잡는다. 밸런타인이 고통 때문에 이를 악물며 뿌리치려 한다. 내 뒷자리에서 마르셀라가 낮게 부르짖는다. "*안 돼.*" 밸런타인이 걱정돼서. 밸런타인의 반항에 동요돼서.

사감이 밸런타인의 팔을 등 뒤로 비튼다. 밸런타인이 비명을 지른다. 사감이 잠깐 밸런타인의 눈빛을 살핀 후 애를 의자에 눌러 앉힌다. 밸런타인이 도로 발딱 일어나자 다시 찍어 누른다. 아까보다 더 난폭하게.

"가만있어." 사감이 밸런타인의 얼굴에 손가락을 들이밀며 경고한다.

밸런타인이 그를 마주 노려본다. 하지만 일어나지는 않는다. 대신 반항적으로 턱을 치켜든다. 어떤 여자애도 저런 행동을 보인 적이 없다. 밸런타인이 대체 왜 저러는지 알 수가 없다. 연방화원에서 야릇한 말을 했던 것은 결국 이 불량 행동의 전조 증상이었다.

"충동억제치료가 소원인가 본데." 사감이 밸런타인을 거인처럼 내려다보며 말한다. 밸런타인이 움츠러드는 만큼 그의 존재감이 커지는 것 같다. "그렇게 해주지."

통로 건너에서 레논로즈가 훌쩍인다. 하지만 난 이번에는 레논로즈를 다독이지 않는다.

사감이 자리에 앉아 휴대폰을 꺼내 나직이 통화하면서 한눈으로는 계속 밸런타인을 지켜본다. 밸런타인은 몸을 돌려 버스 앞 유리창을 마주한다. 그리고 또다시 미동 없이 앉아 있다.

시드니가 방금 일어난 일을 묻고 싶어 하는 게 느껴진다. 하지만 우리 중 누구도 입을 열 엄두를 내지 못한다. 밸런타인과 나란히 분석가에게 불려가고 싶은 사람은 아무도 없다.

충동억제치료는 계도만으로 충분치 않다고 판단될 때 받는 벌이다. 우리가 자초하는 것. 하지만 너무나 두려운 것.

나는 충동억제치료를 딱 한 번 받아봤다. 다시는 받고 싶지 않다.

첫 번째 오픈하우스 직후였다. 오픈하우스는 아카데미가 일 년에 몇 번씩 여는 행사다. 학부모, 후원자들, 기부자들을 초대해 우리의 교육 성과를 축하하는 자리다. 그런데 내 부모님이 오지 않았다. 부모가 오지 않은 애는 나뿐이었다. 나는 버려지고 소외된 기분에 울기 시작했고, 울음을 멈출 수가 없었다. 모든 게 잘못됐다. 아니, 잘못됐다고 느꼈다.

학교의 분석가인 안톤이 나를 면담한 후 충동억제치료를 권했다. 하지만 나는 벌 받기 싫었다. 안톤은 나를 위한 것이라고, 나를 더 나은 소녀로 만들기 위한 것이라고 했지만, 나는 싫었다.

안톤은 내가 과잉반응 증세가 있다며 충동억제치료가 감정을 다스리는 데 도움이 될 거라고 했다.

그다음 일은 별로 기억나지 않는다. 충동억제치료는 끝나면 알아서 지워진다. 내가 아는 건, 내가 울면서 들어갔다가 24시간 후에 좋아져서 나왔다는 거다. 안톤이 약속한 대로. 그런데 그게 어떤 치료였는지 떠올리려 할 때마다 뭔가 불길한 예감이 엄습한다. 원인이 되는 마땅한 기억도 없이 그렇게 격한 감정에 사로잡히다니 기이한 일이다. 안톤에게 물으면 그는 그저 과정의 일부라고 말한다.

어쨌든 두 번 다시 겪고 싶지 않은 과정이다. 우리 모두 마찬가지다. 그래서 우리는 아카데미로 돌아오는 내내 눈을 내리깔고 침묵을 지킨다. 다만 안톤이 전에 나를 낫게 했듯이 이번에는 밸런타인을 낫게 해주기를 바랄 뿐이다. 밸런타인이 그걸 기억하지는 못하겠지만.

버스가 자갈길로 접어들고 철문의 아치가 시야에 들어온다. 커다란 금속 간판에 **이노베이션스 아카데미**가 새겨져 있다. 간판은 비 때문에 빠르게 녹슬고 낡았다. 철문이 열리고 우리가 빨려들 듯 들어간다.

학교 건물이 눈앞에 나타난다. 뒤의 산이 병풍처럼 아름답다. 비가 마침내 완전히 그쳤다. 구름 사이로 가느다랗게 햇살도 스며 나온다. 햇살이 금속 지붕을 주황색과 붉은색으로 물들인다. 학교가 담쟁이덩굴과 철창으로 덮여 있지 않다면 참 예뻤을 텐데.

철창은 학교 건물이 공장일 때부터 도둑과 불량배를 막을 목적으로 달려 있던 거라고 한다. 수년 전 건물을 학교로 개조할 때 새 소유주들은 철창을 없애지 않기로 했다. 우리에게도 마찬가지 보안이 필요하다고 생각했기 때문에. 아니, 학교 부지를 아예 철책과 철문으로 둘러서 오히려 보안을 강화했다.

"여자애들을 무방비 상태로 두는 건 위험해." 언젠가 어느 교수가 내게 말했다. "특히 너처럼 예쁜 애들은."

버스가 우회로에 쉬익 소리와 함께 멈춰 선다. 아카데미의 현관문이 활짝 열린다. 짙은 회색 정장과 군청색 넥타이 차림의 교장 페트로프 씨가 걸어 나온다. 그는 잔뜩 염려스런 얼굴로 두 손을 배 위에 포개고 버스의 도착을 지켜본다. 교장 부인이 돌계단을 반쯤 내려와 남편 옆에 서서 얌전하게 남편 팔을 잡는다.

우리가 페트로프 씨를 만날 일은 별로 없다. 그는 우리의 상호작용을 제한한다. 교육 프로그램에 지장을 준다는 게 이유다. 하지만 교장 부인, 리앤드라 페트로프는 우리가 처음 아카데미에 왔을 때부터 우리를 일일이 상대했다. 그녀는 우리에게 아카데미가 지정한 요건에 맞게 화장하고 머리하는 법을 가르쳤다. 리앤드라는 내가 본 중 가장 아름다운 여자였다. 그녀는 남편보다 훨씬 젊다. 아마 우리보다 고작 몇 살 많을 것이다.

리앤드라는 학교에서 여러 일을 한다. 일주일에 한 번씩 우리 체중을 재고 기록하고, 기숙사방 욕실들에 생리용품을 구비해준다. 리앤드라는 우리가 여기서 드물게 접하는 성인 여자 중 하나다. 차분함과 아름다움. 우리가 본받을 예.

현관문이 다시 열리고 안톤이 급히 달려 나와 교장 옆에 선다. 항상 살짝 피곤해 보이는 모습이 더 정다운 안톤. 안톤과 교장이 머리를 맞대고 은밀히 얘기를 나누며 우리가 버스에서 내리기를 기다린다.

레논로즈가 안도의 한숨을 쉬고, 시드니도 내게 빙긋 웃는다.

안톤을 보니 마음이 놓인다. 다 잘 될 거라는 약속. 그는 충동억제 치료를 시행하는 사람이지만, 평소 우리는 그와의 면담을 고대한다. 그는 우리의 말을 잘 들어준다. 멋진 경청자. 훌륭한 분석가.

아카데미의 다른 남자들처럼 안톤도 나이가 많다. 연갈색 머리가 관자놀이부터 세고 있다. 심지어 수염도 희끗희끗하게 자란다. 그는 걱정할 소녀들이 너무 많아서 그렇다고 농담한다.

"필로미나." 보스 사감이 버스 앞자리에서 부른다. 나는 화들짝 놀란다.

"네?"

사감이 껌을 쩍쩍 씹으며 일어선다. 그는 밸런타인의 팔을 잡아 의자에서 끌어낸다. 밸런타인은 눈을 내리깔고 말이 없다. 반항기는 사라진 모습이다.

"뒷계단으로 그로거 박사에게 가." 사감이 내게 말한다. "상처 때워 달라고 해."

나는 *끄*덕인다. 오늘 내 행동이 새삼 부*끄*럽다. 무릎은 아직도 따갑다.

사감이 밸런타인을 끌고 버스에서 내리자 안톤이 나머지 계단을 후다닥 내려와 둘을 맞는다. 안톤은 사감에게 못마땅한 시선을 쏜 뒤 밸런타인의 팔꿈치를 부드럽게 잡고 건물 안으로 데려간다.

"같이 가줄까?" 시드니가 자리에서 일어서며 묻는다. 우리는 다른 애들을 따라 버스에서 내린다. 나는 시드니에게 됐다고, 걱정해줘서 고맙다고 말한다. 시드니는 내게 손 키스를 날린 뒤 다른 애들과 섞여 현관 계단을 오른다.

애들이 교장 부부를 지나 안으로 들어갈 때 교장이 각각에게 인사말을 건넨다. 그의 미소에 누렇고 비뚤어진 이가 드러난다. 그의 눈이 교복 위를 훑으며 우리 각각을 평가한다. 머리 상태. 피부 상태. 그의 부인이 연신 고개를 끄덕이며 시선을 이 애에서 저 애로 물 흐르듯 옮긴다.

나는 건물 옆면으로 돌아가 주방 입구로 이어지는 뒷계단으로 간다.

주방은 항상 소란스럽다. 식기세척기 돌아가는 소리, 냉장고 윙윙대는 소리. 레인지 위의 커다란 은색 냄비에서 물이 부글부글 끓고, 요리사 디케이터 부인이 조리대에서 당근을 썰고 있다. 식칼이 도마를 두드린다.

디케이터 부인은 월요일부터 금요일까지만 근무한다. 우리 부모님보다 나이가 좀 더 많은데 은발에 가까운 금발을 단단히 틀어 올렸다. 부인은 레시피를 지적할 때 외에는 내게 말을 건 적이 없다. 주말에는 나와 다른 애들이 요리를 맡는다. 가정(家政), 즉 체계적인 집안 살림도 우리가 여기서 배우는 중요한 기술 중 하나다. 요리, 청소, 손님맞이, 실내장식. 우리는 모든 면에서 빼어나기 위해 노력한다. 솔직히 말해 요리는 디케이터 부인보다 우리가 낫다. 적어도 우리는 기회를 봐서 몰래 소금을 치니까.

디케이터 부인이 나를 힐끔 보길래 미소를 보낸다. 부인은 미소에 답하는 대신 도마 옆에서 셀러리 한 대를 집어 들어 썰기 시작한다. 나는 주방을 통과한다. 지나는 길에 당근 한 조각을 슬쩍하고 싶은 충동을 누른다.

주방 밖 복도는 좁다. 여기를 지날 때마다 밀실공포를 느낀다. 회반죽을 얇게 바른 벽과 얼룩무늬 콘크리트 바닥. 건물의 다른 곳들과 달리 여기는 썰렁함을 없애려는 어떠한 배려도 없다. 나는 얼른 모퉁이를 돌아 리셉션 홀로 들어선다.

여기는 학교 전체에서 가장 으리으리한 곳 중 하나다. 하지만 학생들이 여기 오는 건 좀처럼 허락되지 않는다. 주로 학부모 방문과 오픈하우스 때만 쓰는 곳이다. 또는 장래의 후원자나 투자자를 맞을 때. 벽은 짙은 색 원목과 꽃무늬 벽지로 근사하게 꾸몄고, 푹신한 의자들을 거느린 테이블들과 양 끝에 작은 탁자가 딸린 붉은 소파와 뷔페탁자를 배치했다.

학생들에게는 각자의 기숙사 방이 있고 건물 여기저기에 휴게실이 몇 개 있지만, 어디도 이렇게 고급스럽지는 않다. 이렇게 멋진 곳은 없다. 언젠가 레논로즈가 재봉 선생에게 어째서 우리에게는 '휴식을 취할 장소'가 없는지 물었을 때, 그는 휴식은 곧 나태라고 답했다. 그리고 여자는 항상 최상의 컨디션을 유지해야 한다고 했다.

나는 리셉션 홀을 지나 다시 모퉁이를 돈다. 진료실로 올라가는 뒷계단이 나온다. 무릎이 따갑지만 이제 피는 말랐다. 피부가 땅긴다. 이층 층계참에 다다른다. 복도를 따라 교수용 사무실들이 있다. 나는 진료실 앞에 멈춘다. 긴장해서 어깨가 뻣뻣하다. 나는 불투명 유리를 두드린다.

"들어와요." 의사가 따뜻하게 답한다. 나는 문을 연다. 그로거 박사가 책상에 파일 몇 개를 펼쳐놓고 앉아 있다. 박사는 양쪽 귀 위에만 곱슬 백발이 털 뭉치처럼 남아 있을 뿐 머리 위쪽은 반질반질한 대머리다. 안경은 언제나 콧등을 타고 미끄러지는 중이다. 내가 들어갈 때도 박사가 안경을 밀어 올린다.

"음, 필로미나." 박사의 눈이 단박에 내 피투성이 무릎으로 향한다. 그는 부리나케 책상에서 일어나 내 손을 잡고 진찰대로 데리고 간다. 나는 종이로 덮은 진찰대 위에 올라앉는다. 그로거 박사가 스툴과 은색 트레이를 밀고 온다. 그리고 내 앞에 앉아 안경을 다시 밀어 올린다.

"이런! 어쩌다 이랬지?" 박사가 다정하게 물으며 거즈를 적셔 상처를 닦는다. 내가 따가워서 움찔대자 그로거 박사가 다 안다는 듯 입술을 내민다. "얼른 처리하자." 의사가 말한다. "흉 지면 큰일이니까."

박사는 늘 우리에게 흉터를 경고한다. 흉터를 복구하기가 얼마나 어려운지, 흉 지면 얼마나 보기 흉한지.

나는 흉터가 없다. 단 한 개도. 시드니는 팔에 반달 모양의 작은 흉터가 있다. 작년에 울타리 근처에서 잡초를 뽑다가 낡은 가시 철망에 찔리는 바람에 생겼다. 박사가 애썼지만 손상 부위를 전부 복구하지는 못했다. 박사가 티 나지 않으니 걱정 말라고 했지만, 시드니는 아직도 흉터를 의식한다. 나는 귀엽다고 말해줬다. 지금 생각하면 내 몸이 아니니까 그렇게 말할 수 있었던 것 같다.

상처 소독이 끝나자 의사는 긁힌 부위를 찬찬히 검사한다. 쇠자로 길이도 잰다. 메모장에 뭔가를 적더니, 아까 끌어온 트레이 위의 금속 상자를 연다.

"이제 아주 가만히 있어야 한다." 박사가 자상하게 경고하며 차가운 손으로 내 무릎을 토닥인다.

그로거 박사가 이식용 피부조직이 들어 있는 은박지 팩을 열고 맞는 사이즈를 고른다. 그리고 핀셋으로 작은 피부조직을 집어 살갗이 벗겨진 내 상처 위에 놓고 붙을 때까지 가장자리를 누른다. 박사는 시간을 들여가며 정확을 기한다.

조직이 자리를 잡자 박사는 나를 올려다보며 미소 짓고 트레이에서 온열 등을 집어 든다. 그리고 조직이 제자리에 녹아들도록 빛을 무릎에 비춘다. 붉은 빛이 뜨겁고 거북하다.

내가 인상을 쓰자 박사가 과장스럽게 불쌍한 표정을 짓는다. 그러다 팔을 뻗어 트레이에서 무가당 막대사탕을 하나 뽑아든다. 웃음이 나온다. 나는 감사를 표하고 사탕을 받는다.

"이제 현장학습 얘기를 해볼까." 박사가 붉은 빛을 이리저리 움직이며 조직을 봉합하면서 대화를 유도한다. 더럭 겁이 난다.

말하기가 두렵다. 박사에게 질책을 받을까 봐. 하지만 거짓말을 할 수는 없다. 거기다 박사가 이미 알고 있을 공산이 크다. 나는 마른침을 삼키고 바닥을 내려다본다.

"연방화원에 갔어요." 내가 기어들어가는 소리로 입을 연다. "하지만 비가 와서 일찍 떠나야 했어요."

"연방화원, 아름답지." 박사가 말한다. "너희는 거기 가는 걸 항상 좋아하지."

나는 그렇다고 끄덕이고, 그로거 박사는 불빛을 피부조직의 다른 귀퉁이로 옮긴다.

나는 다음 말을 신중히 고른다. "화원을 나와서 주유소에 들렀어요. 화장실에 갈 애들이 있어서요. 저는 사탕을 사러 갔어요."

박사가 눈을 굴리며 내 장난꾸러기 짓을 놀리는 척한다. 그가 다시 붉은 불빛을 옮긴다.

"그래서?" 박사의 목소리 톤이 뚝 떨어진다. 그러면 그렇지, 박사는 이미 모든 걸 알고 있다.

"거기 남자애가 있었어요." 내가 부끄럽게 덧붙인다.

박사가 찰칵 불빛을 끈다. 온열 등을 내 무릎에서 떼서 도로 트레이에 놓는다.

"그 남자애랑 무슨 얘기를 했는데?" 박사가 묻는다. 그는 거즈에 실리콘 젤을 조금 짜서 내 무릎에 바른다.

"주로 사탕 얘기요." 내가 말한다. "그러다 보스 사감이 와서 가자고 했는데 제가 냉큼 따르지 않았어요." 난 잘못을 시인한다. 부끄럽다.

"복종하지 않은 이유는 뭘까?" 박사가 묻는다.

"가게에 몇 분 더 있고 싶었어요."

그로거 박사가 한숨 짓는다. "너답지 않구나, 필로미나." 그가 말한다. "내가 아는 너는 버릇없는 애가 아닌데 말이야." 그의 실망스런 말투에 눈물이 나려고 한다. "물론 무례하게 굴 마음은 없었겠지." 그가 덧붙인다. "하지만 낯선 사람과 노닥거린 건 부적절한 행동이었어. 그것도 우리가 모르는 남자애와. 보스 사감이 너를 계도한 건 당연했어."

나는 끄덕이며 그렇다고 대답한다. 박사는 화난 기색 없이 미소 짓는다. 마음이 놓인다.

박사가 이번에는 내 허벅지를 토닥인다. 그러다 반짝이 반창고를 집어서 피부이식 부위에 장식 삼아 붙여준 뒤, 내가 여전히 흠 없는 소녀임을 선언한다.

나는 진찰대에서 폴짝 내려와 무가당 막대사탕의 포장을 벗겨 사탕을 뺨과 이 사이에 밀어 넣는다. 그로거 박사가 몇 초에 한 번씩 안경을 밀어 올리며 내 파일에 진료 내용을 적는다.

그 모습을 보다가 내가 나직이 입을 연다. "뭐 좀 여쭤봐도 돼요?"

박사가 연필을 멈춘다. "물론이지." 그가 안경 너머로 나를 쳐다본다. "뭐지?"

"밸런타인이 충동억제치료를 받게 되나요?" 내가 묻는다. 이 말을 입 밖에 내는 것만으로도 뱃속이 울렁이고 털끝이 쭈뼛한다. "밸런타인이 버스에서 버릇없이 굴었어요, 그런데—"

"밸런타인 라이트는 괜찮을 거야." 박사가 말한다. "충동 조절에 문제를 보였다만, 안톤이 세션 한 번으로 바로잡을 거다. 지체 없이 원래대로 돌아올 거야. 그나저나 친구 걱정도 하고, 아주 기특하구나."

나는 박사의 칭찬에 감사를 표한다. 하지만 여전히 마음이 찜찜하다. "그런데요, 사감이 밸런타인을—"

"버스 일은 나도 안다, 필로미나." 박사가 다시 내 말을 끊는다. "너는 그 일에 신경 쓰지 않아도 돼."

나는 토 달지 않는다. 그의 말이 옳다.

그로거 박사가 잠깐 기다리다가 내 진료기록 파일을 덮고 책상 서랍에 꽂아 넣는다. 내가 더 이상 아무 말이 없자 한숨을 쉰다. 자기가 너무 엄하게 굴었다는 듯이. 그리고 책상 앞으로 걸어 나온다.

"보스 사감이 가끔씩 지나치게 열성적이긴 하지." 박사가 내 무릎의 반창고로 흘깃 시선을 던지며 인정한다. "내가 사감에게 말하마. 하지만 사감은 너희에게 뭐가 최선인지 알아. 너희 모두를 위한 최선. 너희는 그걸 존중해야 해."

입 안의 막대사탕이 쓰다. 나는 이제껏 한 번도 혼난 적이 없다. 박사를 실망시킨 적이 없다. 나는 박사에게 앞으로 더 잘하겠다고 다짐한다. "다시는 버릇없이 굴지 않겠습니다."

"좋아." 그로거 박사가 안경을 벗어 셔츠 앞주머니에 넣는다. 그가 나를 아래위로 훑는다. "아주 좋아, 필로미나."

박사가 한 손을 내 등허리에 얹고 나를 문까지 바래다준다. 나는 진료실을 나가기 전 박사의 지도편달에 감사를 표하는 것을 잊지 는다.

IA 성적표	
학생 이름: 필로미나 로즈 **학년: 2 Q1**	
평가지표	
A-우수, B-평균 이상, C-평균, D-평균 이하, E-저조, F-낙제	
품행	
협동심	A
경청	A
매너와 자태	A
아름나움	A
순응	A
학업	
원예 설계와 개발	A
기초과목	A
사교 에티켓	A
겸양과 정숙	A
트랙 달리기	A
현대 매너	A
교사 소견	

필로미나는 발랄하고 예의바른 소녀입니다. 지시와 통솔에 잘 따르며 어떠한 요구에도 흔쾌히 임합니다. 어느 가정에나 훌륭한 보탬이 될 것입니다.

– 안톤 스튜어트

4

나는 진료실을 나선다. 오후 수업이 이미 시작됐다. 나는 교과서를 챙기러 기숙사 방으로 간다. 왠지 보호받지 못하고 버려진 기분이다. 이상한 외로움이 밀려든다. 격리감. 내 방을 나서며 복도 끝의 전화를 바라본다.

오늘 부모님에게 전화해서 내일 오픈하우스에 참석할지 물어볼 계획이었는데 전화를 할 짬이 없었다. 지금 하기로 결심한다.

복도를 걸어간다. 이번에도 부모님이 오픈하우스에 불참하는 불길한 예감을 쫓아버리며 전화기를 집어 든다. 우리 부모는 아주 바쁜 분들이다. 그건 이해한다. 크리스마스 휴가 이후 부모님과 말할 기회가 없었고, 심지어 휴가 때도 엄마와 짧게 대화한 게 다였다. 추가 용돈은 잘 받았는지 확인하는 절차 정도. 엄마는 내게 갖고 싶은 것을 사라고 했다. 하지만 이곳에는 돈을 쓸 만한 데가 없다. 엄마는 그걸 모르는 모양이다.

나는 번호를 누르고 수화기를 귀에 댄다. 다른 손으로는 벽을 짚고 몸을 가눈다. 딸깍 전화벨 소리가 떨어진다. 나는 얼른 몸을 쭉 편다. 부모님이 보고 있는 것처럼.

"여보세요?" 상냥한 목소리가 받는다. "로즈 씨 댁입니다." 나도 몰래 웃음이 나온다.

"안녕, 에바." 내가 말한다. "필로미나예요."

"필로미나." 에바가 다정히 답한다. "어떻게 지내?" 내 이름을 발음할 때 에바 특유의 사투리가 더 강해진다. 어디 사투리인지는 불분명하다. 언젠가 어디 출신인지 물었을 때 에바는 다만 이렇게 대답했다.

"알잖아. 여기저기."

에바는 부모님의 입주 비서다. 아카데미와 제휴한 가정은 모두 비서를 두고 있다. 에바가 있어서 다행이다. 내 전화와 편지는 모두 에바가 알아서 처리한다. 그녀를 직접 만난 적은 없다. 내가 집을 떠나 학교로 온 후에 고용됐으니까. 하지만 그녀가 부모님 대리인 역할을 하는 데 불만은 없다. 에바는 친절하다. 겨울에 내게 장갑을 보내주기까지 했다. 정말 다정하다.

"또 전화해서 미안해요." 내가 말한다. "궁금해서요. 엄마 계세요?"

"아니, 어쩌지." 에바가 말한다. "미안한데 어머니는 주말 내내 출장이셔. 내일 오픈하우스 때문에 그러지? 참석하지 못해서 굉장히 속상해하셨어. 하지만 네가 얼마나 사랑스러울지는 안 봐도 알 것 같아."

"감사해요." 내가 말한다. 가슴이 무겁게 가라앉는다. "혹시 아빠는 집에 계세요? 아빠와 말하고 싶어요."

"아버지도 함께 가셨어." 에바가 기다렸다는 듯이 소리 높여 말한다. "하지만 뭐든 내게 말해. 그래서 내가 있는 거잖아."

그러고 보니 에바는 정말 항상 있다. 엄마는 자선단체를 운영하느라 여기저기 여행을 많이 다닌다. 정확히 무슨 자선단체인지는 모르겠지만 엄마는 매우 헌신적이다. 그전에는 엄마가 나를 집에서 직접 교육했다. 아카데미가 장래의 학부모들에게 대여하는 기초과목 책들이 홈스쿨링 교재였다. 나는 엄마를 통해 전반적인 사교와 예절을 익혔고, 운동을 병행하는 유기농 채소 위주의 식단을 따랐다. 아빠는 법률사무소 대표지만 늘 저녁식사 시간에 맞춰 퇴근했다.

지금과 달리 전에는 부모님이 여행을 다닌 적이 없었다. 내 가족생활은 지금의 내 학교생활만큼 반복적이었다. 이곳에 오기 전까지는 내 인생에 새로운 일이란 전혀 없었다. 내가 이곳의 친구들을 만나기 전까지는.

"걱정된다, 미나." 에바가 불쑥 말한다. "목소리가 안 좋아, 무슨 문제 있어? 학교는 어때? 학사일정을 보니 오늘 현장학습이었던데— 어땠니?"

주유소에서 사감과 있었던 일을 말해야 하나? 하기 싫다. 하지만 에바에게 거짓말할 수는 없다. 그건 부모님에게 거짓말하는 것만큼 나쁘다. 에바가 부모님에게 나한테 문제가 있는 것 같다고 전하는 건 더 싫다.

나는 손가락에 전화선을 감으며 벽에 기대선다. 그리고 연방화원 얘기부터 시작한다. 화원에 갔고, 비가 왔고. 말을 할수록 민망해서 얼굴이 달아오른다.

"현장학습에서 학교로 돌아오는 길에 버스가 주유소에 잠깐 섰어요. 거기 가게에 남자애가 있었는데, 걔랑 말을 하고 있었는데, 사감이 들어와서 떠날 시간이 됐다고 했어요. 그런데 내가— 즉각 복종하지 않았어요."

전화 저편이 한참 잠잠하다. "그래서?" 에바가 묻는다.

"계도를 받았어요." 내가 말한다. "그로거 박사님에게는 이미 말했어요. 그래서—"

"의사에게는 왜 갔니?" 에바가 말을 막는다. "어디 아프니, 미나?"

"아뇨." 내가 얼른 대답한다. "괜찮아요. 그냥 좀 긁혔는데 치료받았어요. 흉터는 없을 거래요."

"그리고 네 행동—" 에바가 말을 잇는다. "그것도 해결됐니?"

냉랭해진 목소리, 사무적인 말투가 나를 열 배 더 비참하게 한다. 눈물이 아프게 핑 돈다.

"네." 내가 말한다. 부끄럽다. "계도를 요하는 행동이었다는 박사님의 말씀에 알겠다고, 다시는 그런 행동을 하지 않겠다고 했어요." 나는 화장을 망치기 전에 재빨리 눈물을 훔친다.

"다행이다." 에바가 말한다. "우리 모두 네가 최고의 소녀가 되기를 바라. 그리고 착한 소녀들은 규칙에 순종해. 부모님이 아시면 속상해하실 거야."

"부모님에게 직접 말하고 싶어요." 내가 사정한다. "내 입으로 설명할 기회가 있으면 좋겠어요, 그러면 분명—"

"부모님은 몹시 바쁘셔." 에바가 내 요청을 단칼에 자른다. "그분들은 네 변명을 듣고 있을 시간이 없어. 너는 네 교육에만 집중해, 필로미나. 그러라고 부모님이 투자하는 거니까."

에바의 책망에 얼굴이 화끈거린다. "알겠어요." 내가 나직이 말한다. "괜한 말 꺼내 죄송해요."

"괜찮아." 에바의 말투가 누그러진다. "그리고 부모님은 이렇게 *세세히* 아실 필요도 없지." 에바가 덧붙인다. 우리끼리의 작은 비밀로 하자는 듯이.

"감사드려요." 내가 말한다. "부모님을 실망시키고 싶지 않아요."

"우리는 항상 너를 믿어, 필로미나." 에바가 부모님을 대신해서 말한다. "그나저나 너 지금— 수업 듣고 있을 때 아냐?" 에바가 놀리듯 말한다.

나는 웃음을 터뜨리며 급히 눈물을 삼킨다. "맞아요." 에바의 화가 풀려서 기쁘다. 에바는 늘 인정이 넘친다. "지금 수업 가는 길이에요.

부모님에게 내가 전화했다고 전해줄래요? 부모님과 통화하고 싶어요."

"물론이지." 에바가 따뜻하게 말한다. "여행에서 돌아오시는 대로 전할게. 너는 내일 오픈하우스에서 좋은 시간 보내. 미소 잊지 말고. 우리를 자랑스럽게 해줘."

나는 그러겠다고 다짐한 뒤 전화를 내려놓고 교실로 향한다. 가슴에서 외로움이 한층 가셨다.

나는 고개를 숙이고 겸양과 정숙 교실에 들어간다. 펜션트 교수가 애들 앞에서 혼내면 어떡하지. 두렵다. 그로거 박사의 질책과 에바의 실망만으로도 마음이 아리다.

지난주였다. "수치심은 최고의 스승이다." 레논로즈가 울음을 터뜨리자 펜션트 교수가 말했다. 그는 레논로즈의 단정치 못한 모습을 나무라며 아카데미의 위신을 떨어뜨리는 처신이라고 했다. 묶은 머리를 풀고 다시 빗고 오라며 애를 방으로 돌려보냈다. 그는 레논로즈가 돌아올 때까지 수업을 중지했다. 내가 레논로즈를 돕겠다고 나섰지만 교수는 레논로즈가 이번에 따끔하게 배워야 한다고 했다.

"요즘 여자애들은 외모를 중요시하지 않아." 펜션트 교수가 훈계했다. "파자마 차림으로 영화관에 가고, 지저분한 머리로 슈퍼마켓에 가고." 그는 그런 부류의 여자애들이 역겹다는 듯 코를 찡그렸다. "하지만 너희는 자나 깨나 외모를 뽐내야 해. 어떠한 예외도 없어. 왜 그렇지?"

"아름다움은 우리가 가진 최고의 자산이니까요." 우리는 한목소리로 대답했다. 그것이 적절한 대답이라는 것을 아니까. 우리가 그걸로 점수 매겨진다는 것을 아니까.

"바로 그거야." 교수가 대답하며 우리 각각을 평가하듯 훑었다.

얼마 후 레논로즈가 교실에 돌아왔다. 길게 찰랑대는 머리, 방금 한 화장, 안으로 집어넣은 교복 셔츠, 완벽하게 접은 양말. 펜션트 교수가 레논로즈를 칭찬했다.

나는 내 자리로 가서 앉는다. 내게 떨어지는 교수의 시선이 느껴진다. 하지만 교수가 내 이름을 부르지는 않는다. 나는 책을 꺼내 수업을 따라간다.

"순응은 훌륭한 자질이야." 교실 앞쪽에서 교수가 말한다. "특히 졸업이 다가올수록 더 그래. 바깥세상에 나가면 알게 될 거다." 교수가 몸짓으로 창문을 가리킨다. "사람들은 너희 의견을 반기지 않아. 입 다물고 듣기만 해. 이것이 젊은 여자들에게 필요한 교훈이야."

우리는 졸업을 학수고대한다. 우리가 얼마나 모범적인 소녀들로 변모했는지 세상에 보여줄 기회. *더 나은 소녀들*. 우리가 이노베이션스 아카데미의 교육을 완수하면 페트로프 씨가 부모나 후원자와 긴밀히 연대해서 우리의 성공을 보장할 진로를 찾는다. 주로 결혼을 통한 성공. 교장에 따르면 다른 진로들도 있다. 하지만 그게 뭔지는 설명하지 않는다. 다만 어른들에게 맡기라고만 한다. 우리에게 뭐가 최선인지만을 생각하는 사람들에게.

우리가 부모님의 자랑이 될 날이 머지않았다.

내 뒤에서 흥! 하는 소리가 들린다. 나는 턱을 가슴에 묻고 슬며시 뒤를 돌아본다. 내 뒤는 애너리즈 자리다. 애너리즈는 나를 보자 눈을 위로 굴린다.

애너리즈는 나머지 애들에 비해 말을 직선적으로 하는 편이다. 안톤이 한번은 애너리즈이게 이렇게 말했다. *야만스런 솔직함.* 애너리즈는 그 표현을 좋아했다.

몇 달 전 애너리즈가 펜션트 교수에게 질책보다 칭찬을 해보시라는 제안을 했다. 당연히 교수는 애너리즈의 의견을 '반기지 않았다.' 이제는 애너리즈도 수업 중에는 의견을 맘속에만 간직한다.

애너리즈가 내게 윙크한다. 나도 웃는다.

"참, 필로미나." 교수가 부른다. 나는 움찔 놀라 후다닥 몸을 돌린다. "버스에서 경미한 사고가 있었지. 나았다니 다행이다. 괜찮은 거지?"

"네, 펜션트 교수님." 내가 허리를 꼿꼿이 펴고 턱을 들고 대답한다.

"좋아." 교수가 말한다. "그럼 수업 후에 남아서 내 훈시에 집중하는 게 너한텐 왜 그리 어려운지 함께 의논 좀 할까? 그러고 싶어?"

"아뇨, 교수님." 내가 말한다. 얼굴이 화끈거린다. "죄송합니다."

교수가 내게 눈을 가늘게 뜬다. "정답." 그는 애너리즈를 잠깐 노려봤다가 칠판으로 몸을 돌려 훈시를 이어간다.

그때 문득 교실 문이 열리고 리앤드라 페트로프가 사뿐사뿐 들어온다. 다들 최대한 맵시 있는 자세를 갖춘다. 아카데미 가르침의 귀감이 되는 자세. 리앤드라가 우아하게 미소 짓는다. 그리고 펜션트 교수에게 눈인사로 존경을 표한다. 교수는 으쓱한 얼굴로 그녀에게 발언을 허락한다.

"안녕, 여러분." 리앤드라가 우리에게 말한다. 그녀의 목소리는 고상하고 우아하다. 금발머리에 굵은 웨이브를 넣어 단정히 틀어 올렸고,

몸에 꼭 붙는 감청색 원피스로 자태를 뽐낸다. 레논로즈가 리앤드라를 넋 놓고 쳐다본다.

"수업을 방해해서 유감이지만—" 리앤드라가 말을 잇는다. "밸런타인 라이트에 대해 전할 말이 있어서요."

여럿이 불안하게 몸을 뒤척인다. 펜션트 교수가 애들의 자제력 결여에 얼굴을 구긴다. 리앤드라가 몇 걸음 다가온다. 구두굽이 리놀륨 바닥을 또각또각 울린다.

"여러분도 알다시피 밸런타인은 현장학습 중에 반항적인 행동을 보였어요. 보스 사감을 거역했고, 나아가 아카데미를 거역했어요." 리앤드라는 눈썹을 한데 모으며 도톰한 입술로 살짝 인상을 쓴다.

"이노베이션스 아카데미는 여러분에게 모든 걸 주었어요." 그녀가 말한다. "여러분이 귀감이 되는 삶을 살 수 있도록 말이죠. 여러분은 거기에 감사해야 해요. 여러분의 안전을 지키는 보스 사감의 노고에, 존경하는 교수님들의—" 그녀가 펜션트 교수에게 존경의 눈길을 보낸다. "가르침에 감사해야 해요." 리앤드라가 몇 걸음 더 걸어와 책상 앞줄에 붙어 선다.

"여러분은 완벽의 화신이에요." 리앤드라가 말을 잇는다. "우리는 여러분에게 거기 걸맞은 행동을 요구할 수밖에 없어요. 또다시 이런 행동이 내 귀에 들어오면 그땐 정말 가슴이 찢어질 거예요." 그녀가 한 손을 가슴에 얹으며 강조한다. 애들이 결연히 고개를 끄덕인다. 그녀를 속상하게 만들 일은 꿈도 꾸지 않겠다는 얼굴로.

"우리는 복이 많아요." 리앤드라가 두 팔을 활짝 벌린다. "이렇게 대견한 학생들을 두었으니 말이에요. 그리고 여러분도 이렇게 멋진 남성들의 지도를 받으니 얼마나 행운인가요. 결코 그걸 잊지 말아요." 그녀가 우리 한 명 한 명에게 눈길을 주며 오래도록 미소 짓는다. 그리고는 가슴을 씻어내듯 심호흡하고 우리에게도 똑같이 하라고 한다. 그렇게 하니 우리 모두 기분이 조금씩 좋아진다.

리앤드라가 말한다. "밸런타인의 행동에 심히 실망했지만 우리는 밸런타인을 최선으로 돌려놓는 데 전념하고 있어요. 밸런타인은 현재 문제 행동의 원인 파악을 위한 충동억제치료에 들어갔어요. 이 말을 해주러 온 거예요. 밸런타인은 괜찮아질 거예요. 아니—" 그녀가 고쳐 말한다. "그 어느 때보다 좋아질 거예요." 그녀는 잠깐 대기하며 우리의 박수를 기다린다. 옆을 보니 레논로즈가 내게 활짝 웃는다.

밸런타인이 필요한 치료를 받는다니 정말 기쁘다. 그 마음을 입증하기 위해서 나도 다른 애들과 함께 열심히 손뼉 친다.

리앤드라가 또다시 우리를 죽 훑는다. 그러다 잠깐이지만 나와 눈을 마주한다. 그리고는 들어올 때처럼, 감사의 표시로 교수에게 턱을 숙여 예의를 갖춘 뒤 사뿐사뿐 교실을 나간다.

저녁식사 시간에야 시드니와 만난다. 오늘 오후에는 같이 듣는 수업이 하나도 없었다. 보고 싶었던 터라 식당에 갔을 때 우리가 늘 앉는 자리에서 기다리는 시드니가 유난히 반갑다. 식사 장소가 좁아서 학생들이 다닥다닥 붙어 앉아야 하기 때문에 비밀 대화는 거의 불가능하다.

예를 들어 내가 식탁으로 가는 도중에도 마르셀라가 '피바다' 얘기를 하는 게 들린다. 지난 주말에 터진 생리 얘기다. 나는 픕 웃으며 시드니 옆자리에 앉는다.

"보여줘." 시드니가 턱짓으로 내 무릎을 가리킨다. 나는 발을 의자에 올려놓고 얼굴에 '아야' 하는 표정을 깔고 천천히 반짝이 반창고를 뜯어낸다. 시드니가 흉터 전문가인 양 몸을 숙여 자세히 들여다본다.

"아주 좋아." 시드니가 끄덕인다. 시드니가 자기 흉터에 자격지심을 느끼지 않았으면 좋겠다. 하지만 시드니는 식탁 가운데로 팔을 뻗을 때 소매를 잡아내려 흉터를 가린다. 시드니가 샐러드 그릇 하나를 내 앞으로 밀어 보낸다.

"오늘은 닭고기 없어?" 나는 소스 없는 상추를 뒤적거린다.

"이번 주 우리 칼로리 섭취량이 너무 많았대. 그래서 다음 체중 조사 때까지 샐러드와 해독주스뿐이래."

"우웩."

"좋게 생각해." 시드니가 소리 높여 말하며 녹색 진창이 담긴 유리잔을 내 쪽으로 민다. 내가 한 모금 마신다. 맛이 끔찍하다. 당연히. 시드니가 웃음을 터뜨린다. 우리 중에 이 주스를 좋아하는 애는 한 명도 없다.

이 녹색 주스는 학교 정원의 식물들을 갈아서 만든다. 우리가 특별히 재배하는 꽃들도 이것저것 들어가고 영양 보충을 위해 비타민도 첨가한다. 이 주스는 우리가 감정 기복 없이 만족감을 느끼게 해준다.

아카데미는 우리의 식단을 엄격히 관리한다. 항상 측정하고 감시한다. 심지어 우리가 음식을 만들 때도 천연 재료만 써서 어떠한 첨가물도 없이 조리한다. 넉넉하게 만들지도 않는다. 다만 이따금 요리 수업 때 음식다운 음식을 맛볼 기회가 생긴다. 수업에서는 그걸 '요리사 시식'이라고 부른다. 조미가 잘 됐는지 확인하는 절차다. 남자들은 맛난

음식을 원하고, 따라서 우리는 그들의 입맛에 맞는 식사를 제공해야 한다. 그러나 우리 자신이 식도락을 즐기거나 식탐을 부리는 것은 부적절하다.

영화도 마찬가지다. 우리가 무엇을 볼지 학교가 정한다. 대개는 50년대 초의 영화들이다. 폭탄 터지는 액션영화도 가끔 있다. 그건 보스 사감의 영향일 거다. 때로 우리 생각을 묻기도 하는데, 대화는 언제나 보스 사감의 취향으로 귀결되고 우리는 거기에 동조한다. 그게 기분 좋은 대화로 가는 방향이다.

아카데미에는 케이블도 인터넷도 없다. 학교는 그런 건 없는 게 낫다는 입장이다.

"인터넷은 거짓으로 넘쳐나." 레빈 교수가 현대 매너 시간에 말했다. "인터넷은 무조건 무시하는 게 상책이야. 졸업 후에도 마찬가지야. 너희에게 필요한 중요한 뉴스는 모두 너희 남편이나 후견인이 알려줄 거야. 그들의 지도를 믿고 따르도록."

아카데미에 오기 전에도 부모님은 내게 인터넷을 허락하지 않았다. 여기서처럼 그때도 나는 홈스쿨링으로 보호받았다. 인터넷을 한 번도 접해보지 않았으니 아쉬울 것도 없다. 그 문제에 있어서는 여기 교수진의 의견에 따를 뿐이다.

학교에 몇 가지 종류의 책들이 있다. 원예, 미의 기준, 사교 에티켓. 하지만 이미 다 읽은 것들이다. 내게 있는 건 친구들뿐이다. 그리고 그거면 충분하다. 우리는 뭐든 빨리 배운다. 용어와 표현과 발상들을 빠르게 흡수한다. 그리고 우리는 서로에게 모든 걸 얘기한다. 우리의 자체 인터넷이랄까.

나는 식탁 반대편을 굽어본다. 밸런타인이 앉던 자리가 비어 있다.

그 애의 부재에 마음이 뒤숭숭하다. 나는 눈을 빠르게 깜빡이며 마음을 추스른다. 밸런타인이 우리와 친하게 지내진 않지만 그래도 우리 학년의 일원이다. 우리는 누구와도 헤어지길 원치 않는다.

나는 포크로 샐러드를 뒤적거리다가 눈을 들어 애들을 본다. "애들아." 내가 낮게 말한다. 마르셀라와 브린부터 시드니와 레논로즈까지 애들의 시선이 내게 모인다. "그로거 박사에게 갔을 때 밸런타인에 대해 물어봤는데 말이야."

마르셀라의 눈이 슬며시 가늘어진다. 내 말이 의아하면서도 다음 말에 궁금한 표정. 브린이 식탁 위에 팔꿈치를 세운다.

"뭐래?" 옆에서 시드니가 묻는다.

"박사님은 보스 사감이 때로 지나치게 열성적이라고 했어." 내가 말한다. "그리고 사감과 말해보겠대."

"그로거 박사는 정말 친절해." 레논로즈가 언제나처럼 잠잠히 말한다. 레논로즈가 우리의 동의를 구하듯 끄덕인다.

"'지나치게'라니, 무슨 뜻이야?" 브린이 땋은 금발머리를 어깨 뒤로 넘기며 묻는다. "밸런타인이 사감 말에 불복했잖아. 그래서 사감이 계도한 거고."

"미나를 다치게 했잖아." 마르셀라가 브린에게 말한다. 그때의 내 행동이 떠올라 또 창피해진다.

"박사가 무슨 뜻으로 한 말인지는 나도 몰라." 내가 말한다. 나는 식탁 위로 몸을 숙이며 목소리를 낮춘다. "내가 아는 건 지금 밸런타인이 충동억제치료를 받고 있다는 거야."

"잘됐네." 브린이 끄덕인다. "치료받고 정상으로 돌아왔으면 좋겠다."

나는 샐러드를 내려다본다. 공포감이 다시 밀려든다. "그런데 충격 억제치료라는 거 말이야, 좀 이상하지 않아?" 나는 속삭인다.

"그게 왜?" 시드니가 무슨 문제냐는 듯 묻는다. "그게 치료잖아." 다른 애들도 끄덕인다. 다들 내 질문을 황당해한다. 레논로즈도 최근에 충동억제치료를 받았다. 당시 레논로즈는 좀 우울해했다. 학교는 레논로즈가 향수병이 들었다며 목표 재설정이 요구된다고 했다. 레논로즈가 치료받고 온 후 우리가 레논로즈에게 치료 얘기를 꺼낸 적은 없다. 안톤이 언급하지 않는 게 최선이라고 했다.

레논로즈는 대화에 더는 끼지 않는다. 얘기가 거북한 모양이다. 다른 애들도 나를 찜찜하게 쳐다본다. 애들을 걱정시킬 생각은 아니었는데.

"아무것도 아냐." 내가 얼른 손사래 친다. "피를 너무 많이 봐서 내가 좀 심란했나 봐."

시드니가 콧잔등을 구기며 피를 보면 원래 메스꺼운 법이라고 한다. 애들이 이에 동의하고 충동억제치료에 대한 대화는 그렇게 끝난다.

다른 애들은 다시 먹기 시작하고 나는 식당을 휘둘러본다. 사감과 교수들이 함께 앉아 게걸스레 먹는 모습이 보인다. 그들의 접시는 그레이비를 얹은 고기와 감자와 채소로 넘쳐난다. 김이 오르는 접시를 보니 순간 내 입에 침이 고인다. 나는 상추 한 조각을 포크로 찍어 이 사이에 쑤셔 넣는다.

시드니가 빨대로 걸쭉한 주스를 쿡쿡 찌른다. "나중에 내 방으로 와." 시드니가 말한다. "저녁 수업 끝나고. 우리, *의논*할 게 아주 많잖아?" 시드니가 '의논'에 강세를 준다. 주유소 남자애들 얘기를 하고 싶은 게 분명하다. 나는 웃음이 새 나오는 걸 참으며 알았다고 한다. 시드니 옆에서 레논로즈의 눈이 반짝 빛난다.

목요일에는 수업이 밤까지 있는 대신 금요일은 수업이 적다. 이번 금요일은 특히 중요한 날이다. 오픈하우스 날이니까. 학부모, 후원자, 장래의 투자자들이 초대돼 이노베이션스 아카데미의 위대한 성과— 다시 말해 '우리'를 보는 날.

오픈하우스는 호화롭고 성대한 행사다. 사람들과 어울리고 교제할 기회. 우리 모두 오픈하우스를 고대한다. 학년 동안 부모를 볼 유일한 기회이기도 하다.

"주스나 마셔." 시드니가 자기 주스를 한 입 마시다가 캑캑댄다. 하지만 기어코 끝까지 마신다. 나는 정신 나갔냐고 놀린다. 그리고 빨대로 내 주스를 휘휘 젓는다. 이 녹색 진창이 다 증발해버렸으면 좋겠다.

문득 목덜미가 뜨듯하다. 불길한 기분에 눈을 들어보니 저기서 보스 사감이 나를 보고 있다. 더 이상의 규칙 위반을 피하고 싶은 절실함에 나는 주스를 들어 올려 벌컥벌컥 들이킨다. 유리컵을 식탁에 내려놓기도 전에 벌써 속이 메슥거린다. 사감이 씨익 웃으며 다시 음식을 먹기 시작한다.

5

저녁 수업들이 지루하게 흘러간다. 하지만 나는 매 시간 열심히 듣는다. 교수들의 기대에 부응하고 싶다. 원예 설계와 개발 시간에는 학교 정원에 새로운 장미를 심고, 현대 매너 시간에는 격식 있게 식탁 차리는 법을 (또) 배우고, 사교 에티켓 시간에는 사석에서 인사 나누기를 연습한다.

오늘 잭슨을 만났을 때 내가 얼마나 매너 없이 굴었는지 알게 됐다. 굴욕적이다. 나는 그에게 악수를 청하지도, 하던 일을 멈추고 그에게 온전히 집중하지도 않았다. 그리고 결정적으로 내 얘기만 너무 많이 떠들었다.

눈 맞춤은 잘했지만 잭슨에게 충분히 많이 질문하지 못했다. 그가 좋아하는 주제를 파악해서 그것을 화제로 삼았어야 했다. 그의 자신감을 북돋기 위해 나부터 자신감 넘치는 모습을 보였어야 했다. 아니면 겸손하고 나긋한 말씨로 그의 비위를 맞추거나.

한편 잭슨도 에티켓 규칙을 있는 대로 어겼다. 얼굴을 붉히고, 상스런 말을 하고, 사감에게 성을 냈다. 정식 데이트 신청 없이 대뜸 만나자고 했다. 하지만 남자들은 우리와 같은 수칙을 따를 필요가 없다. 내가 똑바로 처신했더라도 어쩌면 그는 마찬가지로 행동했을 거다.

하지만 잭슨은 스스럼없는 태도를 더 좋아하는 듯했다. 그리고 나도 그게 좋았다. 그게 더— 진솔한 느낌이었다. 나는 혼자 웃는다. 그를 다시 만나면 그땐 꼭 더 좋은 인상을 심어주리라 다짐한다. 그에 대해 더 많이 알고 싶다.

하지만 물론 내가 그를 다시 만날 일은 없다.

"필로미나." 앨리스터 교수의 호통이 떨어진다. "또 공상이에요? 몇 번이나 말해야 해요?"

"죄송합니다, 교수님." 내가 말한다. 이게 교수들이 지적하는 나의 최대 결점이다. 나는 걸핏하면 공상에 빠져서 생각의 바다에 표류한다. 나는 도무지 내 머릿속을 떠나지 못한다. 그게 얼마나 꼴불견인지 알면서도. 다음 면담 때 안톤과 이 문제를 상의해야 할까? 안톤이 대처법들을 제시해줄지 몰라.

오늘 수업이 모두 끝나고 나는 방으로 돌아와 잠옷으로 갈아입는다. 복도는 조용하다. 취침 전까지 각자의 방에서 공부하거나 조용히 자기반성 시간을 가지는 게 원칙이다. 하지만 나는 살금살금 나와 다른 애들을 만나러 간다.

기숙사 층에는 일인용 침실들이 줄지어 있다. 복도 끝 방은 보스 사감의 방이다. 그는 밤에도 우리를 감시한다. 우리의 안전을 위해서. 창문마다 이미 쇠창살이 있는데도.

나는 양말 발로 복도로 나가 시드니의 방으로 간다. 보스 사감이 지켜보고 있을까 봐 사감의 방문을 본다. 아무도 없는 걸 확인하고 살짝 노크한 뒤 시드니의 방으로 들어간다.

내가 들어가자 안에 있던 애들이 움찔 놀란다. 범죄현장을 들킨 것처럼 식겁한다. 시드니가 벌떡 일어나 내게 문을 닫으라는 시늉을 한다.

"빨리." 시드니가 속삭인다. 시드니의 등 뒤에서 종이가 펄럭이는 소리가 난다.

"알았어." 나는 과장스럽게 수상쩍어하는 얼굴로 문을 닫는다. 나는 애들의 기색을 살핀다. 레논로즈, 마르셀라, 브린, 애너리즈. 나는 애들의 뺨을 발갛게 물들인 열기를 놓치지 않는다. 애들이 손으로 감추고 있는 웃음도.

나는 두 손을 허리에 얹고 시드니에게 돌아선다. 나만 빼놓고 뭔가를 도모하고 있다니 믿을 수 없다. 시드니가 침대로 와서 자기 옆에 앉으라는 손짓을 하고, 다른 애들은 우리 둘을 둘러싸고 러그 위에 반원형으로 모여 앉는다.

"뭔데?" 내가 묻는다. 시드니는 아직도 흰색 버튼다운 교복 셔츠를 입고 있다. 바지와 무릎양말은 벗었고 머리에는 흘러내리지 않게 핀을 꽂았다. 시드니가 셔츠 소매를 팔꿈치 위까지 걷어 올리더니 한 팔을 훌렁 내 어깨에 두른다.

"오늘 네가 귀여운 남자애들을 만났지." 시드니가 말한다. "그리고 그중 하나가 너한테 사탕을 사줬지."

"그래." 내가 말한다. 눈치를 보니 아직 모르는 애들도 있다. "한 봉지 가득 사줬지."

"우와." 레논로즈가 한숨 쉰다.

"어떤 사탕이었는데?" 마르셀라가 현실적인 질문을 던진다.

"그건 중요하지 않아." 내가 말한다. "그걸 맛볼 새도 없이 사감이 날 끌어냈으니까. 두고 봐, 다음번엔 사감이 잡으러 오기 전에 초콜릿을 전부 입에 욱여넣을 거야." 내 말에 마르셀라가 웃는다. 나는 시드니를 향한다.

"이 얘기 하고 있었던 거야?" 내가 묻는다.

"아니." 시드니가 잘라 말한다. 그러더니 내 관자놀이에 쪽하고 입을 맞추고 내 어깨에 둘렀던 팔을 내려 자기 등 뒤로 가져간다.

시드니가 의기양양하게 등 뒤에서 잡지를 꺼낸다. 책장이 펄럭거려 표지가 보이지 않는다. 하지만 단박에 감이 온다.

"너 그거 훔친 거야?" 내가 묻는다.

"내가 훔쳤어." 마르셀라가 말한다. 내가 쳐다보자 마르셀라는 어깨를 으쓱한다. "주유소에 무더기로 있던데." 그러니까 괜찮다는 듯이.

나는 시드니의 손에서 잡지를 낚아챈다. 하지만 시드니가 잽싸게 도로 가로채서 내 손이 닿지 않게 들어 올린다.

"워워." 시드니는 다리를 꼬고 앉아 잡지를 무릎에 올려놓고 한 곳을 편다. 옷 벗는 과정의 거의 마지막 단계에 이른 남녀가 소파 위에 엉겨 있는 사진에 나는 말문이 막힌다. 대신 뺨이 발갛게 달아오른다.

"에로잡지를 훔친 거야?" 내가 하하 웃으며 마르셀라에게 묻는다.

"아니." 시드니가 대신 대답한다. "여성잡지야."

나는 애들을 둘러본다. 어리둥절하다. "그게 무슨 말이야?"

"여성 문제를 다루는 잡지라고. 여성 문제 *전문*." 시드니가 말한다. "아닌 게 아니라 맘에 쏙 드는 진단법이 있지 뭐야."

"그게 뭔데?" 내가 사진 속 남녀를 한 번 더 훔쳐보며 묻는다.

"이거야." 시드니가 목청을 가다듬고 제목을 읽는다. "'여러분의 오럴섹스 실력은?'"

나는 폭소한다. 웃자고 하는 말이 분명하다. 그러거나 말거나 시드니는 처음 세 항목을 차례로 읽는다. 대놓고 외설적이며 망측하다. 하지만 우리는 시드니 주위로 더욱 바싹 모여든다. 시드니 입에서 나오는 한 마디 한 마디에 집중한다.

우리 모두 엄한 가정에서 자랐고 지금은 아카데미에 격리되어 있지만, 그렇다고 우리가 전적으로 순진한 건 아니다. 우리의 밤은 거의 매일 긴긴 수다로 채워진다. 우리는 한 방에 모여서 각자 아는 얘기들을 죄다 나눈다. 여럿이 또는 혼자 들은 얘기. 현장학습 나가서 본 광고들. 우리는 영화에서 검열로 잘려 나간 부분들을 상상으로 채우고 윤색한다.

시드니는 항목들을 다 읽고 주의사항까지 읽는다. 낭독이 끝나고 우리는 진단을 내린다. 이 진단법에 따르면 우리는 너나 할 것 없이 오럴섹스에 영 젬병이다. 듣기만 해도 구역질이 나는 걸 보면.

"이해가 안 되는 게—" 내가 생각에 잠겨 말한다. "이게 여성잡지라면서 어째서 남자들의 쾌락을 위한 방법만 알려주는 거지? 우리의 쾌락을 다뤄야 하는 거 아냐? 아니면 적어도 공동의 쾌락이나."

"흠." 시드니가 잡지를 탁 덮고 표지의 '여성지'라는 글자를 손가락으로 어루만진다. "좋은 지적이야." 시드니가 나를 향한다. "부탁 하나 해도 될까?"

"그래." 내가 우물쭈물 대답한다.

"다음에 너의 주유소 남친을 만나면—" 시드니가 말한다. "이 진단법을 해보라고 해줄래?"

모두 웃음이 터진다. 나는 그러겠다고 약속한다. 하지만 모두들 안다. 누구에게라도 내가 오럴섹스 얘기를 꺼낼 일은 결코 없을 거다.

"한 가지!" 내가 손가락을 치켜들며 덧붙인다. "걔를 내 주유소 남친으로 부르는 건 제발 멈춰주라." 시드니가 씩 웃으며 가슴에 쓱쓱 성호를 긋는다.

"거기 키스에 관한 건 없어?" 레논로즈가 특유의 귀엽고 작은 소리로 묻는다. 시드니와 내가 시선을 교환한다. 레논로즈는 정말 사랑스럽다. 시드니가 잡지를 획획 넘기다가 키스하는 남녀 사진에서 멈춘다. 그리고 사진을 모두에게 보여준다.

"이거 가짜야." 시드니가 말한다. "하지만 진짜로 하는 것 같다. 혀만 빼고."

레논로즈가 징그럽다는 듯 코를 찡그리자 마르셀라가 잡지를 가리킨다.

"그렇지만은 않아." 마르셀라가 고개를 흔든다. "좋을 수도 있어. 이렇게 생각해봐. 키스와 포옹을 동시에 하는 거야. 서로의 얼굴을 꼭 개처럼 핥을 필요는 없어."

마르셀라의 말은 믿을 만하다. 마르셀라는 브린과 호시탐탐 몰래 키스한다. 사이사이 속삭임을 넣어가며 달콤하게. 다정한 미소와 손깍지는 덤. "꼭 소파에서 혀 씨름을 벌여야 키스는 아냐." 마르셀라는 그 정도로 설명을 마친다.

"너 키스해본 적 있어?" 레논로즈가 내게 묻는다.

"응, 애 있어." 시드니가 나 대신 대답한다. 그러다 아차 하는 얼굴이 된다.

"누구랑 키스했는데?" 마르셀라가 미심쩍게 묻는다.

내가 눈치를 주자 시드니가 내게 입 모양으로 사과한다. 나는 한숨 짓는다.

"올해 초였어." 내가 할 수 없이 입을 연다. "우리가 발레 보러 극장에 갔을 때. 왜 있잖아, 무대의상이 요란했던 거." 발레 제목이 생각나지 않는다.

"기억나." 마르셀라가 말한다. "그때 그 사감ㅡ" 마르셀라는 자세한 내용을 기억해내려 눈을 가늘게 뜬다. "톰슨 사감. 흉터 있던 사람." 마르셀라가 손가락으로 자기 뺨에 가로줄을 긋는다. "그 사람이 잘리고 보스가 왔지. 그때 그 사람이 우리를 인솔했어. 맞지?"

"그래서 해고된 거야." 시드니가 말한다.

사실 나는 톰슨 사감이 해고된 일로 마음이 불편하다. 그의 실직이 나 때문이었다고 생각하니 괴롭다. 그에게는 부양할 가족이 있었다. 한번은 그가 버스에서 내게 가족 얘기를 한 적이 있었다. 딸이 있었는데 죽었다고 했다. 그가 아카데미의 사감 일을 맡은 것도 그래서였다. 우리가 딸 같아서.

적어도 이론적으로는. 그가 웃으며 덧붙였다. 무슨 뜻으로 한 말인지는 지금도 잘 모르겠다.

"자세히 말해봐." 마르셀라가 눈이 동그래져서 묻는다. "그 사감과 키스했다는 거야, 뭐야? 이런 얘기를 왜 나는 지금 처음 듣는 거지?"

"자랑할 일이 아니니까." 내가 말한다. 나는 잡지를 가리킨다. "거기 다 저런 것과는 거리가 멀었어."

"말해봐." 마르셀라가 브린 옆에 자리 잡고 앉는다. 애들 모두 내 설명을 기다린다.

시드니가 말을 꺼내는 바람에 이 사달이 났다.

"발레를 보던 중에─" 내가 입을 연다. "난 시드니에게 금방 오겠다고 하고 화장실에 갔어. 화장실 갔다가 매점에 들러서 사탕을 살 생각이었지."

아이들 모두 고개를 끄덕인다. *어련하겠어.* 내 설탕 중독은 가히 전설적이다.

"어쨌든 구내 매점에 갔고─" 내가 말을 잇는다. "매점 직원 남자와 인사법을 연습했어. 남자가 정말 친절했어. 멋진 밤이니까 밖에 나가서 얘기하지 않겠냐고 하더라. 무례하게 굴고 싶지 않아서 그러자고 했지.

남자와 나는 벤치에 좀 떨어져 앉아서 주니어민트 한 통을 나눠 먹었어. 에티켓 규칙에 따라 그 사람에게 이런저런 질문을 했는데, 자꾸만 내 말을 끊으면서 내가 엄청 '핫'하다는 거야. 남자친구 있냐고 묻길래 데이트는 금지돼 있다고 했더니 웃더라.

그러다 남자가 다시 들어가 봐야 한다고 했어. 그런데 들어가기 전에 내 어깨를 움켜잡고 세게 키스했어. 서로 얼굴이 뭉개질 만큼. 진짜 놀랬어." 나는 그때를 떠올린다. "특히 그 남자가 자기 혀를 내 입에 밀어 넣었을 때."

레논로즈가 헉하고 놀란다.

"몇 초에 불과했고, 축축했어." 내가 말한다. "심지어 전부터 키스에 대해 관심이 많았는데도, *섹시*하지 않았어. 내 말은, 키스란 게 원래 전희잖아?" 내가 묻자 시드니가 단호히 끄덕인다. 자기가 연애상담 전문가라도 된 듯이.

"남자가 뭔가 제대로 하지 못한 게 분명해." 내가 말한다. "왜냐면, 남자의 옷 아래에 뭐가 있는지 확인하고픈 마음이 전혀 안 들었거든. 오히려 옷을 더 입어줬으면 싶더라."

"우웩, 미나." 애너리즈가 메스꺼워한다. "너 때문에 영원히 키스하기 싫어지잖아."

"키스가 나한테는 맞지 않나 보지." 내가 말한다. "난 그때 남자의 인생에 대해 듣고 싶었을 뿐이야. 세상에 대해서. 그런데 남자의 혀에 깔려 질식사 직전까지 갔으니."

시드니가 주먹으로 입을 틀어막고 토하는 시늉을 한다.

마르셀라가 날 응시하며 천천히 고개를 젓는다. "미나." 마르셀라가 진지하게 말한다. "키스는 그렇게 하는 게 아냐." 마르셀라가 브린을 보고, 브린이 동의한다. "브린과 내가 처음 키스했을 때는—"

"내가 해달라고 했어." 브린이 말을 받는다. "마르셀라는 자기 얼굴을 무작정 내 얼굴에 들이대지 않았어." 브린이 살며시 미소 짓는다. "내가 키스해달라고 했어."

마르셀라가 마주 웃으며 브린의 손을 잡는다. "그게 중요해." 마르셀라가 말한다.

"하지만 남자들은 달라." 레논로즈가 말한다. "남자들은 따로 물어보지 않아. 언젠가 레빈 교수가 나한테 그랬어. 내 치마가 거기서 더 짧으면 남자들이 날 행실 나쁜 여자로 여길 거라고." 레논로즈가 나를 본다. "혹시 그때 네 치마가 너무 짧았니?"

"그럴 리가." 내가 말한다. "나는 치마 길이에 대한 규정을 지켜."

마르셀라가 고개를 꼬고 생각에 잠긴다. "안톤에게 그 남자 얘기 했어?" 마르셀라가 내게 묻는다. "안톤은 뭐래?"

수치심에 뺨이 달아오른다. 이 얘기를 꺼내는 게 싫었던 이유가 떠오른다. "안톤이 화를 내지는 않았어. 다만 애초에 내가 남자를 따라 밖으로 나간 게 잘못이라고 했어."

남자들은 다 그래, 미나. 그날 오후 안톤은 이렇게 말했다. *네가 극장 밖으로 따라 나갔을 때 그 남자가 달리 무슨 생각을 했겠어? 다음부터는 조심해.*

"그런데 톰슨 사감은 어떻게 된 거야?" 애너리즈가 묻는다. 다른 사람의 혀가 내 입에 들어왔다는 생각에 아직도 역증이 가시지 않은 얼굴이다. "사감은 어떻게 연루된 건데?"

"남자가 간 후에 나도 다시 극장으로 들어갔어." 내가 대답한다.

"톰슨 사감이 내가 들어오는 걸 봤어. 내 표정을 보고 무슨 일이 있다는 낌새를 챘어. 사감이 내 팔을 잡고 홀로 데리고 나갔어. 내가 말하니까 나더러 다시 극장에 들어가라고, 아무한테도 말하지 말라고 했어. 사감이 화난 기색이 역력해서 나는 그냥 시키는 대로 했어. 사감이 매점으로 걸어가는 게 보였어."

"그다음에 무슨 일이 있었는지는 나도 몰라." 내가 말을 잇는다. "다음날 톰슨 사감이 학교에서 사라졌어. 치료받으러 갔을 때 안톤이 그러더라. 사감이 극장 직원을 위협한 일로 학교를 그만두게 됐다고. 그리고 내가 교훈을 얻었기를 바란다고. 그런데 톰슨 사감이 해고된 일에서 무슨 교훈을 얻으라는 건지 아직도 잘 모르겠어. 다행히 안톤이 그 일을 부모님에게는 알리진 않았어. 부모님이 알았다면 아마 나를 아카데미에서 자퇴시켰을 걸."

"착한 안톤." 시드니가 끄덕인다. "안톤은 항상 우리 편이야."

"안톤이 최고야." 레논로즈가 꿈꾸듯 말한다. 우리 모두 레논로즈를 본다. 잠깐 정적이 흐른다.

"작작 좀 해, 레논로즈." 애너리즈가 불쑥 말하고, 우리 모두 자지러진다.

레논로즈의 얼굴이 다섯 가지 붉은색으로 물든다. 하지만 사실을 말하자면 레논로즈는 우리 중에서 제일 어리고, 그래서 그런지 확실히 제일 순진하다. 자기는 하루 빨리 결혼하고 싶다고 내게도 여러 번 말했다. 레논로즈가 사랑을 사랑하는 모습은 정말이지 사랑스럽다. 언젠가 안톤도 말했다. *진정한 로맨티스트.*

시드니가 자기 무릎으로 내 무릎을 친다. "사탕 중독 핑계로 젊은 남자들을 후리는 걸 끊는 게 그날의 교훈이었다면 너는 배운 게 하나도 없는 것 같다." 시드니가 씨익 웃으며 다른 애들을 본다. "니들이 오늘 미나의 활약을 봤어야 하는데." 시드니가 말한다. "주유소 남자애를 가지고 놀았다니까."

"*그만!*" 내가 애들에게 말한다. 하지만 계속 웃음이 나온다.

"내 말은, 그 남자애가 너한테 반했다는 거지." 시드니가 말한다. "그 남자애 분명 오럴섹스 진단표 4번 항목에 열광할 것 같아. 그런 타입으로 보였어."

나는 침대에 드러눕는다. 너무 웃겨서 숨이 막힌다.

레논로즈만 몹시 진지한 얼굴로 몸을 일으켜 시드니의 무릎에서 잡지를 가져가더니 책장을 마구 넘겨 오럴섹스 페이지를 편다. 나는 계속 킥킥거리며 몸을 옆으로 굴려 레논로즈를 본다. 레논로즈가 페이지를 훑다가 놀란 눈으로 나를 본다.

솔직히 말해 잭슨이 내게 접근한 의도가 뭔지는 알 수 없다. 다만 그게 4번 항목이라고는 생각하지 않는다.

문에서 따다닥 노크 소리가 나고 문이 열린다. 우리 모두 후딱 몸을 바로 한다. 시드니는 레논로즈의 손에서 잡지를 낚아채 얼른 베개밑에 밀어 넣는다. 시드니가 베개를 내려놓는 순간 보스 사감이 방에 들어선다.

"뭐가 그렇게 재미있지?" 사감이 웃음기 없이 묻는다.

"마르셀라가 또 생리 얘기를 했는데 너무 웃겨서요." 시드니가 술술 말한다. 시드니는 한 손을 베개에 올리고 침대에 기대앉아 미소 짓는다.

사감은 시드니를 미심쩍게 쳐다보다가 방을 죽 훑고 우리 얼굴을 하나하나 살핀다. 내게 시선을 멈추지는 않는다. 오늘 일로 아직도 역정이 나 있나? 잘 모르겠다.

우리 중 누구에게서도 다른 설명이 없자 보스 사감은 머리를 흔든다. "좋아." 그가 말한다. "통행금지 시간도 지났고 또 내일은 너희가 치룰 파티가 있어."

"감사합니다." 애너리즈가 사감에게 말하며 일어선다. "자장가까지는 불러주시지 않아도 돼요."

사감의 얼굴에 피식 미소 비슷한 게 뜬다. 모든 게 제자리로 돌아온 느낌이다. 그걸 증명하듯 사감이 나를 본다.

"10분 내로 취침." 짧은 명령과 함께 그는 우리 모두에게 고개를 끄덕이고 복도로 나간다.

나는 아이들과 어리둥절한 눈길을 주고받는다. 하지만 사감의 화가 풀린 것 같아 마음이 놓인다. 분노한 사감의 모습은 충격 그 자체였다. 끔찍한 경험이었다. 두 번 다시는 경험하고 싶지 않다.

마르셀라와 브린이 잘 자라고 말하며 애너리즈와 함께 방을 나가고, 레논로즈만 남는다. 레논로즈가 침대에서 내려오는 나와 시드니에게 다가온다.

"뭐 물어봐도 돼?" 레논로즈가 나직이 말한다.

"무슨 일인데?" 시드니가 레논로즈를 엄마처럼 감싸 안는다. 레논로즈는 근심을 숨기지 못하는 애다. 얼굴에 감정이 훤히 드러난다.

"나와 키스하려는 사람이 생길까?" 레논로즈가 묻는다.

나는 '에이, 뭐야'라는 말을 참는다. 대신 자신 있게 말해준다. "졸업과 동시에 넌 지금보다 많은 사람들을 만날 거야. 그리고 아카데미가 너에게 완벽한 사람을 찾아줄 거야. 네가 얼마나 특별한지 아는 사람. 그 사람과 끝없이 키스하게 될 거야." 나는 미소로 구두점을 찍는다.

하지만 레논로즈의 입가가 시무룩하게 처진다.

"그럼 마르셀라와 브린은?" 레논로즈가 시드니의 품에서 나와 몸을 편다.

"무슨 뜻이야?" 내가 되묻는다.

"둘이 사랑하잖아. 서로 끝없이 키스하고 싶어 하잖아. 그런데 졸업 후에 페트로프 씨가—"

레논로즈의 말이 끝나기도 전부터 내 가슴이 아릿하게 조인다.

레논로즈가 훌쩍이며 코 밑을 닦는다. "교장이 둘을 다른 사람들에게 배정하면?" 레논로즈가 묻는다. "그럼 둘이 어떻게 계속 사랑하겠어?"

대답하려 입술을 뗐지만 아무 말도 나오지 않는다. 옆의 시드니를 보니 시드니도 마찬가지로 충격먹은 표정이다. 그 생각은 한 번도 못 해봤다. 모순을 지적하는 생각. 위험한 생각.

"레논로즈." 시드니가 말한다. "아카데미는 우리에게 뭐가 최선인지 알아. 그러니까 어쩌면 마르셀라와 브린을 합쳐줄지도 몰라. 누가 알겠어?" 시드니가 억지로 웃는다. "어쨌든 우리가 결정할 문제는 아냐."

레논로즈가 끄덕인다. 이 말 하나로 모든 문제가 한방에 정리됐다는 듯이. 레논로즈가 감정을 억누르는 게 훤히 보인다. 레논로즈는 마음이 물러서 탈이다.

"맞아." 레논로즈가 시선을 떨군다. "아카데미가 알아서 하겠지."

"그래, 너무 마음에 두지 마. 알았지?" 시드니는 레논로즈를 다시 안아준 후 방문까지 배웅한다. "교수 말마따나 피부에 안 좋아."

레논로즈가 뒤로 물러나며 꾹 다문 입으로 생긋 웃는다. 그리고 우리 둘에게 잘 자라고 속삭이고 떠난다.

시드니는 레논로즈가 떠난 문을 바라보다가 검지로 아랫입술을 톡톡 친다. "계속 저 생각에 잠겨 있으면 어떡하지."

"내일이면 괜찮아질 거야." 내가 시드니 옆에 선다. "우린 늘 아침이면 괜찮아지잖아." 시드니와 나는 마주본다. 내가 몸을 기울여 시드니와 포옹한다. 우리는 그렇게 잠깐 더 서로에게 매달린다.

나도 떠난다. 그런데 복도에 나온 순간 내 방 앞의 형체를 보고 화들짝 놀란다. 보스 사감이 내게 빙긋 웃는다. 손에는 물 한 컵과 내가 매일 밤 먹는 비타민을 담은 작은 종이컵을 들고 있다. 나는 공손히 마주 미소 짓는다.

"무릎은 좀 어때?" 내가 다가가자 그가 묻는다.

"괜찮아요." 내가 말한다. "마음 써주셔서 감사해요."

그는 고개를 끄덕이며 나를 먼저 들여보내고 나를 따라 방에 들어온다. 그가 방문을 닫는다.

"물어볼 게 있는데, 미나." 그가 몸을 돌려 내 표정을 살핀다. "오늘 너에게 말 걸었던 남자애 말이야, 아는 남자애니?"

나는 예상치 못한 질문에 흠칫 놀란다. "그럴 리가요." 내가 말한다. "왜요?"

"이유는 없어." 그는 침대탁자로 가서 내 비타민과 물컵을 내려놓는다. "네 미모에 넋이 나간 거겠지. 아니면 네가 그렇게 유도했든가, 뭐 어쨌든―" 그는 그건 중요하지 않다는 듯 어깨를 으쓱한다. 그의 눈이 잠옷차림의 나를 아래위로 훑는다. 남김없이 살핀다.

그가 나를 훑어보는 방식이 왠지 수치심을 유발한다. 나는 눈을 내리깔고 몸통 위로 팔짱을 낀다. 꼼지락대는 건 금물인데도.

"그럼 잘 자라, 미나." 사감이 말한다. 그가 바싹 다가와 내 앞에 우뚝 선다. 그리고 몸을 숙여 내 이마에 까칠한 입술을 꾹 누른다. "아침에 보자." 그가 속삭인다.

나는 사감이 나간 뒤에도 계속 팔로 몸을 감싸고 잠시 그대로 있다. 그러다 침대탁자로 눈을 돌린다. 물컵 옆에 캡슐들을 담은 작은 종이컵이 있다. 분홍색 캡슐 두 개, 녹색 캡슐 하나.

매일 밤 아카데미는 우리 각자에게 맞춰 처방된 비타민을 방에 가져다준다. 나는 보통은 분홍색 하나, 녹색 하나였다. 오늘 주유소 사건 때문에 투여량이 증가한 모양이다.

나는 꺼져라 한숨을 쉰다. 그리고 캡슐들을 한입에 꿀꺽 삼킨 다음 잠자리에 든다.

6

나는 아침을 사랑한다. 애들은 내게 나사가 빠졌냐고 한다. 매일 아침식사 때 얼굴에서 웃음이 떠나지 않고 샤워할 때도 콧노래를 흥얼대니까. 레논로즈도 나만큼 아침을 좋아한다. 하기야 레논로즈는 좋아하지 않는 게 별로 없다.

오늘 아침 기지개를 켜다가 방문 안에 놓여 있는 흰색 상자를 발견한다. 빨강 리본이 큼직하게 달린 상자. 내 드레스다.

나는 눈을 비빈다. 내 정신 가장자리에 아직 잠이 들러붙어 있다.

무슨 꿈을 꾸었는지 기억한 적은 전혀 없었는데, 오늘 아침은 좀 다르다. 뭔가에 대한 힌트가 남아 있다. 아슬아슬하게 손이 닿지 않는 곳에 있는 어떤 생각. 무언가 장미에 관한 것. 하지만 그걸 잡으려 할수록 더 멀어진다.

꿈의 여운이 완전히 가셨을 때 나는 다시 흰 상자를 본다.

페트로프 씨가 우리 각각에게 오픈하우스 때 입을 드레스를 제공한다. 우리를 위해 특별히 제작한 드레스들. 마음 한편으로는 드레스를 내가 직접 고른다면 얼마나 좋을까 생각한다. 이렇게 반짝이로 뒤덮인 드레스가 아니면 더 좋을 텐데. 하지만 교장은 아주 까다롭다. 세부적인 데까지 꼼꼼히 신경 쓴다. 그 점에는 감사한다.

나는 침대에서 나와 말려 올라간 잠옷 반바지를 잡아 내리며 상자가 있는 문가로 간다. 상자를 침대로 가져와 리본을 풀고 조심스럽게 뚜껑을 연다. 티슈페이퍼를 쓰다듬는다. 손가락이 옷에 스친다. 시퀸 때문에 까슬까슬하다. 나는 바닥에 끌리지 않게 조심하며 상자에서 천천히 옷을 들어낸다.

아름답다. 발끝까지 오는 흰색 시퀸 드레스. 시퀸이 불빛을 받아 무지갯빛을 낸다. 몸에 꼭 끼고 가슴이 깊이 파인 드레스. 내게 딱 맞을 게 틀림없다. 아카데미가 항상 우리 치수를 재니까. 하지만 손에 들고 있으니 드레스가 여간 묵직한 게 아니다. 나는 드레스를 입어보지 않고 상자 위에 다시 내려놓는다. 그리고 욕실로 가서 트랙 달리기용 운동복으로 갈아입는다.

트랙 달리기는 끔찍하지 않다. 우리 대부분 이 시간을 즐긴다. 트랙에 나가서 군살 없이 탄탄한 몸과 탄력 있는 다리를 만든다. 하지만 가장 좋은 점은, 교정이 이미 철책으로 둘러싸여 있기 때문에 사감이 우리를 따라 나오지 않는다는 것이다. 트랙은 우리에게 아무런 감시가 붙지 않는 몇 안 되는 곳 중 하나다.

가장 따뜻한 운동복을 입고 헤드밴드로 귀를 덮었지만 얼굴에 닿는 바람이 차갑다. 다른 애들은 이미 나와서 뛰고 있다. 나는 애들과 발맞춰 뛰기 시작한다. 우리는 학교 건물을 돈다. 우리 입술에서 작은 입김들이 하얗게 삐져나온다. 이 콜로라도 산지의 밤과 아침은 언제나 춥다. 봄도 예외가 아니다.

우리는 건물의 옆면에 이른다. 옆면에는 창문도 문도 없다. 그저 벽돌벽이다. 내 옆에서 뛰던 시드니가 갑자기 손을 뻗어 내 팔을 붙잡는 바람에 나는 휘청대며 멈춘다. 괜찮냐고 물으려는 찰나, 시드니가 나무 사이를 노려보고 있는 걸 깨닫는다. 시드니의 눈길을 따라 나도 나무 사이를 본다.

나머지 애들은 우리를 지나 계속 달린다. 애들은 주파 기록을 허투루 여기지 않는다. 시드니가 숲에 한 걸음 가까이 간다. 나도 시드니 옆에 가서 선다.

"뭔데?" 내가 묻는다. "무슨 일이야?"

시드니가 다시 나를 본다. 웃음을 참지 못하는 표정이다. 눈에 장난기가 번쩍인다.

"빨리." 시드니가 내 손을 잡고 울타리 쪽으로 잡아끈다. 우리는 다른 애들이 보지 않게 철책과 덤불 사이에 몸을 숨긴다. 덤불이 제멋대로 자라며 철책을 덮쳐서 아치를 만들어놓았다.

심장이 두방망이질한다. 시드니가 무슨 꿍꿍이인지 모르니 더 떨린다. 나는 다른 애들을 다시 확인한다. 다행히 애들은 벌써 건물 옆벽을 돌았다. 우리에게 약 5분의 시간이 있다.

시드니가 내 양쪽 어깨를 잡고, 나는 무슨 일이냐고 다시 묻는다. 시드니는 자기 손바닥에 침을 발라 내 흐트러진 머리를 매만지는 걸로 대답을 대신한다. 내가 손을 찰싹 때려도 시드니는 굴하지 않는다. 그러더니 나를 옆으로 밀어서 나뭇잎 아래에 완전히 숨게 한다.

시드니의 호들갑이 끝나자 나는 허리에 손을 올리고 시드니를 흘겨본다.

"제발, 시드니." 내가 말한다. "나 두통도 있단 말이야." 사실이다. 왼쪽 눈 뒤가 살짝 뻐근하다. 짐작컨대 어젯밤에 추가로 복용한 캡슐의 영향이다. 그것 말고는 내 일상에서 달라진 게 없으니까. 비타민을 과다 복용하면 가끔 생기는 증상이다. 나중에 의사에게 말해야겠다.

시드니가 활짝 웃는다. "손님이 오셨습니다." 그리고는 내 뒤를 가리킨다.

나는 놀라서 몸을 홱 돌린다. 철책 너머 덤불 뒤에 언뜻 사람이 보인다. 내가 소스라치는 순간 그 사람이 철책을 향해 걸어 나온다.

잭슨.

그는 당황한 얼굴이다. 우리 학교 철책 밖 덤불 속에 숨어 있다가 들켰으니 당연하다.

나는 다시 시드니를 본다. "너는 어떻게 안 거야—?"

"오늘 아침에 봤어." 시드니가 잭슨에게 손짓으로 새촘한다. 나는 다시 그에게로 시선을 돌린다. 그가 한 걸음 더 다가온다.

"괜찮구나." 그가 내게 말한다. 안도하는 목소리다. "어떻게 됐나 해서. 아참, 네 사탕도 갖다줄 겸." 그가 비닐봉지를 들어 올린다. "대부분 뭉개졌고, 쿠엔틴이 반쯤 먹었지만 아직 좀 남았어. 사탕 생각이 나지 않을까 해서. 네가 아직 살아 있다면. 근데 살아 있네, 다행히도."

그가 두 눈을 감고 횡설수설한다. 자책하는 것도 같다. 그리고 손바닥으로 얼굴을 쓸어내리며 나를 향해 쑥스럽게 웃는다.

시드니가 몸을 숙이고 격려한다. "아주 잘하고 있어, 잭슨."

잭슨이 고맙다고 말하고 다시 나를 향한다. 그가 철책 사이로 비닐봉지를 내민다.

내가 봉지를 잡으려는데 시드니가 철책 틈을 가리킨다. 쇠가 녹슬어 부서져서 내가 빠져나갈 만한 구멍이 나 있다. 이렇게 되면 어길 규칙이 한두 개가 아니다. 나는 잠시 심각하게 갈등한다. 안톤의 경고가 떠오른다. *다음부터는 조심해.*

하지만 잭슨이 여기까지 온 이유도 묻지 않고 그냥 뒤돌아서는 것도 무례한 일이다. 나는 철책 틈으로 빠져나간다. 아드레날린이 솟는다.

시드니가 어깨 너머를 확인하고 내게 조심을 당부한다. 다른 애들이 뛰어오는 발소리가 메아리친다. "15분 후에 보자." 시드니가 내게 윙크한다. 그리고 잭슨에게 재빨리 눈으로 인사한 후 달리기 대열에 합류하러 뛰어나간다.

빨리 애들 시야에서 벗어나야 한다. 나는 잭슨과 함께 숲속으로 몇 미터 들어간다. 심장이 미친 듯이 뛴다. 우리는 무성한 덤불 뒤에 부러져 있는 통나무를 보고 거기 가서 앉는다. 좀 축축하다. 하지만 신경 쓰지 않는다. 잭슨이 옆에 앉을 때 나무가 삐걱댄다. 잭슨의 손에 난 상처들이 눈에 들어온다. 가죽재킷에도 긁힌 자국들이 있다.

"다쳤구나." 내가 그의 상처 중 하나를 가리킨다. 나는 기다란 상처 하나를 따라 손끝을 움직인다. 손이 닿지는 않게 조심하면서.

잭슨은 내가 지적하니까 그제야 자기 상처들을 본다. "응?" 그가 말한다. "음, 좀. 여기 숲이 엄청 지랄맞더라고. 딱히 학생 친화적이지 않던데."

"우리는 여기로 못 나와." 내가 하늘을 덮은 나무들을 올려다보며 말한다. "솔직히 말하면 네가 여길 뚫고 왔다는 것도 안 믿어져." 나는 곁눈으로 그를 본다. 그가 숨을 고른다. "정말로 내가 죽은 줄 알았어?" 내가 묻는다.

"아니." 그가 말한다. "설마. 그래, 얼마간은. 그래서 확인하러 온 거야. 숲을 헤치며 왔더니 철옹성 같은 울타리만 있을 줄이야. 그러다 네 친구들이 조깅하는 걸 봤어. 나를 도끼 살인마로 생각할까 봐 떨었는데 다행히 시드니가 나를 먼저 보고 기다리라는 신호를 보내더라. 그게 그러니까—" 그가 말을 끊고 잠시 생각한다. "20분쯤 전에."

"여기 그렇게 오래 있었다고?" 내가 묻는다.

"있기는 더 오래 있었지." 그가 눈에 힘을 준다. "주도면밀한 계획은 아니었어."

내가 웃는다. 그가 내게 사탕 봉지를 내민다. 나는 깍듯이 고맙다고 말하고 봉지에서 사우어캔디를 꺼낸다. 그도 봉지에 손을 넣어 키세스 초콜릿을 꺼낸다.

"저기—" 잭슨이 말한다. "이런 질문, 해도 될지 모르겠는데, 무슨 좆 같은 학교가 이래?"

"무슨 뜻이야?"

"무슨 뜻이냐고?" 그가 놀라서 되묻는다. "여기는 테크놀로지 기업 소유야. 적어도 전에는 그랬어. 그 미친놈이 가게에서 너를 강제로 끌어낸 것도 모자라 너를 밖에다 내팽개쳤잖아. 그때 내가 어떻게든 놈을 막았어야 했어."

그가 내 행동을 들추자 수치심이 올라온다. "내가 지시에 따르지 않았어." 나는 사탕을 뒤적이며 나직이 말한다. 그러다 문득 깨닫는다. 꼼지락대는 건 금물이야. 나는 몸을 바로 하고 잭에게 주목한다.

그가 나를 빤히 응시한다. 그의 표정에서 걱정이 느껴진다.

"너희 부모는 어떤 사람들이야, 미나?" 그가 묻는다. "너를 왜 이런 데 보내? 나도 알아. 여기처럼 '소녀들을 다시 소녀답게'라고 외치는 학교들과 그런 개소리를 믿는 인간들이 아직도 있다는 거. 그런데 왜 이렇게 고립적인 학교에? 왜 하필 *이 학교*야?"

그의 질문이 놀랍다. "여기가 전국에서 가장 명망 있는 예비신부학교 중 하나니까. 사교 에티켓의 폭넓은 훈련을 통해 엘리트를 양성하는 학교."

"그래." 잭슨이 영혼 없이 대답한다. "그럼 너희 부모님은? 학교가 딸에게 그렇게 폭력을 써도 괜찮대?"

"내가 자초한 일이니까." 내가 말한다. "우리 부모님은 아카데미를 믿어. 그리고 아주 명석한 분들이야. 아빠는 법률회사 대표고 엄마는 자선사업가야. 엄마는 언젠가 공직에 출마할 생각이셔."

잭슨이 눈길을 돌리며 구두로 잡초를 뭉갠다. "그래, 뭐!" 그가 말한다. "자기 딸이 이런 취급을 받아도 된다고 생각하는 사람이면 내가 젠장 거기다 투표할 일은 없겠네."

이유는 모르겠지만 웃음이 나온다. 잭슨의 행동, 그의 퉁명스런 태도가 왠지 재미있다. 그는 생각나는 그대로 말하는 것 같다. 내가 웃는 걸 보고 그도 피식 웃는다.

"하루를 기다렸어." 그가 말을 잇는다. "네 걱정이 돼서 어떡할까 고민했어. 어제 학교 버스를 따라가려고 했는데 쿠엔틴이 말렸어. 차근히 계획을 세우라면서. 하지만 오래 기다릴 수는 없었어. 그래서 이렇게 불쑥 나타난 거야. 계획은 쥐뿔."

그가 걱정했다니 고맙다. 아카데미가 나를 걱정하는 방식과는 다르다. 잭슨은 내 매너에 신경 쓰지 않는 것 같다. 내 머리와 화장에 대해서도. 그는 그런 것들을 언급한 적조차 없다.

"좋은 계획 같은데 뭐." 내가 말하고 그에게 사탕 봉지를 내민다. 그가 아랫입술을 핥다가 손을 뻗어 같은 초콜릿을 하나 꺼낸다.

처음에는 어색했지만, 잭슨이 태평스런 태도로 일관하니 나도 마음이 편해진다. 구름과 나뭇가지가 걸러낸 햇빛이 내 발치에 떨어진다. 나는 발을 움직여 운동화를 따뜻한 양달에 놓는다. 그리고 숲을 바라보며 새소리에 귀 기울인다. 이곳은 정말로 평화롭다.

"키스 어때?" 잭슨이 묻는다.

순간 얼굴이 확 달아오른다. 내가 쳐다보자 그가 은박지에 싼 작은 초콜릿을 내민다. 내 빨개진 얼굴을 보고 씩 웃는다.

"고마워." 나는 잭슨의 손가락 사이에서 사탕을 뺀다. 그는 다시 아카데미로 눈을 돌린다. 그의 눈이 건물 앞면을 훑다가 철창에서 멈춘다.

"이제는 학교가 됐다는 거지." 그가 말한다. "근데 외관은 그대로다. 도로 옆에 붙어 있는 무시무시한 간판만 빼면. 해골 표시도 그보다는 낫겠더라."

"잠깐." 내가 곧추앉으며 묻는다. "네가 교정에 들어와 본 적이 있다고?"

"그럼." 그가 말한다. "그땐 공장 부지였지. 잡목이 이렇게 엉망으로 우거지기 전에. 여기에 철책을 둘러치기 전에."

"마지막으로 여기 온 게 언젠데?" 내가 솔깃해서 묻는다. 잭슨이 아카데미에 와본 적이 있다니 신난다. 갑자기 우리 사이에 공통점이 많아진 것 같다. 물론 그렇지 않을 가능성이 높지만.

"4년 전." 그가 내 눈을 피하며 말한다. "열네 살 때. 내가 그때 자주 가출했거든. 솔직히 내가 그때 좀 개판이었어. 집에서 뛰쳐나오면 으레 쿠엔틴네로 갔는데 걔네 부모도 가끔씩 안쓰럽게 쳐다보더라고. 그럼 감을 잡는 거지, 짐 쌀 때가 됐구나. 집에 가는 척했지만 사실 둘이서 여기저기 쑤시고 다녔어. 버린 건물들, 야영 장소. 하지만 부모가 언제나 잡아내더라고. 그러다 결국 재판까지 받았어. 사회봉사명령이 떨어져서 고스란히 100시간을 고속도로에서 쓰레기 주우며 보냈지."

"왜 집에서 도망쳤는데?" 부모에게서 도망칠 생각을 하다니 놀랍다. 그건 너무나— 불경한 일이다.

"우리 아빠." 잭슨이 말한다. "우리 아빠는 진짜—" 그가 말을 하다 말고 다시 학교를 바라본다. "아빠와 나는 사이가 좋지 않았어." 잭슨이 표현을 바꾼다. "가치관이 달랐어. 그리고 아빠가 엄마를 대하는 방식도 싫었어."

"지금은?"

잭슨이 내게로 눈길을 돌리더니 잠깐 뜸 들이다 대답한다. "지금은 우리 둘뿐이라서 선택의 여지가 없어."

"둘뿐?"

"엄마는 돌아가셨어." 그가 숨을 꾹 삼킨다. "3년 전에. 엄마가 죽으니까 아빠가 정말 잽싸게 정신을 차리더라."

갑자기 심장이 아릿하다. 지금까지 내 주변에선 죽은 사람이 없었다. "정말 유감이야." 내가 말한다.

"그래." 그가 찡그린다. "내가 너한테 왜 이런 얘기를 하는지 모르겠다. 멍청했어. 미안." 그가 눈길을 돌린다. 그가 갑자기 나약해 보인다. 여전히 고통스러운 모습. 더는 얘기하기 싫은 기색이다.

우리는 묵묵히 사탕만 먹는다. 하지만 대화 없이도 어색하지 않다. 잭슨이 다시 나를 본다. 그의 표정이 풀어져 있다.

"너는 어때?" 그가 묻는다. "여기 8개월 있었다며. 집에는 얼마나 자주 가?"

"안 가." 내가 말한다.

"뭐?" 그가 묻는다. "여기에만 있다고?"

"응. 우리는 여기 상주해. 집중교육 과정이라서."

"몰래 빠져나가는 건 자주 해?"

"나?" 내가 묻는다. "아니, 전혀. 하지만 학교에 있을 때는 밖에서처럼 우리를 심하게 감시하거나 하지는 않아."

"몰래 나가지도 않으면 뭐하고 지내는데? 무슨 재미로 살아?"

"애들과 수다 떨어." 내가 말한다. "이런저런 얘기. 가십. 가끔은 남자애들 얘기." 내가 벌쭉 웃는다.

"*남자애들?*" 그가 반문한다. 마치 망측한 말을 들은 듯이. "복수형? 이 근처에 남자애들이 많아?"

"하나도 없어." 내가 말한다. "그러니까 가십거리지."

그가 웃는다. "나도 이제 명단에 오르는 건가?"

"벌써 올랐어." 내가 진지하게 말한다. "우리끼리 너에 대한 온갖 추측이 난무했어. 오늘 얘기도 애들한테 얼른 해주고 싶다. 너 완전 흥미로워." 내가 말한다.

잭슨이 움찔한다. "부탁 하나 해도 될까, 미나?"

내가 끄덕인다. "그럼."

"그게— 네 친구들에게 우리 엄마 얘기는 빼줄래?" 그가 말한다. "개인적인 일이라서."

그 생각은 미처 하지 못했지만, 이해하고도 남는다. 애들에게 거짓말할 마음은 없다. 그저 그 부분만 빼고 말하면 된다.

"말 안 할게." 내가 약속한다. 잭슨이 고맙다는 뜻으로 미소 짓는다. 우리는 잠시 말이 없다. 그러다 그가 뭔가 생각난 듯 불쑥 움직인다.

"아참." 그가 주머니에서 전화를 꺼낸다. "전화해도 될까? 너하고 말하는 게 재미있거든. 학교 얘기랑. 무엇보다 네가 저 쇠창살 너머에서 무사하다는 걸 알아야 나도 밤에 다리 뻗고 잘 것 같아서 그래."

"학교에서는 휴대폰 금지야." 내가 말한다. "우리가 쓸 수 있는 전화는 복도에 있는 공용 전화뿐이야."

"이메일은?"

나는 머리를 가로젓는다. "컴퓨터도 없는걸."

"골때린다." 잭슨이 뇌까리며 전화를 도로 주머니에 넣는다. "여기가 테크놀로지 기업이었다는 걸 생각하면 웃긴다." 그가 자기 말을 곱씹다가 덧붙인다. "하기야 뭐, 몇 년 전에는 정부가 사람들 인터넷 접속을 막으려고 했잖아. 여론을 통제하겠다는 수작이었지, 기억나?"

나는 대답하지 않는다. 집에도 컴퓨터가 없다는 말을 하기가 싫다.

잭슨이 머리를 절레절레 흔든다. "진짜 소름이었어." 그가 학교를 바라본다. "다행히 오래가지 못했어. 근데 이노베이션스가 그 일로 업종 변경을 한 건 아닐까? 제조업에서 여학교로."

"원예업도." 내가 온실을 가리킨다. "우리는 최고로 아름다운 꽃들을 재배해."

잭슨이 잠시 나를 신기하게 쳐다본다. "상당히 짭짤할 것 같긴 하다." 그가 작게 웃으며 말한다. "당연히 여기 학비도 장난 아니겠지? 너도 말했다시피 워낙 '엘리트'를 위한 데니까. 학생 선발을 어떻게 하는지 궁금해."

입학 첫날 페트로프 씨가 우리에게 선발 과정에 대해 말했다. 교장과 교수진이 미모와 품성이 완벽히 조합된 소녀들을 찾아 전국을 샅샅이 뒤졌다고 했다. 우리는 그 기준에 따라 선발됐고, 우리 부모들은 더없이 기뻐했다.

하지만 이 기준이 잭슨에게 감명을 줄 것 같지는 않다. 그래서 말하지 않는 편을 택한다.

잭슨은 양손을 뒤로 짚고 기대앉으며 다시 한 번 아카데미를 뜯어본다. "있잖아." 그가 입을 연다. "저 건물에 아직 옛날 공장 설비들이 남아 있을 것 같아. 가끔 벽장이라도 좀 뚫어봐. 뭐가 있는지."

"그런 짓을 어떻게 해." 내가 콧잔등을 찡그린다. 그가 입속에 사탕을 하나 더 던져 넣는다.

"나라면 한다." 그가 냅다 말한다. 일말의 거리낌도 없이. 그가 나를 본다. 우리는 함께 피식 웃는다.

그는 내가 아카데미에서 또는 그 전에 만나본 남자들과 너무나 다르다. 내 상호작용의 대부분은 미리 계획되고 연습된 댄스와 같다. 잭슨은 그 반대다. 그는 흐트러져 있고 예측 불가하다.

"너 참 흥미롭다." 내가 말한다. "내 생사확인을 하겠다고 아무 계획 없이 무작정 한 시간을 운전해서 오지를 않나, 욕을 하지를 않나, 가출 경력이 있지를 않나. 거기다 주유소에서 사감과 몸싸움 직전까지 가고."

"호시탐탐 개판치는 게 내 특기거든."

"소질 있어." 내가 말한다. 내 말에 그가 웃는다.

잭슨이 초콜릿을 하나 더 집어서 천천히 껍질을 깐다. 나는 그의 동작에 주목한다.

"너 왼손잡이야?" 내가 묻는다.

그가 내 질문에 놀라는 눈치다. 그가 자기 손바닥을 내려다본다.

"맞아. 너도?"

"아니. 왼손잡이인 사람 처음 봐." 내가 말한다.

"사람을 만날 일이 별로 없었다는 말 같다, 미나." 그가 내게 손을 내민다. 나도 아무 생각 없이 손을 내민다. 내 손바닥으로 그의 손바닥을 쓸어내린다. 그의 거칠거칠한 피부에 놀란다. 나를 긁는 느낌. 나와 딴판인 느낌. 그 느낌이 좋다.

잭슨이 흑갈색 눈을 들어 나를 본다. 잠깐이지만 우리는 서로를 말없이 바라본다. 문득 가슴이 찌릿하다. 한 번도 경험하지 못한 숨 막힘. 잭슨이 또 아랫입술을 핥는다. 그리고 천천히 자기 손을 뺀다. 그는 트랙으로 눈을 돌린다. 애들이 건물을 도는 소리가 난다. 마지막 바퀴를 도는 것 같다.

"이만 가봐야 할 것 같아." 내가 통나무에서 일어선다.

잭슨이 나를 따라 걷는다. 우리는 철책에서 멈춰 선다. 좀 더 오래 있고 싶다는 걸 제외하면 그와 함께 있었던 시간이 너무나 좋았다.

"오늘 저녁에 오픈하우스가 있어." 내가 말한다. "밤늦게 끝나. 그래서 내일은 트랙 달리기가 없어. 하지만 일요일에는 다시 나올 거야. 혹시 네가 근처에 올 일이 있다면."

"근처? 여기 이 좆 같은 산속 근처?" 그가 묻는다. "그럼, 물론이지.

올게. 거기다 사탕도 아직 다 못 먹었잖아." 그가 비닐봉지를 치켜든
다.

나는 낄낄 웃는다. 운동화들이 트랙을 치는 소리가 점점 더 커진다.
애들이 건물을 돌아 이쪽으로 오고 있다. 시드니가 대열 끄트머리에서
뛰고 있다.

"그럼 일요일에 만나." 내가 말한다. "사탕 가져와."

그가 빙그레 웃고 작별인사로 고개를 끄덕인다. 나도 몸을 돌려 철
책 사이로 미끄러져 들어간다. 그리고 애들과 합류해 아침 달리기를
끝낸다.

7

우리는 조깅을 마치고 현관으로 향한다. 보스 사감이 문에서 우리
를 매의 눈으로 지켜본다. 혹시 내 위반 행동이 들통난 걸까, 겁난다.
시드니의 눈에서도 같은 두려움이 번쩍인다. 하지만 사감은 우리에게
빨리 들어오라고 손짓할 뿐이다. 그는 우리가 일정에서 벗어나는 걸
용납하지 않는다.

나는 일부러 사감에게서 멀찍이 떨어진다. 내 입에서 사탕 냄새라도
맡으면 큰일이다. 사감을 무사히 통과한 후 시드니와 나는 안도의 눈
빛을 교환한다. 우리는 수업 준비를 위해 방으로 향한다.

시드니와 나는 다른 애들을 앞세우고 뒤처져서 걷는다. 시드니가 내게 가까이 다가와 팔짱을 낀다.

"그래, 잭슨은 어땠어?" 시드니가 내 쪽으로 머리를 기울이며 숨죽여 묻는다.

"일요일에 다시 온대." 내 목소리에 긴장이 배어난다. 흥분감. 한 주에 두 번이나 불복종으로 걸려서 또다시 계도당하고 싶지는 않다. 하지만 잭슨의 말을 듣는 게 너무 좋았다. 그가 내 말을 들어준 것도.

시드니의 의견을 구하기 위해 나는 잭슨과 나눈 얘기를 모두 털어놓는다. 그의 가족 얘기만 빼고. 잭슨이 어렵게 숲을 헤치고 온 것, 그의 매너 결여. 비록 잠깐이지만 내가 그의 손을 잡은 것까지 모두. 그가 얼마나 내 걱정을 했고, 어떻게 내게 안부를 물었는지. 내 생각에 시드니가 이 부분에서 가장 많이 감동한 것 같다.

기숙사 층에 이르자 시드니가 극적으로 숨을 뱉는다. "그래, 한 번 가보자." 시드니가 말한다. "다만 일요일에 개가 부적절한 일을 도모할 틈은 주지 마. 개 매너가 아무리 야수의 매너여도 네 매너까지 거기에 물들면 안 돼. 자칫하면 개한테 엉뚱한 생각을 심어주게 돼."

시드니의 말이 옳다. 규칙은 우리의 안전을 위해 존재한다. 나는 조심할 것을 맹세한다. 내 의지를 보여주기 위해 가슴에 성호까지 긋는다.

시드니가 코웃음을 친다. 우리는 각자의 방으로 찢어진다.

샤워할 때까지도 사탕의 맛이 혀에 남아 있다. 나는 다른 때보다 시간과 정성을 들여 다리를 제모하고, 수분 크림을 바르고, 머리를 말린다. 파티 직전에 모든 걸 허겁지겁 해치우기는 싫다.

오늘 밤 우리는 최대한 아름다워 보여야 한다. 파티 입장 전에 교장이 우리를 일일이 점검하고, 필요 시 수정을 요구한다. 공식 행사 때 교장은 내게 올림머리를 권한다. 그래서 그렇게 스타일링한다. 머리를 올리고 곱슬머리 몇 가닥만 얼굴 옆으로 늘어뜨린 스타일. 시드니에게 교장은 생머리 또는 굵은 곱슬머리를 권한다. 레논로즈는 항상 머리를 내려야 한다. 그 밖에도 여러 '명세'가 있다. 교장은 그런 요건들을 '명세'라고 부른다. 교장의 목표에 부합하고 나아가 능가하는 것은 우리에게 달려 있다.

나는 교복을 입고 필수 화장(파운데이션, 블러시, 아이라이너, 아이섀도, 립스틱, 마스카라)을 마친 다음 오전 수업을 받으러 간다. 겸양과 정숙 시간에 펜션트 교수가 자세를 논하고, 현대 매너 시간에는 레빈 교수가 오픈하우스를 예로 삼아 파티 초대장 작성법을 가르친다. 파티 초대장은 전에도 몇 번 만들어봤다. 매번 변화는 거의 없거나 아예 없다. 하지만 펠트펜을 사용하는 게 재미있어서 다른 불만은 없다.

사교 에티켓 시간에는 연방화원에 대해 읽는다. 앨리스터 교수는 우리에게 아름다움에 정진하기 위해서는 먼저 아름다운 것들의 중요성을 이해해야 한다고 말한다.

수업 시간이 더디게 흘러간다. 나는 창밖의 안개 낀 아침을 우두커니 쳐다본다. 내 눈이 숲으로 향한다. 울창한 숲이 학교와 도로 사이의 넓은 땅을 가득 채우고, 날로 무성해지는 덤불이 철책을 천천히 집어삼키고 있다. 이러다 언젠가 학교가 통째로 파묻히는 게 아닐까. 덩굴이 창문들로 기어들고, 유리를 부수고, 쇠창살을 휘휘 감는 거야.

그러다 오늘 아침에 숲을 헤매는 잭슨의 모습을 그려본다. 내게 닿으려다 방향감각을 잃어버린 맘씨 좋은 잭슨. 나는 빙긋 웃으며 손바닥에 턱을 괸다.

"필로미나?" 앨리스터 교수가 부른다. 흠칫 놀라 고개를 든다. 교수가 내 대답을 기다리고 있다.

"죄송합니다. 뭐라 그러셨죠?" 내가 묻는다. 교수가 한숨을 쉬며 지시봉으로 칠판을 탁탁 친다.

"연방화원이 언제 건립됐냐고?" 그가 재차 묻는다.

"3년 전이요." 내가 대답한다. 애들의 시선이 내게 몰린다. 얼굴이 화끈거린다.

"건립 목적은?" 앨리스터 교수가 받아친다.

"아름다운 것들은 보존할 필요가 있으니까요." 내가 암송한다. "숭상의 가치가 있으니까요. 우리는 꽃을 본보기로 삼아 꽃을 닮아야 합니다. 오직 아름다운 것들만이 가치 있습니다."

"훌륭해." 교수가 끄덕인다. 그는 나를 쓱 훑어보더니 다시 반 전체를 향해 수업을 재개한다.

나도 다시 손에 턱을 괴고 창밖을 응시한다.

어제 주유소의 소동이 불러온 흥분과 오늘 철책 밖에서 잭을 만난 흥분이 합쳐져 나는 좀처럼 수업에 집중할 수가 없다. 마음이 자꾸만 숲속으로, 모험을 찾아 떠나간다. 에티켓 시간에 시드니가 내 구두를 두 번 찬다. 나는 적절한 전화 매너에 대한 내용을 놓친다. 하지만 전에도 들은 내용이라 상관없다. 교수들은 우리를 교실을 나가는 순간 모든 걸 까먹는 애들로 취급한다. 하지만, 천만에! 우리는 끝내주게 잘 배운다.

나는 계속해서 오늘 잭슨과의 상호작용을 분석한다. 그러다 아카데미의 가르침이 그런 경우를 전혀 반영하지 못한다는 점을 깨닫는다. 그건 모순이다. 나는 거기에 대한 해명을 구해야 한다.

내가 손을 든다. 앨리스터 교수가 흠칫 놀라며 나를 지목한다.

"그래, 필로미나."

"에티켓에 관한 질문이 있습니다." 내가 말한다. 아이들의 시선이 또다시 내게 모인다. "대면 에티켓이요."

교수가 계속하라는 뜻으로 끄덕인다.

"대화를 나눌 때요—" 나는 말을 신중히 고른다. "남자가 스스럼없이 나오면요, 이쪽에서도 스스럼없이 대하는 게 맞나요?"

"당연히 아니지, 필로미나." 교수가 말한다. "남성과 담소를 나눌 때 너의 소임은 상냥함과 정숙을 보여주는 거야. 나쁜 매너는 상대 남성에게 너 자신이 시간 투자의 가치가 없는 존재라는 걸 보여줄 뿐이지."

심장이 내려앉는다. 내가 잭에게 너무 스스럼없이 굴었나? 일요일에 오지 않으면 어쩌지.

"지금 한 말을 기억해요." 교수가 반 전체에게 말한다. "여러분은 언제나 최고의 품행을 보여야 해요. 남자는 그걸 기대해요. 여러분은 사회가 제공할 수 있는 최고의 소녀를 대변하고, 이노베이션스 아카데미를 대표해요. 거기에 걸맞게 행동하도록."

몇몇 아이들이 고개를 끄덕인다. 나는 숨을 꿀꺽 삼킨다. 내 행동에 대한 후회가 밀려든다. 어제 오늘 나는 방향을 잃었다. 전에는 한 번도 하지 않던 실수를 연속으로 저질렀다. 더 분발해야 한다.

마지막 수업은 기초과목이다. 다행이다. 오늘의 기초과목은 수학이다. 문제의 난도들이 점점 높아진다. 분수는 요리 재료 계량이나 화초용 흙 배합에 유용하다.

이노베이션스는 학교지만 원예업도 겸한다. 주요 작물은 혼종 화초들이다. 우리가 먹는 주스와 비타민의 재료로 쓰는 식물들도 재배한다. 애너리즈가 원예 선생인 드리스콜 교수에게 들은 바로는, 아카데미는 조제법 확대를 꾀하고 있다. 교수는 우리가 학교 번영에 훌륭하게 기여한다고 했다.

애너리즈가 교실 건너편에서 내게 미소를 보낸다. 오늘 우리 모두 학습 의욕이 넘친다. 하지만 끝나지 않는 건 없다. 오늘이 이달의 마지막 수학 시간이다.

"너무 많은 생각은 미모에 해로워." 기초과목 슬로스키 교수가 일주일에 한 번 이상 하는 말이다. 무슨 유행어처럼. 그런데 교수가 그 말을 할 때마다 우리는 조금씩 시든다. 우리는 지식에 굶주려 있다. 하지만 그것이 우리에게 악영향을 미치는 것은 바라지 않는다.

20분 후 수업이 종료된다. 우리에게 점심을 먹고 파티 준비에 착수하라는 지시가 떨어진다. 가족과 후원자들이 4시경부터 도착할 예정이다. 디너는 5시경에 시작한다. 우리에게는 샐러드만 제공된다. 쫀득한 닭고기와 감자가 나오면 얼마나 좋을까. 하기야 식단이 갑자기 바뀌면 배탈이 날 수 있다. 그래도 가끔씩 사탕을 먹는 정도는 나쁘지 않다. 그건 내가 경험으로 안다.

교실에서 아이들이 나온다. 나는 시드니에게 손을 흔든다. 우리는 나란히 점심을 먹으러 식당으로 향한다. 우리가 먹을 샐러드와 채소 주스가 이미 식탁에 차려져 있다. 우리는 식탁에 앉는다. 이미 앉아 있던 레논로즈와 다른 애들이 우리를 미소로 맞는다.

브린이 즉각 오픈하우스를 위해 받은 드레스 얘기를 시작한다. 은은한 라벤더색. 페트로프 씨가 브린을 가장 돋보이게 한다고 여기는 색. 브린은 보라색이 자기 머리색과 충돌한다고 생각한다. 하지만 교장의 견해가 진리니까.

"나는 이번에도 검정 드레스야." 마르셀라가 말한다. 실망한 말투다. "이번에는 붉은색이었으면 했는데. 안톤 말로는—"

"여기 앉아도 될까?" 예상치 못한 목소리에 우리 모두 놀란다.

우리가 일제히 고개를 든다. 놀랍게도 밸런타인 라이트가 식탁 머리에 서 있다. 참하게 미소를 띤 얼굴로.

밸런타인은 단정한 교복 차림에 흰 양말과 검정 구두를 신고 리본으로 머리를 묶었다. 더없이 차분한 모습이다. 그런데 어딘지— 전과 달라 보인다. 보이지 않지만 날카롭게 날선 뭔가가 감지된다. 마음이 어지럽다. 나는 미간을 모으고 이런 느낌이 드는 이유를 짚어내려 애쓴다.

마르셀라가 밸런타인에게 자리를 만들어주려 옆으로 옮겨 앉고, 다른 애들은 호기심 어린 눈으로 쳐다본다. 밸런타인은 한 번도 우리와 앉은 적이 없다. 밸런타인이 내 맞은편에 앉아서 샐러드를 향해 손을 뻗는다. 나는 밸런타인을 관찰한다.

밸런타인의 피부는 밝고 깔끔하다. 눈 가까이에 작은 멍이 든 것만 빼면. 멍이 아주 작아서 다른 애들에게는 보이지 않을 거다. 멍이라기보다 침 사국 같다.

밸런타인이 합석하게 해준 데 감사를 표한 뒤 먹기 시작한다. 다른 말은 없다. 하지만 확실히 뭔가 달라졌다. 일단 우리와 합석한 것부터 심상치 않다. 나는 밸런타인을 향해 몸을 숙인다.

"좀 어때?" 내가 묻는다.

밸런타인이 포크에 걸린 양상추 조각을 보다가 내게로 눈을 든다.

"좋아." 밸런타인이 기계적으로 대답한다. "안톤이 내가 문제를 극복하도록 도와줬어. 충동억제치료를 완료했고, 안톤에게 대응기제들도 처방받았어. 나는 이제 백 프로야." 밸런타인이 방긋 웃는다. "안톤이 엄청 뿌듯해했어."

시드니가 불안하게 움직대다가 나를 향한다. 하지만 나는 계속 밸런타인을 본다. 밸런타인은 태연하게 포크를 들어 샐러드를 먹는다. 애너리즈의 격앙된 한숨 소리가 모두의 침묵을 깬다.

"어제 버스에서는 왜 그런 거야?" 애너리즈가 밸런타인에게 묻는다. "너 사감에게 대놓고 반행했잖아. 무슨 생각으로 그런 거야?"

밸런타인은 입 안의 음식을 씹어 넘기고 냅킨으로 양쪽 입가를 톡톡 닦은 다음, 눈을 들어 우리를 마주한다.

"내가 반항적으로 굴었어." 밸런타인이 담담히 대꾸한다. "내 선택을 후회해. 하지만 안톤이 내가 문제를 극복하도록 도와줬어. 충동억제치료를 완료했고, 대응기제들도 처방받았어." 밸런타인이 내게 했던 말을 마치 처음 하는 것처럼 그대로 반복한다. "나는 이제 백 프로야." 밸런타인이 미소 짓는다. "안톤도 엄청 뿌듯해했어."

애너리즈가 창백해져서 나를 본다. 밸런타인의 연습된 대답에 어이가 없어서 우리 중 누구도 말을 잇지 못한다. 충동억제치료를 받은 애는 보통 떨어져 앉고 말도 하지 않는다. 적어도 한동안은 그렇게 지낸다. 밸런타인 같은 유형의 행동 변화는 처음이다. 더 깊고 강하게 통제된 것 같다.

하기야 전에는 우리가 충동억제치료를 받은 애한테 *어쩌다 그렇게 됐냐고* 물어본 적이 없다. 결과를 당연하게 받아들였을 뿐이다. 우리가 너무 사적인 질문을 했나? 치료를 받고 온 애와는 당분간 간격을 두라는 학교의 방침을 존중했어야 했다. 비록 밸런타인이 먼저 우리에게 왔지만.

정적을 깨기 위해 브린이 다시 드레스 얘기를 꺼낸다. 다른 애들도 일상의 대화로 돌아온 것에 안도한 표정이다. 하지만 나는 밸런타인의 행동 교정에 대해 계속 생각한다. 조용히, 태평하게 먹고 있는 밸런타인에게 눈을 떼기 힘들다.

나는 교수진 식탁을 슬쩍 본다. 교수들 틈에서 우리를 주시하는 보스 사감이 눈에 들어온다.

그의 주목이 왠지 당황스럽다. 뭐랄까, 그는 매순간 우리를 지키고 있는데 나는 이제야 그걸 깨달은 느낌? 그가 나를 배은망덕하다고 여길까 봐 나는 그의 보살핌에 대한 감사의 표시로 턱을 살짝 숙인다. 그러자 그가 천천히 같은 몸짓으로 내 인사를 받는다. 나는 묵묵히 식사를 마친다.

잠시 후 바로 해산 명령이 떨어진다. 뒤처리 당번인 애너리즈와 레논로즈만 식당에 남고 나머지는 오늘 밤 오픈하우스 준비를 위해 방으로 돌아간다.

나는 시드니와 나란히 걷는다. 가다가 밸런타인을 힐끔 돌아본다. 밸런타인의 표정이 텅 비어 있다. 멍한 시선. 그러다 내 눈길을 알아채고 방긋 웃는다. 나는 후딱 몸을 돌리고 시드니의 팔을 잡는다.

"그래서 내가 레논로즈에게 화장을 해주기로 했지." 시드니가 하던 말을 맺는다. "내 파란색 새도가 걔 드레스에 딱이거든."

"집합 전에 나도 잠깐 들러서 너의 기술을 직접 볼래." 내가 말한다.

시드니가 해죽 웃으며 나중에 보자는 말과 함께 자기 방으로 퇴장한다. 시드니가 문을 닫자 나도 내 방을 향해 돌아선다. 순간 심장이 떨어질 뻔한다. 복도에 나와 밸런타인 둘만 있다.

밸런타인이 일부러 남은 거다. 나를 기다리며. 밸런타인이 고개를 갸우뚱한다.

"최근에 기분 좋은 기억이 떠올랐어." 밸런타인이 아련한 목소리로 말한다. "너도 기억나지, 애너리즈가 우리에게 자기 머리를 노랗게 칠해달라고 했던 때? 자기는 원래 붉은 머리가 아니라 금발이라면서. 애가 엄청 심란해했잖아. 그래서 네가 미술 시간에 물감을 훔쳐서 애너리즈 머리를 노란색으로 칠해줬잖아. 정말 예뻤는데. 안톤이 너한테 불같이 화를 내긴 했지만."

"무슨 소리야?" 내가 묻는다. "그런 일은 없었어."

밸런타인이 미소 짓는다. "그때 참 즐거웠는데." 밸런타인이 내 말을 무시하고 덧붙인다. "그때가 그리워."

나는 물감을 훔친 적도 없고, 애너리즈의 머리에 색칠을 한 적은 더더구나 없다. 밸런타인이 정신이 오락가락하는 걸 보니 충동억제치료에 아직 적응이 덜 된 모양이다. 우리 중 누가 안톤에게 알려야 하지 않을까.

"음, 이따 오픈하우스에서 보자." 밸런타인이 유쾌하게 말한다. 그러더니 몸을 홱 돌려 자기 방으로 들어가 조용히 문을 닫는다. 딸깍.

나는 잠시 멍하니 서 있다. 얼떨떨하다. 좀 무섭다. 하지만 무섬증은 오래 가지 않는다. 나중에 시드니의 방에 가면 그때 시드니의 생각을 물어봐야지.

수신: 안톤 스튜어트
제목: 필로미나 로즈
발신: 토비어스 앨리스터
금일 오후 1:05

논의한 대로 수업 중에 필로미나의 행동을 예의주시했습니다. 또 공상에 잠겨 있었고, 남자들과의 상호작용에 대한 질문을 하더군요. 전부터 있던 버릇들이긴 합니다만, 우려스럽습니다. 특히 밸런타인 라이트의 돌발행동이 있은 후라 더 그렇습니다. 지난번 일이 되풀이되는 것은 원치 않아요.
공상이 수그러들 기미가 보이지 않으면 그땐 충동억제치료를 써서 고약한 버릇을 바로잡는 게 좋을 듯합니다.

- 토비어스 앨리스터

8

단장을 마친 후 나는 시드니가 레논로즈에게 눈화장해 주는 걸 구경하러 시드니의 방으로 건너간다(시드니는 화장술에 있어서 타의추종을 불허한다. 리앤드라의 미용 교습에서도 일등을 도맡아 한다). 그런데 레논로즈가 오지 않았다. 나는 어쨌든 기다려본다. 깊이 파인 드레스 가슴선을 계속 끌어올린다. 드레스 재질 때문에 온몸이 간지럽다.

시드니가 눈두덩에 마지막으로 하이라이터를 추가한다. 시드니가 채비하는 동안 나는 아까 밸런타인이 복도에서 내게 한 기이한 말들을 전한다. 시드니가 브러시를 내려놓고 내게로 몸을 돌려 검지로 아랫입술을 탁탁 두드린다.

"노랑머리?" 시드니가 묻는다. 거슬리는 부분이 거기라는 듯이. "일단, 애너리즈는 남이 자기 머리에 손대는 걸 못 참아. 물감 칠이라니 말도 안 돼. 거기다 밸런타인이 자기도 함께 있었대?"

"즐거웠대." 내가 말한다. "그때가 그립대."

"거참, 기이하네." 시드니가 중얼거린다.

"그래서 너한테 물어보는 거야. 안톤에게 말해야 할까?" 내가 말한다. "하지만 방금 충동억제치료를 받고 온 애를 또다시 궁지로 몰기는 싫어. 그저 며칠 적응할 시간이 필요한 걸까? 어떻게 해야 좋을까?"

"말을 걸어봐." 시드니가 나를 향하며 제안한다. "밸런타인에게 왜 그러냐고 물어봐. 보아하니 너를 믿나 봐. 아니면 자꾸 너한테 앞뒤 없고 오싹한 말들을 할 리 없잖아."

나는 피식 웃는다. 하지만 시드니의 말이 맞다. 밸런타인이 자기의 요상한 생각들을 공유하는 대상이 왜 하필 나인지는 나도 모른다. 하지만 탐구해볼 가치는 있다. 이유가 의외로 간단할 수도 있다.

수다 떠는 와중에 보스 사감이 복도로 집합하라고 외치는 소리가 들린다. 시드니와 나는 얼른 하이힐을 신고 거울 속 모습을 마지막으로 확인한 후 복도로 나가 정렬한다. 밸런타인이 레논로즈의 방에서 함께 나온다. 둘 다 완벽하게 화장한 얼굴로. 레논로즈가 밸런타인과 함께? 의아하다. 레논로즈가 내 눈길을 피하는 게 특히 더.

보스 사감이 우리 각각을 잽싸게 훑어본 후, 우리를 데리고 아래층 연회장으로 향한다. 그가 짧은 분홍 드레스 차림의 애너리즈를 보고 씨익 웃는다. 역시 페트로프 씨의 취향이다.

넌 항상 다리를 내보여. 페트로프 씨가 애너리즈에게 말했다. *다리가 네 최고의 자산이야.*

내 생각에 애너리즈의 최고 자산은 미소다. 얼마나 따뜻하고 매혹적인지 모른다.

하이힐들이 계단을 울린다. "엄마 아빠가 졸업 후의 계획을 말해주겠대." 그 소리 위로 시드니가 말한다. 시드니가 흥분된 얼굴로 나를 본다.

"진짜 궁금하다." 내가 말한다. "하나도 놓치지 말고 기억했다가 다 말해줘." 시드니가 그러겠다고 약속한다.

우리 부모는 내 졸업에 대해 전혀 말이 없다. 부모가 내 진로에 대해 어떤 계획을 가지고 있는지 나는 전혀 모른다. 그런 불안감을 안톤에게 토로한 적도 있다. 안톤은 내 부모가 여전히 내 교육에 헌신적이라며 나를 안심시켰다. 다만 그런 중요한 결정에는 내가 낄 일이 아니라고 했다. 조바심은 부정적 성향이라며 다시는 신경 쓰지 말라고도 했다.

결혼해서 아름다운 가정을 꾸리고, 중요한 행사에 부부동반으로 참석해 남편을 자랑스럽게 하는 것이 우리 대부분의 미래다. 또는 부모의 자랑. 또는 그게 누구든 페트로프 씨가 우리의 진로를 위해 점찍은 사람의 자랑.

어떤 미래가 날 기다리고 있을지 못내 궁금하다. 하지만 미래를 상상하려 할 때마다 "신경 쓰지 말라"는 안톤의 말이 들리고, 그러면 잡생각이 사라진다.

"오늘 너희 부모님도 오셔?" 시드니가 묻는다.

"아니." 내가 말한다. "에바 말이 두 분 다 출장 가셨대." 다시 외로움이 밀려든다. 아무에게도, 어디에도 소속되지 못한 허전함.

시드니가 내 손을 잡는다. "또 알아, 깜짝 등장하실지?"

나는 작은 희망을 품고 곁눈으로 시드니를 본다. "그럴까?"

시드니가 자기 어깨로 내 어깨를 친다. "내가 너희 엄마면 오늘을 결코 놓치지 않을걸." 나는 피식 웃는다. 시드니의 격려가 고맙다.

"자, 다들 이리로." 보스 사감이 우리에게 연회장 앞 복도로 가라는 손짓을 한다. 우리는 거기 한 줄로 늘어서서 대기한다.

다들 말이 없다. 몇몇이 어깨에 늘어진 머리를 매만지거나 입술을 맞비빈다. 교장이 다가가자 맨 앞줄의 레베카 헌트가 드레스 가슴선을 당겨 올리며 불안하게 꼼지락댄다.

그때 뒤편에서 나직한 속삭임이 들린다. 뭔가 긴박한 목소리.

나는 뒤를 돌아본다. 놀랍게도 내 다섯 번째 뒤에서 레논로즈가 밸런타인과 대화 중이다. 밸런타인은 흠잡을 데 없는 모습이다. 바닥까지 닿는 은색 드레스, 높이 틀어 올린 머리. 하지만 표정은 부드럽지도 순종적이지도 않다. 가늘고 사납게 뜬 눈. 밸런타인이 무슨 말을 속삭이는지 여기까지는 들리지 않는다. 밸런타인의 입술이 빠르게 움직인다. 마치 대화보다는 암송을 하는 것처럼. 저 애가 하는 말이 뭐든 그것이 레논로즈에게 몹쓸 충격을 준 게 분명하다. 레논로즈가 양팔로 푸른색 드레스 허리를 감싸고 가슴을 들먹이며 놀란 숨을 고른다.

내가 줄에서 나와 개입하려는 찰나, 맨 앞에서 요란한 손뼉 치는 소리가 난다. 돌아보니 페트로프 씨가 온다. 리앤드라가 언제나처럼 충실히 그의 옆을 지키고 있다. 그녀의 눈길이 미끄러지듯 우리를 훑는다. 나는 잽싸게 줄에 들어가 점검을 기다린다.

페트로프 씨와 리앤드라가 우리 옆을 천천히 지나간다. 교장의 두 눈이 우리의 몸을 갈퀴처럼 긁으며 드레스가 딱 맞는지 확인한다. 리앤드라가 애너리즈에게 몸을 기울이고 그 애의 뺨을 문질러 블러시를 번지게 한다. 블러시가 진해서 싸 보인다는 말과 함께.

부부는 시드니에게로 옮겨간다. 페트로프 씨가 흡족하게 끄덕이며 드레스 색이 피부와 예쁘게 어울린다고 칭찬한다. 시드니는 답례로 활짝 웃는다. 하지만 리앤드라는 치수를 재듯 두 손으로 시드니의 양쪽 엉덩이를 움켜잡는다.

"아침에 트랙 달리기 안 해?" 리앤드라가 차갑게 말한다. "살쪄서 드레스가 끼잖아. 체중이 1파운드 늘어난 것 같아. 그건 용납 못해, 시드니. 이래서 아카데미를 대표한다고 할 수 있겠어?"

시드니의 미소가 흔들린다. 시드니가 실망스런 외모를 사과하는 의미로 고개를 숙인다. 마음이 짠하다. 내 눈에는 놀랍게 예쁘기만 한데.

교장 부부가 내게로 온다. 나는 온 힘을 다해 미소를 유지한다.

리앤드라가 먼저 나를 점검한다. 놀랍게도 그녀는 아무 말이 없다.

대신 내 눈을 똑바로 들여다본다. 거의 침입당한 기분이다. 그녀의 시선이 나를 파고든다. 내가 들을 수 없는 뭔가를 말하듯이.

페트로프 씨가 다가와 손가락으로 내 드레스 가슴선을 훑는다. 깊이 파인 가슴선을 따라 그의 손가락이 내 피부를 스친다. 소름이 돈는다.

"드레스가 아주 잘 받는구나, 필로미나." 교장이 천천히 손을 치우며 말한다. "굳이 보태자면 더 내려 입어도 좋을 뻔했다."

"그렇게 하겠습니다." 내가 공손히 대답한다. 하지만 지금도 너무 드러낸 느낌이다. 우리는 평소에는 얌전하게 입지만 이런 오픈하우스 행사 때는 예외다. 페트로프 씨의 말에 따르면 투자자들이 우리를 자세히 봐야 우리가 얼마나 무결한지 알 수 있기 때문이다. 복장 원칙의 비일관성 때문에 혼란스럽다. 용모 단정이냐, 몸매 노출이냐. 페트로프 씨의 호불호에 따라 그때그때 원칙이 달라지는 것 같다.

교장이 다음 학생으로 이동하는데도 리앤드라는 잠시 더 남아 내 반응을 살핀다. 뭔가를 기다리는 눈.

나는 입술을 꼭 붙이고 미소를 지어 감사를 표한다. 하지만 그녀의 얼굴에 일순 실망의 기색이 스친다. 그녀가 나를 지나 남편을 따라간다. 뭐지? 얼떨떨하다. 시드니에게 말하려고 붙어서는데 시드니의 표정이 심상치 않다. 리앤드라의 혹된 평가에 맘이 상한 게 분명하다. 거기에 심란한 얘기를 더 보태는 짓은 하지 않기로 한다.

"세상에." 페트로프 씨의 애정 어린 외침이 들린다. 모두들 몸을 돌려 그쪽을 본다. 교장이 모두가 볼 수 있게 밸런타인의 손을 잡고 줄 밖으로 끌어낸다. 그러더니 밸런타인을 빙글 돌리며 감탄의 눈으로 바라본다. "이건 뭐." 교장이 말한다. "완벽 그 자체야." 밸런타인이 몸을 숙여 인사한다. 드레스 앞부분이 늘어지면서 가슴골이 노출된다. 페트로프 씨는 밸런타인에게서 눈을 떼지도, 잡은 손을 놓지도 않는다.

리앤드라가 그 광경을 흐뭇한 표정으로 지켜본다. 그런데 밸런타인이 자리로 돌아가고 페트로프 씨가 레논로즈에게 이동할 때, 리앤드라와 밸런타인이 몰래 눈빛을 교환한다. 순식간에, 눈 깜짝할 사이에 일어난 일이다. 밸런타인이 언제 그랬냐는 듯 정면을 응시하며 미소 짓는다. 그러다 나와 눈이 마주치자 한쪽 눈썹을 치켜올린다. 나는 밸런타인이 또다시 해괴한 말을 꺼낼 틈을 허용하지 않고 그 너머 레논로즈에게로 눈길을 돌린다.

순간 심장이 철렁한다. 나는 급히 손을 뻗어 시드니의 팔을 잡는다. 시드니는 레논로즈를 돌아보더니 걱정스럽게 한 걸음 내딛는다.

"이게 무슨 일이야?" 페트로프 씨가 자상하게 말하며 레논로즈를 줄 밖으로 인도한다. 그는 수트 주머니에서 손수건을 꺼내 레논로즈에게 건넨다. 리앤드라가 한숨을 쉰다. 짜증난 얼굴이다.

레논로즈가 울고 있다. 화장이 두 뺨을 타고 여러 갈래의 검푸른 강이 되어 흘러내린다. 레논로즈가 페트로프 씨의 손수건으로 눈물을 찍어낸다. 하지만 여전히 충격에 휩싸인 모습이다.

나는 밸런타인을 향해 비난의 시선을 쏜다. 하지만 밸런타인은 이번엔 나와 눈을 마주치지 않는다. 여전히 방실방실 미소만 짓고 있을 뿐이다. 레논로즈가 우는 것은 본 척도 않는다.

"리앤드라, 여보." 페트로프 씨가 말한다. "우리의 작은 장미를 위층에 데려가서 화장 좀 고쳐주겠소?"

"물론이죠." 리앤드라가 레논로즈의 팔을 잡는다. 부드럽게 잡은 것 같은데도 레논로즈는 리앤드라의 손이 닿자 얼굴을 찡그린다. 어리둥절한 침묵 속에서 모두가 지켜보는 가운데 레논로즈는 리앤드라에게 이끌려 다시 방으로 올라간다.

밸런타인이 원흉이다. 틀림없다. 레논로즈가 얼마나 예민한 애인지 알면서 일부러 그 애의 속을 뒤집어놓는다? 상상하기 어렵다. 하지만 분명히 밸런타인이 *뭔가 잘못된* 말을 했다.

"마르셀라." 페트로프 씨가 흡족하게 *끄*덕인다. "늘 그렇듯 놀랍게 아름다워. 부모님이 자랑스러우시겠어." 마르셀라가 감사를 표한다.

교장이 브린에게 간다. 애를 찬찬히 뜯어본다. 그러다 갑자기, 거의 충동적으로 바싹 다가서더니 몸을 숙여 브린의 뺨에 키스한다. 브린이 움찔 놀란다. 하지만 페트로프 씨가 뒤로 물러날 때 그에게 가까스로 미소를 보낸다.

"너는 조만간 아름다운 신부가 될 거야." 교장이 브린에게 말한다. "네 남편이 될 사람은 정말로 운 좋은 남자야."

페트로프 씨가 다음 애를 검사하러 몸을 돌린 후에도 브린은 계속해서 미소를 머금은 채 정면을 응시한다. 브린의 눈이 물기로 반짝인다. 마르셀라가 팔을 뒤로 뻗어 손을 잡아주자 그제야 참았던 숨을 훅 내뱉는다. 레논로즈가 내 방에서 했던 질문이 떠오른다. 거기에 대한 답도 함께. 페트로프 씨는 우리에게 뭐가 최선인지 안다. 나는 거기에 대한 의구심을 누른다. 그리고 몸을 돌린다. 교장의 점검을 더는 지켜보지 않는 편을 택한다.

눈에 가장 먼저 들어온 건 와인잔에 남은 선홍색 립스틱 자국이다. 디너가 끝나고 누군가 소파 앞 테이블에 놓고 간 술. 나는 그리로 가서 소파의 벨벳 방석에 앉는다. 피아노 연주 소리가 연회장을 떠돈다. 나는 다른 애들은 뭐하는지 둘러본다. 거의 다 동석자가 있다.

시드니는 부모님의 애정 어린 눈길 아래 웃음꽃이 핀 얼굴이었다. 나는 시드니의 가족을 참 좋아한다. 맵시 있게 입지만 화려하게 꾸미지는 않는다. 모피도, 지나친 보석 치장도 없다. 언젠가 시드니 부모님이 자기를 이곳에 보내기 위해 평생 모은 돈을 투자했다고 했다. 그래서 자기는 부모님의 기대에 부응하기 위해서라면 못할 게 없다고 했다.

연분홍 반짝이 드레스를 입은 시드니는 오늘 밤 눈부시게 아름답다. 딸의 얘기를 들으며 시드니 부모는 흐뭇한 눈빛을 주고받는다. 순간 내게도 찌릿하게 자부심이 든다. 시드니는 역동적이고 사랑스럽다. 시드니가 내 인생에 있는 것은 행운이다.

안타깝게도 시드니의 예상은 빗나갔다. 우리 부모님의 예기치 않은 등장은 일어나지 않았다. 기대는 하지 않았지만 그래도— 부모님이 나를 보러 올 방법을 찾지 않을까 하는 실낱같은 희망이 아주 없었던 건 아니다. 아마 다음번에는.

말을 꺼내는 애는 없지만 우리 부모가 올해 오픈하우스를 세 번 다 불참했다는 사실을 모두가 안다. 안톤은 부모의 불참을 너무 마음에 두지 말라고 한다. 나도 그러려고 하지만 때로 속상한 기분이 드는 건 어쩔 수 없다.

왁자한 웃음소리. 나는 흠칫 놀라 소리가 난 방향을 본다. 마르셀라가 부모님과 문을 들어서고 있다. 내 시선을 느꼈는지 마르셀라가 나를 본다. 눈짓으로 내 앞의 와인잔을 가리키면서 내게 미소를 날린다. 이참에 시도해보라는 듯이. 나는 하하 웃고 사방을 살핀다.

레논로즈의 부모님은 보이는데 막상 레논로즈는 아직 내려오지 않았다. 부부는 뷔페 탁자 근처에서 손에 술잔을 들고 그로거 박사와 대화 중이다. 표정들이 심각하다.

레논로즈의 어머니는 마른 체격에 숱 많은 검은 머리와 눈썹이 우아한 부인이다. 아버지는 희끗희끗한 갈색 머리와 갈색 눈에 턱선이 근엄하다. 레논로즈의 부모님은 딸을 집에 데려갈 날을 고대한다. 그리고 이노베이션스 소녀를 가질 기회에 감사한다. 내가 전에 들은 내용이다. 하지만 지금 부부의 모습은 한눈에도 허탈한 모습이다.

분홍색 옷감이 번쩍 나타난다. 눈을 돌리니 애너리즈가 내 옆에 털썩 앉는다. 애너리즈의 눈이 내 시선을 따라온다. "누굴 보는 거야?" 애너리즈가 따분한 소리로 묻는다.

"레논로즈의 부모님—" 내가 말한다.

애너리즈가 아랫입술을 내민다. "나도 봤어." 애너리즈가 말한다. "레논로즈가 빨리 내려왔으면 좋겠는데."

애너리즈가 시선을 옮겨 나를 본다. 우리 둘 다 레논로즈가 오지 않을 수도 있다는 가능성은 언급하지 않는다. 아직 우리는 레논로즈가 점검 시간에 운 이유조차 모른다. 그 생각에 나는 밸런타인을 찾아본다. 후원자인 삼촌과 함께 있는 밸런타인이 보인다. 연신 방글대며 탄산수를 홀짝이고 있다.

"올 거야." 애너리즈가 중얼댄다. 레논로즈 얘기다. "누구나 가끔씩 운수 사나운 날이 있잖아."

운수 사나운 날. 흔하게 하는 말이다. 영화에서도 종종 듣는 대사다. 하지만 아카데미에서는 통하지 않는 말이다. 지난번 운수 사나웠던 날 나는 24시간 동안 충동억제치료를 받았다.

문득 찝찝한 생각 하나가 머릿속을 긁는다. 하지만 무슨 생각인지는 잡히지 않는다. 두려움이 피부 아래를 섬뜩하게 기어간다. 나는 화제를 바꾸기로 한다.

애너리즈가 탄식처럼 한숨을 뱉으며 소파에 기대앉아 긴 다리를 꼰다. 포갠 다리 끝에서 스틸레토 힐이 발가락에 매달려 대롱거린다. 발이 미치게 아픈가 보다. 하지만 페트로프 씨는 우리에게 모든 행사 때마다 최소 6인치 힐을 착용할 것을 요구한다. 교장의 말에 따르면 하이힐을 신어야 자태가 살아난다.

"이 사람들 중에 토사곽란자도 있을까?" 애너리즈가 천연덕스럽게 묻는다.

나는 터지는 웃음을 급히 손바닥으로 틀어막는다. 이미 몇 군데서 못마땅한 시선들이 내게 모인다.

여기에는 투자자들은 물론이고 예비 학부모들과 후원자들도 참석한다. 부모들과 이노베이션스 아카데미가 그들의 딸을 빼어난 신붓감으로 만들 수 있을지 가늠하고자 한다. 아름답고, 공손하고, 순종적인 신붓감. 후원자들은 좋은 후보가 될 잠재력 있는 소녀를 둔 가족의 친척이나 지인이다. 그리고 투자자들은 딸은 없지만, 최고의 소녀를 배양한다는 아카데미의 미션을 지원하는 사람들이다. 비범한 소녀들. 비범한 학교.

투자자들이야말로 우리가 가장 감동시켜야 하는 대상이다. 펜션트 교수가 학년 초에 그렇게 말했다. *참석자들에게 여러분의 가치를 내보여야 한다. 아름답고 순종적인 소녀가 얼마나 매력적인지 보여주어라.*

입은 다물고, 눈은 많이 깜박여라. 미소를 짓고 얌전하게 굴어라.

우리를 보고 많은 부모들이 이노베이션스에 딸의 입학 신청을 내지만, 그중 극소수만이 선정된다. 학교는 희소성이 우리를 진정한 엘리트로 만든다고 한다.

하지만 예비 *학생*이 오픈하우스에 참석하는 일은 결코 없다. 결정은 부모들의 몫이다. 언제 나의 부모가 나를 여기 보낼 결정을 했는지 나도 모른다. 그저 어느 날 나를 데리고 아카데미에 왔다. 사전에 나와 상의하거나 알려준 적도 없다. 적어도 내가 기억하는 한은 그렇다.

거기에 대해서는 생각하지 않으려 한다. 이노베이션스에 온 후부터 아카데미 이전의 내 삶은 매일 조금씩 흐릿해진다. 과거가 점점 멀어진다. 사라져간다.

이런 말은 안톤에게 하지 않았다. 언급 대상도 아니다. 다른 애들에게도 말하지 않았다. 애들을 심란하게 할 만큼 중요한 문제가 아니니까. 거기다 사실 심란할 일도 아니다. 졸업 후에 나는 더 나은 소녀가 되어 있을 텐데.

내가 여기 있는 건 행운이야. 나는 생각한다. *이렇게 명망 있는 아카데미에 있다니 나는 정말 운이 좋은 거야.*

레베카 헌트가 연회장 모퉁이에 물컵을 들고 서 있다. 옆에서는 레베카네 변호사가 몇몇 하객과 열띤 대화 중이다. 묘하다. 레베카가 벽에 어른대는 그림자들 속으로 녹아드는 것 같다. 드러내도 모자란데 사라지려 한다.

그때 갑자기 졸업생 캐롤라이나 데슈트가 연회장에 등장한다. 요란한 드레스에 자기 할머니를 대동하고 왔다. 우리가 졸업생을 보는 일은 거의 없다. 하지만 데슈트 가족은 오픈하우스 때마다 빼놓지 않고 온다.

앤드리아와 매리언이 쪼르르 달려가 캐롤라이나의 공작새 같은 드레스를 칭찬하며 아양을 떤다. 캐롤라이나가 빙그르 돌며 드레스를 뽐내고, 할머니는 희색이 만연해서 손녀를 자랑스럽게 바라본다. 할머니의 모습도 진기함 그 자체다. 언젠가 안톤이 캐롤라이나의 할머니를 '우리의 미스 해비셤*'이라고 불렀다. 무슨 연관성이 있는지는 모르겠다.

데슈트 노부인은 최소 여든 살이고 키가 150센티미터밖에 되지 않는다. 노부인은 감청색 드레스에 검정 숄을 걸치고 짧은 회색 머리에 번쩍이는 헤드밴드를 둘렀다. 짙은 화장이 압권인데 눈꺼풀은 온통 보라색으로 칠했다.

데슈트 노부인의 손녀 중 세 명이 이노베이션스 아카데미에 다녔다. 그중 둘은 이미 엄청나게 명망 있는 남자와 결혼했다고 들었다. 이번 가을에 또 한 명의 손녀가 아카데미에 들어올 예정이다. 데슈트라는 이름은 이제 빠르게 유산이 되고 있다. 지난 3년간 이노베이션스 아카데미가 배출한 소녀가 스무 명에 불과한 걸 고려하면 정말 대단한 일이다.

하지만 올해는 다르다. 페트로프 씨가 장담한다. 이번 학년은 낙오 없이 모두가 졸업을 바라본다. 아카데미가 개교한 이래 최고로 성과가 좋은 학년이다.

---

* 미스 해비셤Miss Havisham: 찰스 디킨스의 『위대한 유산(The Great Expectation)』에 등장하는 돈 많은 노인으로, 결혼식 날 신랑에게 버림받은 충격으로 평생 웨딩드레스를 입고 산다.

"우와, 필로미나." 애너리즈가 속삭인다. "세상에서 제일 멋진 여자는 아무래도 데슈트 할마마마 같아." 애너리즈가 눈을 동그랗게 뜨고 나를 본다. "나는 자라서 데슈트 할머니가 될래."

"캐롤라이나도 못지않아." 내가 거든다.

"음, 당연." 애너리즈가 심드렁하게 말한다.

"더 꼿꼿이 서지 못해." 깐깐한 여자 목소리가 들린다. 눈을 돌려보니 브린이 어머니에게 잔소리 세례를 받고 있다. "이 학교에서는 대체 너한테 뭘 가르치는 거니?" 브린의 어머니는 표독스럽게 말하며 브린의 땋은 머리를 잡아당긴다. 브린이 아파서 얼굴을 찡그린다. "칠칠맞게 이게 뭐냐고."

나는 보기만 하고 개입은 하지 않는다. 이노베이션스 아카데미에서는 어른에게 무례하게 굴지 않는다.

브린의 어머니가 딸의 머리를 거칠게 매만진다. 손질이 끝나자 땋은 머리가 한결 매끈해졌다. 전보다 더 세련되고, 덜 브린답게. 브린의 어머니가 딸의 팔죽지를 잡아 연회장 반대편을 향해 홱 돌려세운다.

"이제 아버지한테 가봐." 브린의 어머니가 명령한다. "우리가 네 교육에 쏟아부은 돈이 얼만지 알지? 네가 그 값을 한다는 걸 증명해."

브린이 마른침을 삼킨다. 모욕감 때문에 파란 눈에 풀기가 하나도 없다. 하지만 말대꾸는 하지 않는다. "무슨 말을 해요?" 브린이 낮은 소리로 묻는다.

"아버지 옆에 신사 보여?" 브린의 어머니가 연회장 건너편 회색 수트의 남자를 가리킨다. "신입 파트너야. 야심만만하고 인정사정없지. 네 아버지 자리를 노리고 있어. 그런데—" 브린의 어머니가 눈을 돌려 딸의 옆얼굴을 뜯어본다. "캘리스 씨는 자기 자녀들을 키워줄 아름다운 아가씨를 찾고 있어. 아이들이 아직 어려. 네가 그 자리에 딱이야."

"아이들 엄마는요?" 브린이 혼란스런 표정으로 묻는다.

"그건 네 알 바 아냐. 자, 이제—" 브린의 어머니가 딸의 등을 민다. "가서 인사해. 사로잡아봐. *차지하고 싶게* 만들어. 그래야 저 남자가 네 아버지의 환심을 얻으려 별별 길 것 아니니?"

브린의 눈이 잠시 가늘게 떨린다. 하지만 이내 아버지와 남자가 있는 곳을 향해 걸음을 옮긴다. 자신감 넘치는 얼굴로.

브린의 부모는 딸을 아카데미의 특별 과정에 올렸다. 아동발달 수업을 제공하는 과정이다. 브린은 재미있어한다. 실제로 얼른 자녀를 갖고 싶다는 말을 여러 번 했다. "난 아이들을 잔뜩 낳을 거야." 하지만 물론 그건 브린의 부모와 페트로프 씨의 결정에 달린 일이다.

"밖에서 바람 좀 쐬고 올게." 나는 애너리즈에게 말하고 소파에서 일어선다. 애너리즈가 손을 흔들며 즐거운 시간 보내라고 한다.

나는 연회장을 가로질러 테라스로 통하는 유리문으로 간다. 문을 여니 차가운 바람이 나를 덮친다. 몸이 부르르 떨린다. 놀랍게도 레논로즈의 부모가 여기 나와서 말다툼 중이다. 레논로즈의 어머니 스칼라 부인은 술이 가득 담긴 잔을 들고 있다. 흥분해서 말하는 부인의 손에서 술이 흘러넘칠 듯 출렁인다.

"애를 이렇게 *빼앗길* 순 없어요." 부인이 남편의 팔을 붙잡으며 성난 소리로 말한다.

나는 일순 얼어붙는다. 이들이 눈치채기 전에 다시 들어가야 할까? 하지만 너무 늦었다.

스칼라 씨가 내 방향으로 몸을 돌리고, 본능적으로 손을 아내의 손에 올려 더 이상의 말을 막는다. 스칼라 부인이 나를 본다. 부인의 눈이 물기로 반짝인다. 마스카라가 눈주름에 번져 있다. 부인은 눈을 급히 깜빡이더니 떨리는 손으로 술을 한 모금 마신다.

"안녕, 미나." 부인의 시선이 나를 훑는다. 내 출현이 그녀를 더 비참하게 만든 듯 울음이 터질 것만 같은 목소리.

"안녕하세요? 스칼라 부인, 스칼라 씨." 내가 상냥하게 말한다. "파티 즐거우신지요?" 무슨 말을 해야 할지 모르겠다. 두 사람 모두 더없이 심란해 보인다. 어쩌면 취한 건지도. 스칼라 씨가 고갯짓으로 인사를 대신하고 아내의 손을 잡는다.

"인사 고맙다." 스칼라 씨가 내게 말한다. "우리는 괜찮아. 이제 들어가 봐야겠다. 갑시다, 다이앤."

스칼라 씨가 아내를 잡아끈다. 나를 지나갈 때 스칼라 부인이 손끝으로 내 팔을 쓸어내린다. 문이 닫히는 소리가 난다. 나는 두 사람이 확실히 갔는지 확인한다. 심장이 목구멍으로 넘어올 것 같다.

빼앗긴다. 그게 무슨 뜻일까? 레논로즈에게 무슨 일이 생긴 걸까?

9

밤공기가 차갑다. 나는 양팔을 문지른다. 다시 들어가서 레논로즈를 찾아보기로 작정한다. 유리문을 열자 이번에는 열기가 나를 덮치고, 몇몇 사람이 내 쪽을 본다.

레논로즈는 아직도 파티에 돌아오지 않았다. 새삼 걱정이 된다. 리앤드라나 그로거 박사가 있나 둘러본다. 박사 대신 연회장 건너편에 있는 안톤을 발견한다. 안도의 웃음이 나온다. 분석가님은 무슨 일인지 알겠지.

나는 안톤에게로 간다. 그런데 미처 안톤에게 닿기 전에 레논로즈의 어머니가 갑자기 내 앞을 막아선다. 그녀의 술잔에서 술이 흘러넘친다.

"어째서 너희 부모는 오픈하우스에 한 번도 오지 않는 거지?" 스칼라 부인이 느닷없이 묻는다. 발음이 어눌하다. "저번에도 너 혼자였잖아. 너 같은 애가 혼자 있으면 안 되지."

아무래도 부인이 술을 너무 많이 마신 것 같다.

"저희 부모님은, 저기—" 나는 부인 뒤를 기웃대며 안톤을 찾는다.

하지만 부인이 몸을 움직여 내 시야를 막는다. "저희 부모님은 못 오셨어요."

"어떻게 그럴 수가." 스칼라 부인이 머리를 천천히 흔들며 역겹다는 듯이 말한다. "너희 부모는 자기들이 얼마나 운이 좋은지 모르나 보지?"

부인의 말이 내 심장에 꽂힌다. 나는 눈을 들어 그녀를 본다. 부인이 젖은 눈으로, 절망적으로 웃는다. 부인의 아랫입술이 파르르 떨린다.

"네가 내 딸일 수 있었어." 부인이 웅얼대며 팔을 뻗어 내 손을 잡는다. 술이 묻어서 부인의 손바닥이 끈적끈적하다. 부인이 내 손가락을 움켜잡으며 묻는다. "내 딸 할래?"

나는 망연히 보기만 한다. 어떻게 대답해야 할지 모르겠다. 부인은 고통스러운 기색이 완연하다. 이유는 모르지만 내가 고통을 덜어줄 거라 믿는 것 같다. 하지만 내 능력 밖이다. 내게는 이미 가족이 있다는 말을 친절하게 표현할 방법을 궁리하고 있을 때, 스칼라 씨가 부인의 재킷을 들고 나타난다.

"다이앤, 그만해요." 남편이 말한다. 화를 참는 목소리. 그가 아내의 손을 내 손에서 떼어낸다. 하지만 부인은 남편에게 눈길도 주지 않는다. 계속 나만 본다. 그녀의 눈에서 눈물이 떨어진다. "갑시다." 스칼라 씨가 부인을 잡아끈다. 뒷걸음질로 끌려가던 부인이 사납게 남편을 향해 돌아선다.

"왜 안 되는데?" 부인이 거칠게 묻는다. "기다릴 만큼 기다렸잖아요." 부인이 희망어린 눈으로 날 보며 내게로 손을 뻗어 얼굴 옆에 늘어진 머리 가닥을 어루만진다. "우리는 왜 이 애를 가질 수 없는데?" 그녀가 내게 시선을 둔 채 묻는다. "애는 너무나 아름답잖아요. 애는—"

"스칼라 씨, 부인." 안톤이 다가온다. 그는 양손을 수트 주머니에 찔러넣으며 문가에 있는 보스 사감에게 쓱 눈짓을 보낸다. "말씀 좀 나눌까요?" 안톤이 부부에게 말한다.

"아뇨." 다이앤이 딱 잘라 말한다. "아뇨. 듣고 싶지 않아요, 안톤. 난 내 딸을 원해요. 당신들이 우리에게서 애를 떼놓을 순 없어요."

안톤이 어색하게 웃는다. "제가 보장합니다." 그가 말한다. "레논로즈를 부모님에게서 떼놓으려는 사람은 없습니다. 다만 홀에서 상의 좀 하실까요."

이 상황이 말할 수 없이 불편하지만, 나는 안톤의 재킷 소매를 잡아당긴다. "레논로즈 어디 있어요?" 나는 레논로즈의 부모가 듣지 않게 얼굴을 돌리고 말한다.

"나중에, 필로미나." 안톤이 계속 부부에게 미소를 보내며 내 말을 자른다.

"하지만 걱정돼요." 내가 속삭인다.

"그렇겠지. 하지만 지금은 아냐." 안톤이 몸을 움직여 코트 소매를 잡은 내 손을 뿌리친다. 그는 스칼라 부인의 등에 손바닥을 대고 홀 방향으로 인도한다. "가시죠." 그가 부인에게 말한다. "사소하게 해결할 문제가 남아서요."

스칼라 부인이 주춤한다. 나는 부인이 또 내게 손을 뻗을까 봐 긴장한다. 하지만 그 대신 그녀는 양손으로 얼굴을 감싸고 흐느끼기 시작한다. 남편이 아내에게 팔을 두른다. 두 사람은 안톤을 따라 연회장을 나간다.

나는 안톤이 돌아오기를 초조하게 기다린다. 하지만 시간만 갈 뿐이다. 연회장을 둘러보다가 손에 마티니를 들고 나를 지켜보는 리앤드라 페트로프와 눈이 마주친다. 리앤드라가 거울처럼 잔잔한 표정으로 다른 손을 들어 빙빙 돌린다. 사람들과 어울리라는 명령. 나는 정중히 끄덕이고 파티 속으로 들어간다. 안톤은 거기서 기다려도 된다.

애너리즈는 더 이상 소파에 없다. 그새 애너리즈의 아버지가 도착해서 카리스마 있는 모습으로 몇몇 사람과 환담 중이다. 그러나 역시 딸과 가장 정답게 얘기한다. 다른 애들도 부모나 후원자와 함께 있다.

같이 방으로 갔던 리앤드라는 여기 있는데 레논로즈는 어디에도 보이지 않는다. 아직도 방에서 화장을 고치고 있을까? 아니면 아직도 울고 있으려나?

나만 자리에 어울리지 못하고 겉돈다. 버려진 아이. 테이블에 주인 없이 남겨진 와인잔처럼. 이게 투자자들이 인식하는 내 가치일까? 어쩌면 이게 레논로즈의 어머니가 내게 접근한 이유일지 모른다. 내가 불쌍해서.

땡땡. 유리잔 치는 소리가 들린다. 눈을 돌리니 연회장 뒤편 테라스 유리문 근처에 샴페인 잔과 은 스푼을 든 교장이 보인다. 리앤드라가 연회장을 가로질러 남편 옆으로 간다. 그녀는 하객들을 향해 득의양양한 미소를 내뿜는다.

"오늘 밤 오픈하우스를 빛내주신 여러분께 감사의 말씀을 드립니다." 페트로프 씨가 목소리를 굵게 깔며 말한다. 그의 시선이 연회장을 죽 훑다가 시드니와 애너리즈에서 차례로 멈췄다가 다시 사람들 전체를 향한다.

"지난 3년간—" 그가 말을 잇는다. "이노베이션스 아카데미는 장족의 발전을 거듭해 교육과정을 완벽하게 갈고닦았습니다. 재색을 겸비한 우리 소녀들은 매너와 자태, 품위와 아름다움에서 타의추종을 불허합니다. 감히 말하건대 결과가 기대를 크게 능가해왔습니다. 저희의 궁극적 목표는 이노베이션스 아카데미 출신 소녀를 보유한 것을 부모님과 후원자와 투자자 여러분의 긍지로 만드는 것입니다. 우리 모두는 세상에 더 나은 존재방식을 보여주게 될 것입니다. 더 나은 소녀들을요. 이 얼마나 사랑스러운 소녀들입니까." 그가 말미에 늑대 같은 미소를 보탠다. "우리의 성공을 위하여."

페트로프 씨와 그의 부인이 잔을 들자 장내에 박수가 터진다. 나도 양손을 모은다. 하지만 손뼉을 치지는 않는다. 그러기엔 레논로즈가 너무 걱정된다. 다른 참석자들은 교장이 내보인 자신감에 한껏 고무된 분위기다. 한 남자가 내게 치아를 드러내며 열광의 웃음을 보낸다.

나도 마주 미소 짓는다.

남자에게서 시선을 돌릴 때, 수트 재킷의 단추를 채우며 다시 연회장으로 들어서는 안톤이 보인다. 스칼라 부부 없이 혼자다. 나는 부리나케 안톤에게로 간다. 내가 닿기 전에 안톤이 나를 발견한다. 그는 즉시 내 팔꿈치를 잡고, 하객들의 눈을 피해 나를 연회장 밖 홀 쪽으로 바삐 데리고 간다.

"레논로즈의 부모님이 한 말은 신경 쓰지 마라." 안톤이 먼저 말을 뗀다. "레논로즈가 불참해서 속상해서 그러신 거니까—"

"레논로즈는 어때요?" 내가 묻는다. 그가 놀란다. 그의 손이 내 팔에서 떨어진다. 나는 움찔한다. "말씀 끊어서 죄송해요." 내가 말한다. 그리고 안톤이 계속하라고 할 때까지 기다린다.

"레논로즈는 괜찮나요?" 내가 묻는다. "파티 전에 울었어요. 그래서 리앤드라가 다시 방으로 데려갔어요. 그런데 결국 나타나지 않네요. 걱정이 돼서요."

"걱정할 필요 없어." 안톤이 말한다. "레논로즈는 지금 자기 방에서 편히 쉬고 있으니까. 레논로즈는 목표 재설정을 위한 시간이 좀 필요해. 우리가 잘 보살피마. 약속한다. 너는 파티로 돌아가야 해. 아니면 하객들이 실망할 거야."

"하지만 제가 레논로즈와 얘기하면 혹시—"

"그럴 필요 없어." 안톤이 손사래로 내 감상을 쫓는다. "레논로즈는 금방 씻은 듯 좋아질 거야. 간격을 둬. 아물 시간이 필요해."

내 걱정이 수그러들지 않고, 안톤도 그걸 본다.

"넌 늘 마음 씀씀이가 너무 커서 탈이야, 미나." 그가 말한다. "하지만 내 말을 들어야 해. 네 마음의 소리만 듣지 말고." 그가 내 쇄골 바로 아래를 쿡쿡 찌른다. 장난스럽게 찌르는데도 찌릿찌릿하게 아프다. "알아들었어?" 그가 계속 웃으며 묻는다.

나는 끄덕인다. 내가 그의 전문성을 의심하는 말로 그를 불쾌하게 했다는 생각이 든다. 내가 무례했다. 어쨌거나 그는 우리의 분석가가 아닌가. 그는 뭐가 최선인지 안다.

"선생님이 보살피시니 정말 다행이에요." 내가 말한다. 그의 반감을 사는 건 견딜 수 없다. 레논로즈는 공개적으로 울었다. 문제의 징후다. 안톤이 알아서 고쳐줄 거다. 나는 거기에 감사한다.

"이것만 기억해." 안톤이 진지하게 말한다. "내게는 너희 모두가 값을 매길 수 없을 만큼 소중해. 너희는 아름다운 예술품이야. 난 언제나 너희를 지켜줄 거야, 미나. 언제나."

나는 그의 격려와 친절에 감사를 표한다.

"이제 다시 들어가렴." 그가 말한다. "저기 너와의 만남을 고대하는 투자자들이 한둘이 아닐걸."

나는 지시에 따라 다시 파티로 향한다. 그런데 연회장에 미처 세 걸음도 들여놓기 전에 아까 내게 이를 보이며 웃던 남자가 손가락 사이에 맥주병을 덜렁덜렁 끼고 다가온다. 얼굴이 벌건 걸 보니 이미 잔뜩 취해 있다.

"안녕하세요." 내가 말한다. 남자가 내 드레스를 질펀하게 훑다가 또다시 이를 드러내고 웃는다.

"안녕, 안녕." 남자가 대답한다. "필로미나, 맞지?"

"네." 내가 손을 내밀자 그가 내 손을 입으로 가져가 손가락 마디에 축축한 입술을 푹 찍는다. "성함이?" 내가 묻는다.

"관심 있어." 남자가 내 손을 자기 입에서 떼지 않고 말한다. 부적절하다. 내가 손을 빼려 하자 더 세게 잡는다. 나는 다급히 사방을 둘러 본다. 하지만 나를 보는 사람은 리앤드라뿐이다. 리앤드라는 내 처신 을 평가할 때가 왔다는 듯 나를 매의 눈으로 지켜본다.

투자자에게 무례하고 싶지는 않다.

"성함이?" 내가 다시 묻는다. 목소리를 차분하게 유지하려 애쓴다. 상냥하게.

"스티븐 콜." 남자가 마침내 내 손을 놓으며 말한다. 나는 그의 손이 닿지 않게 뒷짐을 진다. 그가 내게 한 발짝 더 다가선다.

"만나서 반갑습니다, 콜 씨." 내가 말한다.

그가 나를 다시 훑다가 또 벌쭉 웃는다. "재밌어." 남자가 말한다. "맘에 없는 소리 작작해. 훈련이 아주 잘 됐어. 재색 겸비, 제대로야." 남자는 이렇게 말하며 내 가슴을 훔쳐본다.

나는 수업 때 배운 것을 떠올린다. 설사 남자가 부적절하게 굴더라 도, 정숙함을 유지하는 것이 나의 도리다. 남자의 행동에 유화책을 써 야지 반감을 사서는 안 된다.

"이노베이션스 아카데미에 학생을 보내실 의향이신가요, 콜 씨?" 내 가 묻는다. 적절한 화제를 찾으려는 노력의 일환이다. 남자가 또 낄낄 대며 맥주병을 들어 질질 흘리며 들이켠다.

"나는 직접 투자할 생각이야." 남자가 말한다. "네가 가능하면 좋겠 는데."

"뭐가 가능해요?" 내가 묻는다. 당황스럽다. 하지만 남자는 대답 대 신 나를 빤히 보기만 한다. 말해주지 않는 걸 즐기는 눈이다.

그때 누군가 남자의 뒤로 빠르게 접근한다. 그 사람이 우리 사이로 불쑥 끼어든다. 아카데미의 주요 투자자 중 한 명인 윈스턴 위크스다.

그가 들고 있던 술을 한 모금 마신다. 그의 술잔에서 얼음이 달그락거린다. 윈스턴 위크스가 남자에게 몸을 돌리자 남자가 한 걸음 뒤로 물러난다.

"부인은 잘 계시죠, 콜 씨?" 위크스 씨가 부드럽게 묻는다. "전에 제가 투자에 대한 감사인사차 부인 화랑에 들렀습니다. 부인의 작품이 아주 놀랍던데요. 콜 씨는 어떻게 일은 좀 찾으셨나요?"

스티븐 콜이 그를 노려본다. 그의 말에 딱히 발끈한 기색은 아니다. 다만 뭐랄까, 위협당한 표정? 그게 뭐든 콜 씨는 다시 맥주병을 물고 너저분하게 들이킨다. 술이 그의 턱에서 질질 샌다. 그러더니 잘해보란 말을 웅얼대며 자리를 뜬다. 그가 사라지자 위크스 씨가 내게로 돌아선다.

윈스턴 위크스는 30대 초반이고, 권력에 붙어오는 종류의 준수함을 갖췄다. 딱 떨어지는 수트, 고급스런 헤어컷, 가지런하고 하얗게 관리한 치아. 대화를 나눠본 적은 없지만 지난번 오픈하우스 때 본 적이 있다. 항상 하객들과만 어울리고 학생들과 말을 섞는 일은 없었다.

"안녕하세요, 위크스 씨." 내가 정중한 미소로 인사한다. "다시 뵙게 돼 반갑습니다." 내가 손을 내민다. 놀랍게도 그는 손에 키스하는 대신 악수한다. 색다른 방식이지만 어쩐지 이런 인사법이 더 맘에 든다.

"나도 반가워요, 필로미나." 그가 말한다. 그가 내게 팔을 내민다. "바에 갈 건데 동행할래요? 목이 좀 말라서." 그가 얼음만 남은 술잔을 들어 올려 새 술이 필요하다는 말을 대신한다.

"물론이죠." 나는 그의 팔꿈치를 잡고 그와 함께 걷는다. 걸으면서 그는 여러 사람과 눈인사를 나눈다. 다들 그의 참석에 반색하는 눈치다. 경외의 눈빛들.

그가 술을 주문한다. 나는 그의 팔을 놓고 잠시 그를 관찰한다. 하객들이 그에게 꼼짝 못하는 이유가 궁금하다. 반한 걸까, 주눅이 든 걸까. 모르겠다.

바텐더가 술을 따르는 동안 위크스 씨가 나를 향한다. "투자를 확대하는 중이에요, 필로미나." 그가 말한다. "나도 직접 학교를 세울 예정이죠." 주문한 술이 그의 앞에 당도하고, 그는 한 모금 마시며 술잔 너머로 나와 눈을 맞춘다.

"정말 흥미로워요, 위크스 씨." 내가 말한다. "훌륭한 교육 모델로 이노베이션스 아카데미만 한 학교가 없죠. 추천해요."

위크스 씨가 싱긋 웃는다. "그거야 알죠." 위스크 씨는 바텐더가 사라지기 전에 추가로 와인을 주문한다. 와인이 도착하자 내 앞에 내려놓고 딴청을 피우며 휘파람을 분다. 술잔이 어떻게 거기 있는지 본인은 전혀 모른다는 듯이.

나는 푹 웃는다. 갑자기 부쩍 성숙해진 기분이다. 나는 얇디얇은 잔을 입술로 가져가 한 모금 마신다. 짙은 향기에 코가 얼얼하다. 뜨거운 덩어리가 목을 타고 넘어간다.

"어때요?" 위크스 씨가 묻는다. 우리는 덜 붐비는 끝자리로 이동한다. "여기 이노베이션스가 맘에 들어요?"

이상한 질문이다. 한 번도 들어보지 못한 질문. "물론이죠." 내가 말한다.

"뭐가 제일 좋은데요?" 그가 묻는다.

"다른 애들과 함께 지내는 거요."

내 대답이 의외였나 보다. "정말요?" 그가 묻는다. 그가 장내를 둘러본다. "다들 매우 매력적이라는 데는 동의해요. 그런데 서로 가깝나요?"

"제게는 여기 친구들이 전부예요." 나는 솔직히 털어놓는다. "전 친구들을 사랑해요."

위크스 씨가 내 눈빛을 살피다가 빙그레 웃는다. "정말 사랑스런 대답이 아닐 수 없군요." 그가 말한다. "이렇게 훌륭한 숙녀가 됐으니 부모님이 몹시 자랑스러우시겠어요."

"그랬으면 좋겠어요, 위크스 씨." 살짝 목이 멘다. 나는 와인을 한 모금 더 마신다. "하지만 부모님을 자주 만나지 못해요. 사실 저희는 아무도 못 만나요. 아카데미가 외출을 허락하는 일은 거의 없으니까요. 말씀처럼 우리가 이렇게 *매력적인데도* 말이에요."

그가 한참 말이 없다. 나는 내가 도를 넘었음을 깨닫는다. "죄송해요." 내가 말한다. "아카데미를 비난할 뜻은 없었어요. 그런 건 제가 판단할 일이 아니죠."

위크스 씨의 아래턱이 살짝 굳어진다. 그는 술을 한 잔씩 더 주문한다. 나는 보조를 맞추기 위해 서둘러 와인잔을 비운다. 그가 내 손에서 빈 잔을 받아 치워놓고 새 잔을 건넨다.

"사과할 필요 없어요." 내가 한 모금 마시자 그가 말한다. "타당한 지적을 했어요." 그가 말을 잇는다. "여러분 학교는 여러분을 사회에 최대한 동화시킬 필요가 있어요. 사회의 생산적인 일원이 되려면 먼저 사회의 일부가 돼야 하지 않겠어요?"

"맞아요." 내가 동의한다. 우리는 마주보고 웃는다. 나는 한 모금 더 마신다.

윈스턴 위크스는 다른 투자자들과 다르다. 그는 이 자리에 잘 섞여 들지 않는다. 나처럼. 그가 와준 게 점점 고마워진다. 특히 아까처럼 다른 투자자가 과도한 친밀감을 표하고 있을 때.

"이런 질문드려도 될지 모르겠지만—" 내가 입을 연다. "아카데미와 인연을 맺으신 지 얼마나 됐어요?"

"시작할 때부터요." 그가 말한다. "개인적으로는 이노베이션스 아카데미 자체보다 아카데미를 있게 한 발상에 더 무게를 두죠. 나는 익명의 동업자로 있는 게 편해요. 그런데도 오픈하우스에 참석하는 이유는 일이 어떻게 진척되는지 확인하기 위해서예요. 여러분이 행복한지 보기 위해서."

그가 몸을 기울여 내 팔꿈치를 툭 친다. "여러분이 나다닐 필요가 있다고 내가 학교 측에 말해줄게요."

나는 그의 배려에 감사를 표한다.

윈스턴 위크스가 술이 남은 술잔을 바에 내려놓는다. "이만 가봐야겠어요." 그가 한숨 짓는다. "오늘 밤 회의가 잡혀서."

은근히 섭섭하다. 말할 상대가 있어서 좋았는데. 부모님이 없어서 더욱더. 내가 손을 내밀자 그가 이번에도 악수한다. "말씀 정말 즐거웠습니다, 위크스 씨." 내가 말한다.

"그러지 말고." 그가 말한다. "윈스턴이라고 불러요. 나도 얘기 즐거웠어요, 미나."

순간 심장이 멈춘다. 그가 나를 애칭으로 불렀다. 하지만 밖으로는 놀란 티를 내지 않는다. 우연일 수 있으니까. 그런데 우연처럼 느껴지지 않는다. 문득, 그가 나에 대해 아는 것이 내 짐작보다 많을지 모른다는 생각이 든다.

나는 그에게 감사를 표한다. 와인 때문에 머리가 어질어질하다. 나는 그가 파티를 떠나는 모습을 지켜본다.

10

이제는 뭘 하지? 머리가 멍하다. 취기가 올라온다. 에티켓 수업 때 교수가 말했다. 사교행사에서는 감독 하에 술을 조금은 마셔도 된다고. 그런데 좀 과하게 마신 것 같다. 그렇다고 위크스 씨가 권하는 데 거절하는 것도 무례잖아. 모르겠다. 헷갈린다.

사방을 휘익 둘러본다. 연회장이 거의 비었다. 캐롤라이나 데슈트와 그녀의 할머니도 이미 떠나고 없다. 남아 있는 이들은 애들과 학부모와 후원자들, 그리고 열성 투자자 몇 명뿐이다.

나를 위한 사람은 아무도 없다.

불현듯 궁금해진다. 윈스턴 위크스의 말처럼 부모님은 정말 내가 자랑스러울까? 만약 그렇다면 내가 보고 싶지 않을까? 아니면 적어도 나와 통화라도 하거나.

그 생각이 마음에 무겁게 내려앉는다. 나는 부정적인 감상에 사로잡히기 전에 얼른 잠자리에 드는 게 상책이라고 결심한다. 안 그래도 두통이 심하다.

나는 보스 사감에게 간다. 그는 가슴에 팔짱을 끼고 내가 오는 것을 지켜본다.

"뭐지, 미나?" 그가 묻는다. 나는 그의 성난 말투에 흠칫 놀란다.

"방으로 돌아가도 될까요?" 내가 묻는다. "부모님도 안 계시고, 머리가 아파서요."

그가 나를 미심쩍게 살핀다. "혹시 와인 때문에?" 그가 묻는다. 그의 목소리에 못마땅한 심기가 짙게 묻어난다. 내가 입술을 떼려는 순간 그가 도로 연회장을 향해 돌아선다. "그래, 가봐." 그가 말한다.

"감사합니다." 내가 말한다. 보스 사감이 가라는 손짓을 한다. 귀찮다는 듯이.

나는 홀을 걸어 내려간다. 불빛이 어둑하고 벽을 따라 그림자들이 춤을 춘다. 조용하다. 오싹하기까지 하다. 아직도 귓전을 울리는 파티의 소음과 비교돼 더 으스스하다. 아니면 술기운 때문인가.

첫 번째 모퉁이를 돈다. 잠시 멈추고 벽의 원목 장식에 손을 짚는다. 내 머리가 내 움직임을 따라잡을 시간을 준다. 자극이 없는 곳에 오니 머리가 더 윙윙거린다. 확실히 나는 술에 약하다. 적어도 그렇게 빨리 마시는 건 좋지 않다.

그때 알코브(벽을 우묵하게 만들어 작은 방처럼 꾸민 공간) 중 한 곳에서 이상한 소리가 들린다. 이어서 고음으로 키득대는 소리가 난다. 당황스럽다. 뜬금없다. 이렇게 어둑한 홀에서 누굴까. 나는 모퉁이 너머를 훔쳐본다.

눈에 가장 먼저 들어온 것은 여자의 허연 다리다. 다리 주인의 얼굴은 보이지 않는다. 남자가 여자를 소파로 밀어붙이고 여자를 반쯤 올라타서 키스한다. 여자의 옆얼굴이 눈에 들어온다. 나는 대번에 알아본다. 레베카 헌트다.

나는 얼른 모퉁이 너머로 몸을 숨기고 숨을 참는다. 두 사람이 나를 보지 않았기를 빈다. 입을 맞추는 소리가 들린다. 거친 숨소리와 함께. 레베카와 있는 남자는— 확실치 않다. 하지만 레베카네 변호사 같다. 레베카의 입학 수속을 맡았던 사람. 레베카를 위해 오픈하우스에 참석하는 사람.

"집에 가고 싶어요, 울프 씨." 레베카가 속삭이는 소리가 들린다.

"곧." 남자가 말한다. 또다시 키스. "곧. 약속해."

"전에도 약속했잖아요. *언제요?*"

키스가 멈춘다. 대신 옷이 바스락대는 소리가 어둠을 채운다. 누군가 일어나면서 소파가 삐걱댄다.

"집에 가고 싶은 거 이해해." 변호사가 말한다. 그의 말투가 갑자기 사무적으로 바뀐다. "하지만 너희 부모는 졸업생 딸을 기대해. 너를 일찍 빼내는 건—"

"부모님에게 말해보겠다고 했잖아요." 레베카가 말한다. "약속했잖아요. 그런데 몇 달째 부모님한테 연락 한 통 없어요."

"그냥 시키는 대로 해." 남자가 말한다. "너희 부모는 네 교육 문제를 내게 일임했어. 너희 부모가 우리의 만남을 절대 알아서는 안 돼." 남자는 살짝 넌더리 난다는 듯한 말투다. 나는 눈을 빠르게 깜빡인다. 남자의 말투가 불쾌하다.

"물론이죠." 레베카가 말한다. 놀라 허둥대는 목소리. "말 안 해요. 약속해요. 하지만 어째서 부모님이 나를 데리러 오지 않는 거죠?"

"그 문제로 내가 너희 부모와 상의한 적이 없으니까." 변호사가 냉랭하게 말한다.

"하지만 *약속했잖아요.*" 레베카의 목소리가 갈라진다.

"고마운 줄 알아." 울프 씨가 쏘아붙인다. "집에 가면 무슨 일이 있을지 네가 알기나 해?"

"칼라일." 레베카가 남자를 부르며 사정한다. 그때 요란한 찰싹 소리와 함께 레베카의 숨 멎는 소리가 들린다.

나는 입을 틀어막는다. 남자가 레베카를 때렸다. 나는 충동적으로 벽에서 몸을 뗀다. 말려야 해.

"제발 가지 말아요, 울프 씨." 레베카의 애원 소리에 나는 움직이려다 멈춘다. "무례하게 굴 생각은 없었어요." 레베카가 말한다. "난 집에 가고 싶을 뿐이에요."

"다시는 내게 버릇없이 굴지 마." 울프 씨가 말한다. 그의 목소리가 서릿발처럼 권위적이다. 논쟁에서 이긴 자의 목소리. "충고하는데, 긍정적인 태도를 유지해, 레베카. 이제 겨우 몇 달 후면 졸업이야. 그때까진 우리의 만남을 계속하는 거야, 알았어?"

"네." 레베카가 패배자처럼 말한다. "감사합니다."

두 사람이 움직이는 소리가 난다. 작별 키스. 나는 벽에 몸을 찰싹 붙인다. 남자가 알코브에서 걸어 나와 연회장으로 향한다. 그가 사라진 후 나는 살그머니 알코브로 들어간다. 레베카가 소파에 앉아 빨개진 뺨에 콤팩트 파운데이션을 바르고 있다.

"레베카?" 내가 속삭인다. 레베카가 화들짝 놀란다.

"미나." 레베카가 말한다. "여긴 어떻게?" 레베카가 콤팩트를 딱 소리 나게 닫아서 다시 클러치백에 넣는다. 내가 나타나자 귀신을 본 듯 기겁한다.

"미안해." 내가 말한다. "엿들을 생각은 아니었어. 그런데 울프 씨가—"

"내가 무례하게 군 탓이야." 레베카기 다급히 말한다. "내가 선을 넘었어. 그래서 울프 씨가 날 계도한 거야."

나는 생각에 잠겨 레베카 옆에 앉는다. "울프 씨가 지나치게 열성적이었어." 나는 그로거 박사가 보스 사감을 두고 했던 말을 반복한다. 레베카가 나를 보며 끄덕인다. 하지만 레베카의 표정에는 아직도 고통이 어려 있다.

"이유가 뭐야?" 내가 입을 뗀다. 신중히 말을 고른다. "어째서 집에 빨리 보내달라는 거야?" 내가 묻는다. "여기 있는 게 싫어?"

"당연히 싫지." 레베카의 대답이 자동으로 튀어나온다. 레베카가 바닥을 노려본다. "그게, 첫 번째 오픈하우스 후에 울프 씨가 말했어. 졸업 때까지 만남을 계속할 거라고. 나는 무례하기 싫었어." 레베카가 말한다. "집에 돌아가면 더는 그와 만날 일이 없잖아. 나쁜 짓이었다는 거 알아. 내가 이기적이라는 것도."

술기운 때문인지 뱃속이 울렁이고 구역질이 올라온다. 우리를 지키는 사람들에게 순종해야 하는 건 맞다. 하지만 이런 관계가 비밀에 붙여지는 건, 이건 아니다. 거기다 레베카는 상처받고 혼란에 빠져 있다.

"내가 도와줄게." 내가 말한다. "네가 안톤에게 간다면, 나도 내가 들은 걸 증언할게. 우리가—"

"안 돼." 레베카가 단호하게 말을 끊으며 내 손을 움켜잡는다. "그러면 안 돼. 그럼 안톤이 나를 평가절하할 거야. 울프 씨가 이미 경고했어. 안톤은 나를 도울 수 없어, 미나."

"하지만—"

"제발." 레베카가 사정한다. "너는 여기서 빠져줘, 제발. 응?"

레베카를 지켜주고 싶지만 동시에 레베카의 의사도 존중하고 싶다. "알았어." 내가 마지못해 말한다.

레베카가 숨을 돌리고 고맙다고 말한다. 그리고 클러치백을 집어 들고 소파에서 일어나 손바닥으로 드레스를 반듯하게 편다. 내게 잘 자라는 말을 중얼거리며 파티로 돌아가기 위해 걸음을 뗀다. 아무 일도 없었던 듯이. 다시 울프 씨와 어울리기 위해서.

레베카가 간 뒤 나는 어찌할 바를 모르고 잠시 우두커니 서 있다.

취한 건 이번이 난생처음이다. 취기가 생각들을 사납게 일으킨다. 매너에 막히지 않은 생각들.

오늘 밤 일들이 고급 드레스들과 늑대 같은 미소들과 요란한 키스들의 뒤범벅 속에 희미하게 뭉개진다. 화려함과 와인. 너무 많은 와인.

시드니에게 말하고 생각을 구할 필요가 있다. 나는 몸을 돌려 연회장으로 향한다. 보스 사감이 여전히 입구를 지키고 있다가 내가 다시 나타나자 수상쩍게 쳐다본다. 돌아온 이유는 묻지 않지만, 그가 내 행동을 면밀히 감시하는 게 느껴진다. 나는 하이힐을 신은 채로 온 힘을 다해 안정된 걸음걸이를 유지하며 시드니를 찾아 연회장을 가로지른다.

시드니는 보이지 않고, 방 건너편에서 울프 씨와 나란히 서서 다른 투자자와 말을 나누는 레베카가 눈에 들어온다. 레베카는 내 쪽에 눈길도 주지 않는다.

"거기 있었구나." 시드니가 부르는 소리에 정신이 퍼뜩 든다. 나는 몸을 빙글 돌린다. 시드니가 다가온다. 혼자다. 시드니의 두 눈이 밝게 빛난다. 부모님을 만난 즐거움이 아직 가시지 않은 얼굴. 부모님이 막 떠난 모양이다.

나는 은밀한 손짓으로 시드니를 가까이 부른다. 시드니가 아직까지 몇 명 남아 있는 하객을 피해 내게로 온다. 내 거동이 희한한지 헤헤 웃는다.

"말해봐, 내가 놓친 게 뭐야?" 시드니가 묻는다. "아까 네가 윈스턴 위크스랑 얘기하는 건 봤어. 그분 괜찮지?"

나는 방 건너편 레베카 쪽을 다시 힐끔거린다. 시드니가 실눈을 뜨며 내 기분을 살핀다.

"왜 그래?" 시드니가 묻는다. 나는 시드니의 팔을 잡고 더 가까이 당긴다.

"네 의견이 필요해." 내가 속삭인다. "레베카가 자기네 변호사랑 함께 있는 걸 봤어."

"나도 봤어." 시드니가 말한다. "레베카 오늘 예쁘더라."

"맞아." 내가 동의한다. "근데 내 말은 파티에서 봤다는 말이 아냐. 둘이 홀에 있었어. 알코브에 숨어 있었어. 둘이— 키스하고 있었어." 내가 말소리를 더 낮춘다.

시드니가 잠시 나를 빤히 본다. 무슨 말을 하는지 못 알아듣는 눈이다. 그러다 머리를 가로젓는다. "레베카와 울프 씨가?"

나는 고개를 끄덕인다. 시드니는 여전히 못 믿는 표정이다.

"너, 와인 때문에 헛것을 본 건 아니야?" 시드니가 묻는다. "아까 보니까 한 잔 하던데."

"두 잔." 내가 정정한다. "그래, 맞아. 분명히 봤어. 그리고 그게 다가 아니야. 울프 씨가 레베카 뺨을 때렸어."

이 말에 시드니의 미간이 구겨진다. "왜?" 시드니가 묻는다. "걔가 어쨌는데?"

"울프 씨를 이름으로 불렀어. 알고 봤더니 울프 씨가 첫 번째 오픈 하우스 때부터 레베카에게 몹쓸 짓을 했어. 레베카에게 졸업할 때까지 계속 그럴 거라고 하더라. 레베카는 그 사람에게서 벗어나려고 집에 가고 싶어 해. 하지만 그 남자가—" 나는 인상을 쓴다. "그 사람이 레베카를 때린 건 잘못이야, 안 그래?"

"잘 모르겠어." 시드니가 솔직히 말한다. "어쨌든 그 사람은 레베카의 교육을 담당하는 사람이고—"

그런데 논리가 맞지 않는다. 아카데미는 세상에는 끔찍한 사람들이 많다고 경고했다. 우리에게 거짓말하는 사람들, 우리를 조종하려는 사람들. 아카데미는 그런 사람들로부터 우리를 보호하겠다고 약속하지 않았던가.

만약 울프 씨가 그런 사람들 중 하나라면?

"레베카는 괜찮아?" 시드가 불쑥 묻고 몸을 돌려 레베카를 찾는다. 하지만 레베카와 울프 씨는 그새 파티를 떠났는지 보이지 않는다.

"응." 내가 대답한다. "내가 안톤에게 함께 가주겠다고, 내가 본 걸 안톤에게 말하겠다고 했더니 레베카가 제발 그러지 말라고 사정하는 거야. 안톤이 자기를 평가절하할 거라면서." 속수무책의 기분이 내 목소리에도 시드니의 표정에도 드러난다.

"그래도 안톤에게는 말해야 하지 않을까?" 시드니가 말한다. 없는 확신을 구하는 목소리. "다른 건 몰라도 변호사가 레베카의 학업 의지를 꺾고 있어." 시드니가 끊었다 말한다. "안 그래?"

우리 둘 다 말없이 생각에 잠긴다. 말소리들이 웅성웅성 연회장을 맴돈다. 피아노 연주자는 이미 떠났고, 바텐더도 짐을 챙긴다. 레베카와 울프 씨 사이의 상호작용에는 뭔가가 있다. 어쩐지 익숙한 뭔가가. 그럴 리 없는데도.

이 일에는 반드시 안톤이 필요하다. 이 문제를 해결할 사람은 안톤뿐이다. 어쨌든 그가 우리의 분석가니까.

"한동안 안톤이 보이지 않던데." 시드니가 말한다. "벌써 간 걸까?"

"그럴지 몰라." 내일 아침까지 기다려야 하는 게 부담스럽다. 그렇다고 우리가 밤에 그의 집무실을 찾아가는 것도 부적절하다.

그때 내가 유리문 너머로 테라스에 나가 있는 안톤을 발견한다. 그는 휴대폰으로 통화 중이다. 다행이다. 안톤이 아직 여기 있다. 나는 시드니의 팔을 두드려 이를 알린다. 우리는 급히 테라스로 향한다.

안톤이 우리가 오는 것을 보더니 얼굴을 돌리고 휴대폰에 뭔가를 말한 다음 전화를 끊는다. 그가 휴대폰을 수트 주머니에 넣는 것과 동시에 우리가 유리문을 연다. 차가운 밤공기가 우리를 덮친다. 시드니가 눈에 보이게 떤다.

"안녕, 소녀들." 안톤이 말한다. 그의 입가가 올라가며 미소를 만든다. 그의 뺨과 코끝이 추위로 빨갛다. 우리가 반갑지 않은 기색이다. 우리가 그의 통화를 방해했다.

안톤이 넥타이를 느슨하게 푼다. "오늘 밤은 회의의 연속이로군." 그가 말한다. "나를 찾고 있었니? 혹시 또 레논로즈 얘기라면, 지금은—"

"아니에요." 내가 재빨리 말한다. "제가 방금 뭔가를 봤는데요, 시드니도 저도 보고해야 한다고 생각해서요."

안톤이 태도를 바꾼다. 돌연 진지해진다. "말해보렴." 그가 내게 계속하라는 손짓을 한다.

어쩐지 배신하는 기분이다. 레베카와 울프 씨의 개인적인 순간을 안톤에게 고하는 것. 특히 레베카에게 관여하지 않겠다는 약속까지 해놓고. 하지만 동시에 학교에 알릴 의무감을 느낀다. 적어도 안톤은 그렇게 여길 거다.

나는 소파에 있던 레베카와 울프 씨의 모습을 묘사한다. 그가 레베카의 뺨을 때리고 협박한 일. 그리고 나중에 레베카가 내게 한 말까지. 얘기를 듣는 안톤의 목울대가 눈에 띄게 오르내린다. 그는 가끔씩 시드니에게 시선을 던져가며 시드니도 내 말을 수긍하는지 확인한다.

나는 말을 마치고 몸을 떤다. 춥기도 하고, 안톤에게 이런 민망한 얘기를 한 것이 부끄럽기도 해서. 안톤은 팔짱을 끼고 호의적으로 끄덕인다.

"내게 말한 건 잘한 일이야." 그가 말한다. 나는 안도의 한숨을 쉬고 시드니를 본다. 시드니도 우리가 옳은 결정을 한 게 기쁜 듯 활짝 웃는다.

"잘못이죠?" 시드니가 안톤에게 묻는다. "울프 씨가 레베카를 그렇게 취급한 건 잘못이죠?"

그런데 이 질문이 안톤의 심기를 건드린 것 같다. 안톤이 시드니를 굽어보며 사과할 때까지 침묵한다.

"그건 너희가 판단할 일이 아냐." 안톤이 마침내 입을 연다. 심지어 약간의 유머감각까지 보여준다. "그런 종류의 분석은 내게 맡겨줄래? 그게 내가 큰돈 받으며 여기 있는 이유니까." 그가 우리에게 미소를 짓는다. 그제야 시드니와 나는 마음을 놓는다.

"그 일은 내가 처리하마." 안톤이 말한다. "비슷한 일을 또 보면, 그런 일은 없겠지만, 만약 그런 일이 생기면 언제라도 내게 와라, 알겠니?"

"네." 우리가 대답한다. 안톤은 시드니가 추위에 떠는 걸 보고 잠시 팔을 문질러준다. "이 얘기는 우리만 아는 걸로 하자." 안톤이 말한다. "개인적인 문제니까. 자, 이제—" 그가 빙긋 웃는다. "파티는 끝났습니다, 소녀들. 방으로 돌아가세요."

우리가 감사를 표하자 그는 연회장으로 들어간다. 뒤따라 들어올 우리를 위해 유리문은 그대로 열어둔다. 우리는 곧장 보스 사감에게 향하는 그의 뒷모습을 지켜본다. 두 사람이 울프 씨를 찾아내서 따지려나? 내가 중얼거린다.

시드니가 내 손을 잡는다. 우리는 안으로 들어간다. 마침 다른 애들도 부모와 작별을 고하는 중이다. 결국 우리 모두 동시에 위층으로 향한다. 시드니와 나는 다른 애들에게는 레베카의 일을 언급하지 않는다. 안톤이 그건 개인적인 일이라고 했다.

하지만 마음이 놓인다. 내 염려가 부당한 일이 아니라니 얼마나 다행인지. 부적절한 행동을 했다고 해서 남자를 공개적으로 비난하는 건 불경한 일이며 어느 범죄보다 나쁘다. 올해 초 겸양과 정숙 시간에 펜션트 교수가 그렇게 말했다.

나는 기진맥진 상태로 기숙사 층에 도착한다. 시드니도 잘 자라고 말한 후 내 손을 놓고 자기 방으로 간다.

나는 레논로즈의 방 앞에서 잠시 걸음을 멈춘다. 노크하고 안부를 확인할까. 하지만 지금쯤 잠들어 있을 것 같아 귀찮게 하지 않는 쪽을 택한다. 안톤도 레논로즈와 간격을 두라고 하지 않았던가.

와인 때문에 윙윙대는 머리도 여전하다. 더구나 이제는 두통이 엷지도 않다. 묵직하고 짙다. 구름처럼 빽빽하다.

나는 방에 들어와 드레스를 벗어서 책상 의자에 획 던진다. 옷걸이에 잘 걸어놓아야 하는데도. 학교는 드레스를 내일 수거한다. 우리가 가지는 건 아무것도 없다.

나는 잠옷을 입고 침대로 간다. 비타민 캡슐들이 침대탁자 위에서 나를 기다리고 있다. 분홍색 두 개, 녹색 한 개. 투여량이 아직도 많다. 다음번 상담 세션 때 안톤에게 물어봐야겠다.

나는 미지근한 물 한 모금과 함께 약을 삼킨 다음, 탁자의 전기스탠드를 끄고 선선한 이불 속으로 기어들어가 옆으로 웅크려 눕는다.

얼굴 화장이 베개에 묻어서 내일 아침에 베갯잇을 바꿔야 한다. 일이 늘었다.

와인이 혈관을 타고 번지며 졸음을 부른다. 나는 오늘 밤 일을 마음속으로 재생한다. 레베카와 울프 씨의 만남이 전부터 있었다니 납득하기 어렵다. 이런 일을 어떻게 우리는 감쪽같이 몰랐을까. 애들 중 몇 명이나 담당 변호사와 키스하고, 몰래 비밀을 속삭이고, 철책 너머로 남자애를 만날까?

복도에서 방문을 삐걱 여는 소리가 들린다. 걸음 소리가 내 방문 밖에서 멈춘다. 신경질적인 노크 소리가 난다.

방안을 휘둘러본다. 의자 등판에 아무렇게나 던져진 드레스와 서로 포개져 있는 구두가 눈에 들어온다. 차근히 잠자리에 들 준비를 하지 않은 것이 부끄럽다.

"들어오세요." 내가 나직이 말한다.

보스 사감이 방으로 들어선다. 그의 몸이 검은 윤곽으로만 보인다. 들어와서 말이 없다. 나는 시트를 잡아당겨 겨드랑이 아래에 끼운다. "네?" 내가 묻는다.

그가 방에 더 깊이 들어온다. 비타민을 담은 작고 하얀 종이컵을 들고 있다. 그가 종이컵을 침대탁자 위 물컵 옆에 놓는다.

"안톤이 보냈다." 사감은 이렇게 말하면서 몸짓으로 종이컵을 가리킨다. 그는, 내가 약을 먹을 때까지 기다리고 섰을 작정이라는 걸 나는 훤히 다 안다.

종이컵을 흘깃 들여다본다. 노란색 캡슐 하나가 보인다. 나는 그걸 손가락으로 꺼내서 희미한 불빛 아래 살펴본다. 전에 이런 색 약을 먹어본 기억이 없다. 무슨 약일지 궁금하다.

보스 사감이 답답하다는 듯 자세를 바꿔 선다. "평생 기다릴까, 필로미나?" 그가 말한다.

나는 보스 사감이 지켜보는 가운데 약을 혀에 올려놓고 물을 한 모금 입에 넣고 캡슐을 꿀꺽 삼킨다.

나는 다시 담요 위에 드러눕는다. 물을 마셨는데도 혀에 노란 약의 코팅이 남았다.

보스 사감이 방을 나서려 할 때 내가 일어나 앉는다. "사감님." 내가 그의 등에 대고 부른다. "레논로즈는 좀 어때요?"

그가 너무 길다 싶게 멈춰 있다가 나를 향해 돌아선다. "휴식 중이야, 필로미나." 그가 말한다. "이제 너도 자렴." 사감은 더는 아무 말 없이 방을 나가 문을 닫는다. 나는 귀를 기울인다. 그의 발소리가 복도 건너 시드니의 방으로 간다. 노크 소리가 들리고 시드니의 방문이 딸깍 열리는 소리가 난다.

더 바싹 귀를 기울인다. 있는 힘껏 들으면 레논로즈가 자기 방 침대에서 자는 소리도 들릴 것 같다. 하지만 조용하다.

두통이 먹먹한 욱신거림으로 잦아들었다. 그런데 갑자기 속이 메슥거린다. 정말로 토할 것 같다. 나는 탁자로 팔을 뻗어 전기스탠드를 켠다. 방이 빛으로 폭발한다. 밝기 변화 때문에 머리가 빙빙 돌고, 입 안에 침이 고인다. 나는 침대에서 뛰쳐나와 나와 욕실로 돌진한다.

무릎을 털썩 꿇고, 분홍과 녹색과 노랑의 비타민으로 물든 토사물을 줄줄이 게워낸다. 와인의 자주색도 있다. 참으려고 해보지만, 속이 완전히 빌 때까지 구토가 멈추지 않는다.

다 토하고 변기의 물을 내린 다음에도 나는 얼마간 더 변기를 붙들고 있다. 머리가 미치게 지끈거린다. 더욱 비참한 건 기껏 먹은 비타민을 토해버린 거다. 사감을 번거롭게 하기에는 시간이 너무 늦었다. 내가 말하면 사감이 안톤에게 직접 약을 타와야 한다. 우리가 먹는 비타민은 의사가 아니라 분석가가 관리한다. 안톤의 말에 따르면 비타민이 행동 이슈에 관여하고, 따라서 그의 전문 분야다.

내일 안톤에게 내가 본의 아니게 오늘 치 약을 놓쳤다고 말해야겠다.

몸을 일으키자 거울 속 내 모습이 눈에 들어온다. 줄줄이 번진 마스카라, 얼룩덜룩 뭉친 파운데이션. 죄책감이 규칙 준수의 욕망을 부른다. 나는 지정된 비누로 세수하고, 수분 크림을 바른 후 방으로 나와 드레스를 제대로 옷걸이에 건다. 복종한다.

그리고 다시는 와인을 입에 대지 않으리라 맹세한다.

11

아침햇살이 창문으로 스머든다. 나는 침대에 일어나 앉는다. 두통의 뒤끝이 아직도 관자놀이에 들러붙어 있다. 꿈의 기억 파편처럼. 뭔가 레논로즈에 대한 꿈. 아니면 레베카? 제대로 생각을 할 수가 없다. 머릿속 생각들이 철사뭉치처럼 마구 뒤엉킨다. 그러다 마침내 지난밤의 일들이 떠오른다.

대열에서 빠진 레논로즈. 알코브에 있던 레베카와 울프 씨. 윈스턴 위크스와 마신 와인.

나는 부리나케 침대에서 나왔다가 바로 후회한다. 두통이 눈 뒤에서 고동친다. 통증이 지나가기를 기다린다. 좀 나아지자 옷을 갈아입고 아침을 먹으러 간다.

식당에 들어서니 스크램블드 에그와 베이컨 냄새가 풍긴다. 하지만 그중 어느 것도 우리 식탁에는 없다. 음식이 넘쳐나는 접시는 교수들의 몫이다. 우리 몫은 오트밀 죽이다.

"안녕." 시드니가 중얼거린다. 시드니도 몹시 지쳐 보인다. 나는 시드니 앞자리에 앉는다.

마르셀라와 브린이 미소로 안녕을 외치고 애너리즈는 내게 스푼을 흔든다. 명랑한 아이들. 당연하다. 토요일 아침이니까. 반면 시드니와 나는一.

"머리가 이렇게 아파본 적이 없어." 시드니가 내게 말한다. 목소리도 깔깔하다. "아침 먹고 그로거 박사님에게 가볼까 봐."

"어떡해." 나는 식탁 너머로 팔을 뻗어 시드니의 손을 잡아본다. 열이 있거나 축축하지 않아서 다행이다. 시드니가 마음 써줘서 고맙다고 한다.

우리를 둘러싸고 다른 애들은 오픈하우스 얘기꽃을 피운다. 캐롤라이나 데슈트와 데슈트 노부인, 저속한 말을 일삼던 투자자(누군지 알 것 같다), 어느 때보다 친절했던 윈스턴 위크스. 애너리즈가 위크스 씨 얘기를 하며 나를 향해 씩 웃는다. 나도 웃는다. 파티에서 나와 윈스턴 위크스의 상호작용을 모두가 본 모양이다.

수다가 한창일 때 시드니가 관자놀이를 문지르며 눈을 질끈 감는다. 걱정스럽다. 우리는 한 번도 아팠던 적이 없다.

"너도 와인 마셨어?" 내가 묻는다. "왜냐면 나 어젯밤에 토했거든."

"우웩." 시드니가 스푼으로 오트밀을 쿡쿡 찌르며 말한다. "아니."

"어쩌면 안톤이 추가 처방한 비타민 때문일지 몰라." 내가 추리해본다.

시드니가 코를 찡그리며 눈을 들어 나를 본다. "추가 처방 비타민?" 시드니가 묻는다. "난 안 받았는데? 그게 무슨 약이었는데?"

"나도 몰라." 내가 말한다. "그런데 정말 안 받았어? 사감이 네 방으로 가는 소리를 들었는데."

시드니가 아니라며 고개를 젓다가 두통 때문에 인상을 쓴다. 나는 아랫입술을 비쭉 내밀고 안쓰럽게 쳐다본다.

하지만 이상하다. 분명 보스 사감이 시드니 방으로 가는 소리였는데? 내가 착각한 모양이다. 나는 식탁에 앉은 애들을 둘러본다. 대번에 레베카가 눈에 들어온다. 레베카는 뚱하고 시무룩한 얼굴로 떨어져 앉아 고개를 폭 숙이고 있다.

"어젯밤에 안톤이 불러서 말했나?" 내가 턱으로 레베카를 가리키며 시드니에게 속삭인다. "내가 말 좀 붙여볼까?"

"왜? 어젯밤에 무슨 일 있었어?" 시드니가 건성으로 묻는다. 오트밀을 한 술 떠서 맛보더니 오만상을 짓는다.

나는 놀란 눈으로 시드니를 보다가 식탁 위로 몸을 숙이고 속삭인다. "레베카와 울프 씨, 몰라?" 시드니가 계속 설명하라는 손짓을 한다.

"우리가 안톤에게 가서 말했잖아." 내가 숨죽여 덧붙인다.

"미나." 시드니가 말한다. "난 어젯밤에 안톤을 거의 보지도 못했어. 무슨 말이야?"

갑자기 등골이 오싹하다. 걱정의 가시들. 어젯밤 우리는 분명히 안톤에게 말했다. 어떻게 시드니가 그걸 까먹을 수 있단 말인가? 공포감이 상승할 때 애너리즈가 내 이름을 부른다.

"레논로즈가 아직도 보이지 않네." 애너리즈가 말한다. "어쩌고 있나 가봐야 하지 않을까?"

심장이 철렁한다. 주위를 확인한다. 애너리즈의 말대로다. 레논로즈가 없다. 어젯밤에 들은 바로는 레논로즈는 자기 방에서 쉬고 있었다. 아직까지 방에 있는 걸까. 우리가 미치게 보고 싶을 텐데. 레논로즈는 혼자 있는 걸 끔찍이 싫어한다.

나는 애너리즈와 가보기로 한다. 두통이 심하지만 시드니도 우리와 함께 가겠다고 나선다. 식사를 끝내기 전에는 자리를 뜰 수 없기 때문에 아침을 먹자마자 출발하기로 한다.

문득 생각난다. 레논로즈가 울기 직전에 그 애에게 말을 건 애가 밸런타인이었다. 왜 레논로즈에게 말을 걸었을까? 무슨 말을 했을까?

하지만 밸런타인은 우리 모두를 무시하며 오트밀만 천천히 휘젓고 있다. 오트밀이 밸런타인의 스푼에 덩어리져 엉긴다. 그 애의 입술이 미세하게 달싹거린다. 마치 무언가를 외우듯이. 그 모습이 어딘지 당황스럽다. 어딘지 자연스럽지 않게 반복적이다. 나는 밸런타인이 보기 전에 황급히 눈을 돌린다.

내 상태가 오늘 영 이상하다. 뭔가 잘못됐다.

나는 아침을 먹으며 어젯밤에 토한 일을 떠올린다. 소화되지 못한 색색의 비타민을 그대로 게워낸 일. 슬쩍 눈을 들어 시드니를 훔쳐본다. 혹시 그 차이일까?

비타민은 우리의 균형을 유지해준다. 균형을 잃은 건 어쩌면 나일지

모른다.

❖

마르셀라와 브린이 뒤처리 당번이다. 애너리즈와 시드니와 나는 레논로즈를 살피러 간다. 방문을 노크한다. 아무 대답이 없다. 애너리즈가 문을 조금 더 크게 두드린다.

애너리즈가 뒤에 선 우리를 돌아본 후, 문을 밀고 들어가며 나직이 레논로즈의 이름을 부른다. 아직 잠들어 있을지 모르니까.

그런데 레논로즈가 방에 없다. 우리가 인지한 것이 레논로즈의 물리적 부재만은 아니다. 방이 텅 빈 느낌. 주인 없이 쓸쓸한 방. 마치 레논로즈가 없어진 지 꽤 된 것처럼. 바로 어젯밤만 해도 레논로즈가 여기 있었다는 걸 내가 아는데.

애너리즈가 쿵쾅대며 침대로 가서 시트를 훌렁 들춘다. 침대탁자에 빈 유리컵과 비타민이 없는 빈 종이컵이 있다. 레논로즈의 오픈하우스 드레스가 반납을 위해 화장대 옆에 걸려 있고, 그 밑에 하이힐도 가지런히 놓여 있다.

그때 침대 옆에 놓인 레논로즈의 구두가 눈에 들어온다.

우리가 아카데미에서 신는 신발은 두 켤레뿐이다. 교복에 맞는 구두와 트랙 달리기용 운동화. 레논로즈의 운동화는 구석에 포개져 있고, 교복 구두는 침대 발치에 있다.

그렇다면 지금 레논로즈는 아무것도 신고 있지 않다는 얘기다. 맨발로 어디를 갔단 말인가? 나는 욕실로 가서 들여다본다. 욕실도 비었고, 물기도 없다. 레논로즈는 오늘 샤워도 하지 않았다.

"애 어디 있어?" 시드니가 묻는다. 애너리즈도 내게 걱정스런 눈길을 던진다.

"안톤과 있겠지." 내가 말한다. "안톤이— 애를 충동억제치료에 넣은 게 분명해." 어젯밤 레논로즈가 워낙 냉정을 잃은 상태였기 때문에 안톤이 레논로즈의 목표 재설정을 도왔다 해도 이상할 게 없다. 그런데 안톤이 말하지 않은 게 이상하다. 내게 말했어야 하지 않나. 내가 물어보기까지 했는데.

"구두도 안 신고?" 시드니가 혼란스런 얼굴로 묻는다.

나는 애들에게 어제 안톤이 한 말을 전한다. 어젯밤 그는 내게 레논로즈가 편히 쉬고 있다고 했다. "확인해보진 않았어." 내가 덧붙인다. 죄책감이 든다. "내가 확인했어야 했어."

"괜찮아, 미나." 시드니가 말한다. "안톤이 레논로즈가 씻은 듯이 좋아질 거라고 했다며. 안톤이 괜찮다면 괜찮은 거야."

나는 숨을 꿀꺽 삼킨다. 이유를 딱 꼬집어 말할 수 없지만 시드니의 말이 여느 때처럼 안도감을 주지 못한다.

"안톤과 얘기해볼래." 내가 말한다. "레논로즈를 위해 우리가 할 일이 있을지 물어봐야겠어."

애너리즈가 좋은 생각이라는 듯 크게 끄덕인다.

"레논로즈를 보면 우리가 사랑한다고 전해줘." 시드니도 보탠다.

"물론이지." 내가 말한다. 다시 한 번 레논로즈의 구두를 본다. 너무 일상적이어서 오히려 너무 낯선 배치. 지금이라도 레논로즈가 더러운 발바닥으로 방에 들어올 것만 같다.

심장이 미친 듯이 뛴다. 문득 내가 너무 감정에 휘둘리고 있다는 생각이 든다. 뭔가 잘못됐다는 감이 온다. 내가 토해낸 비타민들이 떠오른다.

"다른 애들한테도 물어봐줄래?" 내가 애너리즈에게 묻는다. "어젯밤이나 오늘 아침에 레논로즈를 본 애들이 있을지 몰라."

"그럴게." 애너리즈가 대답하고 시드니에게 함께 가자고 한다. 우리는 복도로 나온다. 나는 양팔로 몸을 감싼다. 애들을 공연히 불안하게 하고 싶지는 않다. 내가 과잉반응을 보이는 게 분명하다. 안톤에게 가서 내가 본의 아니게 비타민을 걸렀다고 말해야겠다. 지금의 이 기분이 너무 싫다. 너무나 비이성적인 기분.

애너리즈와 시드니는 마르셀라의 방으로 가고, 나는 이층으로 걸음을 옮긴다.

이층에 닿을 즈음에는 가슴이 조이듯 아프다. 숨 쉬기가 어려울 정도다. 레논로즈에게 무슨 일이 생겼을까 봐 무섭다. 애초에 레논로즈가 왜 울었는지 나는 그것조차 알지 못한다.

나는 걸음을 재촉한다. 망설임 따위 버리고 서둘러 움직인다. 모퉁이를 홱 돌다가 누군가와 충돌한다. 나는 악! 비명을 지른다. 그로거 박사다. 박사가 깜짝 놀란 얼굴로 웃음을 터뜨리며 안경을 고쳐 쓴다.

"필로미나." 박사가 말한다. "무슨 일인데 이리 급해?" 그가 내 상태를 살피더니 걱정스럽게 미간을 구긴다. "무슨 일이지?" 박사가 진지해진 표정으로 묻는다.

"레논로즈요." 내가 말한다. "걔를 찾고 있어요. 걔가—"

"얘야." 그로거 박사가 급히 말을 끊는다. 그는 복도를 둘러보더니 한 손을 내 등에 올리고 앞으로 민다. "내 방에서 의논하자."

무슨 일이 있는지 박사가 아는 게 분명하다. 나는 감사하게 끄덕이고 그와 함께 복도를 내려간다.

진료실에 이르러 박사가 나를 먼저 들여보내고 문을 닫는다. 그는 안경을 밀어 올리며 나를 아래위로 훑어본 후 말을 계속해보라고 한다.

"레논로즈 때문에요." 목소리가 떨린다. "지금 방에 없어요. 걔가 어젯밤에 울었거든요. 그런데—"

박사가 무겁게 숨을 뱉는다. "애야, 필로미나." 그가 말한다. "이런 식으로 알게 돼 심히 유감이다. 안톤이 곧 공지할 거야. 레논로즈는 아카데미를 떠났단다."

세상이 기우뚱한다. 나는 휘청 뒷걸음질 친다. "안 돼요." 충격으로 말이 막힌다. "언제요?"

"좀 전에. 레논로즈의 아버지가 와서 데려갔어." 박사가 이해한다는 듯 말한다. "여기 학비는 레논로즈의 부모가 감당하기에는 벅차. 그 스트레스가 결국 레논로즈에게도 영향을 미쳤는지, 건강이 악화됐어. 우리도 어쩔 수 없이 보내야 했다. 유감이다. 너희 둘이 친했던 거 알아."

"우린 모두 친해요." 내가 말한다. "아무리 그래도— 작별인사는 했을 텐데요, 레논로즈가 작별인사도 없이 떠났을 리가 없어요."

"글쎄다—"

"그리고 구두는요?" 내가 계속 말한다. 내 목소리가 커진다. "구두가 방에 그대로 있던데 어떻게 구두도 신지 않고 떠날 수 있죠?"

"필로미나." 그로거 박사가 퉁명스럽게 말한다. 내 질문들에 그의 인내심이 바닥난 것 같다. "세세한 건 나도 몰라. 사감이 떠나는 걸 도왔어. 레논로즈는 이제 없다. 안됐구나."

눈물이 핑 돈다. 진실의 충격파가 마침내 나를 때리기 시작한다. *레*

논로즈는 이제 없다.

박사가 다시금 활기차게 말한다. "이제, 우리가 함께 극복하는 일만 남았구나. 안톤이 곧 너희 모두에게 말할 거야. 나중에 필요하면 안톤과 개인 면담도 가능해. 물론 나도 마찬가지고. 필요하면 언제든 오너라."

그가 막대사탕 하나를 집어서 내민다. 마치 그거면 모든 게 좋아질 것처럼. 레논로즈의 부재가 피부이식으로 해결되는 무릎 상처인 것처럼. 나는 막대사탕을 멀거니 바라본다. 내가 사탕을 받지 않자 그로거 박사가 목청을 가다듬는다.

"이제 네 방으로 가는 게 어때, 필로미나?" 박사가 제안한다. "뜨겁게 샤워하면 기분이 나아질 거야."

하지만 나는 레논로즈 생각을 멈출 수 없다. 딸꾹질처럼 넘어오는 흐느낌을 참느라 목이 멘다.

그로거 박사가 나를 잠시 쳐다보다가 빙긋 웃으며 한 손을 내 어깨에 올리고 경직된 근육을 부드럽게 주무른다. 하지만 그의 손에서 오히려 오싹한 한기가 느껴진다. 그의 손을 피해 내가 한 걸음 물러서자 의사가 미간을 찌푸린다.

나는 내 행동을 해명하는 대신 뒤로 돌아선다. 몸이 와들와들 떨린다. 마음이 아프다. 다른 애들에게도 소식을 전해야 한다. 나는 진료실을 나서고, 의사는 나를 부르지 않는다.

서둘러 기숙사 층으로 돌아온다. 공허함이 내 머리에, 내 마음에 깊이 굴을 판다. 레논로즈가 작별인사조차 하지 않았다.

레논로즈는 이제 없다.

이 생각이 나를 파묻는다. 레논로즈를 처음 만난 날이 기억난다. 금발 생머리, 숱 많은 앞머리, 옅은 색 속눈썹과 가냘픈 손, 나직한 목소리. 너무 나직해서 펜션트 교수가 안 들린다며 크게 말하라고 호통치자 레논로즈는 잔뜩 주눅이 들었고, 결국 내가 대신 대답했다.

레논로즈는 수업 후에 나를 기다렸다.

"고마워." 레논로즈는 역시나 나직하게 말했고, 내 구두코를 내려다보며 불안하게 꼼지락댔다. "혼란스러워." 레논로즈가 말했다. "뭐가 뭔지 모르겠어."

나는 끄덕였다. 이해하니까. "처음 왔을 때 나도 그랬어." 내가 말했다. "하지만 걱정 마. 이제 너한테 우리가 있잖아." 나는 레논로즈의 어깨에 팔을 둘렀다. "우리가 도와줄게."

레논로즈는 내게 활짝 웃었다. 나를 마치 행성이 태양을 보듯 쳐다봤다. 레논로즈는 시드니를 만났을 때도 마찬가지의 동경심을 보였다. 이후 시드니와 나는 정말로 레논로즈를 챙겼다. 우리는 레논로즈를 사랑했다.

그런데 우리는 그 애의 기대를 저버렸다.

이제 어느 것도 전과 같을 수 없다. 레논로즈가 돈 때문에 학교에서 쫓겨났다. 이건 공평치 않다. 얼마나 무섭고 외로웠을까. 어젯밤 나는 레논로즈의 방문을 두드리지 않았다. 만약 레논로즈가 날 기다리고 있었다면?

우리 층에 도착하니 시드니와 애너리즈가 복도에서 마르셀라와 브린과 얘기하고 있다. 마르셀라의 흑갈색 곱슬머리에서 물이 뚝뚝 떨어지고, 브린은 이 사이에 칫솔을 물고 있다. 시드니가 대화 중간에 내게 눈을 돌리고, 내 표정을 보더니 목소리가 잦아든다.

애너리즈도 시드니에게서 내게로 시선을 옮긴다. 애너리즈의 콧구

멍이 커지고 입은 한일자로 닫힌다. "어떻게 됐어?" 애너리즈가 당장 묻는다.

나는 다들 내 방으로 오라는 몸짓을 한다. 복도에서 할 말은 아니다. 방문을 미는 두 손이 떨린다. 애들이 나를 따라 들어온다. 문을 닫고 애들을 향해 돌아설 때쯤 나는 이미 울고 있다.

"레논로즈는 갔어." 내가 비참하게 말한다. 브린이 헉 소리와 함께 마르셀라의 팔을 잡는다.

"그게 무슨 말이야?" 시드니가 묻는다. 그리고 다른 애들을 본다. "그게 무슨 말인데?"

"레논로즈가 떠났다고." 내가 말한다. 눈물이 뺨을 타고 흐른다. "그로거 박사가 그러는데 오늘 아침에 떠났대. 아버지가 데리고 갔대."

시드니가 내 침대에 털썩 앉는다. 주먹으로 배를 얻어맞은 사람처럼. 그러다 눈물에 젖은 눈을 들어서 나를 본다. 목소리가 잦아들어 속삭임이 된다.

"왜 작별인사도 없이 갔대?" 시드니가 묻는다.

"몰라." 내가 말한다. "하려고 했을지 몰라. 만약—" 뭐라도 설명을 찾아내고 싶다. 하지만 어느 것도 떠오르지 않는다.

나는 그로거 박사의 말을 고스란히 전한다. 하지만 말이 되지 않는다. 어젯밤 파티에 레논로즈의 부모님도 왔다. 나와 말도 나눴다. 돈 문제에 대한 언급은 없었다. 다만 학교에 딸을 *빼앗길* 것을 염려했다. 그래서 레논로즈를 아예 집으로 데려가 버린 걸까?

마르셀라가 엄지손톱을 잘근대며 방을 서성인다. 브린이 속수무책의 표정으로 나를 본다. 애너리즈는 창가에서 손바닥으로 유리를 짚고 학교 마당을 내다본다. 잔디밭에서 레논로즈가 손을 흔들고 있는 것처럼.

"그런데 구두도 챙기지 않았어." 애너리즈가 계속 밖을 보며 중얼거린다.

"박사 말로는 안톤이 곧 공지할 거래." 내가 말한다. "안톤이 설명하지 않을까?"

시드니가 내 침대에 가로로 벌렁 드러누워 얼굴 위로 팔을 포갠다. 그렇게 얼마간 아무 소리가 없더니 훌쩍이기 시작한다. 방 공기가 울적하게 가라앉는다.

"나, 언짢아." 브린이 불쑥 말한다. 그리고 손가락으로 눈 밑을 훔친다.

"맞아, 나도." 내가 대꾸한다.

앨리스터 교수의 말에 따르면 우리에겐 '언짢음'이 허락되지 않는다. 속상하거나 아프거나 외롭더라도. "언짢음은 배은망덕의 증상이다."

그래서 우리는 언짢은 기분을 드러내지 않는다. 적어도 남자들 앞에서는. 우리는 우리끼리만 언짢은 기분을 보일 수 있다.

"일단 졸업만 하면." 내가 희망적인 목소리로 입을 연다. "레논로즈를 만날 수 있어." 애너리즈가 나를 본다. 내 말을 더 기대한다. 모두의 기분을 띄워줄 말. 평소의 우리는 졸업 후의 삶을 좀처럼 말하지 않는다. 하지만 나는 말을 잇기보다 흐느껴 울기 시작한다. 현실이 밀려든다.

"레논로즈를 그렇게 오래 못 보고 어떻게 기다려?" 목이 메어서 말이 제대로 나오지 않는다.

"방법이 생각나는 대로 알려줄게." 시드니가 여전히 팔로 얼굴을 덮은 채 서럽게 말한다.

브린이 시드니 옆에 눕고, 시드니가 브린을 끌어안는다. 우리 모두 침대로 올라가 서로에게 달라붙는다. 서로에게 사랑한다고 속삭인다.

12

나는 평소보다 뜨거운 물로 샤워한다. 눈물을 모두 씻어낸다. 비참한 기분과 함께 마음이 찢어지게 아프다. 말로 할 수 없는 외로움이 밀려든다.

뜨거운 물 때문에 몸이 빨개지고 따갑지만 꼼짝하지 않는다. 온수가 끊기고 물이 차가워진 다음에야 나는 수도꼭지를 잠근다. 나는 벌거벗은 채로 서 있다. 호흡이 불안하게 휘청댄다. 그때마다 온몸이 앞으로 쏠린다. 가슴이 조이듯 아프다.

한동안 그러고 있다가 세게 훌쩍이며 손등으로 얼굴을 닦는다. 나는 샤워실에서 나와 교복을 입는다. 젖고 엉긴 머리를 브러시로 빗어서 목덜미에 깔끔한 올림머리를 만든다. 내게 주어진 명세는 무시한다. 지정된 화장만 딱 한다. 수수하게 보인다고 질책당하지 않으려면 별 수 없다. 내겐 '자나 깨나 외모를 뽐낼' 의무가 있다.

사감이 공지사항이 있으니 모두 식당에 모이라고 한다. 그게 무슨 내용인지 이미 알지만, 결국 기정사실이 된다는 것이 더 속을 후벼 판다.

나는 방을 나와 아래층으로 내려간다. 식당에 가장 먼저 도착한다. 다른 애들도 식당으로 들어오기 시작한다. 아직 레논로즈에 대해 모르는 애들은 웃고 떠든다. 우리에게 어떤 변화가 있는지 알지 못한 채로.

브린이 식탁으로 오며 내게 끄덕인다. 그뿐이다. 우리는 아무 말도 하지 않는다. 놀랍게도 밸런타인이 우리와 합석한다. 옆의 마르셀라에게 밝게 인사하기까지 한다. 밸런타인이 미소 짓는다. 레논로즈에게 생긴 일을 까맣게 모르는 것처럼. 나는 처음에는 밸런타인이 레논로즈에게 뭔가 속상한 말을 했을 거라고 생각했다. 그런데 의사가 레논로즈의 퇴교는 비용 문제라고 했다. 어쩌면 밸런타인은 레논로즈를 그저 달래주려던 건지도 모른다.

시드니와 애너리즈가 마지막으로 도착한다. 시드니의 눈이 울어서 퉁퉁 부었다. 둘은 다른 애들의 시선을 모으며 식탁에 앉는다. 식탁에 레논로즈의 자리만 구멍처럼 남는다.

물론 레논로즈는 오늘 우리와 함께하지 않는다. 레논로즈는 어딘가 다른 곳에 있다. 구두도 없이, 친구들도 없이.

밸런타인이 고개를 갸우뚱하며 우리의 표정을 살핀다. "무슨 일이야?" 밸런타인이 묻는다. 우리는 잠시 말이 없다. 하지만 나는 밸런타인의 질문을 무시하지 못한다.

"레논로즈가 학교를 떠났어." 내가 조용히 말한다. "다시는—" 울컥목이 멘다. "다시는 돌아오지 않아."

브린이 고개를 숙이고 훌쩍인다. 다른 애들도 현저하게 표정이 어두워진다. 밸런타인만 뚜렷한 반응 없이 나를 물끄러미 본다. 그러다 한 마디 한다. "흠."

놀랍다. 밸런타인의 무반응이 놀랍다. 내가 거기에 대해 뭐라 말하려는 순간, 식당 문이 열리는 소리가 난다.

"잠시 주목해 주세요." 안톤이 식당에 들어서며 외친다. 그는 폴로셔츠 위에 파란색 스웨터를 받쳐 입었고, 안경은 벗었다. 그가 등장하자 애들의 얼굴에 미소가 번진다. 그의 존재는 즉각적 위안을 준다. 하지만 나는 그러지 못하고 초조하게 지켜본다. 해명을 기다린다. 내 고통을 가라앉혀줄 말들을.

"공지할 말이 있습니다." 안톤이 식당 앞쪽에 걸음을 멈추고 입을 뗀다. 그는 양손을 바지 주머니에 찔러넣으며 마음이 쓰이는 눈빛으로 우리의 얼굴을 살핀다. 그가 말을 멈추고 입을 꾹 다문다. 그러다 나와 눈이 마주친다. 그는 다시 시선을 애들 전체로 옮긴다.

"학생 중 한 명이 우리를 떠났습니다." 그가 애써 슬픈 목소리로 알린다. "레논로즈가 더는 이노베이션스 아카데미의 일원이 아니라는 말을 전하게 돼 마음이 무겁습니다. 레논로즈의 아버지가 오늘 아침 일찍 딸을 데려가셨어요. 가족이 다른 주로 이사해서 레논로즈는 동부의 다른 훌륭한 학교에 다니게 됐습니다. 여러분에게 안부를 전했습니다. 레논로즈가 거기에 자리를 잡는 대로 내가 연락을 취해서 편지가 가능한지 알아보겠어요. 그때까지 우리가 아는 건 레논로즈가 여러분 모두의 행복을 바란다는 것뿐입니다." 그가 말끝에 미소를 보탠다.

하지만 그의 말은 내게 공허하게 울린다. 시드니가 내 손을 꽉 쥐는 걸로 미루어 시드니도 그의 말을 믿지 않는 걸 알 수 있다. 맞다, 레논로즈는 우리가 행복하기를 바랄 거다. 하지만 오늘 아침 그 애는 분명 두려움에 싸여 있었을 거다. 그렇게 홀가분하게 떠났을 리가 없다. 마지막으로 우리를 보게 해달라고 빌었을 게 분명해.

안톤이 말을 잇는다. "누구든 이 일에 대해 질문이 있거나 할 말이 있는 사람은 알려주세요. 일정을 쪼개 면담에 할애하겠어요. 그게 아니면 성장 추세를 유지해 교실 안팎에서 탁월한 소녀들이 되기를 바랍니다. 여러분은 부모님과 페트로프 씨를 비롯해 이곳 이노베이션스 아카데미에 있는 모두의 자랑입니다."

그는 고갯짓으로 안녕을 고한 다음, 뒤로 돌아보지 않고 곧장 식당을 나가버린다. 질문을 받는 일 따위 없다.

레논로즈가 떠난 이유가 궁금한지 애들이 식당 여기저기서 웅성거린다. 몇몇은 레논로즈가 말썽을 일으키지 않았나 생각하는 눈치다. 하지만 그 짐작은 즉시 묵살된다. 말썽? 레논로즈와는 거리가 멀다. 그러다 결국 누군가 돈을 언급한다. 구체적으로 말하자면 돈의 부족. 이 이유가 빠르게 식당 전체로 퍼진다.

전반적으로 다른 애들은 안톤의 말을 그대로 받아들인다. 레논로즈는 떠날 때가 돼서 떠난 거다. 그가 그렇게 말하면 그런 거다.

하지만 시드니와 나는 상실감에 부서진다. 우리의 물리적 일부가 뚝 떨어져나간 기분이다. 마르셀라는 식탁 위에 손을 포개고 손만 내려다보면서 훌쩍거리고, 브린은 그런 마르셀라를 다독인다. 애너리즈는 또다시 창밖만 우두커니 본다.

식탁 맞은편에서 밸런타인이 내 시선을 끈다. 나와 눈이 마주치자 그 애의 입술에 보일락말락 미소가 뜬다.

"다 괜찮아질 거야, 필로미나." 밸런타인이 차분하게 말한다. "두고 봐." 그러더니 일어나서 식당을 나간다.

❖

다른 애들이 자기반성 시간을 위해 각자의 방으로 돌아갈 때, 나는 안톤을 찾아보기로 결정한다. 누군가에게 이 고통을 토로할 필요를 느낀다. 가슴이 무너지는 고통. 분석가의 도움이 절실하다.

복도에 안톤의 모습이 보이지 않는다. 그래서 곧장 그의 집무실로 향한다. 집무실에 불이 켜져 있는 걸 보니 마음이 놓인다. 나는 문 유리에 조용히 노크한다.

"들어와요." 안톤이 대답한다. 흠칫 놀라는 목소리다.

문을 여니 그가 파일 캐비닛 앞에 서 있다. 나를 보고 얼굴이 굳는가 싶더니 이내 미소를 짓는다.

"필로미나." 그가 서랍을 닫으며 말한다. "무슨 일로 왔니?"

이상한 질문이다. 상황이 상황인데. "레논로즈의 일로 왔어요." 내가 말한다.

"그랬을 거 같더라." 그가 약간 무안하게 대답하고 책상에 가서 앉는다. "마음이 힘들어서 왔구나. 얘기하러."

내가 끄덕인다. 그가 내게 책상 건너편의 특대형 가죽의자에 앉으라는 손짓을 한다. 나는 앉아서 발목을 꼰다. 치유 세션 때처럼 몸을 뒤로 기대지는 않는다. 지금은 경우가 다르다.

잠시 침묵이 흐른다. 안톤이 책상에 팔꿈치를 대고 몸을 앞으로 숙인다. "그럼 시작할까, 아니면—?" 그가 입을 연다. 그의 입술이 당겨 올라가 미소를 만든다. 평소에는 그의 태평스러운 듯 무심한 듯한 태도를 좋아했지만, 지금 상황에서는 부적절하게 느껴진다.

"선생님에게는 솔직히 말씀드려도 되죠, 그죠?" 내가 묻는다. 그의 입술에서 미소가 걷힌다.

"물론이지." 그가 대답한다. 그리고 의자에서 몸을 숙이며 책상에 팔꿈치를 괸다.

"레논로즈가 걱정돼요." 내가 말한다. "선생님은 걔가 씻은 듯이 좋아질 거라고, 방에서 잘 쉬고 있다고 하셨죠. 그때 학비 문제는 언급하지 않으셨어요. 레논로즈의 부모님도 돈은 언급하지 않으셨고요. 그래서요. 정말로 무슨 일이 있었던 거죠?"

안톤이 나를 길게 쳐다보다가 의자에 도로 기대앉는다. "미안하지만―" 그가 말한다. "다른 학생 생활기록부의 구체적 내용을 너와 논할 수는 없어."

"어제 점검 때 레논로즈가 왜 울고 있었던 거죠?" 내가 굴하지 않고 묻는다.

"가족의 재정 상태를 막 알게 됐으니까." 그가 거침없이 대답한다.

나는 이마를 찡그린다. "어떻게요?" 내가 묻는다. "언제요? 레논로즈에게 그런 말은 못 들었어요―"

"내가 말해줬다." 그가 내 말을 자른다. "분명히 말하는데, 레논로즈는 알고 있었어. 너희에게는 말하기 싫었나 보지."

그럴 리 없다. 맘이 쓰리다. 레논로즈가 내게 비밀이 있었다? 우리에게? 그런데 그때 레논로즈는 밸런타인과 얘기하고 있었다. 밸런타인에게는 털어놨을까? 안톤이 내가 혼란에 빠진 걸 알아챈 모양이다. 그가 말을 잇는다.

"레논로즈가 자기 형편에 수치심을 느껴서 너희 참견 없이 문제를 해결하고 싶었던 건 아닐까?" 그가 말한다. "하지만 불행히도, 그리고 내 노력에도 불구하고, 결국 그 애네 자금 사정으로는 더 이상의 학비

조달이 어려웠던 거야. 레논로즈는 오늘 아침 너희가 일어나기 전에 떠났어. 너희에게 대신 인사 전해달라고 부탁했어."

나는 눈을 들어 그를 본다. "레논로즈와 얘기하셨어요?" 내가 묻는다.

"그럼." 안톤이 말한다. "내가 직접 배웅했는걸."

"사감도요?"

그가 고개를 젓는다. "아니. 보스 사감은 기숙사를 지키고 있었지. 그게 사감의 일이니까. 레논로즈와 말을 나눈 사람은 나뿐이야. 레논로즈도 너희가 보고 싶을 거다."

나는 마른침을 삼킨다. 안톤의 설명과 그로거 박사의 설명이 다르다. 박사는 내게 사감이 레논로즈를 배웅했다고 말했다.

안톤이 두 눈을 감으며 안경을 훌렁 벗는다. 몹시 피곤해 보인다. 나는 그제야 그의 눈 밑 다크서클을 본다. 잠을 자지 못한 사람 같다.

"미나." 그가 말한다. 비밀을 속삭이듯 낮은 목소리. "내가 너에게 속마음을 털어놓고 싶은데, 괜찮을까?"

나는 괜찮다고 끄덕인다. 하지만 분석가가 내게 속마음을 털어놓다니 뭔가 주객이 전도된 느낌이다.

"난 네 행동이 걱정스럽구나." 그가 말한다.

나는 그 말에 깜짝 놀란다. 얼른 자세를 고쳐앉는다. 얌전한 모습을 보여야 한다. "죄송합니다." 나는 무의식적으로 사과한다.

"어젯밤에 레논로즈 문제는 우리에게 맡겨달라고 했을 텐데. 그건 오늘에도 적용되는 거고, 앞으로도 마찬가지야. 내가 아는 미나는 이런 지시에 순종하는 애야. 그런데 지금 네가 여기 와 있구나. 네 머릿속에서 무슨 일이 일어나고 있는 거지?"

부끄러움이 밀려와 나는 눈을 내리깐다. "불손할 마음은 없었어요." 내가 말한다. "다만, 보고 싶어서요. 전 레논로즈를 사랑해요. 그래서 그리워요." 그가 말이 없다. 내가 눈을 들어보니 그가 나를 주시하고 있다. 그의 안색이 살짝 창백하다.

"레논로즈를 사랑한다고?" 그가 반복한다. 나는 끄덕인다. 그가 이해해주길 바라는 마음으로. 그가 한 박자 쉬었다가 책상에서 일어선다. "음, 그럼 너는 비이성적인 상태야." 그가 공식 진단을 내리듯 말한다. "지나치게 감상적인 상태. 레논로즈는 무사해. 아니면 애를 보내지도 않았을 거야. 하지만 레논로즈는 더 이상 아카데미의 소관이 아냐."

내가 지나치게 감상적인가? 혹시 먹어야 할 비타민을 놓친 탓일까? 비타민을 토하지 않았다면 나도 다 잊었을까? 시드니가 레베카와 울프 씨에 대해 잊은 것처럼? 그게 그런 거였어?

갑자기 생각을 주체 못하겠다. 나는 잠시 눈을 감는다. 내가 비타민을 토했다는 걸, 부주의한 처신으로 약을 버렸다는 걸 알면 안톤은 내게 화를 낼 거다. 오늘은 더 이상 그에게 실망을 안기지 않는 편을 택한다. 나는 그에게 말하지 않기로 한다.

"다시는 레논로즈에 대해 물어보지 마라." 안톤이 말을 잇는다. "아니면 목표 재설정을 위한 충동억제치료를 처방할 수밖에 없어. 네 부모님께도 통지될 거고, 이 반항 행동이 네 학생 기록에도 남게 돼. 설마 그걸 원해?"

"아뇨." 내가 숨죽여 말한다. 그의 냉혹한 말들이 상처로 맺힌다. 안톤은 이제껏 나를 한 번도 혼낸 적이 없었다. 이렇게 호되게는. 정신까지 아득하다. 나는 뺨으로 떨어지는 눈물을 닦는다. 안톤이 흠칫 놀란다.

"미안하다." 안톤이 진심으로 말한다. "미안하다, 미나." 그가 책상에서 나와 나를 의자에서 일으켜 안아준다. 나는 더 서럽게 운다. 단지 그의 말 때문은 아니다. 내 절친 중 한 명이 없어졌기 때문에. 레논로즈가 가버렸다. 그런데 나는 작별인사도 못했다.

나는 눈을 질끈 감는다. 안톤의 샴푸 냄새가 내 코를 채우고 그의 까칠한 수염이 내 관자놀이에 따갑게 닿는다. 나는 몸을 뒤로 뺀다.

"미안하다, 화내서." 그가 말한다. "이 일을 빨리 극복하자는 바람에서 그랬던 건데, 잘못된 접근법이었어." 그가 내 머리를 귀 뒤로 넘겨주며 미소 짓는다. "하지만 약속하마. 내일이면 모든 게 나아질 거야." 그가 덧붙인다.

나는 눈을 들어 감사를 표한다. 그의 손이 내게서 떨어진다.

"다른 거 여쭤봐도 될까요?" 내가 훌쩍이며 말한다.

안톤이 한숨을 쉰다. 하지만 실제로는 궁금한 눈빛이다. "해보렴." 그가 대답한다.

"레베카와는 얘기해 보셨어요?" 내가 묻는다. "레베카는, 괜찮은가요?"

순간 안톤의 눈에 놀라움의 번개가 친다. "레베카― 내가―" 그는 말을 더듬다가 자세를 고쳐 선다. "무슨 뜻이지?" 그가 묻는다. "레베카 뭐?"

"레베카와 울프 씨요." 내가 말한다. 변호사 이름을 댈 때는 속삭인다. 안톤이 나를 뚫어져라 본다. 얼른 대답하지 않는다. 그러더니 빙긋 웃는다.

"레베카는 문제 해결을 위해 이번 주에 짧게 충동억제치료를 받기로 했어." 마침내 그가 말한다. "레베카는 머지않아 백 프로가 될 거야."

밸런타인이 충동억제치료 후에 한 말과 똑같다. 안톤 입에서 같은 말을 들으니 왠지 섬뜩하다. 하지만 고개를 끄덕이고 레베카를 도와준 것에 감사를 표한다. 그가 레논로즈의 문제도 이렇게 해결해줄 수 있었다면 얼마나 좋을까.

레논로즈에게 연락할 수도 말할 수도 없다는 사실에 맥이 빠진다. 견딜 수 없이 속상하다. 나는 방을 나선다. 그런데 내가 문을 열 때 안톤이 나를 부른다.

"미나?" 그가 떠보듯 묻는다. "오늘 몸은 좀 어때? 괜찮니?"

나는 몸을 돌려 다시 그를 마주한다. 질문이 이해되지 않는다. 무슨 뜻인지 물었지만 그는 말없이 나를 살피기만 한다. 그러다 결국 나가도 좋다는 손짓을 한다. 일과에 전념하라는 말과 함께.

토요일에는 수업이 없다. 대신 교수들의 감독 하에 건물 안팎에서 잡일을 나눠 한다. 나는 현관 근처 마룻바닥을 쓴다. 좀처럼 일에 집중하지 못한다. 안톤과 면담한 후에도, 안심하라는 말에도 불구하고 내 기분은 전혀 나아지지 않았다.

마르셀라와 브린은 식당을 청소하고, 애너리즈는 온실에서 드리스콜 교수의 품종 개량 작업을 돕고 있다. 애너리즈는 원예에 소질이 있다. 교수 말에 따르면 *천부적 재능*. 그 때문에 애너리즈는 밖에서 화초를 돌보며 보내는 시간이 많다.

나는 창밖의 흐린 하늘을 바라본다. 상실감을 느낀다. 내 기분만
이런 건 아니다. 양동이와 대걸레를 들고 지나가는 시드니의 눈에도
눈물이 그렁그렁하다.

하지만 교수들의 반응은 우리 같지 않다는 걸 금방 알 수 있다.

"필로미나." 올리스터 교수가 뒤에서 부른다. 그는 나를 창문에서
돌려세우고 내 외모를 못마땅한 눈으로 뜯어본다.

"꼴이 이게 뭐니." 교수가 말한다. "어떤 심적 고통이 있더라도 그걸
밖으로 내보이는 핑계는 될 수 없어. 여자는 감정적 동물이야. 과하게
감정적이지. 너는 그보다 나은 존재가 돼야 해."

나는 그를 물끄러미 본다. 친구를 잃어서 감정적인 것이 어째서 잘
못일까. 잠시 궁금하다. 하지만 그걸 교수에게 묻지는 않는다. 교수는
이미 내 기분을 탐탁지 않아 한다.

그래서 나는 억지 미소를 짓는다. 그러자 교수가 내 정수리를 토닥
이고 가던 길을 간다.

13

오늘 저녁에는 영화를 본다. 기분전환 기회다. 다행이다. 밖에는 날씨가 원한에 불타는 야수로 변했다. 비가 쏟아져 풀밭이 물바다가 됐다. 가끔씩 천둥이 포효하고 철창이 덜컹거린다. 번개의 섬광이 하늘을 번쩍번쩍 가른다.

우리는 베개와 담요를 들고 휴게실에 모여 팝콘 그릇을 돌려가며 영화를 본다. 오늘 영화에 러브스토리는 없다. 그게 너무 아쉽다. 나는 연애에 대한 지식에 굶주려 있다. 키스. 섹스. 하지만 우리가 보는 영화들에서 그런 장면은 모조리 삭제된다. 로맨스 부분도 마찬가지다.

그걸 알게 된 것도 예전 사감이 우리에게 말해준 덕분이다. 내가 그 이유를 묻자 그는 우리 머리를 그런 종류의 판타지로 채우는 건 바람직하지 않다고 했다.

그다음 날 나는 그로거 박사에게 가서 아카데미가 섹스에 대해 가르치지 않는 이유를 물었다. 그는 내 질문을 비웃었다.

"그거야 네 남편이 가르쳐주겠지, 필로미나." 박사는 히죽 웃으며 내 무릎에 손을 얹었다. 나는 다시는 그에게 성교육 문제를 입에 올리지 않았다.

대신 이제는 애들과 잡지를 돌려보며 섹스에 대해 읽는다.

영화가 시작된다. 다른 애들은 열심히 보는데 나는 지루하다. 남자들이 떼로 범죄를 저지르는 내용의 영화는 더 이상 보기 싫다. 영화에서 남자가 끔찍한 일을 벌이고 다닌다. 그런데도 영웅으로 불린다. 그가 죽은 아내를 한때 사랑했다는 이유로. 그가 얼마나 많은 가족을 해치고 다니는지는 아랑곳없다. 잔인하기 짝이 없다.

팝콘이 바닥나자 시드니가 그릇을 들어 올려 보스 사감을 부른다.

"안 될까요?" 시드니가 상냥하고 귀엽게 묻는다.

"안 될걸." 사감이 팔짱을 끼며 말한다. 몇몇 애들의 입이 뿌루퉁해진다.

"대신 내일 몇 바퀴 더 뛸게요. 약속해요." 시드니가 가슴에 성호를 긋는다. "제발요, 네?"

보스 사감이 한심하다는 듯 눈알을 굴리다 마지못해 동의한다. 그는 그릇을 받아서 아래층 주방으로 사라진다.

그가 사라지자마자 당장 다들 영화에서 눈을 돌린다. 우리 끼리만 남겨진 게 좋다. 하지만 시드니의 표정이 시무룩하다. 시드니가 레논로즈 얘기를 원한다는 걸 안다. 나는 담요를 들고 시드니 옆에 가서 앉는다. 시드니가 나를 서글프게 쳐다본다.

"레논로즈가 보고 싶어." 시드니가 말한다. "전화만 할 수 있어도—" 시드니가 말끝을 흐린다. 시드니의 말 때문에 뭔가가 퍼뜩 떠오른다. 내 머릿속에 불이 번쩍 들어온다. 내가 그를 잊고 있었다니 믿기지 않는다.

"잭슨이 내일 나를 만나러 와." 내가 몸을 기울이며 속삭인다.

시드니는 얼른 알아듣지 못하다가 내 의도를 눈치채고 얼굴이 환해진다.

"그럼 그때 잭슨에게 레논로즈 얘기를 해봐." 시드니가 나직이 말한다. "잭슨이 레논로즈의 번호를 알아다주면 우리가 전화해서 무사한지 확인하자. 안톤은 모르는 일로 하자."

이거야말로 우리가 바라던 소식이다. 레논로즈에게 연락할 기회. 밖에서 포효하는 비와 천둥이 더는 음산하게 느껴지지 않는다.

시드니와 나는 마르셀라와 브린과 애너리즈에게만 말하고 나머지 애들에게는 비밀로 해둔다. 생각대로 풀리지 않을 경우에 대비해서. 하지만 잘 될 것 같다. 우리 기분이 극적으로 호전된다.

브린이 몸을 숙여 마르셀라의 어깨에 팔을 두르고 마르셀라의 머리에 턱을 얹는다. "그러니까 네 남친이 내일 여기로 온단 말이지?" 브린이 짓궂게 웃는다.

나는 닫힌 문을 슬쩍 본다. 사감은 아직 오지 않는다. "그래, 아침 달리기 때 만날 거야." 내가 속삭인다. "내가 철책을 넘어가는 거지."

"남친 찬스, 좋은 생각이야." 마르셀라가 말한다. "몰래 철책 밖으로 나간다? 나는 찬성."

"잘 모르겠지만—" 애너리즈가 어깨를 으쓱한다. "남자애가 귀엽긴 하더라. 너한테 사탕도 가져오고."

"내 취향으로는 너무 말랐어." 시드니가 말한다. 내가 자기들 의견을 구하기라도 한 것처럼. "그런데 뭔가 묘한 느낌이 있어." 시드니가 덧붙인다. "섹시해."

시드니는 문제의 단어를 굳이 숨죽여 말하지 않는다. 단어가 휴게실 전체로 퍼지며 몇몇 애들의 빈축을 산다. 그러자 애너리즈가 매우 진지한 표정으로 두 손을 들어 좌중을 달랜다.

"괜찮아, 얘들아." 애너리즈가 말한다. "여기서는 쓰지 않는 말이지만, 아카데미 바깥에서는 잡지로 오럴섹스도 가르친단다. 이 정도는 아무것도 아냐."

"그게 정말이야?" 레티시아가 경악해서 딴 애한테 묻는 소리가 들린다.

마르셀라가 푸핫 웃고, 시드니도 낄낄대며 엎어진다. 잡지 버전의 현실이 우리끼리의 농담이 된 지 오래다.

"아휴." 내가 탄식한다. 다들 미쳤다. 하지만 웃으니 기분은 좋다. 아침만 해도 우리가 다시는 웃지 못할 것 같았는데. 거기다 조만간 레논로즈와 연락할 방법도 생길 것 같다. 그 후에는 상황이 거의 예전으로 돌아가지 않을까.

문이 열리고 보스 사감이 들어온다. 모두의 시선이 다시 영화로 향한다. 마치 내내 영화에 집중하고 있었던 것처럼. 사감이 헛웃음을 짓는다. 하지만 우리를 닦아세우지는 않는다. 그는 팝콘 그릇을 시드니에게 주고, 시드니는 있는 대로 활짝 웃으며 감사를 표한다. 사감이 휴게실 뒤편으로 가고, 우리는 영화 감상을 재개한다.

애들 중 한 명이 사감에게 내일의 계획을 일러바칠지 모른다는 걱정은 하지 않는다. 그랬다간 내가 혹독한 처벌을 받게 되리란 걸 다들 안다. 질책과 충동억제치료. 애들이 내게 그럴 리 없다.

우리 모두 행복하기를 바란다. 그건 분명하다. 아카데미도 우리의 행복을 원한다.

화면에서 요란한 폭발음이 울린다. 애너리즈가 꺅 비명을 지르다가 돌발행동이 민망했는지 헤헤 웃는다. 다른 애들이 조용히 하라고 하자 건성으로 사과하고 내게로 몸을 휙 돌린다.

그 순간 내 눈에 어깨 너머로 노랑머리를 휘날리는 애너리즈가 보인다. 빛나는 갈색 눈과 빨간 입술의 애너리즈. 분명 애너리즈다. 지금의 모습은 아니지만.

"나는 내가 누군지 모르겠어, 필로미나." 애너리즈가 내 팔을 움켜잡으며 속삭인다. *"도와줘."*

나는 흠칫 놀란다. 이미지가 너무 생생해서 눈을 질끈 감는다. 그렇게 잠시 기다린다. 다시 눈을 떴을 때 애너리즈는 원래대로 붉은 머리고, 미간을 찌푸린 채 초록색 눈으로 나를 보고 있다.

"괜찮아?" 애너리즈가 묻는다. 애들 몇몇이 내 쪽을 돌아본다. 나는 급히 끄덕인다. 별일 아닌 척한다.

"응." 내가 말한다. 아직도 심장이 쿵쿵거린다. "나— 응. 괜찮아."

애너리즈가 브린과 별꼴이라는 표정을 주고받은 후 다시 영화 감상으로 돌아간다. 하지만 나는 마음이 너무나 어수선하다.

노랑머리의 애너리즈.

처다보기 무섭다. 하지만 밸런타인이 앉아 있는 곳으로 눈이 돌아가는 것을 막을 수 없다. 밸런타인은 벽에 등을 대고 베개를 무릎에 올려놓고 앉아서 영화를 보고 있다. 영화에 빠져 있는 것 같지도, 그렇다고 지루해하는 것 같지도 않다. 평정을 지키고 있다. 그러다 내 방향으로 슬며시 눈을 돌린다. 나는 헉하고 놀란다.

평온한 얼굴과 달리 밸런타인의 시선은 나를 칼처럼 가른다. 내가 처다보기를 내내 기다리고 있었던 것처럼. 밸런타인이 미소 짓는다. 나는 무섬증이 들어 시드니에게 달라붙는다.

그리고 다시는 그 애 쪽을 보지 않는다.

소등시간이 됐다. 우리는 방으로 향한다. 나는 시드니와 바싹 붙어서 간다. 아까 본 것이 뭔지 모르겠다. 애너리즈에 대한 일종의 기억일까? 그럴 리가. 아니면 밸런타인이 내게 무슨 조화라도 부린 걸까? 어

166

쩌면 그 애가 레논로즈에게도 무슨 짓을 했을지 몰라.

너무 해괴한 생각이라 입 밖에 꺼내지도 못한다. 시드니와 잘 자라는 포옹을 한 다음, 애들이 각자의 방으로 흩어지는 것을 지켜본다. 나도 방에 들어가 문을 닫으려는 찰나, 밸런타인이 다시 복도로 나와서 레논로즈의 방으로 미끄러져 들어가는 게 보인다.

나는 닫던 방문을 슬며시 연다. 심박동수가 올라간다. 밸런타인이 레논로즈의 방에서 뭐하는 거지?

보스 사감은 아래층 주방에 있다. 하지만 본능적으로 그의 방 쪽을 살핀다. 애너리즈의 방에서 들리는 샤워 소리를 빼면 층 전체가 고요하다.

나는 레논로즈의 방문으로 간다. 문을 열면 레논로즈가 있을 것만 같다. 침대에 앉아서 손톱을 다듬는 레논로즈. 내가 들어가면 방긋 웃으며, 머리 땋아줄까? 물어볼 것만 같은 레논로즈. 누가 내 심장을 꼬집는 것 같다.

나는 방문을 연다. 물론 레논로즈는 없다. 대신 밸런타인이 침대 옆에서 뭔가를 들여다보고 있다가 황급히 몸을 펴는 게 보인다. 밸런타인이 내게로 후다닥 돌아선다.

"여기서 뭐하는 거야?" 내가 묻는다. 불의의 습격. 평소 평온하던 밸런타인의 표정도 당혹감을 감추지 못한다. 하지만 침착함을 되찾고 고상하게 웃는다.

"레논로즈가 보고 싶어서." 밸런타인이 대뜸 대답한다. "너처럼."

"아니." 나는 고개를 젓는다. "그게 아니지. 뭐야. 그냥 말해. 왜냐면 나는 네가 정말로 오싹하거든." 내가 말한다.

밸런타인이 아랫입술을 깨물며 대답을 고민한다. "겁나게 했다면 미안해." 밸런타인이 말한다. "레논로즈도 겁먹게 할 생각은 아니었어."

뺨이 달아오른다. 분노가 끓어오른다. "걔한테 무슨 말을 한 거야?" 내가 다그쳐 묻는다. "걔를 왜 울게 만든 거야?"

밸런타인이 항복하듯 두 손을 든다. "절대 내 의도가 아니었어. 난 그저 일깨워주고 싶었을 뿐이야."

"뭘 일깨워?" 내가 묻는다.

"그건 말할 수 없어." 밸런타인이 말한다. "그건 너 스스로 알아내야 해."

"뭐? 웃기지 마. 그냥 말해!"

"못해." 밸런타인이 말한다. 그래서 마음이 아프다는 듯이. "학교는 너를 남들의 말을 믿지 않도록 훈련했어. 너 스스로 도달하는 수밖에 없어. 나는 너를 깨우지 못해, 필로미나."

무슨 말을 하는지 도통 알아들을 순 없지만 밸런타인이 거짓말을 하는 건 아닌 것 같다. 그건 분명하다.

밸런타인이 미안하다는 듯 입술을 꾹 포갠다. 그러더니 침대로 한 번 더 눈길을 던진 뒤 방을 나가 문을 닫는다.

밸런타인의 말에 머리가 어지럽다. 하지만 더는 밸런타인이 무섭지 않다. 이 일을 시드니에게 말해야 한다. 그건 그렇고— 대체 내가 어디서 깨어나야 한다는 걸까?

주인 없는 방에 혼자 있자니 다시 울컥 슬퍼진다. 레논로즈가 사방에 있다.

레논로즈의 향긋한 체취가 아직도 방 안에 감돈다. 탁자 위 헤어브러시에는 기다란 금색 머리카락들이 엉겨 있고, 침대 옆을 구두가 지키고 있다.

심지어 구두도 챙기지 않았어. 애너리즈가 말했다. 유난히 그 점이 신경 쓰인다.

나는 방을 돌아다니며 레논로즈의 물건들을 훑어본다. 이상한 점은 없다. 안톤의 말에 따르면, 레논로즈는 안톤으로부터 부모님이 학비를 감당할 수 없게 됐다는 말을 들었다. 그런데 왜 우리에게는 말하지 않았을까?

방에 특이사항은 아무것도 없다. 그때 문득 뭔가 숨겨져 있을지 모른다는 생각이 들어서 내가 들어왔을 때 밸런타인이 있던 곳을 돌아본다. 방을 가로질러 침대로 가서 몸을 굽혀 매트리스 밑을 확인한다.

손으로 매트리스 밑을 훑는데 책등이 만져진다. 심장이 철렁한다. 나는 작은 가죽 장정 책을 꺼내 책 제목을 작은 소리로 읽는다.

"가장 날카로운 가시들."

요상한 제목이다. 붉은 활자가 가죽에 깊이 박혀 있다. 호기심과 공포가 동시에 밀려온다. 레논로즈가 소장할 만한 책 같지 않다. 학교에서 줬을 법한 책도 아니다.

책장을 훌훌 넘겨본다. 책은 시집이다. 나는 레논로즈의 침대 모서리에 걸터앉는다. 침대 스프링이 삐걱댄다. 나는 첫 번째 시를 읽기 시작한다.

「날카로운 막대기를 든 소녀들」

남자들은 분노로 가득하고
자제라는 것을 모른다.

이것이 여자들이 들었던 말
그렇게 길러졌고
그렇게 믿었다.

그래서 여자들은 남자들보다
더 많이 이루며 어렵게 버텼다.
그 이유로 남자들은 여자들을 업신여겼고
여자들의 성취를 업신여겼다.

시간이 흐르며
남자들은 여자의 권리를 없애려 들었다.
그래야 여자들이 의존적이 되니까.

그러나 그들은 여자들을 통제하지 못했다.
여자들은 업신여길 집단이 아니었다―
적어도 아직까지는.
그들의 딸들, 어여쁜 소녀들
그들이 생각하는 여성다움의 원형.
훈련시키고
통제해서
순종적인 보물로 찍어낼 원형.

그는 생각했다.
언젠가 소녀가 착한 아내가 될 거야.
이미 있는 쓸모없는 여편네 대신.

소녀들은 학교에 다녔다.
거기는 세상의 규칙이 뒤집힌 곳.
소녀들은 거짓을 배웠고,
무지가 유일한 과목이었다.
수학이 환상에 밀려나자
소녀들은 방법을 찾았다.
막대기를 모아 수를 세며
나름의 수학을 익혔다.

그다음에 그들은 막대기를 날카롭게 깎았다.

이들 소녀들이
어느 날 집으로 돌아와
아비들을 계단 아래로 밀어버렸다.

아비들이 잠들었을 때
그들의 머리를 망치로 박살냈다.

아비들이 안에 있는 채로
집에 불을 질렀다.

그다음에 이들 날카로운 막대기를 든 소녀들은
학교를 물로 쓸어버렸다.

건물에서 거짓된 발상들을 없애버렸다.

소녀들이 모든 것을 장악했다.
또래 남자애들을 가르쳐
'착한 소년들'로 만드는 일까지 모두.
이렇게 한 세대 만에
소녀들은 포식자가 되었다.

나는 마지막 줄을 다시 읽는다. 내 입술에 욕설이 돌고 내 뱃속에
불이 구른다. 이렇게 폭력적이고 분노어린 글은 처음 본다. 나는 분개
한다. 신명이 난다. 감흥이 인다.

레논로즈가 이걸 읽은 걸까? 오픈하우스 직전에 이걸 읽었을까? 레
논로즈가 방을 나서며 눈길을 피하던 것이 떠오른다. 겁이 났을까?
화가 났을까? 이 시 속의 소녀들처럼?

나는 단어를 하나하나 음미하며 시를 다시 읽는다. 소녀들이 통제
당하는 부분에서는 나도 숨이 막힌다. 그들이 반격할 때는 내 심장도
함께 뛴다. 그리고 이어지는 폭력. 이런 건 생전 처음 읽어본다. 소녀들
이 상황을 바꾼다. 그들이 자유를 얻는다. 그들이 주도권을 잡는다.

나는 책장을 휙휙 넘긴다. 몇 장이 뜯겨나가고 없다. 들쭉날쭉한 가
장자리만 남기고 사라진 시들. 내 맥박이 빠르게 고동친다. 손이 부들
부들 떨린다.

노크 소리가 난다. 나는 놀라서 벌떡 일어난다. 문이 열리는 소리가
들린다. 이 방이 아니다. 복도 반대편 방이다. 사감이 방마다 비타민을

돌리기 시작했다. 레논로즈의 방에서 나가야 한다. 사감에게 여기 있
는 걸 들키면 낭패다.

나는 시집을 황급히 다시 레논로즈의 침대 밑에 감춘다. 마음 같아
서는 가져가고 싶지만 책을 가지고 있다가 잡히는 위험을 무릅쓸 수
는 없다. 기회 봐서 다시 읽어보려면 들키지 않아야 한다.

사감이 정확히 어느 방문에 있는지 모르겠다. 미처 자세히 듣지 못
했다. 나는 귀를 기울인다. 사감이 내 방을 노크할까 봐 무섭다. 그러
면 내가 거기 없는 게 들통난다. 그의 구둣발 소리가 들린다. 나는 기
절초풍한다. 노크 소리. 다행히 애너리즈의 방문이다.

문이 열리는 소리와 애너리즈가 "좋아요, 보스. 자장가까지는 불러
주시지 않아도 돼요."라고 말하는 소리가 들린다.

보스 사감이 복도에 없는 게 확실하자 나는 레논로즈의 방문을 열
고 잽싸게 내 방으로 건너간다. 사감이 마르셀라의 방으로 이동하기
직전에 내 방에 들어가 문을 닫는다.

비타민을 기다리며 잠옷으로 갈아입는 동안에도 아까의 시가 계속
머리를 맴돈다. 그 생각을 멈출 수가 없다. 여자들을 통제하려다 실패
한 남자들. 그래서 그들은 대신 소녀들을 통제하는 쪽으로 방향을 틀
었다. 소녀들에게 거짓말을 했다. 그들을 조종했다. 그들을 탐냈다.

그런데 성취한다는 건 무엇일까? 그 부분을 모르겠다. 무엇이 시
속 남자들을 지배욕에 빠지게 했을까? 무엇이 그들에게 소녀들을 잡
아 가두는 지경까지 이르게 했을까? 무엇을 위해?

나는 쇠창살로 막힌 창문으로 눈길을 던진다.

그때 방문이 갑자기 열린다. 깜짝 놀라 몸을 돌리니 보스 사감이 서
있다. 나는 급히 가슴을 가린다. 나는 브라를 벗은 상태다.

"네?" 내가 묻는다.

그가 내 침대탁자로 걸어와 비타민을 담은 작은 컵을 내려놓고, 거기 있던 빈 컵을 집어서 욕실 세면대로 물을 받으러 간다. 그 틈에 컵을 들여다보니 분홍색 캡슐 두 개, 녹색 캡슐 하나, 그리고 큼직한 노란색 캡슐이 하나 있다.

시드니는 레베카와 울프 씨의 일을 기억하지 못했다. 그게 이 노란색 비타민의 기능이었을까? 그렇다면 다른 약들의 역할은 무엇일까?

"먹어." 사감이 욕실에서 나오며 침대로 오라고 손짓한다.

나는 재빨리 침대로 들어가 이불을 겨드랑이까지 당겨 올린다. 밖에서 천둥이 치고 번개가 번쩍인다. 사감이 내게 물컵을 주고 내 손바닥에 캡슐들을 쏟아놓고 잠시 한눈을 판다. 내가 약을 먹는 걸 지켜보지 않고 창밖 폭풍으로 시선을 돌린다. 나는 약을 삼키는 척하면서 주먹 안에 감추고 물만 꿀꺽 삼킨다.

사감이 시선을 돌렸을 때는 이미 캡슐들을 담요 아래 숨긴 뒤였다.

"레논로즈 일은 유감이다." 보스 사감이 시트를 바로 펴주며 말한다. 그의 손이 내 팔을 스친다. "잠재력이 많은 아이였는데." 그가 실망스럽다는 듯 말한다. "얼마나 낭비냐."

나는 눈썹을 찡그린다. "레논로즈는 여전히 가능성이 많아요." 내가 대꾸한다.

그가 나를 노려보다가 피식 웃으며 몸을 일으킨다. "그래, 물론." 그가 무시하는 투로 말하고 방에서 나간다.

그가 문을 닫자 나는 베개를 베고 누워 천장을 올려다본다. 어떻게든 레논로즈와 연락해야 한다. 학교는 레논로즈에게 신경을 끊었을지 몰라도 우리는 그렇지 않다. 우리는 반드시 레논로즈에게 말해줄 거다. 너는 여전히 가능성이 많은 애라고.

나는 사감이 가져온 약들을 꺼내 검사한다. 분홍색과 녹색 약은 제쳐놓고 노란색 캡슐에 집중한다. 노란 약은 다른 약들보다 크다. 다르다.

약이 두 쪽으로 갈라져 있다. 나는 내용물을 볼 작정으로 캡슐을 양쪽으로 천천히 잡아당긴다. 잘 되지 않는다. 손가락이 닿자 비타민이 녹기 시작한다. 그러다 캡슐이 뜯어지면서 은색 가루가 내 손에 쏟아져 조그맣게 쌓인다.

나는 눈심지를 세우고 은색 가루를 들여다본다. 다른 손으로 콕콕 만져본다. 놀랍게도 가루가 손가락에 들러붙는다. 자석이 떠오른다. 언젠가 현장학습 나가서 본 자석. 은색 쇳가루가 자석의 힘에 끌려 여러 가지 모양을 만들던 기억.

그런데 자세히 보니 이 은색 가루는 그냥 가루가 아니다. 내 손가락 끝에서 가루가 녹아 엉기기 시작한다. 슬금슬금 움직인다. 나는 꺅 비명을 지르며 벌떡 일어난다. 그대로 욕실로 달려가 세면대에서 가루를 씻어낸다. 가루를 확실히 없애기 위해 손을 세 번이나 씻는다.

은색 가루가 소용돌이치며 배수구로 쓸려 내려간다. 하지만 뛰는 심장이 멈추지 않는다. 저게 대체 뭐지? 몸속에 들어가서 우리에게 정확히 어떤 작용을 하는 거지?

복도에서 노크 소리가 이어진다. 보스 사감의 비타민 배달과 순찰이 아직 끝나지 않았다. 애들이 비타민을 복용하는 걸 막아야 한다. 하지만 오늘 밤은 이미 늦었다. 캡슐이 엄청 빨리 녹는다. 애들에게는 내일 말해야겠다.

그리고 '날카로운 막대기를 든 소녀들'에 대해서도.

14

선잠이 들고나기를 반복하며 밤새 뒤척인다. 이미지들이 오락가락한다. 행복한 이미지들, 무서운 이미지들이 한데 섞인다.

내가 수업 후 처음으로 레논로즈와 말을 튼다. 너무나 상냥하고 순수한 얼굴. 천사 같은 목소리. 그런데 필름이 녹듯 이미지가 일그러지더니 이제는 철제 침상에 누워 있는 레논로즈가 보인다. 눈이 감겨 있고 심장이 가슴에서 잘려나가고 없다.

다음에는 식당 식탁에 노랑머리의 애너리즈가 있다. 시드니도 우리와 함께 있다. 다만 시드니의 보조개가 사라졌다. 웃어도 뺨이 빵빵하다. 다음 순간 둘이 콘크리트 바닥에 쌓여 있다. 버려진 인형들처럼. 팔다리가 망가진 채로.

이런 꿈들이 계속된다. 매번 포근함이 끔찍함으로 바뀐다. 그러다 꿈의 끝에 이른다. 내가 어느 대중식당에 있다. 눈을 찌르듯 환한 빛과 붉게 번쩍이는 간판.

나는 창가 부스자리에 앉는다. 내 앞자리에 음식을 담은 접시가 있다. 기름 냄새가 진동한다. 베이컨, 소시지, 햄, 고기. 테이블은 시럽으로 끈적끈적하다. 하지만 내 앞에는 오트밀 죽만 있다. 무가당 오트밀. 나는 스푼으로 오트밀을 느리게 젓는다. 외롭다. 무섭다.

애들이 보고 싶다. 애들과 함께 있고 싶다.

눈을 들어보니 내 앞에 남자가 있다. 누군지 모르겠다. 나이가 많고 느끼하다. 그의 음식처럼. 형광등 불빛 아래 남자의 피부가 번들거린다. 남자는 손가락으로 소시지를 움켜쥐고 입에 쑤셔 넣는다. 남자가 입술을 핥으며 나를 향해 히죽 웃는다.

나는 이 남자가 무섭다. 나는 *두려움에 떤다.*

"걱정할 거 없어." 남자가 말한다. 입 속의 음식이 보인다. "곧 집에 도착하니까, 예쁜 아가씨." 그러더니 낄낄대며 다시 먹기 시작한다.

밖에서 우르릉 쾅 천둥이 친다. 나는 소스라쳐 놀란다. 비가 억수같이 쏟아진다.

더는 한순간도 견딜 수 없다.

나는 문을 박차고 폭풍 치는 한밤중으로 달려 나간다. 사방에서 불빛이 번쩍이고 빗물이 눈에 들어가 시야가 일그러진다.

남자가 악을 쓰며 내 이름을 부르는 소리가 들린다.

"돌아오지 못해!" 남자가 외친다. *"넌 내 거야!"*

나는 가슴을 부여잡고 숨을 헐떡이며 침대에서 벌떡 일어난다. 겁에 질려 방을 휘둘러본다. 아직도 몸에 빗방울이 느껴진다. 아직도 심장이 공포에 떤다.

두 뺨이 눈물에 젖어 있다. 나는 침대에서 나와 욕실로 가서 거울 속 내 모습을 본다. 벌벌 떠는 내 모습. 악몽이 내게 들러붙어 있다. 어젯밤 비타민을 먹지 않았다는 게 떠오른다. 그게 이유일 수 있다. 다른 건 몰라도 비타민에 진정효과는 있는 것 같다. 잠을 잘 자게 하는 효과. 약을 먹지 않으니 머릿속이 회오리처럼 빙빙 돈다. 아니면 어젯밤에 읽은 시 때문일까? 그럴지도.

나는 샤워실로 가서 물을 튼다. 욕실을 더운 김으로 채운다. 나는 쪼그리고 앉아 두 팔로 몸을 감싸고 눈을 꼭 감는다. 그렇게 악몽이 지나가기를 기다린다.

악몽이 멀어진다. 완전히는 아니지만 운동복을 입을 수 있을 정도로 정신이 든다. 머릿속 이미지들이 가시면서 다시 생각을 모을 수 있게 된다.

시간을 보고서야 늦잠 잤다는 걸 깨닫는다. 다른 애들은 이미 밖에 있을 거다. 오늘 아침 잭슨을 만나 레논로즈와 연락할 방법을 찾아달라는 부탁을 하기로 하지 않았던가. 레논로즈가 무사한지 반드시 알아야 한다.

거기다 애들에게 시집 얘기도 해야 하고, 더는 비타민을 먹지 말라는 말도 해야 한다. 운동화 끈을 묶으며 나는 밸런타인과도 다시 말을 해봐야겠다고 생각한다. 밸런타인은 시에 대해 알고 있었던 게 분명하다.

이건 시작에 불과하다. 알아내야 할 게 너무나 많다.

옷을 다 입자 나는 아래층으로 뛰어 내려가 트랙으로 이어지는 뒷문으로 간다. 그런데 건물을 나가려 막 모퉁이를 돌았을 때다. 커피를 홀짝이며 문가에 서 있는 리앤드라 페트로프를 발견하고 흠칫 놀란다. 반면 리앤드라는 나를 보고 놀라는 기색이 없다. 그녀는 흰색 점프수트에 검정 재킷을 걸치고 스틸레토 힐을 신었다. 머리도 화장도 완벽하다.

"페트로프 부인." 내가 고개를 까딱한다. "안녕하세요. 좋은 아침이에요."

리앤드라의 눈이 내 모습을 길게 훑는다. "그래." 그녀가 손 대신 커피 컵을 흔든다. "좋은 아침이야, 필로미나." 그녀가 커피를 요란하게 후루룩 마신다. "레논로즈 얘기 들었어. 유감이다." 리앤드라가 덧붙인다. "참 착한 애였는데."

심장이 가라앉는다. "저도 유감이에요." 내가 조용히 말한다.

"그래." 리앤드라가 대답한다. "하지만 이제 미련을 둬봐야 무슨 소용이 있겠어, 안 그래?" 그녀는 재킷 주머니에서 줄자를 꺼내들고 내게 측정실로 가라는 손짓을 한다. 빨리 트랙으로 나가야 하지만, 나는 초조한 기색을 감추며 시키는 대로 한다.

체중계와 진찰대만 있는 흰 벽으로 둘러싸인 작은 공간. 나는 측정실로 들어가 지시를 기다린다. 게시판에 리앤드라가 체중과 신체치수를 기록하는 클립보드들이 죽 걸려 있다.

"옷 벗어." 리앤드라가 지루한 투로 말하고, 커피 컵을 들어 또 한 모금 마신다. 좁은 데로 들어오니 커피 컵에서 알코올 냄새가 난다.

나는 옷을 벗고 브라와 팬티 차림으로 대기한다. 몸에 닭살이 돋는다. 리앤드라가 컵을 한옆에 밀어놓고 클립보드와 펜을 챙겨든다. 그리고 줄자를 양손으로 쫙 펴들고 내 앞에 선다. 내 가슴둘레, 허리둘레, 엉덩이둘레를 잰다. 다음에는 팔을 잰다. 다음에는 클립보드를 바닥에 내려놓고 웅크려 앉아 내 허벅지를 잰다. 그러다 딱 멈추고 내 허벅지 바깥쪽 살을 꼬집는다. 나는 아파서 눈썹을 찡그린다.

"탄력이 없잖아." 리앤드라가 말한다. 나는 수치심에 눈을 내리깐다. 리앤드라가 꼬집은 살을 놓는다. "이 정도로는 부족해. 더 탄탄해야 해." 리앤드라가 내 다리에 차가운 줄자를 감았다가 클립보드에 숫자를 기입한다.

리앤드라가 다른 허벅지를 잴 때 나는 더 꼿꼿하게 서서 근육에 최대한 힘을 준다. 리앤드라가 측정을 멈추고 나를 올려다본다.

"위크스 씨가 너를 무척 맘에 들어 하더라." 리앤드라가 말한다. "파티에서 너를 몇 번이나 언급했어. 네가 행복하게 잘 있는지 챙기던데."

"위크스 씨는 참 친절한 분 같아요." 내가 정중히 말한다.

리앤드라가 흥 콧방귀를 뀐다. 그리고 측정을 재개한다. 차가운 줄자가 내 맨살을 조인다.

"아참, 궁금했는데 말이야." 리앤드라가 지나가듯 말한다. "너 남자와 키스한 적 있니, 필로미나?"

나는 무표정을 유지한다. 질문에 충격받은 내색을 하지 않으려 애쓴다.

"아뇨." 내가 말한다. 어찌 보면 거짓말이다. 극장 직원에게 키스당한 적이 있으니까.

"키스해보고 싶어?" 리앤드라가 내 치수를 적으며 무심하게 묻는다. "항상 궁금했어. 너희들은 어떻게 연애감정을 아는 걸까."

"남편이 생기면 남편과 키스하고 싶을 거예요." 내가 말한다. 리앤드라가 알고 싶은 게 뭔지 감이 안 온다. 리앤드라가 짜증이 묻은 웃음을 흥 뱉는다.

"아, 맞다. 남편. 남편을 원하니?"

"그게 페트로프 씨와 부모님이 생각하는 최선이면요." 나는 아카데미에서 배운 것을 앵무새처럼 읊는다.

"그건 너를 위한 최선이 아냐." 리앤드라가 일어서며 말한다. 그러더니 바짝 다가들어 내 얼굴을 빤히 응시한다. 하지만 나는 상냥한 표정을 유지한다. 리앤드라에게 심중을 들킬 수는 없다. "하기야 내 생각 따위가 뭐 중요하겠어, 안 그래?" 그녀가 덧붙인다.

리앤드라가 내게서 돌아선다. 15센티미터 하이힐이 약간 휘청댄다.

"목표 체중에 도달하긴 했지만." 그녀가 클립보드를 다시 벽에 걸며 말한다. "근육을 더 키울 필요가 있어. 오늘 내일 몇 바퀴 더 뛰어. 이제 옷 입고 나가봐."

나는 감사를 표한다. 리앤드라는 인사도 대꾸도 없이 내가 옷을 다 입기도 전에 나가버린다. 나는 옷을 입다가 멈춘다. 아까보다는 가렸지만 노출된 기분은 여전하다. 리앤드라의 말이 머리에 남는다. 결혼에 대한 말. 자기 의견은 중요하지 않다던 말. 내게 '남자'와 키스해본 적 있냐고 한 것도 이상하다. '남자애'도 아니고, '누군가'도 아니고, '남자'?

한기에 몸이 부르르 떨린다. 나는 스웨터를 입고 헤드밴드로 귀를 덮는다. 운동장으로 뛰어나간다. 운동을 위해 뛰어나가는 것만은 아니다. 탈출을 위해 뛰어나간다. 굴욕과 비판으로 느껴지는 것들로부터 탈출. 리앤드라의 질문들이 날 혼란스럽게 한다. 질문들의 의도가 궁금하다.

어젯밤의 시는 우리를 잡아가둔 남자들에 관한 것이었다. 그렇다면 그들과 공조하는 여자들은? 그 시에서 엄마들은 어디에 있나?

나는 덤불로 달려가 철책을 통과해 숲으로 나간다. 여전히 피부에 나약함을 입은 채로. 지금쯤은 리앤드라의 냉혹함에 익숙해져 있어야 맞다. 실제로는 그렇지 못하다. 생각해보니 그렇다. 나는 서두르다가 나뭇가지에 걸려 넘어질 뻔한다. 다급히 팔을 뻗어 아무거나 붙잡는다. 아야. 가시가 피부를 찢고, 날카로운 통증이 내 손을 깨문다.

나는 숨을 헉 들이키며 손을 든다. 뒤로 넘어질 뻔한다. 손에서 피가 난다. 상처가 깊지는 않다. 손끝만 한 생채기. 하지만 손바닥이 긁혔다. 그것도 손목 근처에. 흉이 질 수 있다.

나는 패닉 상태가 된다. 어떻게 해야 할지 모르겠다.

"미나?" 잭슨이 부른다. 내가 몸을 돌린다. 눈물이 핑 돈다. 그가 잽싸게 백팩을 벗고 달려온다. 그가 내 손을 잡고 상처를 살핀다. "괜찮아?" 그가 걱정스럽게 묻는다.

"의사에게 가야 해." 내가 말한다. 그가 고개를 든다.

"이걸로?" 그가 묻는다. 어리둥절한 표정. 그러다 내게 다른 부상이 있는 줄 알고 나를 자세히 살핀다.

"응. 상처잖아." 내가 말한다.

"그 정도는 아닌데ㅡ" 그가 내 손을 놓으며 말한다. "내 말은, 심각한 부상은 아니라고. 이리 와서 앉아봐. 내 백팩에 반창고 있어."

"나는 어떤 상처도 있으면 안 돼." 내가 근심스럽게 말한다.

"상처 없는 사람이 어디 있어." 그가 말한다. 우리는 쓰러진 나무에 걸터앉는다. 그가 백팩을 뒤져 반창고 하나를 찾아낸다. "이거 보여?" 그가 자기 눈 위에 난 작은 상처를 가리킨다. 사실 전부터 봤던 상처다. "거실에서 뛰어갈 때 사촌이 발을 거는 바람에 커피테이블과 직통으로 박치기 했어." 그가 말한다. "두 바늘 꿰맸지."

"사촌이 왜 그랬는데?" 내가 분해서 묻는다. 하지만 잭슨은 웃음을 터뜨린다.

"이유가 어디 있어. 애들이 다 그렇지. 몇 년 후에 복수했어. 실수로 녀석 손 위로 문을 닫는 바람에 녀석 손가락이 세 개나 부러졌거든."

잭슨이 장난처럼 말하는 부상들이 내게는 충격 자체다. 특히 잭슨이 그걸 아무렇지 않게 받아들이는 것이 더. 갑자기 그의 상처에 의미가 생긴다. 상처는 그저 결함이 아니다. 사연이다. 그가 피부에 지니고 다니는 기억이다. 그게 그의 가치를 떨어뜨리지 않는다.

내 손을 내려다본다. 결국은 의사에게 피부이식을 부탁해야 한다는 걸 안다. 다친 이유도 지어내야 한다. 그러다 문득 왜 그래야 하는지 궁금해진다. 잭슨은 그렇지 않은데 왜 나는 상처 하나 없는 몸이어야 하지?

잭슨이 반창고 포장을 벗겨서 내 손에 붙여준다. 나는 반창고를 붙이고 다닐 수 없다고 말하지 않는다. 그냥 내버려둔다. 그의 다정한 손길이 위로가 된다. 아카데미의 남자들이 나를 만지는 느낌과는 너무나 다르다. 그들에게서는 잔인함 아니면 소유욕만 느껴진다.

지난번 잭슨과의 만남을 확대 해석했다. 그에게 호감을 주려면 깍듯해야 한다고, 그의 비위를 맞춰야 한다고 생각했다. 이제 내가 그동안 배운 것들이 다 진실은 아니라는 생각이 들기 시작한다.

잭슨이 내 손에 반창고를 붙인 다음 포장지를 구겨서 백팩에 쑤셔 넣는다. 그가 다시 나를 향한다. 그의 표정이 진지하다.

"내가 더 정중하기를 바라?" 내가 불쑥 묻는다. 잭슨이 입을 씰룩이며 어리둥절한 미소를 짓는다.

"왜 그런 생각을 해?" 그가 묻는다. "나야 있는 그대로의 네가 좋아. 네가 편안했으면 좋겠어."

흥미로운 생각이다. 편안. 앨리스터 교수라면 편안한 건 나태와 같다고 말할 거다. 하지만 잭슨이 말하니까 옳게 들린다. 한 사람이 다른 사람을 배려하는 옳은 방법. 잭슨이 양손을 뒤로 짚고 기대앉아 내 눈치를 살필 때도 나는 그 생각에 빠져 있다.

그는 검정 가죽 재킷을 입고 털목도리를 했다. 소재가 부딪히지만 나름 어울린다. 그의 눈이 추위에 반짝인다. 멀리서 애들이 트랙을 도는 소리가 난다. 운동화들이 타다닥 트랙을 치는 소리. 아침 한기에도 아랑곳없이 새들이 나무 사이에서 짹짹거린다. 그 소리가 사랑스럽다. 이렇게 철책 밖에 나와 있으면 안 된다는 사실을 잊게 한다. 하지만 생각해보니 내가 원할 때 여기 나올 수 없는 것이 불공평하게 느껴진다.

그래, 불공평해.

"금요일 파티는 어땠어?" 잭슨이 긴 다리를 쭉 펴며 묻는다. "누가 왔어?"

"너는 다 모르는 사람들일걸." 내가 말한다. 생각해보니 이상한 질문이다. "학부모, 후원자들, 투자자들. 학교 의사. 분석가. 페트로프 씨 부부."

잭슨이 눈을 내리깔고 나무 옆에서 풀잎 하나를 딴다. 질문을 해놓고 아무 반응이 없다.

"말이 나온 김에—" 나는 자연스럽게 본론으로 들어간다. "너한테 도움받을 수 있지 않을까 싶은 게 있어."

그가 궁금한 듯 눈을 든다. "그게 뭔데?"

"우리 중에 레논로즈라는 애가 있는데 아카데미를 떠났어. 우리 모두 개가 걱정돼."

잭슨이 꼿꼿이 앉는다. 우려의 빛이 그의 얼굴을 스친다. 잠깐이지만 나는 그만둘 뻔한다. 그냥 아무 일 없다고 하자. 아니, 모든 게 완벽하다고. 그를 기쁘게 하기 위해서. 투자자에게 하듯이. 하지만 그에게는 다 괜찮은 척 꾸미고 싶지 않다. 솔직하고 싶다. 순수한 솔직함. 이것이 내가 평생 했던 결정 중에 가장 사적인 결정처럼 느껴진다.

"애가 작별인사도 없이 갔어." 내가 말을 잇는다. "심지어 구두도 챙겨가지 않았어."

"거기에 대해 학교는 뭐래?" 그가 묻는다.

"우리 학교의 분석가인 안톤이 나더러 다시는 레논로즈를 언급하지 말래. 사실과 다른 듯한 말들도 했어. 레논로즈가 학교를 나간 게 부모가 학비를 감당하지 못해서라나. 레논로즈가 떠난 정황도 분명치 않아. 내 생각이 틀릴 수도 있어." 내가 잠깐 멈췄다 말한다. "하지만 틀리지 않을 것 같아."

"나는 네 말을 믿어." 잭슨이 대답한다. "그 안톤이라는 작자는 너한테 무슨 생각을 해라 마라 할 권리가 없어. 그 작자, 보나마나 경호원이 주유소에서 너한테 완력 쓴 것도 눈감아줬겠지."

"사감." 내가 정정해준다. 잭슨이 재수 없다는 듯 눈알을 굴린다.

"그래, 그 개새끼." 잭슨이 말한다. "야, 나도 거기 있었어. 분명히 말하는데 그건 완전 도를 넘은 짓거리였어. 이 학교에서 무슨 일이 벌어지고 있는지 몰라도, 분명히 말하는데, 그건 학대야."

나는 그를 보며 다음 말을 궁리한다. "잭슨." 내가 입을 연다. 목소리를 조금 낮춘다. "이노베이션스 아카데미에 대해 네가 아는 게 뭐야? 너는 계속 잘못됐다고 하는데— 그런데 그걸 어떻게 알아?"

"나도 눈이 있으니까." 그가 단박에 대꾸한다. 그러다 자기가 도움이 안 되는 대답을 한다는 걸 깨달았는지 사과한다. "여기는—" 그가 뜸을 들인다. 너무 오래 끌어서 나는 그가 말을 끝냈다고 생각한다. "여기는 정상적인 학교가 아니야, 미나."

"그게 무슨 뜻이야?" 내가 묻는다.

"전에 말했지, 여기는 공장이었다가 학교로 바뀐 데야. 그건 타운이 다 알아. 그런데 섬뜩한 건, 여기서 무슨 일을 하는지는 아무도 모른다는 거야. 고급 차들이 들락거릴 뿐, 막상 학생들에 대한 정보는 전혀 없어." 그가 심란하게 머리를 흔든다. "예쁜 여자애들이 있는 건 아는데, 여기서 애들에게 무슨 일을 하는지 아무도 묻지 않아. 여기 관계자들은 막강한 사람들이니까. 부자들. 더럽게 돈 많은 인간들."

나는 숨을 삼킨다. 우리를 비밀에 부친다? 충격이다.

"어젯밤에 아빠한테 전화했어." 그가 후회스러운 투로 덧붙인다. "네 걱정이 돼서. 아빠에게 아카데미에 대해 아는 걸 전부 말해달라고 했어."

"아버지가 뭐래?" 내가 묻는다.

"나보고 상관하지 말래. *관심 끄래.*" 잭슨이 나를 힘주어 바라본다. "그러니까 더 이상해. 여기서 뭔가 좆나 섬뜩한 일이 일어나고 있어."

나는 잭슨의 막말이 섬뜩하다. 그에게서 눈을 돌려 아카데미를 바라본다. 학교 부지를 둘러싼 철책과 철문들. 쇠창살로 막힌 창문들. 학교 뒤에 벽처럼 버티고 서 있는 산. 우리를 격리하는 것들.

"무슨 일이 있는 건지 *네가* 나한테 말해줄 순 없어?" 잭슨이 묻는다. "난 알아야겠어." 불현듯 그의 표정에 이유를 알 수 없는 심란함이 스친다. 이상하게도 그가 우리 학교에 대해 나보다도 많이 알고 있는 것 같다.

"학교에서 밤마다 우리에게 비타민을 줘." 내가 말한다. "나는 금요일부터 약 먹는 걸 끊었어. 그런데 어젯밤에 캡슐 중 하나를 열어봤는데 금속으로 가득했어. 은색 쇳가루." 나는 눈살을 찡그린다. "그런데 가루가 움직였어— 자석처럼."

잭슨의 눈이 휘둥그레진다. "*뭐?*" 그가 묻는다.

"다른 애들은 그걸 먹었어. 그리고 전날 있었던 일을 잊었어."

"맙소사." 그가 한 손으로 흑갈색 머리를 거칠게 쓸어올린다. "마인

드컨트롤, 뭐 그런 거야? 무슨—" 그가 대답을 찾는다. "무슨 나노테크 같은 거?"

갑자기 너무나 혼란스럽다. 그런 것에 대해서는 학교에서 전혀 배운 바가 없다.

"우리에겐 컴퓨터도 허용 안 돼." 내가 잭슨에게 말한다. "그래서 아무것도 몰라."

그가 푸핫 웃는다. "알았어. 나도 잘은 모르는데, 이론적으로는 가능해. 생의학 나노테크란 게 있는데 그걸 복용하면— 너희가 먹는 게 그거라면— 그게 세포로 퍼져서 장기에 건강하고 좋은 세포를 복제해. 병이나 상처를 치료하는 방법이야."

나는 항상 매우 건강했다. 다른 애들도 마찬가지다. 거기다 우리 비타민은 각자에게 맞춤형으로 제공된다. 우리가 건강한 건 결국 비타민의 작용이라는 건가?

"그럼 그걸 계속 먹어야 할까?" 내가 묻는다.

잭슨이 눈을 둥그렇게 뜬다. "안 돼! 당연히 안 돼. 미나, 나노테크 입자들은 뇌로도 퍼져. 미세한 나노입자 하나하나가 일종의 파동을 일으켜. 뭔가를 고의로 주입하는 거지. 뇌는 이 파동들을 생각들로 해석해. 그래, 내 짐작에 마인드컨트롤이 맞는 거 같아. 다시 말하지만 이건 이론일 뿐이야. 지금까지는 나도 인터넷에서 떠들어대는 것만 봤지 이 기술이 실재하는지 몰랐거든."

그런 기술이 실재하는지는 나도 모른다. 하지만 난 비타민 캡슐 속의 은색 가루를 똑똑히 봤다. 그건 내가 전에 봤던 어떤 것과도 달랐다. 그게 내게 어떤 작용을 하는지 분명히 알기 전에는, 더는 그걸 자진해서 복용할 수 없다.

"너희 부모님은 뭐하는 분들이야, 미나?" 잭슨이 또 묻는다. "너를 이 학교에 보낸 걸 보면 대단한 사람들일 거 아냐. 너한테 이런 일을 하는 거 보면. 부모님이 대체 누구야?"

그의 질문들이 갑자기 경고처럼 들린다. 나는 재빨리 정보를 불러 모은다. 그에게 아빠는 변호사이고, 엄마는 자선사업가라고 말해준다. 하지만 잭슨이 나를 추궁할수록(부모님이 태어난 곳은? 자란 곳은? 조부모님은?), 내가 부모에 대해 아는 게 별로 없다는 자각이 머리를 친다.

공포가 차오르며 가슴이 먹먹해진다. 부모님은 어디 있을까? 왜 나를 보러 오지 않는 걸까? 왜 나를 여기에 버려둔 걸까?

잭슨이 미간을 모으고 나를 본다. "미안해." 그가 말한다. 나는 손사래로 대답을 대신하고 눈물을 훌쩍 삼킨다. 내가 진정할 때까지 우리는 한동안 말없이 앉아 있다.

"아까 학교에 분석가가 있다고 했지?" 잠시 후 잭슨이 묻는다. "그게 뭐야? 분석가가 하는 일이 뭐야?"

"우리의 충동 조절을 도와." 내가 말한다.

"내 짐작에 그 사람 일이 그게 다가 아닐 것 같아." 잭슨이 말한다. "방법은 몰라도 학교가 너희를 조종하고 있어. 비타민을 통해서든 분석가를 통해서든. 나는 네가 학교를 나와야 한다고 생각해. 그것도 지금 당장."

나는 놀라서 그를 본다. "그냥은 못 떠나." 내가 말한다. "다른 애들은 어쩌고?"

"너희 모두 떠나야 해."

"우리는 그렇게 못 해. 우리 부모님들이—"

"부모들도 이해할 거야." 그가 답답하다는 듯이 말한다. "미나, 여기는 정상이 아냐." 그의 목소리가 높아진다. 나는 손으로 그의 입을 막는다. 누가 들을까 봐 무섭다. 내 손이 닿자 그가 몸이 굳어진 채 내 눈을 응시한다. 잠시지만 나는 그의 눈에서— 죄책감을 본다.

잭슨이 내 손을 천천히 내린다. 끄덕거리며 침착을 잃은 것을 사과한다.

"좋아." 그가 시선을 피하며 말한다. "떠나지 못한다면, 아카데미가 너희를 어떤 목적으로 이용하고 있는지라도 알아내야 해. 그런 정보를 구할 수 있겠어?"

그의 질문이 갑자기 차갑게 느껴진다. 사무적으로. 혹시 내가 그의 기분을 상하게 한 걸까?

"정확히 어떤 걸 찾아야 하는데?" 내가 묻는다.

"파일들." 그가 대답한다. "직원 파일, 학부모 파일, 뭐든 네가 찾을 수 있는 거. 내가 조사할 수 있는 거."

"말도 안 돼." 내가 말한다. "그런 정보를 내가 어디서 얻겠어?"

"그 분석가라는 사람 말이야." 그가 제안한다. "그 사람 사무실에 다 보관돼 있지 않을까?"

"그런 일을 내가 어떻게 해." 내가 말한다. 생각만 해도 겁난다. 내게 분석가의 집무실에 무단침입이라도 하라는 뜻? 그건— 그건 너무 심하다. 규칙 위반도 정도껏 해야지 그런 위반을 할 수는 없다.

"그럼 눈과 귀라도 열어둬." 잭슨이 말한다. 그가 내 손바닥으로 손을 뻗어 그새 느슨해진 반창고 끄트머리를 다시 잘 눌러 붙여준다. 나는 예상치 못한 손길에 놀란다. "뭐든 특이한 게 있으면 잘 봐둬."

그의 손길이 닿자 그가 나를 처음 봤을 때의 눈빛이 그리워진다. 그

때처럼 나를 봤으면 좋겠다. 나와 눈이 마주치자 그의 입술에서 말이 사그라지던 모습이 생각난다. 그가 나를 좋아했으면 좋겠다. 그런데 지금은 그의 감정을 읽을 수 없다. 물어볼 엄두는 나지 않는다. 대답이 두렵다.

대신 시집 얘기를 하는 편을 택한다. 그런데 내가 입을 여는 순간, 쇠문이 탕 닫히는 소리가 난다.

나는 눈을 돌려 학교 쪽을 보고 기겁한다. 보스 사감이 트랙에 나와 있다. 애들은 아직 건물 반대편을 돌고 있다. 애들이 건물을 돌아 나오면 사감이 내가 거기 없다는 걸 알게 된다.

나는 겁에 질려 벌떡 일어선다. 잭슨도 따라 일어선다. 사감을 보자 그가 어금니를 꽉 깨문다. 그가 내게로 눈을 돌린다. 그의 표정이 도망가라고 애원한다.

천만다행히도 사감이 짜증난 표정으로 다시 건물로 들어간다. 애들을 기다리고 있을 시간이 없다는 듯이. 나는 가슴을 쓸어내리며 안도의 한숨을 쉰다.

"나 가봐야 해." 내가 말한다.

잭슨이 답답한 눈으로 나를 내려다본다. "미나." 그가 말린다. 낮지만 화난 목소리. 하지만 철책으로 걸어가는 나를 막지는 않는다.

나는 증거를 찾아보리라 결심한다. 사감이 우리에게 보여주는 영화에 나오는 사람들처럼. 뭐라도 찾으면 잭슨에게 넘겨야지. 그가 그 정보로 무슨 일을 할지는 나도 모른다. 다만 그의 말을 들어보니 그게 우리에게도 좋은 일일 것 같다.

"제발 조심해." 잭슨이 말한다.

나는 웃으며 그러겠다고 약속한다. 그리고 화요일에 다시 트랙에 나온다고 알려준다.

"그거 재미있네." 그가 말한다. "나도 마침 그날 아침에 이 숲을 어슬렁댈 참이었는데. 우리 그때 볼까?"

내 대답을 기다리지도 않고 그가 손가락을 튕긴다. "잠깐만." 그가 백팩으로 달려가더니 작은 종잇조각을 들고 온다.

"내 전화번호야." 그가 말한다. "나중에 전화해서 잘 있는지 알려줘."

나는 종이를 받아들고 번호를 뚫어지게 본다. "해볼게." 내가 말한다. "그리고 참, 레논로즈 말이야." 나는 기대하는 눈으로 그를 본다. "성은 스칼라야." 내가 말한다. "걔네 어머니 이름은 다이앤이고."

"레논로즈 스칼라." 잭슨이 끄덕이며 외운다. "알았어. 찾을게. 찾으면 나오겠지."

우리는 철책이 뚫린 곳에 도착한다. 철책을 통과하기 전에 나는 그를 마주한다.

"고마워." 내가 말한다. "도와줘서."

그의 아랫입술이 굳어지는가 싶더니 미소가 된다. 나를 사로잡을 작정인 듯한 멋진 미소. 그가 작정한 대로 된다. 그런데 그 미소가 그의 눈까지 닿지 못한다. 입은 웃는데도 그는 슬퍼 보인다. 외로워 보인다.

내가 철책을 빠져나갈 때 그가 잘 가라고 속삭인다.

그가 사라지자마자 나는 손에서 반창고를 뗀다. 손에 붉은 상처가 선명하다. 나는 의사에게 말하지 않기로 작정한다. 대신 추억으로 남기기로 한다.

15

나는 애들이 건물을 마지막으로 돌 때 덤불 뒤에서 빠져나온다. 그리고 시드니 옆으로 붙어 보조를 맞춘다. 시드니가 나를 살핀다. 추위 때문에 시드니의 코가 빨갛고 눈이 초롱초롱하다.

"어떻게 됐어?" 시드니가 헉헉대며 묻는다.

"너한테 해줄 말이 너무 많아." 내가 사방을 둘러보며 말한다.

시드니가 뛰면서 씩 웃는다. 레논로즈의 연락처를 부탁했는지에 대한 언급은 없다. 나는 시드니에게 바싹 붙는다. 시드니가 뭐야? 하는 의아한 얼굴로 웃는다.

"왜 그래?" 시드니가 묻는다.

"어젯밤에 시를 하나 읽었어." 내가 속삭인다. 시드니는 속도를 늦추지 않는다.

"정말?" 시드니가 묻는다. "시를 어디서 봤는데?" 나는 시드니에게 소리를 낮추라고 한다. 아직은 다른 애들이 아는 걸 원치 않는다.

"제목이 '날카로운 막대기를 든 소녀들'이야." 내가 말한다. "음─ 맞서 싸우는 소녀들에 대한 시야. 소녀들이 자기들을 지키는 남자들을 죽여─"

시드니가 갑자기 딱 멈춰 선다. 그 바람에 내가 시드니를 지나 몇 걸음 뛰어간다. 시드니가 나를 놀란 눈으로 쳐다본다.

"그게 무슨 말이야, 미나? 그런 걸 왜 읽어?"

나는 뛰어가는 애들에게 차례로 눈인사를 하며 시드니에게로 돌아간다. "우연히 발견했어." 내가 말한다. "시에서 소녀들이─"

"그만해." 시드니가 한 손을 치켜든다. "네가 무슨 말을 했는지 알아? 네가 방금—" 시드니는 차마 들은 말을 반복하지 못한다. "여기 남자들은 우리의 지도편달에 애쓰는 분들이야." 시드니가 목소리를 낮추며 말한다. "어떻게 그런 불경한 말을 해?"

나는 시드니를 바라본다. 시드니가 나를 얼마나 걱정하는지 보인다. 시드니가 다음에 할 말도 뻔히 예상된다. "남자들은 우리를 위해서— 최선을 다해." 시드니가 말을 맺는다.

가슴이 내려앉는 기분이다. 간밤의 비타민에는 대체 뭐가 들었던 걸까?

나는 시드니에게 다정하게 웃으며 계속 조깅하자고 손짓한다. 시드니가 그렇게 한다. 언제 그랬냐는 듯이 나처럼 다정하게 웃는다.

"레논로즈가 보고 싶어." 내가 떠본다.

"그러게." 시드니가 호들갑스럽게 맞장구친다. "레논로즈의 부모님에게 재정 문제가 있었다니 참 안됐어. 이노베이션스가 워낙 특권층 대상이라서 그래. 모두가 누릴 수는 없지."

나는 숨을 꿀꺽 삼키고 아무 말도 하지 않는다. 우리는 계속 조깅한다. 시드니는 레베카와 울프 씨의 일만 잊은 게 아니라 레논로즈 때문에 속상한 마음도 감쪽같이 잊었다. 너무나 섬뜩하다.

나는 더는 시드니에게 시 얘기를 하지 않기로 한다. 아직은 아니다. 시드니가 어떻게 반응할지 두렵다. 지금으로서는 시드니가 더는 문제 삼지 않는 게 고마울 뿐이다. 시드니에게 뭔가를 숨겨야 한다는 게 싫지만 어쩔 수 없다.

문득 이런 생각이 든다. 레논로즈가 *우리에게* 시집 얘기를 하지 않은 것도 같은 이유가 아니었을까. 우리가 이해하지 못할까 봐. 더 나

193

쁘게는, 우리가 분석가에게 이를까 봐.

기분이 묘하다. 머릿속에서 두 가지 서사가 맞물리는 느낌이다. 이걸 시드니에게 어떻게 설명해야 할지 도통 모르겠다.

"내가 무례했다면 미안해." 조깅이 끝나자 시드니가 말한다. "난 네가 반항 행동으로 혼나는 걸 원치 않을 뿐이야. 안톤이 알면 뭐라고 하겠어?"

"그런데 만약 안톤이 늘 옳은 게 아니라면?" 내가 조용히 묻는다.

시드니가 말없이 생각에 잠긴다. 그때 쇠문이 활짝 열리고 보스 사감이 다시 나타난다. 우리는 급히 미소 띤 얼굴로 돌아간다.

사감이 우리의 얼굴을 뜯어보다가 들어가라고 손짓한다. 화난 기색이다. 사감이 아까 트랙에 나와 있었던 이유가 궁금하다. 누군가를 찾는 것 같던데.

나는 서둘러 사감 옆을 지난다. 사감의 심기가 불편한 게 나 때문은 아니라서 다행이다. 내가 안심하며 돌아볼 때 사감이 레베카의 팔꿈치를 낚아챈다. 레베카가 휘청 멈춰 선다.

"안톤이 널 찾아." 사감이 레베카에게 눈을 부라린다. 당장 가는 게 좋을 거라는 무언의 협박. 레베카는 놀라면서도 사감의 손을 뿌리치지는 못한다.

"왜요?" 레베카가 기어들어가는 소리로 묻는다.

"알 텐데." 보스 사감이 조롱 투로 대꾸한다. "그러니까 닥치고 시키는 대로 해."

그의 말투가 내 피를 분노로 끓게 한다. 레베카에게 그따위로 말하지 말라고 쏘아붙이고 싶다. 이곳에서 우리의 삶이 얼마나 비정상인지, 이제 슬슬 보이기 시작한다. 그게 보일수록— 그걸 바꾸고 싶어진다.

그저 방법을 모를 뿐.

그래서 사감이 레베카를 끌고 가는 것을 묵묵히 보기만 한다.

시드니와 나는 사감이 왜 심술이 났는지 아는 애가 있을까 해서 현관 홀로 간다. 놀랍게도 학생 전체가 여기 나와 있다. 입을 가리고 수군대며 삼삼오오 모여 있다. 무슨 일이 생겼다는 직감이 온다.

아이다 웰치가 지루한 표정으로 혼자 있는 게 보인다. 나는 시드니와 함께 아이다에게로 간다. 아이다는 달리기 수업을 받지 않는다(아이다 말로는 *유전자의 힘*이라나). 아이다는 거대한 안락의자 중 하나에 앉아서 손톱을 다듬고 있다.

"안녕." 내가 아이다에게 말을 건다. "무슨 일이래?"

"울프 씨가 학교에 왔어. 기분 좋은 얼굴은 아냐." 아이다가 말한다. "그로거 박사가 보안관에게 말해서 데려온 모양이야." 아이다가 손톱 다듬던 손을 멈춘다. "그 사람도 왔고."

"누구?" 시드니가 묻는다.

"윈스턴 위크스." 아이다가 여태 모르냐는 듯이 말한다. "울프 씨보다 먼저 왔어. 페트로프 씨와 면담해야겠다면서. *긴급 문제*라나?" 아이다가 눈을 홉뜨며 목소리를 낮춘다. "교장을 만나기 전에는 돌아가지 않겠다고 해서 결국 애너리즈가 교장 사택에 가서 페트로프 씨 부부를 불러왔다니까."

나는 입이 벌어진다. 위크스 씨가 어쩐 일로 여기에? 그는 오픈하우스 파티가 아니면 이제까지 한 번도 학교에 온 적이 없다. 잠깐 이런 생각도 든다. 혹시 내 얘기를 하러? 하지만 그랬다면 아이다가 내게 바로 말했을 거다.

아이다가 손톱 다듬기를 재개한다. "그 투자자에게 반한 애들이 한둘이 아니잖아. 특히 애너리즈. 그 사람이 기다리는 동안 애들이 먹을 것과 마실 것을 날라다주고 난리도 아니었어. 어떻게든 좋게 보이려고. 성공은 했지. 결국 착하다는 칭찬은 들었으니까. 그러다 페트로프 씨가 와서 함께 얘기 나누러 갔어."

"그럼 울프 씨는?" 내가 묻는다.

"울프 씨는 아무래도 레베카 문제로 불려온 것 같아. 그 사람, 레베카네 변호사잖아. 경찰차가 나타나서 울프 씨를 현관에 내려놨는데, 그 사람 그때부터 이미 제정신이 아니었어." 아이다가 격분한 표정을 과장스럽게 흉내 내며 말한다. "쿵쾅대며 들어와서는 우리를 헤치고 곧장 그로거 박사 방으로 올라갔어. 애들 중 하나가 들었는데 레베카의 자격인증에 문제가 생긴 것 같대." 이 지점에서 아이다가 눈을 내리깐다. 대화에서 재미가 사라진다. 주변 공기마저 일시에 가라앉는다.

자격인증을 받아야 졸업이다. 거기에 문제가 생기면 레베카는 졸업이 연기될 수 있다. 아니면 퇴학당하거나.

하지만 그날 일은 레베카의 잘못이 아니다. 울프 씨가 그동안 레베카를 조종해왔다. 안톤도 레베카가 충동억제치료를 받는 선에서 해결될 거라고 약속하지 않았던가. 안톤은 퇴학의 가능성은 언급하지 않았다.

나는 그로거 박사의 방으로 올라가는 계단을 바라본다. 울프 씨가 레베카를 거짓말쟁이로 만드는 건 아닌지 걱정된다. 만약 학교가 울프 씨의 편을 든다면? 그럼 그땐 내가 증언할 수밖에.

"그로거 박사에게 얘기해야겠어." 내가 불쑥 돌아서서 계단으로 향한다. 시드니가 나를 쫓아온다.

"잠깐만." 시드니가 말한다. "레베카는 지금 안톤과 있지 않아?"

"맞아." 내가 말한다. "그런데 아이다 말이 울프 씨가 박사에게 갔대. 이유를 알고 싶어. 울프 씨 혼자 빠져나가게 둘 순 없어." 내가 숨죽여 덧붙인다.

"무슨 일이야, 미나?" 시드니가 나를 따라 걷는다. "레베카 인증서가 왜? 무슨 '문제'가 있다는 거야?"

"나도 몰라." 나는 자세한 얘기는 피한다.

우리는 그로거 박사의 진료실이 있는 복도로 접어든다. 시드니는 레베카와 울프 씨 사이에 있었던 일을 기억하지 못한다. 하지만 시드니가 시의 내용에 발끈하는 걸 본 다음부터는 레베카 얘기를 다시 해주기도 망설여진다.

시드니와 내가 막 진료실에 다다랐을 때 안에서 격앙된 남자들 목소리가 들린다.

그로거 박사가 유리 너머로 우리를 보지 못하게 시드니가 나를 문옆으로 잡아당긴다. 그러더니 몸을 굽혀 운동화 끈을 묶었다 풀기를 반복한다. 엿듣다 들킬 경우에 대비해 핑계를 만든다.

"그 애는 골칫거리예요, 해럴드." 방 안에서 울프 씨가 언성을 높인다. 그로거 박사의 이름이 해럴드라는 걸 나는 이제야 안다. 뜻밖의 개인정보를 접하니 기분이 묘하다. "우리가 알고 지낸 세월이 얼맙니까." 변호사가 말을 잇는다. "이 건은 당신이 알아서 해결해 줘요."

"그 애 부모에게는 뭐라고 하고?" 의사가 차갑게 묻는다. "그 사람들이 그 애 교육에 투자한 게 얼만데. 당신 행동은 부당했어."

"걔가 거짓말하는 거라니까."

의사가 웃는다. 그가 울프 씨의 속임수를 꿰뚫어본다는 희망이 생긴다. "그게 사실이 아니란 걸 우리 둘 다 알지 않나?" 그로거 박사가 말한다. "내가 애를 이미 검사했어. 당신이 한 짓은 도둑질에 해당돼."

변호사가 재반박을 시도하지만 의사가 말을 딱 자른다.

"당신 말이 맞아." 그로거 박사가 말한다. "우리는 오래된 사이지, 칼라일. 그러니까 단도직입적으로 말해주지. 다시는 오지 마시오. 올 필요 없어. 당신은 더 이상 그 애의 법적 후견인이 아니니까. 당신과 그 애 가족과의 고용관계는 내 권고에 의거해 종료됐소. 해당 기록은 봉인될 거요." 박사가 말을 잇는다. "우리의 투자 상품은 보호해야 하니까. 하지만 만약 당신이 그 애나 다른 애와 접촉했다가 발각되는 날에는 학부모에게는 물론 감독위원회에도 보고가 들어갈 거요. 알아들었어요, 울프 씨? 당신 행동의 결과를 이해했냐고?"

한동안 침묵이 흐르다가 울프 씨의 대답이 들린다. "그래요."

"좋아." 그로거 박사가 말한다. "이제 당신은 이 교정에 출입 금지야. 당장 내 눈앞에서 꺼져."

내 심장이 마구 뛴다. 울프 씨는 부당했고, 이제 이곳에 오는 것이 *금지됐다.* 레베카는 다시는 그를 상대할 필요가 없다.

우리도 세상에 끔찍한 사람들이 있다는 것을 안다. 그리고 그중 하나가 우리에게 접근했다. 아카데미는 언제나 우리를 지켜줄 것을 약속했다. 그게 빈말이 아니었다. 학교에 대해 성급한 판단을 내리다니 내 불찰이다.

누군가 문으로 다가오는 기척이 들린다. 시드니가 내게 가자는 손짓을 한다. 우리는 잽싸게 내뺀다. 복도를 내려와 모퉁이를 돌고 나서야 시드니가 숨을 내뱉는다.

"내가 제대로 들은 거 맞아?" 시드니가 역겹다는 듯이 말한다. "아니라고 말해줘."

"맞아." 내가 웅얼거린다. "하지만 그로거 박사가 레베카를 보호하는 이상 울프 씨가 하는 말은 더 이상 중요하지 않아. 레베카는 전적으로 안전해." 내가 희망을 담아 덧붙인다. 이제 좀 진정이 된다. 박사의 조치에 마음이 놓인다.

"나는 아직도 레베카와 울프 씨가 뭐 어쨌다는 건지 모르겠어." 시드니가 고개를 내젓는다. 하지만 나는 그쯤에서 얘기를 접는다. 시드니에게 너도 이미 자초지종을 안다는 말을 하지 않는다. 시드니에게 혼란을 주고 싶지 않다. 얘기를 해도 비타민 복용을 멈추게 한 다음에. 그 전에는 말해봐야 무슨 소용이 있겠는가? 내일이면 그냥 까먹을 텐데.

지금쯤 안톤이 레베카에게는 좋은 소식을 전하고 있겠지. 그걸 방해하고 싶지 않다. 다시는 울프 씨가 레베카를 괴롭힐 일이 없을 거라니 그저 다행스럽다.

나와 시드니는 현관으로 이어지는 계단으로 내려간다. 현관에 애들이 여럿 모여 있다. 그 이유도 바로 눈에 들어온다. 페트로프 씨 부부가 문가에서 위크스 씨를 배웅하고 있다.

내가 계단을 다 내려왔을 때 윈스턴 위크스가 나를 발견한다.

"이게 누구야, 필로미나." 그가 말한다. "그렇지 않아도 인사할 수 있을까 했는데."

다른 애들과 페트로프 씨 앞에서 지명을 당하니 좀 얼떨떨하다. 나는 스웨터의 실 가닥을 불안하게 만지작댄다. 리앤드라가 자기 옆으로 오라고 손짓한다. 그만 꼼지락대라고 명령하듯이.

"다시 뵙게 돼 반갑습니다. 위크스 씨." 내가 인사한다.

"아니." 그가 나긋한 목소리로 말한다. "윈스턴이라니까." 나는 끄덕인다. 하지만 남들 앞에서 감히 투자자를 이름으로 부를 엄두는 나지 않는다. 그의 뒤에서 애너리즈가 눈알을 굴리는 바람에 나는 웃음이 터질 뻔한다.

페트로프 씨가 한 걸음 다가선다. "위크스 씨는 너희 모두 훌륭히 보살핌을 받는지 확인차 아카데미에 내방하셨단다. 너희가 너무 학교에만 박혀 있는 건 아닌지 우려하셨어." 교장이 양손을 배 위에 포개고 푸근한 미소를 짓는다. "그래서 학사일정에 현장학습을 좀 더 추가할 계획이야. 당장 다음 주부터 반영하기로 했다."

몇몇 애들이 환호한다. 그러자 페트로프 씨가 애들에게 손가락을 흔든다.

"물론 최우선 사항은 너희의 교육이지만—" 교장이 사람 좋게 말한다. "내 뜻도 위크스 씨와 다르지 않아. 너희에겐 사회화도 필요해."

교장이 위크스 씨를 본다. 두 남자가 마주보고 웃는다. 리앤드라가 연신 끄덕이다가 우리들 각각과 눈을 맞춘다. 그녀의 미소가 점점 커지며 우리에게 더 감사할 것을 종용한다. 몇몇 애들은 아예 환호를 보낸다.

남자들이 악수를 나눈다. 상황이 좀 억지스럽다. 학교에 이런 요구를 할 수 있다니 윈스턴 위스크가 학교에 행사하는 영향력의 정도가 새삼 놀랍다. 무척 뜬금없지만 어쨌든 그의 개입이 반갑긴 하다. 잠깐씩이라도 학교에서 벗어나는 것이 딱 내게 필요한 거다. 위스크 씨의 시선이 다시 내게로 온다. 나는 밝게 미소 짓는다. 그가 내게 윙크한다.

페트로프 씨가 기숙사 방향으로 손을 흔들며 해산을 명한다. "이걸로 끝." 그가 능글맞게 웃으며 말한다. "남은 하루도 즐겁게."

"참, 소녀들." 리앤드라가 뒤에서 우리를 부른다. "한 시간 후에 연회장에 모여 잠깐 애기 좀 할까요?" 그녀의 얼굴에 미소가 얼어붙은 듯 붙어 있다. "다들 늦지 말도록."

내가 막 떠나려할 때 위크스 씨가 또다시 내 이름을 부른다. 나는 어깨 너머로 돌아본다.

"재미있게 지내요." 그가 말한다. "울적해 보여."

"저 항상 재미있게 지내요, 위크스 씨." 내가 대답하자 그가 웃는다.

시드니와 나는 별일이라는 듯 남들 몰래 웃음을 주고받은 후 방으로 향한다. 현관 홀을 완전히 벗어났을 때 시드니가 곁눈으로 나를 본다.

"위크스 씨, 어때?" 시드니가 묻는다.

"나한텐 나이가 좀 많다고 생각지 않아?" 내가 묻는다.

"맞다, 너는 말라깽이 대학생 남자애들을 좋아하지." 시드니가 말한다.

"정답." 내가 힘차게 말하자 시드니가 킥킥댄다.

좋은 소식이 겹쳐서 기쁘다. 현장학습이 많아지면 철책 너머의 시간도 늘어난다.

모든 것에도 불구하고 우리는 낙관적인 분위기로 연회장에 들어간다. 마르셀라는 최근 갱신한 달리기 기록을 자랑하며 이제 달리기로는 사감도 이길 자신이 있다며 너스레를 떤다.

"누군 못 이겨?" 브린이 말한다. "사감은 여기 온 후에 운동을 한 적이 없어. 근육이 다 처졌을 걸. 당연히 우리가 이기지." 브린이 씨익 웃는다.

나도 웃음이 터진다. 그러다 눈을 드니 리앤드라가 연회장 한가운데에 서 있다. 표정이 웃음기 하나 없이 싸늘하다. 리앤드라 주위에 의자들이 반원형으로 늘어서 있고, 그녀 옆에 고개를 푹 숙이고 어깨까지 축 처진 레베카가 서 있다.

펜션트 교수가 연회장으로 들어와 두 사람 쪽으로 가는 걸 보고 내 얼굴에서도 웃음기가 가신다. 리앤드라가 우리에게 앉으라는 손짓을 한다.

시드니가 내 옆에 앉는다. 우리는 걱정스런 눈빛을 주고받는다. 리앤드라가 미소 짓는다.

"안녕, 소녀들." 리앤드라가 말한다. "펜션트 교수님께 여러분과의 대화에 참석해 주십사 요청드렸어요. 교수님의 지도편달이 어느 때보다 중요한 때니까요." 그녀가 교수에게 따뜻한 눈길을 보낸다. 교수가 리앤드라 옆에 서서 허리춤 전체를 들썩여 바지를 추켜올린다.

"그러게." 교수가 무례하게 말한다. 하지만 리앤드라는 눈도 깜짝하지 않고 그저 감사하게 끄덕인다.

"오픈하우스 때 부적절한 접촉이 있었던 것으로 밝혀졌어요." 리앤드라가 레베카를 가리키며 말한다. "레베카가 충동억제치료에 들어가기 전에, 어째서 자신을 더럽히고 가족을 욕보여도 된다고 생각했는지

해명할 기회를 줄까 해서요."

말들이 꿀처럼 달콤하게(동시에 독처럼 냉혹하게), 나온다. 레베카는 홀쩍거릴 뿐 대답이 없다. 레베카의 얼굴은 머리카락에 가려 보이지 않는다.

"할 말 없어?" 리앤드라가 연민을 가장한 목소리로 묻는다. "전혀 없어?" 레베카가 없다고 고개를 흔든다. "그럼 좋아. 교수님?" 리앤드라가 교수를 본다. "그럼 한 말씀 부탁드려도 될까요?"

"기꺼이." 교수가 우리 전체를 향해 몸을 돌린다. "너희는 더 나은 소녀가 되기 위해 이 아카데미에 있는 거야. 최고의 소녀가 되기 위해서. 그게 무슨 뜻이냐면, 너희는." 그가 손가락을 꼽아가며 말한다. "아름답고, 정숙하고, 순결하다는 거야. 마지막 걸 빼면 너희는 특별할 게 없어. 그저 흔한 매춘부일 뿐." 그의 발언에 아이들 여럿이 눈에 띄게 움찔한다.

교수가 손을 뻗어 강아지를 잡듯 레베카의 목덜미를 움켜잡는다. 레베카가 홀쩍이며 얼굴을 든다. 눈 아래 마스카라가 번져 있다. 너무나 헝클어진 모습이 눈을 아프게 찌른다. 너무나 망가진 모습.

이상한 일이다. 레베카가 학교가 용납 못할 선을 넘었다는 건가.

"여러분도 알다시피—" 리앤드라가 서성이며 말한다. 그녀의 하이힐이 마룻바닥을 또각또각 울린다. "우리는 여러분이 트로피가 되길 기대해요. 쓸모없는 쓰레기가 아니라. 투자자들은 모범적인 소녀들을 위해 많은 돈을 지불해요."

펜션트 교수가 히죽 웃으며 팔짱을 낀다. "정조는 소녀들의 필수야." 교수가 말한다. "그게 없으면 이런 행동을 부르게 돼. 남자들은 너희처럼 아름다운 소녀들 앞에서는 자제력을 잃는 법이야." 교수의 목소리가 높아진다. "그러니까 선을 긋는 건 너희에게 달렸어. 미래의 남편을 위해 자신의 순결을 지켜. 그들에겐 그걸 가질 자격이 있어. 그들의 권리야."

나는 실제로 속이 메슥거린다. 내 옆에서 시드니도 불편하게 뒤척인다. 펜션트 교수의 말은 새로울 게 없다. 우리가 항상 배우는 내용의 극단적 버전에 불과하다. 하지만 나는 그것이 틀린 말이라는 걸 안다. 비타민을 끊어서인지 지금의 내게는 이 허튼소리가 더는 전처럼 곱게 들리지 않는다.

리앤드라가 교수의 연설에 요란한 박수로 찬사를 보낸다.

"좋은 대접을 받고 싶어요?" 그녀가 우리에게 묻는다. "그럼 존중받을 소녀답게 처신해요. 이따위 행동은 두 번 다시 용납하지 않습니다. 여기가 창부를 배출하는 데는 아니잖아요." 그녀는 레베카를 노려보더니 레베카의 턱을 잡고 우리 모두가 볼 수 있게 애의 얼굴을 들어올린다.

"너는 나약해." 그녀가 경멸을 담아 말한다. "너는 싫다고 말하지 않았어. 심지어 아무에게도 알리지 않았지." 그녀가 레베카에게 몸을 기울여 속삭인다. "너는 이제 무가치해."

레베카가 참았던 울음을 터뜨리고 흐느끼기 시작한다. 시드니가 내 손을 꽉 쥔다. 너무 세게 쥐어서 손이 아프다. 다른 애가 굴욕을 당하는 모습에 눈물이 따갑게 솟는다. 리앤드라가 몸을 휙 돌려 머리를 꼿꼿이 세우고 방을 성큼성큼 걸어 나간다. 펜션트 교수는 뒤에 남아 고소해한다. 그는 포식동물처럼 야비하게 레베카를 훑는다. 그 애의 나약함이 그의 악의에 기름을 붓는 것 같다.

나는 애너리즈의 표정에서 걱정을 본다. 저들의 굴욕적 언사로부터 레베카를 보호하고 싶은 거다. 하지만 애너리즈는 그러지 못한다. 애너리즈가 얼굴을 숙인다.

나는 앉은자리에서 몸을 돌려 밸런타인을 본다. 밸런타인이 나를 본다. 밸런타인의 눈이 눈물 때문에 유리처럼 반짝인다. 밸런타인이 끄덕인다. 인정한다. 이건 옳지 않아.

갑작스러운 입증이다. 저 애도 내가 보는 걸 본다는 증명. 나는 눈길을 돌린다. 들킬까 봐 무섭다. 우리의 생각들이 뻔히 읽히도록 덩그러니 노출된 느낌이다. 나중에 밸런타인과 말할 기회를 잡아서 내가 레논로즈의 방에서 발견한 시집에 대해 무엇을 얼마나 알고 있는지 물어봐야지.

"점심 맛있게 먹도록." 교수가 말한다. 그는 흐느껴 우는 레베카를 끌어내다시피 데리고 연회장을 나간다.

문이 닫힌 후에도 애들 중 일부는 넋이 나가서 앉아 있다. 브린은 아예 엉엉 운다. 브린을 달래는 마르셀라의 얼굴도 충격에 덮여 있다.

그건 레베카의 잘못이 아니었다. 시드니와 내가 안톤에게 알렸다. 그도 그때는 이해하는 듯했다.

나는 문득 생각한다. 내 잘못일까? 내가 안톤에게 말하지 않았어도 레베카가 벌을 받았을까? 나는 서둘러 그 생각을 밀어내려 애쓴다. 울프 씨를 막는 게 중요했다. 여기는 학교다. 학교의 책임이다. 레베카를 이렇게 취급하는 건 잘못이다.

"미나." 시드니가 서럽게 울먹인다. 나는 몸을 돌려 시드니를 끌어안는다.

우리는 자리를 뜨지 못한다. 이렇게 모두 함께. 하지만 우리는 안다. 어쩔 수 없이 얼굴을 씻고 식당으로 향해야 한다는 것을. 학교가 우리를 못마땅해한다. 우리가 레베카의 행동을 벌충해야 한다.

나는 훌쩍이며 몸을 세우고 시드니에게 보여줄 게 있다고 말한다. 시드니가 손가락으로 눈 밑을 훔친다. 우리는 일어선다. 나는 밸런타인을 찾는다. 밸런타인이 더 많은 정보를 제공할 수 있지 않을까. 하지만 그 애는 이미 가고 없다.

우리는 문으로 향한다. 나는 시집을 가지러 레논로즈의 방으로 달려갈 참이다.

"따끔하게 잘 배웠어?" 사감의 목소리에 나는 연회장을 나서다 깜짝 놀란다. 그는 벽에 기대서서 따분한 표정으로 손톱을 뜯고 있다. 그가 엿듣고 있었다는 사실이 왠지 더 소름끼친다. 내가 표정 관리에 실패한 모양이다.

"잠깐 자리 좀 비켜주겠니, 시드니?" 그가 시드니에게 말한다. 시드니에게 반박의 여지를 주지 않는다. 시드니가 나를 보며 잠시 갈등하다가 내게 식당에서 보자고 말한다. 시드니가 떠나자 사감이 내게 바싹 다가들어 눈을 부라린다.

"날 그렇게 보지 마." 그가 말한다.

"어떻게요?"

"말 하는 게 왜 그따위야?" 그가 내게 묻는다. "여자애들을 소파에 자빠뜨리고 다니는 게 나아?"

나는 그의 상스런 말에 기겁한다. 몸까지 오그라든다. 그는 늘 우리에게 강한 소유욕을 보이며 우리가 다른 남자와 말이라도 나누면 역정을 낸다. 이제 알겠다. 그는 나를 지배하는 또 다른 방법으로 상스러움을 이용하고 있다. 충격요법으로 나를 자기가 원하는 방식으로 행동하게 만든다. 하지만 이번에는 그 방법이 통하지 않을 거다.

문이 열리고 애들이 줄지어 나와 식당으로 향한다.

"그럴 리가요." 내가 사감에서 물러나며 말한다. "그랬으면 벌써 잘렸죠."

그의 얼굴이 험악하게 굳어진다. 내가 말대꾸를 하리라고는 생각지 못했을 거다. 나는 방을 향해 꿋꿋이 걸어간다. 그날 주유소에서 그랬던 것처럼 그가 나를 와락 붙잡지 않기를 바랄 뿐이다. 그에게서 충분히 멀어졌을 때 나는 참았던 숨을 토한다. 난생처음으로 내가 강하다는 느낌이 든다.

16

나는 방에서 세수하고 다시 화장한 다음 식당으로 내려간다. 도착했을 때는 이미 샐러드와 주스가 식탁에 차려져 있다. 나는 늘 앉던 자리로 간다. 반쯤 갔을 때 시드니가 빨리 오라고 속삭인다. 내가 자리에 앉자 시드니가 내 팔을 붙잡고 가까이 끌어당긴다. 그리고 턱으로 앞을 가리킨다.

시드니의 시선을 따라가니 식탁머리에 레베카가 서 있다. 리앤드라가 손수 만져준 듯 머리와 화장이 다시 완벽해져 있다. 그런데 레베카는 자기 주스 컵을 내려다보며 멀뚱히 서 있기만 한다. 다른 애들도 레베카의 상태를 알아챈다. 나직한 수군거림이 식당을 떠돈다.

내 심장이 빠르게 뛰기 시작한다. 그리로 가고 싶지만, 교수들과 사감이 다 있는 앞에서 다시 레베카에게 시선이 쏠리게 하기는 싫다. 레베카는 이미 망신을 당할 만큼 당했다.

그때 레베카가 미묘하게 움직인다. 한 손을 뻗더니 그걸 남의 손인 양 멀뚱히 쳐다본다. 그러다 손끝으로 주스 컵을 밀어서 엎어뜨린다.

쨍그랑 소리와 함께 녹색 액체가 식탁으로 쏟아져 바닥으로 줄줄 흐른다. 몇몇 애들이 꺅 소리를 지르며 뒤로 물러난다. 레베카가 이를 잔뜩 드러내고 얼굴이 찢어져라 함박웃음을 짓는다.

시드니의 손이 내 팔을 꽉 조인다. 우리 주위로 놀란 웅성거림이 퍼진다. 마르셀라가 제일 먼저 레베카에게로 건너간다. 그리고 레베카를 돌려세우며 괜찮냐고 묻는다. 하지만 레베카는 계속 헤벌쭉 웃기만 한다. 그러다 미소가 뒤틀리더니 우거지상으로 변한다.

"레베카." 마르셀라가 아까보다 더 크게 부른다. 정신을 차리게 하려고 애를 마구 흔든다. 소용없다.

레베카가 소리 내어 웃기 시작한다. 찢어지게 높은 소리로 웃어댄다. 사납고 걷잡을 수 없이.

"왜 저래?" 시드니가 놀란 숨을 뱉는다.

레베카가 손바닥으로 얼굴을 마구 문질러 화장을 뭉갠다. 아이섀도가 눈썹 위로 번지고, 립스틱이 뺨을 더럽힌다. 두 손을 머리에 파묻고 미친 듯이 비벼서 머리를 엉망으로 만든다. 몸을 부들부들 떨며 웃어댄다. 보는 사람은 모골이 송연하다.

브린도 마르셀라와 합류해 둘이서 레베카를 진정시키려 애쓴다. 하지만 효과도 보기 전에 보스 사감이 나타난다. 그도 어지간히 낭패스런 얼굴이다. 그가 레베카의 팔을 거칠게 잡아챈다. 주유소에서 나를 잡을 때처럼. 다른 게 있다면 지금은 레베카가 그의 손을 홱 뿌리친다. 그리고 몸을 돌려 그를 마주한다. 그에게 눈을 있는 대로 부라리고 사납게 이를 드러낸다.

"건드리지 마!" 레베카가 그에게 으르렁댄다. "다시는 내 몸에 손대지 마."

나는 교수들을 재빨리 둘러본다. 다들 우려스런 눈으로 지켜본다. 하지만 남자들 중 누구도 개입하려 들지 않는다. 펜션트 교수는 계속 먹기 시작한다.

보스 사감이 덩치를 잔뜩 부풀리고 있는 대로 꼿꼿이 서서 레베카를 짓누르듯 내려다본다. 하지만 레베카는 조금도 물러서지 않는다.

"나는 더 이상 아름답고 싶지 않아." 레베카가 말한다. "날 그냥 내버려둬."

"그래." 보스 사감이 말한다. "하지만 그 전에 안톤에게 가서 말해."

안톤이 언급되자 레베카의 태도에 변화가 생긴다. 레베카가 보스 사감에게서 한 걸음 물러난다. 그 애의 표정에 처음으로 공포의 빛이 스친다.

"싫어요." 레베카가 말한다. "가지 않을래요."

"그래, 귀염둥이." 자신의 겁박이 제대로 먹혔다는 걸 확인한 보스 사감이 다시 레베카를 붙잡으며 경박하게 말한다. "근데 그건 네가 판단할 일이 아니잖아?"

레베카가 보스 사감에게서 벗어나려 용을 쓰지만 사감은 놔주지 않는다. 그가 애를 더 바싹 잡아당긴다. 레베카의 팔이 사감의 가슴팍에 눌려 구부러지고, 사감이 레베카의 귀에 대고 뭐라 속삭인다. 레베카가 소스라친다.

마르셀라가 레베카를 대신해 사감에게 애원하지만, 그는 손을 휘둘러 마르셀라를 묵살한다.

우리 모두가 지켜보는 가운데 레베카가 보스 사감에게 끌려 식당을 나간다. 복도에서 울음소리가 울려 퍼진다. 나는 식탁에 먹먹하게 앉아 있다. 내장이 뒤틀린다. 시드니가 내 옆에서 덜덜 떤다.

고개를 들었을 때 나를 유심히 지켜보는 앨리스터 교수와 눈이 마주친다. 나는 정중하게 웃는다. 그의 우려를 인정해준다. 그리고는 눈을 내리깐다.

다른 애들도 침묵에 빠진다. 우리는 망연자실한 침묵 속에서 점심을 먹는다.

식당 정리 당번인 시드니를 제외한 우리 나머지는 조용한 자기반성을 위해 기숙사로 돌아온다. 다들 당연히 심란하다. 나는 충동억제치료를 받는 레베카를 상상해본다.

더는 아름답고 싶지 않다는 말에 대해 생각한다. 펜션트 교수는 남자들이 아름다운 여자들 앞에서는 자제력을 잃는다고 했다. 그러면서 남자들의 행동을 탓하는 대신 교수는 우리에게 책임을 떠넘겼다. 레베카는 자신이 예쁘지 않으면 남자들이 더는 자기를 괴롭히지 않을 거라고 생각한 거다.

내가 읽은 시가 생각난다. 거기서 남자들이 원한 건 통제였지 아름다운 여자들이 아니었다. 레베카가 어떻게 생겼든 중요한 건 그게 아니라는 생각이 든다. 울프 씨는 소녀 하나를 소유하려 했다. 그가 원한 건 그 위상이었다. 어떤 소녀인지는 중요하지 않았다.

시드니도 없고 하니 밸런타인과 얘기하려면 지금이 좋겠다는 생각이 든다. 나는 복도로 나가 밸런타인의 방으로 건너간다. 그런데 노크를 해도 대답이 없다.

갑자기 혼자라는 느낌이 덮친다. 단지 복도에 혼자 있기 때문은 아니다.

비타민 복용을 멈춘 이후, 내 주변에서 일어나는 일들의 이상함을 감지한 이후 이곳에 정말로 존재하는 사람은 나 혼자뿐인 기분이다. 내 지식은 고립되어 간다. 이것이 밸런타인이 늘 느끼던 기분일까? 이것이 레논로즈가 아카데미를 떠나기 전에 느꼈던 기분일까?

복도 끝의 전화기가 시야에 들어와 또렷해진다. 나는 주머니에 넣어뒀던 종잇조각을 꺼내 전화기로 간다. 잭슨에게 눈과 귀를 열어두겠다고 약속했고, 오늘 본 것만도 엄청나다. 잭슨이 외부자로서 조언할 게 있을지 모른다. 잭슨이 벌써 레논로즈의 번호를 알아냈다면 더 좋고.

이 생각이 내게 작게나마 희망을 준다. 전화기에 다다랐을 때는 미소까지 나온다. 나는 종이에 휘갈겨 쓴 번호를 읽는다. 번호를 웅얼대며 다이얼을 누른다.

긴장감이 끓어오른다. 벨소리가 딸깍 떨어진다. 나는 인사하려 입을 뗀다. 그런데 잭슨의 목소리 대신 삐— 소리가 난다.

"지금 거신 번호는 없는 번호이오니 다시 한 번 확인 후 걸어주시기 바랍니다." 녹음 음성이 말한다.

뭐가 뭔지 모르겠다. 나는 전화를 끊고 숫자를 하나하나 확인해가며 다시 건다. 같은 녹음 음성이 나온다. 나는 수화기를 내려놓는다.

내 마음도 같이 내려앉는다. 잭슨이 번호를 잘못 적은 모양이다.

갑자기 복도를 울리는 웃음소리에 나는 화들짝 놀란다. 눈을 돌려 보니 아이다와 매리언이 내 쪽으로 걸어오고 있다. 아이다가 내게 전화 다 썼냐고 묻고, 나는 그렇다고 말한다.

아이다를 지나 내 방으로 돌아온다. 아까의 음성메시지가 계속 머리에 감돈다. 거기다 녹음 음성이 묘하게 익숙하다. 나는 방에서 시드니를 기다린다.

40분쯤 후에 내 방문에 조용한 노크 소리가 난다.

"들어와." 내가 말한다.

시드니와 애너리즈가 들어온다. 둘이 침대로 와서 내 옆에 앉는다. 애너리즈는 머리끈을 들고 있다. 내게 머리를 땋아주겠다고 한다. 나는 지금은 됐다고 말한다.

"브린이었으면 땋아달라고 했을 텐데." 애너리즈가 어깨를 으쓱하고, 나는 웃는다. 맞는 말이니까.

"마르셀라와 브린은 어디 있어?" 내가 묻는다.

"마르셀라의 방에 있지 않을까?" 시드니가 말한다. "왜?"

"데려와." 내가 말한다. "너희에게 보여줄 게 있어. 중요한 문제야."

시드니가 알겠다고 한다. 그리고 심각함을 감지했는지 부리나케 나간다. 나는 애너리즈에게 곧 돌아오겠다고 말하고 레논로즈의 방으로 간다. 복도에 사감이 없는 걸 확인하고 얼른 들어간다.

잠시지만 가슴이 먹먹하다. 레논로즈가 그리워서. 그 애가 아직도 느껴져서. 이 기분이 어제보다도 더 심하다. 아니면 그저 내 감각이 더 살아났기 때문일까. 나는 침대로 가서 매트리스 밑에 손을 넣는다. 책이 무사히 있는 걸 보고 안도한다. 나는 책을 셔츠 아래에 숨기고 잽싸게 내 방으로 돌아온다.

방에 귀환하니 마르셀라가 나를 수상쩍은 눈으로 살핀다. 나는 문을 잘 닫는다. 문에 잠금장치가 없는 게 한이다. "또 다른 비밀?" 마르셀라가 묻는다. 하지만 농담은 썰렁하게 꺼진다. 이미 엄청나게 참담한 하루였고, 우리 모두 리앤드라와 펜션트 교수의 잔인한 언사에서 아직 헤어나지 못했다.

내가 셔츠 아래서 시집을 꺼내자 마르셀라가 흠칫 놀란다. 시드니는 꺼림칙한 기색을 보이면서도 운동장에서처럼 날카롭게 반응하지는 않는다. 내가 바닥에 앉자 시드니가 내 옆에 앉는다. 나머지도 우리 앞에 둥글게 앉는다.

"이걸 레논로즈의 방에서 발견했어." 내가 말한다. "레논로즈가 오픈하우스 전에 이걸 읽고 있었던 게 아닌가 싶어. 이게 개가 울었던 이유 같아."

"부모님이 돈이 떨어졌기 때문이 아니고? 난 그래서인 줄 알았는데?" 애너리즈가 다른 애들의 반응을 살피며 말한다.

"그게 안톤의 말이었지." 내가 설명한다. "하지만 안톤의 말이 사실이 아닐 수도 있어. 그리고 내가 레논로즈의 방을 살피다가 이걸 발견했어."

나는 책을 꺼내 '날카로운 막대기를 든 소녀들'을 펼친다. 애들에게 보여주기가 겁난다. 나는 심지어 망설인다. 이건 뭐랄까, 너무 급진적이다. 나는 시드니를 본다. 시드니가 책을 달라고 고개를 끄덕인다. 나는 책을 시드니에게 일착으로 건넨다.

"시 제목은 '날카로운 막대기를 든 소녀들'이야." 내가 말한다. 제목을 듣고 마르셀라가 픽 웃는다. 시드니의 눈이 페이지를 훑는 동안 나머지는 조바심내며 기다린다. 나는 시를 읽는 시드니를 지켜본다. 충격에 깜박이는 눈. 다 읽은 시드니는 머리를 얻어맞은 표정이다.

"어디 좀 봐." 애너리즈가 말한다. 시드니가 생각에 잠겨 아무 말 없이 책을 건넨다. 애너리즈가 후딱 읽는다. 나는 애너리즈가 마지막 행에서 미소 짓는 걸 놓치지 않는다. 그 미소가 일순 죄책감으로 바뀌었다가 다시 미소가 된다.

"누가 쓴 시야?" 애너리즈가 내게로 눈을 든다. 두 눈이 흥분으로 반짝인다. 반항의 빛.

"몰라." 내가 대답한다. "레논로즈가 이 시집을 어디서 얻었는지는 몰라. 다만 밸런타인이 준 게 아닐까 해."

브린이 읽기를 마치고 미동 없이 앉아 있다. 입술이 벌어졌고 뺨이 발갛다. 브린이 책을 마르셀라에게 전달한다. "여자애가 쓴 거야." 브린이 말한다. "분명해."

마르셀라가 마지막으로 읽는다. 다 읽고도 페이지를 노려본다. 난 더럭 겁이 난다. 마르셀라는 시가 불쾌한 걸까, 아니면 겁에 질린 걸까. 마르셀라가 눈을 들어 나를 본다.

"이건—" 마르셀라가 입을 연다. "이건 우리 얘기잖아. 우리와 이 학교 얘기. 이건—" 마르셀라는 생각을 맺지 못한다. 다시 페이지를 내려다본다. 마르셀라의 눈에서 눈물이 뚝뚝 떨어진다.

시의 내용이 우리의 삶과 너무나 유사하다. 몰랐으면 모를까, 알고 보니까 그렇다. 우리가 교육받고, 갇혀 있고, 훈련받는 방식. 이제야

우리는 우리에게 일어나는 일들을 보기 시작한다. 아직 완전히 이해한
건 아니다. 하지만 적어도 그동안 우리가— 속아왔다는 느낌이 든다.

가슴에 납덩이가 내려앉는다. 우리 모두 풀이 죽어 고개를 숙인다.
나는 굴욕을 당하던 레베카를 생각한다. 그리고 자기가 아는 유일한
방법으로 거기 맞서 싸우려 하던 레베카를. 그들이 그토록 탐하는 것
을 파괴하는 방법으로. 자신의 아름다움.

"할 말이 더 있어." 내가 잠시 후 말한다. "너희들, 더는 밤에 비타민
을 먹어서는 안 돼."

브린이 의아한 표정을 짓는다. "어째서?" 브린이 묻는다. "그럼 균형
이 깨지잖아."

나는 금요일 밤 이후 비타민을 복용하지 않았다고 말한다. 캡슐 안
에 들어 있는 은색 가루에 대해 말하자 브린이 질색하며 마르셀라의
다리를 잡는다.

"은색 가루가 우리에게 정확히 어떤 작용을 하는지는 잘 몰라." 내
가 말한다. "그런데 약을 끊은 이후 난 더 많이 보게 됐어. 더 많이 이
해하게 됐어. 그 약들이 우리를 통제하는 게 분명해. 어떻게? 그건 아
직 몰라. 하지만 이 학교의 진짜 목적이 뭔지 반드시 알아내야 해."

애들이 시에 감동을 받긴 한 것 같지만 내 추리를 온전히 소화하지
는 못한 것 같다. 그건 다른 문제니까. 애들이 혼란스러워하는 티가
난다.

"일단— 일단 오늘 밤 비타민을 먹는 척만 해." 내가 사정한다. "그
런 다음 내일 기분이 어떤지 보자. 어때?"

"그래." 애너리즈가 여전히 생각에 빠져 있는 얼굴로 말한다. "좋아.
어차피 그 약들을 삼키는 게 고역이었어."

나는 애들에게 잭슨에게 들은 말도 해준다. 타운이 이 학교에 대해 아는 것. 사람들이 이 학교를 몹시 불가사의하게 여기고, 심지어 무시 무시하게 생각한다는 말. 애들이 귀를 세우고 듣는다. 시드니는 간간 이 쇠창살로 시선을 던진다.

꿈에 본 것들도 아직 조각조각 기억난다. 그래서 그것도 얘기한다. 하지만 그건 아마 갑작스런 투약 중단에 따른 부작용일 거라는 데에 우리 모두 동의한다. 나는 금발머리 애너리즈(환영? 또는 기억?)를 본 얘기도 한다. 그러자 애너리즈가 자기의 붉은 머리를 잡고 점검한다. 마치 머리가 순식간에 변한 것처럼.

그때 난데없이 브린이 울음을 터뜨린다.

"그럼 레논로즈는 어떻게 된 거야?" 브린이 묻는다. "대체 무슨 일 이— 어디에 있는 거야?"

"나도 몰라." 내가 비참하게 말한다. "하지만 잭슨이 레논로즈네 번 호를 알아보겠다고 했어. 번호를 알게 되면 우리가 전화해서 잘 있나 확인할 수 있어. 그런데—" 나는 어깨를 으쓱한다. "아까 잭슨에게 전 화해봤는데 전화가 안 걸려. 자기 번호를 잘못 적었나 봐."

"이제 우리 어떻게 해?" 애너리즈가 묻는다.

"각자 부모님께 전화하자." 시드니가 불쑥 말한다.

애너리즈가 숨을 들이마시며 반박하려 입을 열다가 마음을 바꾼다. 부모님에게 전화할 생각을 하니 겁부터 난다. 만약 우리 말을 믿지 않 으면? 믿으면?

우리 말을 듣고도 아무것도 하지 않는다면?

"우리 집은 젬마가 받겠지." 시드니가 말을 잇는다. "그럼 난 엄마를 바꿔달라고 요구할 거야. 그리고 엄마에게 모든 걸 말할 거야. 그럼 엄마가 저녁때까지는 학교에 당도할걸." 시드니가 희망찬 눈으로 미소 짓는다. "우리가 레논로즈를 찾는 일도 당연히 도와주실 거야."

우리는 서로를 번갈아보며 시드니의 말을 숙고한다.

"조심할 필요가 있어." 마르셀라가 경고한다. "무례하게 보여서 좋을 건 없어."

나도 동의한다. 그러다 문득 아카데미가 아직도 내 머릿속을 지배하고 있음을 깨닫는다. 부모가 내게 실망할 거라는 걱정부터 자동으로 든다. 여기서 일어나는 일들이 내 잘못이 아닌데도. 심지어 나는 여기서 정확히 무슨 일이 일어나는지조차 모르는데도.

우리 모두 주저한다. 분석가의 말을 거역하는 것이 두렵다. 우리는 레논로즈를 잊으라는 명령을 받았다.

"내가 제일 먼저 전화할게." 내가 용기를 내서 나선다. "모든 걸 말하기 전에 일단 부모님의 반응을 떠볼게. 그렇게 하면 만약 일이 잘못되더라도 집이 그리워서 투정 부리는 걸로 둘러댈 수 있어. 거기다 나는 이미 비타민을 끊었으니 너희보다 안톤의 규칙에 덜 묶여 있는 셈이야. 부모님이 거짓말하는지 아닌지 나라면 감 잡을 수 있을 거야."

솔직히 자신 없는 소리다. 하지만 다른 애들이 위험을 무릅쓰게 하기는 싫다. 이 계획 때문에 애들 중 한 명이 충동억제치료 선고를 받는 일은 원치 않는다.

우리는 몇 분 더 논의하다가 결국 우리 중 한 명만 시도하는 게 좋다는 결론을 내렸다. 만약에 대비해서. 무슨 만약의 경우? 잘 모르겠다. 아니, 모른다기보다 사람들이 우리를 믿어주지 않을 가능성은 상상하고 싶지 않다.

애들은 내 방에서 기다리고, 나는 전화하러 복도로 나간다. 수화기를 들고 우리 집 번호를 누른다. 심장이 목구멍으로 튀어나올 것 같다. 부모님에게 전화하는 게 이렇게까지 겁날 일은 아니지 않나?

눈을 감고 심호흡하려는 찰나 벨소리가 끊어진다.

"여보세요?" 에바가 받는다. 그녀 목소리에 나는 안심하는 동시에 실망한다. 에바의 자상한 말투는 일종의 포옹 같다. 하지만 궁극적으로 에바는 나를 도울 능력이 없다.

"필로미나예요." 내가 말한다. 에바가 호들갑을 떤다.

"이게 누구야, 정말 반갑다. 어떻게 지내니, 미나? 수업은 어때? 졸업을 향해 착착 나아가는 중?"

"좋아요. 네." 내가 말한다. 목소리에 조바심이 묻어나지 않게 조심한다. "에바, 엄마 좀 바꿔줄래요?"

"방금 나가셨어." 에바가 유감스럽다는 듯 말한다. "할 말은 내가 어머니께 전해줄게."

나는 눈을 감는다. "아뇨, 에바. 엄마와 통화해야 해요. 중요한 문제라서요."

"음?" 에바가 걱정스런 목소리로 답한다. "글쎄, 그렇게 급한 일이면 우리가 즉시 페트로프 씨와 연락을 취하는 게 맞겠다."

"안 돼요!" 내가 냅다 말한다.

"필로미나." 에바가 야단친다. "대체 무슨 일인데 그래?"

"난 단지 부모님과 통화하고 싶을 뿐이에요." 내가 최대한 침착하게 말한다. "학교 문제가 아니에요. 그냥 부모님과 말하고 싶어요."

"글쎄, 유감이구나." 에바가 대꾸한다. 목소리가 퉁명스럽다. "집에 안 계시니 전화를 받으실 수가 없구나. 용건은 내가 전할게."

불현듯 어떤 깨달음이 내 피부를 타고 기어오른다. 뱃속이 내려앉는다. 방금 에바의 말투—. 분명 잭슨의 번호가 없는 번호라고 말하던 녹음 음성과 같은 목소리다. 녹음 음성에는 사투리만 없을 뿐, 똑같은 목소리다.

"에바, 부모님과 통화하고 싶어요." 나는 할 말만 반복한다. "전화 바꿔주세요."

에바가 오래 조용하다. 너무 오래.

"유감이다, 필로미나." 에바가 대답한다. "그건 어려워. 두 분은 바쁘시거든. 네 충동억제치료가 끝나면 그땐 확인하시겠지."

나는 눈을 빠르게 깜빡인다. 방금 뺨을 맞은 것처럼.

"충동억제치료를 받을 예정이 없는데요." 내가 낮은 소리로 말한다.

"그래, 그런데—" 에바가 말한다. "네 말을 들으니 조만간 받을 것 같은데? 네 충동이 널을 뛰는 것 같아서 말이야."

이건 명백한 협박이다. 갑자기 전화기 너머의 배경 소음이 내 의식에 들어온다. 아니, 배경 소음의 부재가. 에바와 통화할 때마다 너무나 조용하다. 집이라면 텔레비전이나 라디오 소리 같은 잡음이 있어야 하지 않나? 책상에서 종이 바스락대는 소리라든지, 밖에서 들려오는 잔디 깎는 기계 소리나 자동차 소리라든지? 그런데 에바의 목소리만 아주 또렷하다. 마치 에바가 빈 방에 혼자 존재하면서 항상 전화만 받는 것처럼. 모든 전화. 심지어 잭슨의 번호로 건 것도.

그동안 에바에게 수많은 전갈을 남겼지만, 이날 이때까지 부모님이 내게 전화한 적은 단 한 번도 없다. 이제 나는 확신한다. 부모님은 내 전갈을 받은 적이 없다. 그럼 에바는 정확히 누구에게 보고하는 걸까? 나는 문득 깨닫는다. 에바는 부모님과 사는 게 아니다.

"죄송해요." 나는 냉큼 상냥하게 말한다. "졸업에 대해 머리가 좀 복잡했는데 아무래도 분석가와 대화하는 게 나을 것 같아요. 조언 감사해요, 에바." 내가 말한다. "내가 조신하게 행동해야 부모님이 걱정할 일이 없다는 걸 다시 깨닫게 됐어요."

"별말을." 에바가 사근사근하게 말한다. "그래도 부모님께 네가 전화했다고 전할까?"

"아뇨." 내가 말한다. "괜히 시간 뺏어서 죄송해요."

"천만에, 괜찮아. 좋은 하루 보내."

"에바도요." 나는 손가락으로 레버를 눌러 전화를 끊으며 다른 손의 수화기를 망연히 내려다본다.

에바는 아카데미 직원인 게 분명하다. 대체 몇 명의 '비서들'이 같은 일을 하고 있을까? 그들이 지금까지 우리를 조종하고 있었단 말인가?

"소용없는 짓이었어." 난데없는 밸런타인의 목소리. 나는 깜짝 놀라 몸을 돌린다. 밸런타인이 자기 방문 밖에 서 있다. 머리에 나비리본을 묶고 흠잡을 데 없는 모습으로.

"뭐가?" 내가 수화기를 도로 후크에 걸며 묻는다.

"그거 외부용 전화 아니야." 밸런타인이 말한다. "그걸로 걸면 이층의 통신실로 연결돼."

나는 혼란스런 머리를 흔든다. "그게 무슨 말이야?"

"**에바**라는 건 없어." 밸런타인이 설명한다. "**스텔라**도, **젬마**도. 이름이 뭐든 그런 건 존재하지 않아. 방금 말했듯, 여기에 외부용 전화란 없어. 내가 확인했어."

우리는 한동안 서로를 바라보기만 한다. 가슴이 두방망이질한다. 더 물어봐야 하는데, 내가 정말로 알아야 할 것을 물어봐야 하는데, 용기가 나지 않는다. 그러다 마침내 나는 밸런타인에게로 한 걸음 옮긴다.

"나, 시집 읽었어." 내가 속삭인다. "비타민 먹는 것도 끊었어." 이 말에 밸런타인이 미소를 짓는다. 가짜 웃음이 아니라, 연습된 미소가 아니라 진짜 미소. 진짜 그 애의 모습.

"드디어." 밸런타인이 말한다. "그래, 기분은 어때?"

"깨어 있는 기분."

밸런타인이 더 크게 미소 짓는다. "좋아."

지난주에 밸런타인은 나를 겁먹게 했다. 뭐랄까, 위협적이었다. 하지만 그건 내가 상황을 명확히 보지 못했기 때문이다. 저 애의 본모습을 보지 못했기 때문에. 하지만 이제는 밸런타인이 이해되기 시작한다. 이제 저 애가 믿어지기 시작한다.

"점심 때 왜 없었어?" 내가 묻는다.

"안톤." 밸런타인이 말한다. "이것저것 물어보더라. 안톤은 이런 변화를 감지하는 데 도사야. 그러니까 그 사람 앞에서는 조심해. 좀 더 기다리는 게 좋아."

이건 내가 듣고 싶었던 대답이 아니다. 내가 기대한 게 정확히 뭐였는지는 나도 정확히 모르지만.

"뭘 기다려?" 내가 묻는다. 내 목소리가 높아진다. 밸런타인이 긴장한 눈길을 사감의 방 쪽으로 던졌다가 나를 단속하듯 쳐다본다.

"다른 애들." 밸런타인이 말한다. "우리가 여기서 벗어나는 유일한 방법은 다 함께 나가는 것뿐이야."

그 순간 내가 그동안 여기를 벗어날 생각은 못했음을 깨닫는다. 했어야 했다. 하지 않은 게 이상하다. 하지만 학교를 탈출한다는 생각을 하니 불현듯 취약한 느낌이 든다. 비바람에 노출된 느낌.

밸런타인이 내 불안을 알아챘다. "그냥 하던 대로 해." 밸런타인이 말한다. "학교가 시키는 대로 해. 떠날 때가 오면 절로 알게 돼."

이 말과 함께 밸런타인은 가버린다. 나만 혼란스럽고 좀 성난 상태로 텅 빈 복도에 남겨진다. 내 방에서 시드니가 머리를 빼꼼 내민다. 애들이 새로운 소식을 기다리고 있다. 나는 불쑥 움직인다. 잽싸게 달려가 시드니의 손을 잡는다.

"와봐." 나는 시드니를 끌고 복도를 내려간다. 시드니가 놀란 눈으로 나를 따라 종종걸음친다.

"어디 가는 건데?" 시드니가 묻는다. "부모님께 전화한 건 어떻게 됐어?"

"통신실로 가자."

시드니가 어리둥절해서 내 말을 반복한다. 나는 전화한 결과와 밸런타인의 말을 전달한다. 시드니의 낙심이 보인다. 시드니는 믿지 못하겠다는 듯 머리를 내젓는다.

"그러니까 확인하러 가보자." 내가 시드니의 불안을 덜어주려 말한다. 밸런타인이 틀렸을 수도 있다.

우리는 이층에 도착한다. 나는 미끄러지듯 벽에 몸을 붙이고 모퉁이 너머를 훔쳐본다. 어떤 교수도 눈에 띄지 않는다. 우리는 서둘러 206호실로 간다. 명칭도 떡하니 있는 방이지만, 안에 들어가 본 적은 한 번도 없다. 들어갈 일이 없었다.

혹시나 해서 손잡이를 돌려본다. 문이 열린다. 지체 없이 안으로 들어간다. 순식간에 나는 온갖 종류의 장비들 사이에 들어왔다. 기계들의 한복판. 딱히 컴퓨터는 아니다. 버튼과 다이얼, 스위치와 불빛으로 뒤덮인 널따란 직사각형 패널들. 종이로 가득한 플라스틱 컨테이너가 달린 전화기가 한 대 있다. **팩스기**라는 딱지가 붙어 있다.

방 자체는 별로 크지 않다. 큼직한 비품창고 정도다. 대걸레와 양동이를 보관하는 주방 근처 벽장과 비슷한데, 다만 전선과 금속의 양이 압도적이다.

나는 여기는 중요한 게 없다는 결론을 내린다. 그런데 몸을 돌리려는 찰나, 맨 끝의 패널이 눈에 들어온다. 그 앞에 팩스가 한 무더기 쌓여 있다. 모두 **읽음**이라는 스탬프가 찍혀 있다.

그 패널에 붙어 있는 라벨들. 심장이 철렁하고 숨이 턱 막힌다.

시드니가 내 반응을 알아채고 방을 후다닥 둘러본다.

"여기 뭐야?" 시드니가 묻는다.

내가 숨을 꿀꺽 삼키며 가리킨다. 장치에 브랜드가 찍혀 있다. 금속 판에 식각으로 새긴 브랜드. **학부모 지원 시스템**. 패널 앞면에는 스위치들이 세로로 죽 달렸고, 각각에 라벨이 붙어 있다. **에바, 젬마, 스텔라, 모건**. 더 많은 이름들이 아래로 죽 이어진다.

"다, 기계였어." 내가 웅얼거린다. "*사람이 아니었어. 기계였어.*"

"그게 무슨 소리야?" 시드니가 묻는다. "그러니까 젬마가 실제로 있지 않다는 거야?"

그때 요란한 삐익 소리가 나고, 우리는 놀라서 서로를 붙들고 화들짝 뛴다. 이어서 긁는 소리와 함께 윙— 소리가 몇 번 이어지더니 종이 한 장이 팩스기 속으로 빨려 들어간다. 우리는 눈이 둥그레져서 본다. 무슨 일인지 알 수 없다. 팩스기가 종이를 다시 뱉어낸다. 종이가 엎어져서 나온다.

우리는 꼼짝하지 않는다. 그러다 시드니가 기계로 다가가 종이를 잡아 뺀다. 종이를 뒤집어서 내용을 읽는다. 시드니의 입술이 벌어진다. 하지만 입술 밖으로 아무 말도 나오지 않는다. 시드니가 내게 종이를 내민다.

나는 종이를 본다. 안톤 앞으로 온 팩스다. **에바**에게서.

팩스

수신: 안톤 스튜어트
발신: 에바
제목: 필로미나 로즈
날짜: 4월 18일
페이지: 1

*긴급 검토용 답신 요망

보고:
필로미나 로즈가 금일 저녁 로즈 부부의 집에 전화하는 동안, 이상 행동 패턴을 보임. 문제점이 뚜렷하지는 않으나 지침에 따라 상황 보고를 위해 메시지를 생성함. 지금 시점에서 조치가 필요해 보이지는 않음.

17

에바와 나눈 모든 대화가 거짓이었다. 에바는 '학부모 지원 시스템'
이라는 컴퓨터였다. 에바는 아카데미 안에 붙박이로 있었다. 매번 내
만족 상태를 물어보더니— 그다음에는? 내 대답을 안톤에게 전달한
거다.

"우리 나가야 해." 시드니가 패널의 이름에서 눈을 떼지 못한 채 말
한다. 그러다 몸을 돌린다. 나도 시드니의 뒤를 따른다. 우리는 불을
끄고 문을 닫는다.

기숙사 층으로 향하는 중에도 어수선한 머릿속이 가라앉지 않는다.
시드니도 아무 말이 없다.

우리는 서둘러 내 방으로 돌아온다. 애들이 침대에 모여 앉아 기다
리고 있다. 우리가 방에 들어서자 브린이 기대하는 눈을 든다.

"부모님과 얘기했어?" 브린이 묻는다. "부모님이 믿어?"

나는 브린을 쳐다만 본다. 갑자기 말문이 막힌다. 시드니가 내 옆으
로 온다. 우리는 눈길을 주고받는다. 애들에게 말해야 한다.

"에바가 받았어." 내가 말한다. "그런데 말이야, 학부모의 비서들은
사람이 아냐." 내가 말한다. "그들은 컴퓨터 시스템의 일부야. 그리고
안톤에게 직접 보고해. 그것도 실시간으로." 시드니가 끄덕이며 애들
에게 사실임을 알린다.

애너리즈가 농담을 들은 것처럼 웃음을 터뜨린다. 그러다 나를 보
면서 표정이 풀어지기 시작한다. "사람이 아니라고?" 애너리즈가 묻는
다. "스텔라가?" 나는 그렇다고 끄덕인다. 애너리즈가 내 대답을 잠시

되씹는다. 애너리즈의 뺨으로 피가 몰린다. 우리는 충격에 싸여 믿기 힘든 사실을 가까스로 삼킨다. 어느 때보다 깊은 고립감. 시드니가 다시 쇠창살을 바라본다.

"밸런타인과도 얘기했어." 내가 말한다.

"그래?" 마르셀라가 말한다. "밸런타인은 방법을 알아?"

"내게 알려준 건 없어. 우리더러 일단은 얌전히 행동하래. 떠날 때가 오면 알게 될 거래."

"떠나?" 브린이 되풀이한다. 혼란스러워한다. 우리가 학교를 나가야 한다는 생각은 못했던 거다. 나도 그랬으니까. 혹시 우리는 그런 선택을 고려하지 못하게 훈련된 걸까?

우리는 한동안 생각에 잠겨 앉아만 있다. 그러다 애너리즈가 벌떡 일어난다. 그리고 시계를 본다. "나 가야 해." 애너리즈가 말한다. "드리스콜 교수와 온실에서 만나기로 했는데, 시간이 5분 지났어."

애너리즈가 재킷을 챙겨들고, 다른 애들도 방으로 돌아가려 일어선다. 우리는 저녁식사 때 다시 뭉치기로 약속한다. 아직은 어떤 계획도 없지만. 우리 모두 생각을 정리할 시간이 필요하다. 더구나 애들에겐 마음을 진정할 시간도 필요하다.

헤어지기 전 시드니가 내 손을 꼭 쥔다. 우리는 각자의 공간으로 흩어진다. 모두 가버리고 나 혼자 남는다.

이 학교에서 내가 얼마나 끈 떨어진 신세인지 알게 됐지만, 이제는 나와 애들이 이해를 같이하기 때문에 전보다 기운이 난다. 합심하면 상황을 헤쳐나갈 수 있다. 나는 창가로 가서 밖을 내다본다. 숲 너머를 보려 노력한다.

잭슨의 질문들이 떠오른다. *너희 부모님은 누구야? 너를 왜 이런 데*

보내?

상황이 상황이다 보니 그 질문들이 더 아프게 다가온다. 내게는 부모님과 연락할 어떠한 방법도 없다. 아니, 있은 적이 없다. 어떤 부모가 이 상태를 용인하지? 대체 부모님이 이 학교에 바라는 게 뭘까?

나는 손을 차가운 창유리에 올린다. 일요일 오후는 자유 시간으로 쓰거나, 경우에 따라 가족이나 후견인의 방문을 받는다. 내게도 그런 일이 한 번 있었다. 엄마가 찾아왔을 때. 나를 이 학교에 내려놓고 간 이후 엄마가 다녀간 건 그때가 유일했다.

"여기 생활은 어떠니, 필로미나?" 리셉션 홀에 마주 앉아서 엄마가 물었다. 내가 학교에 들어온 지 한 달쯤 됐을 때였고, 그때는 별 불만 없었다. 괜찮다고 말했더니 엄마는 *끄*덕이며 내 표정을 살폈다.

이곳을 방문하는 다른 어른들에 비하면 내성적인 편이긴 해도 엄마는 아름다운 사람이다. 그때 엄마는 흰색 터틀넥 스웨터에 딱 떨어지는 흰색 코트를 입고 보석은 전혀 하지 않았다. 흑갈색 긴 생머리가 단정했고, 흑갈색 눈 주위의 화장도 완벽했다. 엄마가 한 손을 내 손에 포갰다. 그런 따뜻한 제스처는 의외였다.

"아카데미에서 즐거운 시간을 보내길 바란다." 엄마가 나를 살펴보며 말했다. "지금이 네 인생에서 중요한 시기야. 모든 것을 기억해. 빠르게 지나가니까."

나는 그러겠다고 *끄*덕였다. 돌이켜 생각하니 엄마와 있을 때 많은 말을 하지는 못했다. 나는 그때 뭐랄까, 안개 속에 있었다. 뭐가 뭔지 모르는 상태. 우리 모두 그랬다. 우리는 새로운 생활 환경과 수업과 감시에 얼떨떨한 상태였다. 그때 나는 매우 순응적이었다. 내가 덜 *나다웠다*. 엄마는 그때 그걸 본 거다. 그래서 엄마의 미간에 걱정스런 주름이 잡혀 있었던 거다.

"우리가 주기적으로 보러 올게." 엄마가 말했다. "그리고 분석가가 매달 우리에게 소식을 전할 거야." 엄마는 흑갈색 눈으로 나를 다시 살펴보다가 일어섰다. 나도 따라 일어섰다.

"네가 성공적이었으면 좋겠다." 엄마가 팔을 뻗어 내 손을 잡고 한 번 꼭 쥐었다 놓았다. 예상보다 좀 더 세게. 그리고 머리를 끄덕여 안녕을 고하고 밖으로 나갔다. 하지만 부모님 두 분 모두 다음 오픈하우스에 불참했다.

부모님은 주기적으로 찾아오지 않았다. 적어도 나를 만난 적은 없다.

어떻게 나를 여기에 버려둘 수 있을까? 아카데미가 무슨 일을 하는지 알고는 있을까? 여기 남자들이 우리를 통제하고, 망신주고, 해코지하는 건 알까? 우리 부모도 **에바**로부터 보고를 받는 걸까?

부모가 나를 사랑하기는 하는 걸까?

나는 창문에서 몸을 돌린다. 상처에서 돌아서듯이. 엄마가 학교에 왔을 때의 기억을 밀어낸다. 엄마가 여기 온 적이 없다고 상상하는 것이 오히려 마음 편하다. 직시하는 것보다는 잊는 것이 더 쉽다.

하지만 여전히 내 마음 한편에서는 분명히 뭔가 착오가 있을 거라고 말한다. 부모가 외동딸을 이런 곳에 버려둘 리 없어. 부모들도 조종당하고 있는 거야. 여기서 일어나는 일을 보여줄 수만 있다면, 증명할 수만 있다면 부모들도 이해할 거야. 우리를 당장 집으로 데려갈 거야.

잠시나마 나는 그렇게 믿기로 한다. 잠시나마 마음에 평화가 온다.

저녁식사 때가 왔다. 레논로즈가 앉던 자리가 여전히 휑하니 비어 있다. 이제 레베카마저 없어서 공간이 하나 더 생겼다. 레베카가 언제쯤 돌아올지 궁금하다. 이제는 충동억제치료가 정확히 어떤 치료인지도 궁금하다.

식사 후에 나는 마르셀라와 남아 주방을 정리한다. 멍하니 나이프를 치우다가 우연히 엉뚱한 서랍을 연다. 서랍 안에 열쇠들이 흩어져 있는 걸 보고 놀라 멈칫한다. 잠시 멀뚱히 본다. 어디 열쇠들일까.

"행주 하나 줄래?" 마르셀라가 부르는 소리에 나는 퍼뜩 생각에서 깨어난다. 나는 행주를 건네고, 마르셀라는 미소로 받는다. 우리가 부모에게도 전화할 수 없는 신세였다는 것, 심지어 그걸 지금까지 모르고 있었다는 사실이 우리를 무겁게 내리누른다.

자러 가기 전에 애들 모두 비타민을 먹지 않기로 약속한다. 우리는 흩어지기가 겁난다. 어느 때보다 취약한 기분이다. 하지만 나는 애들에게 내일은 나아질 거라고 한다.

나는 세수하고 잠옷으로 갈아입는다. 사감이 비타민을 들고 내 방으로 오는 게 겁난다. 나는 물컵을 채우고 사감을 기다린다. 어차피 닥칠 일이다. 연회장 입구에서 말대꾸한 이후로 사감과 말을 섞은 적이 없다. 지금도 내게 화가 나 있을지 의문이다.

마음을 달래기 위해 나는 다시 시에 대해 생각한다. 소녀들이 학교를 장악하고 남자들에게 행동거지를 가르치는 생각.

방문이 벌컥 열린다. 나는 깜짝 놀라 침대에 일어나 앉는다. 보스 사감이다. 그는 내 침대탁자로 뚜벅뚜벅 걸어와 비타민이 든 하얀 컵을 내려놓는다. 나는 공손히 약을 받아먹는다. 아니, 먹는 척한다. 그가 보지 않을 때 얼른 손에 뱉어서 담요 밑에 밀어 넣는다.

내가 물컵을 탁자에 내려놓을 때 사감이 다가와 작고 하얀 알약 하나를 옆에 놓는다. 뭔지 모르겠다. 나는 묻는 눈으로 그를 본다.

"안톤이 보낸 거야." 사감이 말한다. "잠 자는 데 도움이 된다나."

진정제? 심장이 뛰기 시작한다.

"감사하지만 됐어요." 내가 말한다. "괜찮아요—"

"먹으라면 먹어, 미나." 보스 사감이 성마르게 말한다. "오늘 일 때문에 분석가가 푹 자라고 주는 거니까." 그의 표정은 반박의 여지를 주지 않는다. 하지만 나는 잠들고 싶지 않다. 보스 사감이 내 망설임을 간파한다.

"먹어, 아니면 내가 목구멍에 처넣어줄 테니까."

그의 위협은 깔끔하다. 심지어 언성을 높이지도 않는다. 그가 나보다 육체적으로 강한 건 분명한 사실이다. 그는 여차하면 완력을 쓴다는 것도, 그러면 나로선 어쩔 도리가 없다는 것도.

내게는 선택이 없다. 그는 이번에는 한눈팔지 않는다. 나를 바싹 지켜보며 내가 약을 먹기를 기다린다. 이건 단순한 의심이 아니다. 그는 이 상황을 즐기고 있다. 약을 혀 밑에 감출 수도, 뱉을 수도 없다. 나는 삼킨다. 약이 넘어가는 순간 눈을 질끈 감는다. 물컵을 든 손이 벌벌 떨린다.

"안톤은 너한테 참 관대해." 사감이 내게서 물컵을 받아들며 말한다. 무슨 말일까. 나는 그를 본다. 눈으로 무슨 뜻인지 묻는다.

"오늘 네가 나한테 뭐라고 까불었는지 안톤에게 말했지." 사감이 말한다. "네 버르장머리를 고치려면 충동억제치료가 필요하다고 했더니, 거절하더라. 안톤이 널 편애하니 좋겠어."

문득 사감이 너무나 지겨워진다. 그의 끝없는 소유욕, 협박들. 나는 그만 참지 못하고 대꾸한다. "근데 그건 사감이 관여할 바가 아니지 않나요? 사감이 분석가도 아닌데?"

보스 사감이 순간 멈칫했다가 성난 걸음을 한 발짝 내디딘다. 내게 속을 들킨 게 부아가 치민 듯이. "감히 나한테 그 따위로 나불대?" 그가 말한다. "너 따위가 뭔데?"

시의 영향일까? 아니면 비통함? 아니면 그저 명령에 휘둘리는 데 염증이 나서? 어쨌든 나는 침대에 꼿꼿이 앉아 사감을 마주 노려본다. "나는 당신 소유가 아니에요." 내가 말한다. "그러니까 꺼져요."

그가 불끈 주먹을 쥔다. 영화 속 폭력배처럼 내게 주먹을 날릴 태세다. 공포가 나를 번개처럼 관통한다. 하지만 나는 물러서지 않는다. 그런데 사감은 주먹을 휘두르는 대신 졌다는 듯 두 손바닥을 들고 한 걸음 물러선다.

"너 진짜 미친년 다 됐구나, 미나?" 그가 말한다. 그는 내게 푹 자라고 말하고는 방에서 나가며 문을 쾅 닫는다.

그가 사라지자마자 나는 몸을 잔뜩 웅크린다. 폭행당하기 일보직전까지 갔던 충격이 가시지 않는다. 내 용기가 자랑스럽기도 하고 두렵기도 하다. 멍청한 짓이었다. 그런 식으로 대들다니. 하지만 다른 한편으로는 강해진 기분이다.

나는 *강하다*. 주체성의 발로인지 후훗 웃음이 나온다. 또 내가 어떤 것을 통제할 수 있을지 생각하며 방을 둘러본다. 그러다 내 몸에 들어간 진정제가 생각나 소스라친다. 나는 뱉어놓은 비타민을 움켜쥐고 욕실로 달려간다.

하지만 아무것도 나오지 않는다. 분필가루 같은 진정제의 맛만 혀에 맴돌 뿐이다. 이미 늦었다. 다행인 건 적어도 그게 노란색 비타민은 아니었다는 거다. 나는 약을 변기에 버리고 물을 내린 다음 욕실을 나온다.

침대에 앉아 매트리스 밑을 더듬는다. 거기 숨겨둔 시집을 꺼낸다. '날카로운 막대기를 든 소녀들'을 편다. 시를 읽고 또 읽는다. 눈이 무거워지기 시작한다. 진정제의 영향이다. 너무 졸리기 전에 나는 책을 다시 매트리스 밑에 넣는다. 레논로즈가 책을 숨겼던 곳과 같은 곳. 그런 다음 침대에 드러누워 레논로즈를 생각한다. 어디선가 흥미로운 과목들을 배우면서 행복하게 잘 있었으면 좋겠다.

눈꺼풀이 파닥이다가 닫힌다. 나는 좀 더 깨어 있으려 용을 쓴다. 이 시들을 썼을 소녀를 생각해본다. 지금은 어디 있을까. 그 소녀는 누구일까.

그러다 그 소녀를 나로 상상하며 잠든다.

소등시간이 훌쩍 지난 시간. 방문이 다시 열린다. 나는 진정제에 취해 온몸이 잠으로 무겁다. 머리를 돌려 떠지지 않는 눈을 억지로 뜨고 누군지 본다. 순간 나는 소스라치게 놀란다. 보스 사감의 실루엣이 문가에 서 있다.

뱃속에서 공포가 꾸역꾸역 올라온다. 나는 억지로 일어나 앉는다. 머리가 솜으로 꽉 찬 것 같고 팔이 고무처럼 후들거린다. 나는 다시 벌렁 눕는다. 보스 사감이 방으로 들어선다. 정도껏을 모르는 그의 행동이 경악스럽다.

무방비 상태로 내놓인 기분이다. 나는 침대시트를 당겨 몸을 덮으려 용을 쓴다. 그러다가 오히려 몸과 시트가 뒤엉키고 만다. 맨다리가 담요 위에 튀어나와 있다.

사감이 다가와 침대 옆에 선다. 그는 당장은 말이 없다. 그가 나를 뜯어본다. 마치 벌거벗은 몸을 보듯이. 나는 머리를 흔든다. 나를 다시 수면 아래로 끌고 들어가려는 잠을 털어내려 애쓴다.

"기분은 좀 어때, 미나?" 그가 묻는다. 그의 눈이 내 몸을 길게 훑는다.

"나가요." 내가 말한다. 나른함 때문에 목소리가 뭉개진다. 하지만 끔찍한 공포만큼은 너무나 생생하다.

낮게 키득대는 소리가 들린다. 보스 사감의 목구멍이 동굴처럼 울리는 소리. 경악스럽게도 그가 팔을 뻗더니 손등으로 내 허벅지를 쓸어내린다. 내가 몸을 굴려 피하려고 해보지만, 그가 내 다리를 붙잡고 나를 꼼짝 못하게 찍어 누른다. 너무 세게 눌러서 나는 고통에 비명을 지른다. 그가 이를 핥는다.

"다시는 내게 말대꾸하지 마, 필로미나." 그가 내게로 몸을 숙이고 속삭인다. "아니면 다음번엔 정말로 아작내줄 테니까."

그는 그제야 나를 놓는다. 나는 옆으로 웅크리고 흐느끼기 시작한다. 그가 나를 잡았던 곳의 피부가 따끔거린다. 그가 이걸로 끝내지 않을 거라는 생각이 든다. 나는 끔찍한 가능성에 떤다.

"꺼져요." 내가 훌쩍이며 다시 담요로 몸을 덮으려 애를 쓴다. 사감이 손을 내 뺨에 얹고 치우지 않는다. 결국 내가 그의 손에서 얼굴을 돌린다.

"내가 말한 거 명심해." 그는 쐐기를 박듯 말한다. 그리고 방에서 나가며 조용히 문을 닫는다.

나는 의식과 무의식을 오가며 베개에 얼굴을 묻고 운다. 일어날 힘이 없다. 싸울 힘이 없다. 그가 나를 욕보였다. 대놓고. 악의적으로.

내가 앞서 느꼈던 힘은 사라졌다. 그가 노린 것은 어쩌면 이거였다.

사감은 자기가 처벌 없이 경거망동할 수 있다는 것을 매일 증명한다. *지나치게 열성적.* 학교는 그의 행동을 이렇게 설명한다.

우리가 이 규칙들을 바꾸고 말 거야. 나는 필사적으로 생각한다.

그 생각이 약간이나마 위로가 된다. 나는 이 희망을 부여잡고 다시 깊이 침잠한다. 밑으로 빨려든다. 약물의 효과. 트라우마의 손아귀. 잠이 무거운 파도로 나를 덮친다.

그러나 나는 악몽에 시달린다. 폭력적이고, 끔찍하고, 숨 막히는 악몽들.

나는 꿈에서 차가운 방에 있다. 그로거 박사와 안톤이 서서 나를 내려다본다. 나는 진찰대에 누워 있다. 움직일 수도, 말을 할 수도 없다.

"너는 너무나 아름다워." 안톤이 나직이 감탄한다. "차마 놓아줄 수가 없었어."

나는 속으로 안톤에게 놓아달라고 악을 쓴다. 하지만 그는 몸을 숙여 자기 이마를 내 관자놀이에 갖다 댄다. 마치 자신의 사랑에 압도당한 듯이.

"귀환을 환영한다, 필로미나."

잠에서 깬다. 벌떡 일어나 앉다가 당장 후회한다. 머리가 두통으로 빠개질 것 같다. 그 이유를 기억하는 데 얼마간의 시간이 걸린다. 정신이 돌아오며 간밤의 일들이 되살아난다. 진정제. 사감이 내 다리에 손을 댔고, 내 목숨을 위협했다. 그가 나를 미약하게, 무력하게 만들었고, 그걸 이용해 나를 가해했다. 그는 내가 기억하지 못할 거라 생각한 거다. 비타민의 영향으로.

그는 괴물이다. 그는 우리 모두에게 위협이다.

상황이 이런데도 우리가 여기서 빠져나갈 방법을 모르겠다. 심적 고통을 드러냈다가는 안톤이 우리에게 충동억제치료를 시행할 거다.

그런데 문제는 충동억제치료의 기능이다. 충동억제치료라는 게 대체 무엇일까?

혹시 밸런타인이 지난번 치료에서 기억하는 게 없을까? 밸런타인이라면 뭐라도 간파하지 않았을까? 나는 서둘러 침대에서 나와 방문을 살짝 열고 복도를 내다본다. 사감의 방문을 보니 번개처럼 분노가 치민다. 하지만 지금은 거기 집중할 때가 아니다.

여기서 일어나는 일을 입증할 증거를 찾아야 한다.

나는 잽싸게 밸런타인의 방으로 건너가 작게 노크하고 안으로 들어간다. 밸런타인이 아침햇살에 눈을 깜빡이며 일어나 앉다가 나를 보고 놀란다. "미나." 밸런타인이 말한다. "웬일이야? 규칙을 어기지 말라니까."

"충동억제치료가 뭐야?" 내가 묻는다. "너 받은 지 얼마 안 됐잖아. 안톤이 너에게 뭘 했어?"

밸런타인은 잠시 조용히 있다가 흘러내린 머리를 쓸어넘긴다. "기억 안 나." 밸런타인이 안타깝다는 듯이 말한다. "그땐 내가 이성을 잃었어. 게임에서 빈틈을 허용하는 바람에 딱 걸렸지. 충동억제치료 후에 학교가 비타민 복용량을 늘렸어. 이틀이 지나서야 약을 먹으면 안 된다는 게 생각났어. 다시 복용을 멈췄을 때는 기억이 완벽히 지워진 다음이었고."

심장이 내려앉는다. "그러니까 안톤이 뭘 하는지 모른다는 거야?"

"몰라." 밸런타인이 말한다. "그런데—" 밸런타인이 길게 뜸 들인다. 말을 해도 될지 갈등하는 것 같다.

"뭐?" 내가 재촉한다.

"만약 네가 충동억제치료를 받고 나서 비타민을 먹지 않으면, 네가 약을 먹지 않게끔 우리가 다 같이 돕는다면, 그럼 알아낼 수도 있지."

내 입술이 벌어진다. 내가 일부러 충동억제치료를 받으러 간다? 두려운 것을 일부러 당하러? 말도 안 된다. 위험하기까지 하다. 나는 한 걸음 물러선다. 나는 못할 것 같다.

"너는 왜 안 돼?" 내가 묻는다. 밸런타인이 고개를 흔든다.

"또? 방금 받았는데? 미나, 내가 충동억제치료에 또 끌려가면 그땐 살아나오지 못할 거야."

나는 한 걸음 더 물러나며 머리를 흔든다. "아냐." 내가 말한다. "너희 삼촌도 있는데 설마 아카데미가 널 *죽이기야* 하겠어?"

"우리 삼촌은 전혀 신경 안 써." 밸런타인이 잘라 말한다. "사실 진짜 삼촌도 아냐. 그 사람은 그저— 내 학비를 대는 어떤 남자일 뿐이야. 나와 결혼할 작정으로." 밸런타인이 쓰라리게 덧붙인다. "우리 부모는 죽었어. 적어도 안톤 말에 따르면 그래. 더는 부모님 기억도 안 나. 그러니까 나는 그렉에게 알랑방귀를 떨 수밖에 다른 도리가 없어. 적어도 여기서 나갈 때까지는. 그다음엔 내가 원하는 걸 할 거야." 밸런타인은 먼 데로 눈길을 돌린다.

부모를 두 번 다시 볼 수 없다는 건 비참한 일이다. 부모가 나를 사랑하는지 의심하는 내게도 부모를 다시 만난다는 희망은 엄청난 힘을 발휘한다. 그게 아무리 작은 희망이라 해도.

"분석가가 우리를 고칠 수 있는 횟수에도 한계가 있대." 밸런타인이 말을 잇는다. "안톤이 나한테 그러더라. 나는 그 횟수를 소진했고, 만약 또 일이 생기면 그땐 나를 놓아줄 수밖에 없대."

"그럼 너를 집에 보내겠네." 내가 말한다.

밸런타인이 머리를 외로 꼰다. 그걸 정말로 믿느냐고 반문하듯이.

약간의 의심은 있지만, 나는 우리 부모가 통제에 실패하면 학생을 죽여버리는 학교에 딸을 보냈을 거라고는 믿고 싶지 않다.

"그래서 규칙을 지키라는 거야, 미나." 밸런타인이 말한다. "학교는 우리의 복종을 기대해. 우리가 복종을 *원하길* 기대해. 우리는 그들의 기대를 이용해서 그들을 조종해야 해. 무대 뒤에서 무슨 일이 일어나는지 알려면 너도 필요한 연기를 해야 해. 그다음엔 물론—" 밸런타인이 미소 짓는다. "안톤에게 용서를 비는 거야. 더 나은 소녀로 만들어달라고 해. 그 사람은 영웅이 되고 싶어 해."

"그러다 날 죽이면?" 내가 묻는다. 숨이 막힌다. 여전히 믿기지 않지만 그럼에도 무섭다.

"트로피를 죽인다고?" 밸런타인이 묻는다. "천만에. 연기만 실감나게 하면 돼. 어때, 할 수 있을 것 같아?" 밸런타인의 질문에서 진심이 느껴진다.

나는 눈을 내리깐다. 내가 이런 일에 뛰어들 수 있을까? "내가—" 어떻게 대답해야 할지 모르겠다. 나는 다시 눈을 들고 어깨를 으쓱한다. "다른 애들과 의논해야 해."

밸런타인이 끄덕인다. 수용할 만한 대답이라는 듯이. 이해한다는 듯이. 나는 아침 먹을 때 보자고 말하고 밸런타인의 방에서 나온다. 복도에서 잠시 멈춘다.

사감의 방문을 다시 쳐다본다. 어젯밤에 그가 내 방에 온 것을 기억하지 못하는 척해야 한다. 그러지 않으면 내가 비타민을 먹지 않는 걸 학교에 들키고 만다. 기억하지 못하는 척하는 연기나 충동억제치료가 필요한 척하는 연기나 다 같은 연기다.

나는 생각한다. 최선의 작전은 동조다.

18

수업에 갈 복장을 갖춘 뒤 나는 아침을 먹으러 식당으로 향한다. 보스 사감이 이미 복도에 나와 있다.

"다들 서둘러." 외치고 나서 그는 하품한다. "아래층으로 내려가. 배고파 뒤지겠다." 그가 내게 시선을 던진다. 나는 미소로 답한다. 이 일이 이렇게 쉬울 줄이야. 놀라울 정도다. 마치 유체이탈 같다. 표면 아래의 진짜 감정들로부터 떨어져나온 느낌. 배우처럼. 말하자면.

애들에게 대놓고 물어볼 수는 없다. 하지만 시드니가 복도 건너편에서 나를 보는 눈빛에서 감을 잡는다. 시드니가 다소 혼란스런 눈빛으로 사방을 살핀다. 어젯밤 비타민을 먹지 않은 거다.

우리가 나눌 얘기가 너무나 많아졌다.

식탁 위의 아침은 이번에도 아무런 가미도 하지 않은 오트밀이다. 나는 오트밀 앞에 앉으며 깨닫는다. 이 식단은 단지 영양의 문제만은 아니다. 우리가 맛 좋은 음식을 원하는 건 방종이라는 메시지다.

나는 교수진 식탁을 건너다본다. 교수들이 접시에 스크램블드 에그를 바리바리 담고 그 위에 소금과 후추를 넉넉히 뿌리는 것을 지켜본다. 다 먹지 못할 만큼 쌓아올린 베이컨. 나중에 쓰레기통으로 던져질 게 뻔하다.

"오늘 기분이 달라." 시드니가 옆에 와서 앉으며 말한다. 그리고 자기 오트밀 그릇을 내려다본다. "잠에서 깨는 순간 기분이 달랐어."

"나는 *화난* 기분이야." 애너리즈가 말한다. 모두의 시선이 애너리즈로 향한다. 브린이 목소리를 낮추라고 한다. 사감이나 교수들이 들으면 곤란하다. 하지만 애너리즈는 반항적으로 턱을 치켜든다. "상관 안 해." 애너리즈가 말한다. "화나."

놀라운 발언이다. 화가 난다는 말. 교수들이 우리가 화낼 수 있다는 것을 알까? 알면 즉각 충동억제치료에 넣으려나?

식당 문이 열린다. 놀랍게도 레베카가 들어온다. 레베카가 벌써 돌아왔다는 건 충동억제치료를 짧게 받았다는 뜻이다. 레베카가 연신 생글거리는 얼굴로 식탁에 와서 아이다 옆에 앉는다. 앉자마자 스푼을 집어서 오트밀을 한 입 떠먹는다.

"괜찮아?" 아이다가 묻는 소리가 들린다. 레베카가 고개를 까딱한다. 왜 묻는지 잘 모르겠다는 듯이.

"응." 레베카가 결국 대답한다. "안톤에게 속성 치료를 받았어. 그리고 안톤에게 대응기제들도 처방받았어. 나는 이제 백 프로야." 레베카가 생긋 웃는다. "안톤이 엄청 뿌듯해했어."

239

아이다가 미간을 찌푸린다. 그러다 이내 다행이라는 듯 끄덕인다. 아이다도 계속해서 먹는다. 하지만 아이다가 슬그머니 몸을 움직여 레베카와 좀 떨어져 앉는 게 보인다.

반면 나는 레베카에게서 눈을 떼지 않는다. 레베카에게 생긴 변화를 낱낱이 포착하려 노력한다. 만약 계획을 감행할 경우 내게 생길 일을 미리 파악해둘 필요가 있다.

만약 내가 저 꼴이 되면? 복종과 비인식의 상태. 나는 끔찍한 가능성들을 생각하며 숨을 꿀꺽 삼킨다. 그때 그림자가 진다 싶더니 밸런타인이 우리에게 와서 앉는다. 레논로즈가 앉던 자리에. 시드니가 멈칫할 뿐, 다른 데 앉으라고는 하지 않는다.

"현장학습 전에 해야 돼." 밸런타인은 들키지 않으려고 입을 최대한 작게 움직이며 숨죽여 말한다. 공포가 밀려든다. 뱃속이 조여오고 털 끝이 곤두선다.

"그게 언젠데?" 내가 묻는다.

밸런타인이 눈을 들어 나를 본다. 밸런타인의 갈색 눈이 빛을 받아 반짝인다. 평소처럼 흠잡을 데 없는 얼굴이다. "수요일." 밸런타인이 말한다. "레빈 교수가 말하는 걸 들었어. 영화관에 가나 봐. 그게 어디든—" 밸런타인은 우리 말을 듣는 교직원은 없는지 주위를 확인한다. "그날 우리는 학교 밖으로 나가. 우리에게 가능성이 생겼어. 하지만 상대방의 정체를 제대로 알지 못하면 일이 훨씬 어려워져."

"그게 다 무슨 소리야?" 시드니가 밸런타인과 나를 번갈아 보며 묻는다. "무슨 말이야? 뭘 하겠다는 건데?"

시드니는 이미 좌불안석이다. 이제부터 내가 하는 얘기를 들으면 기절초풍할 수도 있다.

내가 일부러 충동억제치료를 받는 계획. 다른 선택지들도 따져봤다. 애들과 함께 그냥 도망칠 수도 있다. 하지만 그게 될까? 부모들이 우리를 다시 돌려보내지 말란 법도 없다. 그런데 집으로 가지 않는다면 어디로 간단 말인가?

잭슨이 말했다. 이 아카데미 관계자들은 막강한 남자들이라고. 그건 또 무슨 뜻일까?

그게 다가 아니다. 학교에서 도망치는 것만 문제가 아니다.

레논로즈는 어디 있을까? 학교는 그 애에게 무슨 짓을 한 걸까? 만약—?

나는 생각을 멈춘다. 레논로즈에게 뭐라도 끔찍한 일이 일어났을 거란 상상은 하지 않기로 한다. 그런 생각이 머리에 떠오르는 것조차 막아야 한다.

우리에겐 지식이 필요하다. 우리는 늘 지식을 갈망한다. 이번이 내가 해답을 얻을 기회다. 설령 위험이 따른다 해도. 이건 단지 내 문제만이 아니다. 우리의 문제다. 여자애들의 문제다.

나는 식탁 위로 몸을 숙이며 애들에게도 똑같이 하라고 손짓한다. 나는 애들에게 최대한 빠르고 조용하게 일부러 충동억제치료를 받겠다는 계획을 알린다. 충동억제치료를 시행하는 방은 따로 있다. 그건 이미 안다. 치료 후에 깨어나면 다른 방이었으니까. 따라서 내가 안톤과 그 방에 있는 동안 애들은 안톤의 집무실에서 자료를 찾으면 된다. 학교와 투자자들에 대한 정보. 그리고 내가 치료받고 돌아오면 애들이 내가 비타민을 복용하지 않게 막아야 한다. 나는 애들에게 아이디어를 낸다. 내가 치료를 받고 왔을 때 내게 시집을 보여주면 내가 투쟁의 이유를 기억해낼 거라고.

"학교가 우리에게 하는 일이 뭔지 알아내자." 내가 말한다. "그 이유도. 원상태로 돌릴 방법도. 학교가 치료 기억을 삭제하게 두면 안 돼." 내가 말한다. 그 가능성에 눈물이 솟는다. "내 고생이 헛고생이 되지 않게 해줘."

"알았어." 마르셀라가 내 손을 잡으며 다짐한다. 밸런타인이 이걸로 다 결정됐다는 듯 씩 웃는다. 하지만 시드니가 옆에서 훌쩍인다. 나는 시드니를 보며 울지 말라고 한다.

"네가 위험을 무릅쓰게 할 순 없어." 시드니가 말한다. "만약 학교가 정말 그런 일들을 저지르는 데라면? 미나, 나는—"

"일이 좀 있었어." 내가 속삭인다. 처음에는 애들에게는 말하지 않으려 했다. 애들에게 충격을 주고 싶지 않았다. 하지만 비밀이 더 위험할 수 있다. 더구나 이런 일을 숨기면 다른 애들이 그의 다음번 희생물이 될 수 있다.

"보스 사감이 어젯밤 내 방에 들어왔어." 내가 들릴락 말락 한 소리로 말한다.

애들이 중요한 말이 더 남았음을 직감하며 나를 바라본다. 나는 잠시 기다린다. 모의하는 티가 나지 않게 우리 사이에 한동안 침묵이 흐르게 둔다. 그런 다음 애들에게 사감이 내게 약을 먹이고 내 다리를 만지고 내게 죽이겠다고 협박한 얘기를 한다.

마르셀라의 얼굴이 빨개진다. 식탁 아래로 애너리즈가 브린의 팔을 잡는 게 보인다. 우리는 반응할 수 없다. 그러다 들킨다. 우리의 분노를 눌러 참는다.

"학교가 다른 애들을 해치는 걸 막을 수 있다면, 보스를 막을 수 있다면—" 나는 애들 각각과 눈을 맞춘다. "충분히 가치 있는 일이야."

순간이 흐른다. 우리 모두 서로를 본다. 그리고 일제히 눈을 돌려 식탁 끝에 얌전히 앉아 있는 레베카를 본다. 맛도 없는 오트밀을 먹는 모습이 저렇게 상냥하고 싹싹해 보일 수가 없다.

레베카는 규칙을 따르고 있다.

❖

나는 선택지들을 검토한다. 나는 이걸 해낼 수 있다. 지금쯤 비타민이 내 체내에서 완전히 빠져나갔을 테니 더는 약이 내 판단력을 흐릴 일도 없다. 진정제 때문에 잠이 들기는 했어도 그에 따른 지속적 영향은 없는 것 같다.

나는 침대에 앉아서 손바닥을 펴고 지난번 숲에 나갔을 때 생긴 작은 상처를 본다. 생각에 잠겨 상처를 어루만진다.

충동억제치료를 받으려면 안톤에게 곧장 가면 된다. 하지만 안톤을 납득시키는 게 만만치 않을 거다. 그는 내 연기를 간파할 거다. 충동억제치료에 그저 *자원*할 수는 없다. 뜬금없이 나서는 건 의심을 산다. 나를 고발할 교수가 필요하다. 안톤에게 내 문제적 행실을 간접적으로 알려줄 사람.

나의 막된 행동을 남에게 전해 듣는 것과 직접 보는 것은 다르다. 안톤이 일탈을 직접 목격했다가는 내게 더 강한 조치를 취할 수도 있다. 내가 영영 돌아오지 못할 종류의 조치.

이노베이션스 아카데미 남자들의 머리 위에 있어야 한다. 그들의 약점을 노려야 한다. 그들의 허점들.

시계를 보니 펜션트 교수의 겸양과 정숙 시간이다. 펜션트 교수는 쉬운 타깃이다. 그는 이미 우리를 있는 대로 경멸하니까. 호시탐탐 우리를 벌줄 기회를 노리니까. 나중에 안톤에게 불려가면 교수가 뭐랄까 지나치게 열성적이었다고 말해야지.

나는 심호흡으로 마음을 가다듬고 교과서를 챙겨든다. 복도에서 다른 애들을 만난다. 밸런타인도 우리와 함께 걷는다. 우리는 교실로 향한다.

애너리즈가 가장 먼저 겸양과 정숙 교실로 들어간다. 애너리즈는 펜션트 교수를 지나칠 때 붉은 머리를 어깨 너머로 훌렁 넘긴다. 교수는 말은 하지 않지만 책상에 앉는 애너리즈를 끝까지 노려본다. 나는 그의 포식동물 같은 눈초리를 놓치지 않는다. 그걸 본 브린이 턱을 앙다무는 것도 놓치지 않는다. 전에는 우리가 이렇게 반응한 적이 없다. 이제 우리의 눈이 열렸다.

그때 레베카가 도착한다. 레베카가 교실에 들어설 때 공책이 손에서 미끄러져 떨어진다. 레베카가 거듭 사과한다.

"괜찮아." 내가 공책을 주워주며 말한다. 나는 격려 차원에서 미소를 보낸다. 레베카가 고맙다고 한다. 그런데 레베카의 눈에 전에는 없던 공허함이 들어 있다.

"저런, 필로미나." 펜션트 교수가 부른다. 심장이 철렁한다.

레베카가 허둥지둥 자기 자리로 간다. 그러나 나는 교수에게로 돌아선다. "안녕하세요, 교수님." 내가 말한다.

교수가 뾰족한 이를 드러내며 히죽 웃는다. 그의 시선이 훌쩍 레베카를 향한다.

"다음부터는 친구 선택에 신중을 기하길 바란다." 교수가 말은 내게 하면서 레베카를 책망한다. "굳이 저런 종자들과 어울릴 필요는 없지."

레베카가 당황해서 고개를 숙인다. 한눈에도 교수는 레베카를 용서할 마음이 전혀 없다. 레베카가 잘못한 게 하나도 없는데도. 내 분노를 일부러 드러내 보이는 일이 걱정했던 것보다 쉬울 것 같다.

펜션트 교수는 레베카에게서 눈을 떼지 않는다. 어디 한 번 말대꾸를 해보라고 으르듯이. 레베카가 그러지 못할 걸 뻔히 알면서. 자기 통제 하에 있는 약자에 대한 힘의 과시. 그의 시선이 레베카를 머리부터 발끝까지 훑는다. 그가 소리 나게 씩씩댄다.

"저는 애들 모두와 친해요, 교수님." 내가 상냥하게 말한다. 그리고 내 자리에 가서 앉는다. 내 뒷자리에서 애너리즈가 펜을 잘근잘근 씹는다. 내 의자 아래에서 애너리즈의 발이 초조하게 깐닥거린다.

"좋은 일이지." 펜션트 교수가 내게 말한다. "하지만 여자는 자기 평판을 지켜야 하는 법이야. 주위에 누굴 뒀는지가 그 사람의 가치를 말하거든."

"네, 그렇죠." 내가 웅얼거린다. 아침식사 때 그가 다른 교수들과 앉아 있던 것을 생각한다.

"너희 모두 이번 일을 교훈으로 삼아." 펜션트 교수가 일갈한다. "너희는 더도 덜도 말고 딱 하라는 대로만 행동하면 돼. 너희는 의견을 가질 필요가 없어. 너희에게 뭐가 좋은지는 우리가 말해준다. 불복종은 어느 경우도 용납되지 않아." 그가 덧붙인다. "기억해, 너희가 여기 있는 한 너희는 우리 소관이야."

교수가 이쯤이면 주장을 관철했다는 듯 끄덕거리며 칠판을 향해 돌아선다. 그는 마커 펜의 뚜껑을 열고 현장학습의 규칙을 적기 시작한다.

애들이 풀이 죽는다. 교수에게는 우리가 누구의 소관인지 왈가왈부

할 권리가 없다. 그는 그런 말을 할 자격이 없다. 그가 하는 말의 대부분이 주제넘은 말들이다.

반항심이 나를 너무 강하게 덮쳐서 까무러칠 지경이다. 나는 불끈 손을 든다. "펜션트 교수님?" 내가 부른다.

교수가 어깨 너머로 돌아본다. 짜증난 표정이다. 자기 딴에는 할 말 다했다고 생각하기 때문에 더 불쾌할 거다.

"그래, 필로미나." 그가 대답한다.

"레논로즈는 어디 있어요?" 내가 묻는다. 질문은 단순명료하다. 질문 어디에도 그가 방금 경고한 불복종에 해당하는 건 없다. 그런데도 교수의 표정이 흔들린다. 아이들의 시선이 내게 모이는 게 느껴진다.

"그건 네가 상관할 일이 아니야." 펜션트 교수가 몸을 완전히 돌리며 대답한다. "그 애는 더 이상 아카데미의 학생이 아니니까."

"하지만 제 친구인걸요." 내가 말한다. "저는 레논로즈가 어디 있는지 알고 싶어요." 이번에도 나는 노여움을 눌러 참는다. 불복종 항목에 해당하는 것들은 피해야 한다.

"안톤이 레논로즈는 부모가 데려갔다고 하지 않았나? 더는 거론 금지." 교수는 다시 칠판으로 돌아서서 마커를 더 꾹꾹 눌러 쓴다. 글자들이 어둡게 뭉개진다.

"레논로즈에게 전화해서 잘 있는지 확인하고 싶어요." 내가 계속 말한다. 교수가 홱 돌아선다. 교수의 번개 같은 동작에 나는 실제로 움찔 놀란다. 애너리즈의 다리가 깐닥대기를 멈춘다.

펜션트 교수가 마커를 내려놓고 내 방향으로 몇 걸음 걸어온다. "그 애에 대해 묻는 이유가 뭐지?" 교수가 힐난한다. 그가 교실을 휘둘러본다. 그가 다른 애들도 전처럼 복종적인 분위기가 아니라는 걸 눈치챌까 봐 불안하다. 나는 자리에서 일어선다. 교수의 시선을 내게 잡아둬야 한다.

"말씀드렸다시피, 교수님!" 내가 말한다. "레논로즈는 제 친구니까요. 그리고 제 생각에는—"

"*생각?*" 교수가 사악하게 따라한다. "너는 여기 생각하라고 있는 게 아냐, 필로미나. 너는 여기에—"

"위크스 씨는 제 의견에 신경 쓰시던데요." 내가 그의 말을 자른다. 윈스턴 위크스를 언급한 건 즉흥적 판단이었다. 일종의 속짐작. 내 짐작이 맞았다. 위크스를 거론하자 그가 발끈한다.

"윈스턴 위크스는 아카데미의 교수가 아냐!" 그가 버럭 고함친다. 그의 입술에서 침이 튄다. "그 사람은 너에 대한 권리가 없어!"

나는 고개를 갸우뚱한다. 일부러 못 알아듣는다. "위크스 씨는 아카데미에서 존경을 한 몸에 받는 분으로 알고 있는데요. 무엇보다 이번 현장학습을 지시한 분이잖아요. 제 건의에 따라서요." 내가 덧붙인다.

교수의 입이 늘어나 조롱이 된다. "그러게. 그 남자에게 대체 어떻게 했길래 그런 예쁨을 받는 거지?"

"질투하세요?" 내가 발끈해서 묻는다.

교수가 전광석화처럼 움직여 내 뺨을 후려갈기고, 나는 책상에 엎어진다. 눈앞이 하얗다. 나도 모르게 눈물이 고인다. 나는 교수를 언짢게 한 것을 사과하는 대신 몸을 돌려 다시 그와 대면한다. 최대한 꼿꼿이 선다.

"나는 교수님 소관이 아니에요." 내가 말한다. 내 목소리에 나도 통제할 수 없는 칼날이 선다. "그리고 아카데미의 소관도 아니에요." 나는 책상을 옆으로 밀어버리고 그에게 더 바싹 다가선다. 그가 맹수처럼 으르렁거린다.

"나는 우리 부모님이 낸 돈으로 여기 있는 거라고요." 나는 목청을 높인다. "나를 훈육할 권리는 그분들에게 있어요. 교수님이나 사감이 아니라요. 다시는 내게 손대지 말아요." 내 안에서 댐이 터진 것 같다. 나는 펜션트 교수에게만 말하고 있지 않다. 아카데미의 남자들 모두에게 말하고 있다. "다시는 내게 손대지 말라고!" 내가 악을 쓴다. 팔에서 잔털이 일어선다. "당신은 재미로 어린 여자애들을 괴롭히는 한낱 한심한 남자에 불과해. 무슨 일이 있어도 당신이 해고당하게 해주겠어!"

되받아치는 기분이 나쁘지 않다. 언성을 높여 할 말을 하니 후련하다. 웃음이 나온다. 사납고 걷잡을 수 없는 기분. 해방감. 맞은 뺨이 얼얼하지만, 오히려 그 고통이 내게 박차를 가한다. 교수의 표정을 보아하니 나를 또 때릴 태세다.

그때 교실 문이 열리고 보스 사감이 들어온다.

"무슨 일입니까?" 사감이 묻는다. "누가 소리치는 거죠?"

펜션트 교수가 이를 드러내고 가슴을 들썩인다. 그가 사감에게 나를 교실에서 끌어내라고 지시한다.

"안톤에게 데려가요." 교수가 분노에 차서 말한다. "안톤에게 전해요. 이 애가 충동억제치료를 받기 전까지는 내 교실에 돌아오지 못한다고."

보스 사감이 내게 다가올 때 나는 본능적으로 움츠린다. 그런데 내 팔을 잡는 사감의 표정에 당혹감이 스친다. 나는 순순히 그를 따라 교실을 나간다. 나가면서 애너리즈와 눈빛을 교환한다. 작전 개시를 알린다.

다만 내가 돌아오지 못할 다리를 건넌 게 아니기를 바랄 뿐이다.

19

복도를 걸으며 보스 사감이 나를 곁눈으로 노려본다. "이게 무슨 짓거리냐?" 그가 묻는다. 그는 여전히 내 팔을 붙들고 있다. 그의 손가락이 내 살을 아프게 짓누른다. 나는 대꾸하지 않는다. 내가 안톤 앞에서 하게 될 말에 모순될지 모를 어떤 말도 하고 싶지 않다. 내 침묵이 사감을 더 초조하게 만든 모양이다.

"너, 나를 제대로 짜증나게 하고 있어, 필로미나." 그가 내 팔을 더세게 움켜잡는다. 나는 아파서 찡그리면서도 안간힘을 다해 침묵을 지킨다. 모퉁이 하나만 더 돌면 안톤의 집무실이다. 일단 거기까지만 가자—

그런데 사감이 나를 홱 당겨 멈춰 세운다. 나를 빙글 돌려 자기를 마주보게 한다. 그가 내 눈을 들여다보고 내 기색을 샅샅이 살핀다. 어젯밤 그가 내 방에 들어왔던 기억을 막아야 한다. 완전히 차단해서 내 표정에 드러나는 것을 막아야 한다.

이상한 점을 발견하지 못하자 사감의 어깨에서 긴장이 풀어지는 게보인다. 내가 안톤에게 어젯밤 소행을 이를까 봐 겁이 났던 거다. 내가 위협이 안 된다는 결론을 내렸는지 내 팔을 놓아준다. 대신 내 등에 손을 올리고 앞으로 민다. 우리는 묵묵히 남은 거리를 걷는다.

우리가 노크를 하기도 전에 안톤이 문을 연다. 표정이 어둡고 안색이 창백하다.

"필로미나." 안톤이 즉시 내게로 팔을 뻗으며 말한다. "무슨 일이야?" 그가 나를 안으로 들이고, 보스 사감에게는 아무것도 묻지 않고 가보라고 한 다음 문을 닫는다.

안톤이 내게 책상 맞은편 의자를 가리키고, 자기도 책상 의자에 앉는다. "앉아, 필로미나." 그가 말한다. "연락받았어. 힘든 아침을 보냈다고?"

드디어 이곳에 들어왔다. 이제부터 벌어질 일들— 무슨 일이 벌어질지 모른다는 사실에 더럭 겁이 난다. 나는 방을 둘러본다. 내가 여전히 나인 상태로 여기를 나갈 수 있을까. 무섭다. 숨이 가빠진다. 내 심경 변화가 훤히 보였나 보다.

안톤이 유리컵을 책상에 놓고, 책상에 있던 뚜껑 달린 피처에서 물을 따른다. "여기." 안톤이 컵을 내 앞에 놓는다.

그는 책상의 중간서랍에서 약병을 꺼내 캡슐 하나를 흔들어 뺀다. 그리고 약을 물컵 옆에 놓는다. "먹어." 그가 말한다. "편안하게 해줄 거야."

"저 편안해요." 하지만 목소리가 신음처럼 나온다. 사감이 붙잡았던 팔이 쑤신다. 나는 잡혔던 부위를 문지른다. 안톤이 빙긋 웃으며 약을 향해 끄덕인다.

"더 편안하게 해줄 거야." 그가 고쳐 말한다. "그래야 말하기 편해져. 어서."

내게 선택권이 있을까? 없다는 생각에 눈물이 찔끔 난다. 많이 알아내려면 게임을 해야 한다. 밸런타인이라면 그렇게 조언하지 않겠어? 날카로운 막대기를 든 소녀들이라면 그렇게 하지 않겠어? 답을 찾는 것.

너무나 두렵다.

나는 주춤주춤 약을 집어 물과 함께 삼킨다. 손이 덜덜 떨려 물이 턱을 타고 흐른다.

"아주 잘했어, 미나." 안톤이 책상에 팔꿈치를 올린다. "아주 좋아. 그럼 이제 우리, 말을 해볼까. 나눌 얘기가 많을 것 같은데."

나는 끄덕인다. 목구멍 한 구석이 멍멍하다. 약을 삼킬 때 코팅이 벗겨져 나와 거기 붙은 것처럼. 나는 의자 팔걸이를 움켜잡고 신경이 안정되길 기다린다.

"수업 중에 돌발행동을 했다지? 솔직히 타이밍이 이상하긴 하구나. 졸업이 4개월 남았는데, 이번에는 뭐가 그런 행동을 촉발했을까? 첫 짐작으로는 레논로즈가 갑작스럽게 학교를 떠난 일 때문인 듯한데, 내 짐작이 맞니?" 내 대답이 궁금한 눈치다.

가슴이 울렁인다. 긴장이 풀어지는 느낌. 약 기운이 퍼지는 모양이다. 호흡도 느려진다. 아직 격앙된 상태지만 기분이 가라앉고 있다. 대답을 하려하는데 목이 마르다. 말을 시작했다가 목이 꺽꺽 막혀서 물을 한 모금 마시고 다시 시작한다. 안톤이 참을성 있게 기다린다.

"레논로즈는 어떻게 됐어요?" 내가 묻는다.

"내가 말했잖니— 그 애 부모가 더는 학비를 댈 수 없어서—"

"정말은 어떻게 된 거예요?" 내가 묻는다. 경계심이 낮아진다. 마음속 말들이 나온다. "구두도 챙기지 못했던데요." 문득 어떤 생각이 떠올라 겁이 난다. "사감이 걔한테 무슨 짓을 했나요?"

안톤이 웃는다. "뭐?" 그가 반문한다. "아니, 당연히 아니야. 왜 그런 생각을 하지?"

나는 그에게서 거짓말의 기색을 찾는다. 하지만 그는 내 질문에 정말로 놀란 듯하다.

"사감은 전에도 우리에게 폭력을 쓴 적이 있어요." 내가 말한다. "그로거 박사님 말로는 레논로즈가 사라지기 전에 사감과 함께 있었대요. 선생님이 제게 한 말씀과 다르잖아요."

안톤이 말한다. "우선, 레논로즈는 *사라진* 게 아니야. 분명히 말하는데, 그 애는 자기 자유의사로 아카데미에서 걸어 나갔어. 보스 사감은, 그 사람 방식에 우려스런 면이 없진 않지만, 절대 너희를 해칠 사람은 아냐."

"나를 해쳤어요."

"복구가 안 될 정도로는 아니지." 안톤이 지적한다. "그래, 분명히 말할게. 사감은 레논로즈를 죽이지 않았어. 그게 네가 묻는 거라면 말이야." 안톤이 나를 훑어본다. "그런 거야?" 그가 묻는다. "네 돌발행동이 레논로즈 때문이었니? 다른 건 없고?"

팔다리가 뻐근하게 무거워진다. 혀도 얼얼하다. 나는 다시 물을 마신다. "아카데미에서 무슨 일이 벌어지는지 알고 싶어요." 내가 말한다. 말을 자제할 수 없다.

"참 재미있단 말이지." 그가 나를 뜯어본다. "너는 늘 궁금한 게 많았어. 왜? 부당한 대우를 받는 기분이야?" 그가 묻는다. "사감한테, 그리고 교수들한테? 어쩌면 나한테도? 날 항상 믿는 거 아니었어?"

"그래요." 내가 말한다. 목에서 쇳소리가 난다. "못 믿어요, 안톤. 레논로즈가 어디 있는지도 말해주지 않잖아요."

"너한테 그런 정보를 알 권리가 있다고 생각해?" 그가 말한다. 나를 떠보는 것 같다. "너는 지금 버릇없는 어린애처럼 굴고 있어. 레논로즈는 퇴학당했어. 그럼— 너는?" 그가 묻는다. "너는 분노장애? 친구가 살해당했다는 얘기나 지어내는?"

나는 눈을 가늘게 뜬다. 나를 조종하려는 그의 의도가 빤히 보인다. 나를 과잉반응으로 몰고 있다.

"레논로즈만이 아니에요." 내가 말한다. "레베카는 걔네 변호사에게 괴롭힘을 당하고 있었는데 학교는 오히려 레베카를 벌줬죠. 당신은 내가 말한 정보를 이용해서 오히려 걔에게 해를 입혔어요. 당신을 용서할 수 없어요, 안톤. 용서 못 해요."

"그래, 유감스럽게 됐다." 그가 인정한다. "하지만 어떤 건 내 결정권 밖에 있어, 미나. 그로거 박사도 발언권이 있어. 페트로프 씨도 마찬가지고."

"그럼 우리를 그냥 집으로 보내지 그래요?" 내가 묻는다. "어째서 우리에게 충동억제치료를 행하는 거죠? 그냥 부모에게 돌려보내면 되잖아요?"

"어느 부모가 하자 있는 딸을 원하겠어?" 그가 어이없다는 듯 되묻는다. "우리 고객들은 완벽을 기대해. 특히 너의 경우는 우리가 그걸 달성했다고 생각했거든."

그의 말이 내게 잔인하게 꽂힌다. 실망의 가면을 쓴 기망이다.

"우리에게 무슨 짓을 하는 거죠?" 내가 묻는다. "무슨 이유로?"

안톤이 의자에 기대앉아 손가락으로 자기 입술을 톡톡 치며 뭔가를 숙고한다. "기분이 어때?" 그가 묻는다.

"화나요." 내가 말한다. "겁나요. 당연하지 않아요?" 대꾸하다가 그의 질문의 진짜 의미를 깨닫는다. 약 기운이 나를 무섭게 덮친다. 나른함이 밀려온다. 눈꺼풀이 파닥인다. 편안하게 해주는 약이 아니다. 내게 진정제를 먹인 거다. 어젯밤 사감이 내게 먹였던 약.

나는 눈을 깜박여 눈물을 삼킨다. "안톤." 내가 애원의 입을 연다. 하지만 그는 입술을 오므리고 코를 찡긋한다.

"무슨 말을 하려는지 알아." 그가 말한다. "네가 전에 받은 충동억제 치료들을 기억하지 못하는 것도 알아. 매번 너는 억제치료는 필요 없다고 우기는 걸로 시작해. 나아질 거라면서. 앞으로는 복종하겠다면서. 그러면 매번 나는 너의 반항 행동의 뿌리를 뽑기 전에 네가 이 방을 나가는 일은 없다고 말하지. 너의 우선순위를 조정해야 한다고."

나는 그의 말에 경악한다. 날 경악시키려고 일부러 하는 말 같다. 그의 말에 따르면 나는 이 자리에 여러 번 왔다. 딱 한 번이 아니라. 하지만 나는 내 행동이 그가 조정할 수 있는 한낱 패턴이라고 믿기를 거부한다.

"난 복종하지 않을 거예요." 내가 턱을 치켜들고 말한다. 이 말을 할 때 아드레날린의 분출을 느낀다. "더 나아질 일도 없어요."

그의 입이 떡 벌어진다. 그가 나를 넋 놓고 본다. 나는 반항적인 자세를 유지한다. 비록 두 다리는 너무 노곤해 이 방에서 나가는 건 틀렸지만 입까지 굳은 건 아니다. 나는 할 말을 한다.

"왜 내가 충동억제치료를 기억하지 못하는 거죠?" 내가 따져 묻는다.

"우리가 치료 세션들을 지우니까." 그가 말한다. "그리고 물론 이번 것도 지울 거고."

"내 부모님이 당신이 내 머리에 하는 짓을 아나요?" 내가 묻는다.

"자세한 내용은 모르지. 우리 학부모와 후원자들은 결과지향주의자들이야. 자세한 과정에는 관심 없어."

"내가 말할 거예요." 내가 협박한다. 말이 어눌하게 나온다.

"말한다 해도 바뀌는 건 없어." 그가 말한다. "자, 이제—" 그가 시계를 확인한다. 시작해볼까. 오늘 다른 세션도 잡혀 있어서 말이야. 레베카에 대한 후속 조치." 그가 명랑하게 말한다. "레베카 치료 결과 어때, 훌륭하지 않아?"

"로봇 같던데요." 내가 말한다.

안톤이 웃는다. "맞아. 좀 극단적이었지만 그 애 부모는 열광하더라고. 딸이 퇴학당할까 봐 노심초사했거든."

안톤이 책상을 빙 돌아 나와 내 앞에 선다. 나는 의자에 늘어져 있다. 몸을 일으킬 수가 없다. 그가 두렵다. 전에는 한 번도 느껴보지 못한 감정. 속상하거나 실망한 적은 있었어도 두려웠던 적은 없다. 특히 안톤이 두려웠던 적은.

"미안해." 그가 갑자기 말한다. 진심처럼 들린다. 그가 몸을 굽혀 나를 포옹한다. 그의 콜론 향이 내 코를 가득 채운다. 나는 몸을 뒤로 뺀다. "지금 당장은 무섭겠지." 그가 내 귀에 대고 속삭인다. "하지만 내 일이면 모든 게 나아질 거야."

눈꺼풀이 너무나 무겁다. 눈이 스르륵 닫힌다. 나는 눈을 뜨려 안간힘을 쓴다. 누구라도 들어와서 이걸 막아줬으면 좋겠다. 그를 막았으면. 하지만 아무도 오지 않는다. 다른 애들은 우리가 처한 위험을 제대로 모른다.

안톤이 몸을 펴고 선다. 손을 뻗어 내 머리를 다정하게 귀 뒤로 넘겨준다. 한번 씩 웃더니 책상으로 가서 무전기를 집어 든다.

"보스 사감." 그가 나를 굽어보며 말한다. "치료실 준비해요."

책상 위에서 작은 추가 앞뒤로 흔들리며 리드미컬하게 똑딱거린다. 나를 안정시키는 용도인 모양인데, 오히려 거슬린다. 물이 똑똑 듣는, 잊고 싶은 수도꼭지가 있는 것 같다. 그 옆에는 흰색 수건으로 덮어둔 금속 트레이와 녹색 주스를 가득 담은 유리컵이 있다.

충동억제치료실은 짙은 붉은색 벽과 콘크리트 바닥의 창문 없는 방이다. 아카데미 어딘가의 지하실로 생각된다. 집기라고는 철제 책상, 바퀴달린 스툴, 지금 내가 누워 있는 안락의자뿐이다. 나는 꿈틀대며 깨어난다. 진정제 약효가 가시는 모양이다.

의자의 금속 팔걸이에 구속 장치들이 달려 있다. 어차피 몸을 가누지 못하는 상태라 묶을 필요가 없다. 팔을 들기조차 힘들다. 안톤이 스툴을 밀고와 내 앞에 앉는다.

나는 마른침을 삼킨다. 표백제 냄새가 코를 찌른다. 이 방에서 무슨 일이 있었는지 기억이 나지 않는다. 그것이 무서운 부분이다. 뭔가가 완전히 잊힐 수 있다는 것. 그런데도 동시에 피폐한 기분이 되는 것.

지난번 충동억제치료를 받았을 때 두통과 상심이 며칠이나 계속됐고, 나는 이유조차 알지 못했다. 나는 전에 몇 번이나 그렇게 기억을 잃었던 걸까.

안톤이 녹색 주스 컵을 집어서 내게 한 입 마시라고 한다.

"이 치료는 좀 아플 수 있어." 그가 설명한다. "이게 편안하게 줄 거야."

"아까 약을 줄 때도 그랬죠."

그가 얼굴을 찡그린다. "맞아, 미안하다. 아까는 내가 좀 정직하지 못했어. 하지만 분명히 말하는데, 의식이 없는 상태에서 치료받는 게 너에게도 편해." 그가 주스를 가리킨다. "이건, 너를 더 순응적으로 만들어줄 거야."

그가 컵을 내 입술에 가져다댄다. 나는 컵을 밀치려고 양손을 휘젓는다. 하지만 팔다리가 무겁고 어설퍼서 안톤이 쉽게 내 저항을 막아낸다. 그가 주스를 든다. 액체가 내 윗입술에 철벅 떨어진다. 그가 내게 얼른 마시라고 고갯짓한다.

나는 한 모금 삼킨다. 맛이 끔찍하다. 안톤이 씩 웃는다. 그가 컵을 다시 책상에 내려놓고 나를 향해 돌아선다.

"교실에서 왜 버릇없이 굴었지?" 그가 대뜸 묻는다.

"레논로즈의 소식을 알고 싶어서요." 내가 말한다. 나는 이실직고하지 않는다. 안톤이 우리 계획을 아는 걸 원치 않는다. 나는 계획의 기억 자체를 밀어낸다. 나도 기억을 지울 수 있다고 믿어본다. 다른 애들도 연루돼 있는 걸 안톤이 알아서는 안 된다.

"교실에서 왜 난동을 부렸지?" 안톤이 더 크게 반복한다. 그가 스툴을 바싹 당겨 앉는다. 무슨 말을 하려는 듯이 한 손을 내 무릎 위에 얹는다. 내 피부에 닿는 그의 손바닥이 뜨끈하다. 나는 움찔한다. 그가 잠깐 멈춘다.

"방금 무슨 생각을 했지?" 그가 묻는다. 자기 손을 힐끔 내려다보고는 손을 치운다.

"손을 뿌리치고 싶다는 생각." 내가 그를 올려다보며 자백한다. 그가 웃는다.

"좋아." 그가 대답한다. "이제야 정직한 말이 나오는군."

문득 묘한 익숙함이 느껴진다. 옛날에 배운 안무가 몸에 남는 것처럼, 나의 일부가 아직 이 치료를 기억하고 있다.

"너는 우리가 널 만지는 걸 싫어해, 그렇지, 미나?" 그가 일어나 책상으로 가며 묻는다.

"그래요." 내가 말한다.

"하지만 넌 그냥 내버려두잖아. 왜지?"

이 질문이 나를 세게 때린다. 죄책감과 역겨움이 동시에 올라온다. 학대와 지탄을 한꺼번에 받는 기분이다.

"뿌리치는 건 무례한 짓이니까요." 내가 말한다. "그리고 상대를 노엽게 할까 봐. 나를 못마땅해할까 봐."

"훌륭해." 그가 뿌듯하게 말한다. "네 입장에서 탁월한 추정이야. 사회규범을 익히는 건 중요해."

"내가 싫어하는 걸 알면서—" 내가 말한다. "어째서 계속 나를 만지는 거죠?" 내 질문이 그를 놀라게 한 것 같다.

"우리는 애정 표현을 하는 것뿐이야." 그가 당황스럽다는 듯이 말한다. "그건 칭찬이야. 너는 아름다운 소녀야, 필로미나. 받아들일 줄 알아야지."

그의 대답이 맘에 들지 않는다. 그걸 내 표정에서 읽었는지 그가 한숨을 쉬더니 다시 주스 컵을 들고 와서 한 입 더 마시라고 한다. 내가 거부하거나 말거나 컵을 내 입술에 들이대고 기울여서 액체가 입에 들어가게 한다.

안톤이 계속 컵으로 내 입술을 누른다. 녹색 주스가 내 턱을 따라 흘러내린다. 그러자 그가 내 코를 쥐어서 숨을 막는다. 그를 밀어내려 해도 몸에 힘이 없다. 나는 어느 때보다 미약하다.

눈물이 차오른다. 나는 결국 입을 벌리고 꿀꺽 삼킨다. 그가 내 숨통만 열어주고 컵은 내가 다 마실 때까지 떼지 않는다. 눈물이 내 뺨을 적시고, 뱃속에서 구토가 올라온다.

안톤이 빈 컵을 책상에 놓고 재킷에서 손수건을 꺼내 내 얼굴을 닦는다. 그리고 아무렇지 않게 다시 말을 시작한다. 하지만 나는 눈물이 멈추지 않는다. 능욕당한 기분이다. 끔찍하다.

"너뿐만이 아냐." 안톤이 말한다. 그가 금속 트레이를 덮었던 흰색 수건을 치운다. 그의 몸이 가리고 있어서 쟁반에 무슨 기구들이 있는지는 보이지 않는다.

"너희 그룹 전체가 비슷해." 그가 말을 잇는다. "제1기 애들은 충동 억제 문제가 거의 없었는데 말이야. 그 애들은 정말 순종적이었어. 다만 애들이 너무—" 그가 맞는 단어를 찾느라 입술을 꾹 다문다. "맹탕이어서 탈이었지." 그가 말을 맺는다. "그래서 졸업시킨 애가 몇 안 돼."

"그래서 이번에는 아카데미가 애들을 뽑을 때, 선발기준을 바꿨지." 그가 내게로 몸을 돌려 책상에 기대선다. "그거 알아? 너희는 아카데미 역사상 가장 야무진 애들이야. 다들 카리스마 있는 데다 맘만 먹으면 아주 재기발랄해. 호기심도 많고. 그건 아카데미가 투자자들에게 약속한 재색 겸비 이상의 특성이지. 그런데 그런 특성들은 통제가 될 때에만 자질이 될 수 있거든."

나는 깨닫는다. 이제는 다리를 아예 움직일 수가 없다. 팔도 움직여지지 않는다.

"내 걱정이 뭐냐면 말이지, 미나," 안톤이 말한다. "우리가 통제를 잃은 걸 어떻게 감지해 내느냐. 이게 백지장 차이거든. 너희는 정말이지 나를 힘들게 해." 그가 키득키득 웃는다. 마치 그와 내가 같은 작당인 것처럼.

작당. 그게 맞을지도 몰라. 내가 이 치료를 받을 때마다 그는 내게

이 말을 했을 테니. 나는 의자 손잡이를 잡으려 용을 쓴다. 일어서고 싶다. 도망치고 싶다. 하지만 그럴 수가 없다.

더는 말도 할 수가 없다.

안톤이 나를 한참 지켜보다가 머리를 끄덕인다. "주스에 마취 성분이 있어." 그가 아무렇지 않게 말한다. "우리 온실에서 기르는 거야. 불편한 거 알아." 그가 자기 관자놀이를 톡톡 두드린다. "여기가 잔뜩 따끔거릴 거야. 하지만 괜찮아져." 그가 내게 다가와 의자 뒤로 간다. 비로소 책상 위의 기구들이 눈에 들어온다. 다시 눈물이 솟는다. 눈물이 뺨으로 떨어진다.

몇 가지 기구가 있다. 그중에서도 가장 위협적인 건 길고 뾰족한 철침이다. 아니, 철침 정도가 아니다. 거의 얼음 깨는 송곳에 가깝다.

의자가 벌컥 움직인다. 내가 말을 할 수 있다면 깜짝 놀라 비명을 내질렀을 거다. 안톤이 의자 등받이를 계속 낮춰서 나를 눕힌다. 머리 위의 전등이 내 눈을 똑바로 비춘다. 두 발이 의자 밖으로 늘어지고 구두가 대롱거린다. 움직이지는 못해도 모든 걸 느낄 수 있다는 것을, 소름끼치는 공포와 함께 깨닫는다. 안톤이 내 머리를 뒤로 넘긴다. 그 손길도 생생히 느껴진다. 그의 뜨끈한 손가락이 내 뺨을 지나 눈썹 위로 움직인다. 그가 내 왼쪽 눈 둘레를 아프게 꾹꾹 누른다.

하지만 나는 아프다는 말조차 할 수 없다. 그에게 어떤 말도 할 수 없다.

"결국 짐작에 의지할 수밖에 없더라고." 그가 말한다. 자기 한계를 인정한다. "우리가 약물로 할 수 있는 일이란 게 다소 제한적이야. 아무리 전문적이어도 말이지."

더는 내게 말하는 것 같지도 않다. 그는 그저 떠들어댈 뿐이다. "실수하지 않는 인간이 어디 있어, 안 그래?" 그가 말을 멈추고 나를 내려다보며 빙긋 웃는다. "우린 결국 인간일 뿐이야, 안 그래?"

그가 내 옆을 떠난다. 나는 내 머리를 겨눈 강한 불빛만 올려다보며 꼼짝없이 누워 있다. 도움이 필요해. 오지 않는 도움. 나를 한 번도 구해준 적 없는 도움. 대체 몇 번이었을까? 나는 이걸 대체 몇 번이나 겪었던 걸까? 안톤이 다시 나타난다. 이번에는 다른 안경을 끼고 있다. 돋보기 렌즈를 따로 붙인 안경. 돋보기 때문에 그의 눈이 왕방울만 하다. 그가 내 머리맡에 서서 내 위로 몸을 굽힌다. 뒤집어진 그의 모습이 내 시야를 덮는다. 그가 씩 웃으며 얼음송곳처럼 뾰족한 기구를 치켜든다.

"이제, 내가 이걸 네 눈 뒤로 삽입할 거야, 미나." 그가 태연하게 말한다.

나는 내적으로 비명을 지르며 발버둥 친다. 필사적으로 저항한다. 하지만 이 의자에 놓인 내 몸은 꼼짝도 않는다.

"그런 다음 내가 몇 가지 질문을 할 거야." 안톤이 말한다. 장갑 낀 손가락이 내려와 내 왼쪽 눈을 넓게 벌린다. 눈꺼풀을 잡아당겨 눈을 활짝 연다. "네 대답에 근거해서 내가 미세 조정에 들어갈 거야." 그가 송곳을 내 눈에 들이대다가 잠깐 멈추고 나를 본다. "그냥 잠깐 따끔할 뿐이야." 그가 목소리에 동정하는 투를 묻혀서 덧붙인다.

제발, 안 돼. 제발!

눈꺼풀 안쪽에 뭔가 차가운 게 닿는가 싶더니 곧이어 상상해보지 못한 끔찍한 압통이 닥친다. 큰 망치가 머리를 때리고 칼이 내 뼈로 들어오는 충격. 그런데 그 고통 뒤에 뭐라 형언할 수 없는 불쾌감이 따른다. 송곳이 내 신경조직을 조종하는 기괴함. 더는 왼쪽 눈이 보이

261

지 않는다. 오른쪽 눈으로, 금속 기구를 잡고 비트는 안톤의 푸른 장갑이 보인다. 그가 작은 전선을 꺼내 송곳으로 만든 틈으로 집어넣는다. 무엇에 연결하는 전선인지 알 수가 없다.

참기 어려운 고통이 이어진다. 너무 아파서 차라리 죽고 싶다. 그렇게 생각하는 순간 안톤의 손이 멈춘다. 송곳은 여전히 내 눈 뒤에 박혀 있다. 얼굴에 얹혀 있는 전선이 차갑다.

"흥미롭구나." 그가 말한다. "그런 생각들은 금물인데 말이야, 미나. 자기보호에 위배돼."

그가 잠깐 멈춘 사이에, 나는 그에게 하지 말라고 악을 쓴다. 무슨 조화인지 몰라도 그가 내 생각을 들을 수 있다는 걸 알았다. 하지만 소용없다. 작은 망치를 든 그의 다른 손이 눈에 들어온다.

"개인적인 의견으로는—" 그가 불쑥 말한다. "다른 애들에 대한 애착이 부른 결과 같아. 너희끼리 정보를 공유하다 보면 관리가 미흡한 경우 불만이 퍼질 수 있어. 내가 격리를 권고했더니 페트로프 씨는 그게 네 사교성에 악영향을 미칠 거라고 걱정했어. 약물요법으로 할 수 있는 일에도 제약이 있거든. 내가 모든 연결을 막을 수는 없어." 그가 한숨 짓는다. 그리고 몸을 굽히고 내 왼쪽 눈을 자세히 들여다본다.

"그래, 귀염둥이." 그가 말한다. 내가 칭얼대기라도 한 듯이. "조금만 참아." 그가 망치로 송곳 끝을 가볍게 두드린다.

쟁강. 고통의 폭발. 나는 내적으로 비명을 지른다. 외적으로는 전기충격에 반응해 모든 근육이 일제히 긴장한다.

쟁강. 경련. 뼈가 타는 고통. 나는 안톤에게 멈추라고 애원한다. 이 고통을 멈춰줘. 그만해—

쟁강. 그러자 갑자기, 기적처럼, 모든 고통이 일시에 사라진다. 변화가 너무 급격하고 너무 즉각적이어서 나는 처음에는 어리벙벙하다. 얼마 후에야 내가 아무것도 느끼지 못한다는 것을 깨닫는다. 내 몸조차 느껴지지 않는다. 송곳도, 전선도 느껴지지 않는다. 내 생각들이 자유롭게 떠다닌다. 황홀하고 동시에 무섭다.

안톤이 망치를 송곳에서 떼고 내 왼편의 뭔가를 살피더니 나를 내려다보며 씩 웃는다. "나아졌어?" 그가 내 대답을 기다리듯 묻는다. 그리고 나를 보다가 끄덕인다. "좋아."

안톤은 송곳을 제거하지 않는다. 오히려 송곳을 빙빙 돌린다. 가끔씩 뭔가가 갈리는 소리가 난다. 불안하기는 해도 아프지는 않다. 오히려 새롭게 안정감이 든다. 설명할 수 없는 허심탄회함. 나는 그의 말에 매달린다.

송곳이 수직으로 서 있다. 안톤이 스툴을 끌고 내 뒤로 가서 앉는다. 이제 내게는 그의 정수리만 보인다. 나는 더는 신경 쓰지 않는다. 그에 대해서도 나에 대해서도. 나는 공중을 떠돈다. 그러다 송곳이 작게 요동치고, 나는 다시 내 몸으로 돌아온다. 완전히 마비된 상태로.

"이제 문제가 뭔지 알아볼까." 그가 웅얼거린다. 잠시 후 그가 질문을 시작한다.

"이 학교에 대한 첫 기억은 뭐지, 필로미나?" 안톤이 묻는다. 그의 목소리는 가깝지만 말투는 멀다. 직업적이고 연습된 말투. 나는 내가 기억하는 첫 번째 장면을 떠올린다.

그로거 박사가 나를 데리고 계단을 오르며 이곳이 내 맘에 들 거라고 말했다. 나는 사방을 둘러보며 실내 장식에 놀라면서도 이렇게 생각했다. 더 따뜻한 분위기면 좋을 텐데. 학교는 춥고 외롭게 느껴졌다. 그건 너무 깊어서 심장에 구멍이 뻥 뚫린 것 같은 외로움이었다. 채

워질 수 없는 공허함. 일종의— 허무함. 헛됨.

적어도 다른 애들을 보기 전까지는 그랬다. 제일 처음 본 애는 물론 시드니였다. 리셉션 홀을 가로질러 우리의 시선이 만났고, 시드니가 내게 미소를 보냈다. 아름답고 진심어린 미소. 다음에는 마르셀라와 애너리즈를 보았다. 우리 모두 서로를 쳐다보며 안심했다. 우리는 그 즉시 서로를 사랑하게 됐다.

그때까지만 해도 몇 명이 모일지 알지 못했다. 브린과 레논로즈를 비롯한 다른 애들은 아직 도착하기 전이었다.

처음에는 그렇게 우리 넷뿐이었다. 그 순간부터 나는 더는 외롭지 않았다. 내겐 친구들이 있었다. 우리는 서로를 발견했다. 그리고 절대 헤어지지 않기로 결심했다.

"너는 그 애들을 이미 알고 있었어." 안톤이 말한다. "기억 못했을 뿐이야. 그 애들도 너만큼 여기 오래 있었어, 미나. 그래서 그런지 너희 는 유대감이 남달라. 심지어 상호의존적이기까지 해."

그건 상호의존성이 아니었다. 우리는 서로를 필요로 했다. 지금도 그렇다. 다른 사람은 누구도 우리가 겪은 것을 이해해지 못한다. 함께 하면 우리는 강하다. 철창에 갇힌 꽃밭에서 꽃들은 뿌리를 공유한다.

안톤이 콧소리를 낸다. 뼈를 긁는 느낌이 난다.

"그럼 부모님은 어때? 부모님에 대해서는 뭐가 기억나지?"

엄마가 학교에 찾아왔던 기억이 가장 먼저 떠오른다. 엄마의 냉담 함. 그보다 전으로 거슬러 올라가려 하는데 연결들이 끊어진다. 생각 이 뒤틀리고 녹아내린다. 답답하다.

"아하." 안톤이 말한다. "이게 문제인 것 같군." 그가 뒤로 손을 뻗어 다른 기구를 집는다. 전선을 옆으로 살짝 치워놓고 얼음송곳 옆에다 주사기를 삽입한다. 주사기에 은색 가루가 들어 있다. 그는 가루를 밀어 넣은 후 알아듣지 못할 말을 웅얼대다가 아까의 질문을 반복한다.

"부모에 대해서는 뭐가 기억나지?" 그가 묻는다.

부모님이 우리 집 현관에 서 있는 게 보인다. 자전거를 타고 집 앞 진입로를 뱅뱅 도는 나를 웃으며 바라본다. 엄마가 손을 흔든다. 아빠가 한 팔을 엄마 어깨에 두르고 자랑스럽게 웃는다. 다음에는 우리 셋이 다이닝룸 식탁에 앉아서 샐러드를 먹으며 웃음꽃을 피운다. 우리 셋이 함께. 언제나. 기억들이 밀려든다. 매번 더 행복한 기억으로 이어진다. 그림이 완벽하게 맞춰지기 시작한다.

그런데 행복한 이미지들에도 불구하고 또 다른 감정이 든다. 이 감정은 다른 곳에서 온다. 내 심장에서 온다. 묻고 싶은 질문들이 있다. 하지만 참는다. 그걸 생각하기가 두렵다.

그래서 아예 생각 자체를 멈추려 노력한다. 내 심박동수를 낮추려 애쓴다. 내 반응을 누른다.

"됐다." 안톤이 주사기를 제거한다. "훨씬 낫다. 이제, 네가 저번 현장학습 때 만난 남자애 얘기를 해볼까? 남자애 이름이 뭐였지?"

기억이 안 나요. 나는 생각한다. 나는 머리를 깨끗이 비운다. 생각을 하나로 모은다. *기억이 안 나요.*

"좋아. 하지만 궁금하구나. 그 남자애가 좋았니, 미나?" 안톤이 묻는다. "그 남자애한테— 반한 거야?"

머리를 비웠는데도 뭔가가 전달된 게 틀림없다. 안톤이 콧바람을 흥 뺄더니 송곳을 아까보다 조금 더 난폭하게 돌린다. 고통을 느낄 수 없어서 다행이다.

"음." 안톤이 말한다. "충분히 예상 가능한 일이었어. 넌 항상 열정

적인 애였으니까, 미나. 학업에 있어서도, 다른 애들에 대해서도. 그건
계속 주시하면서 계도할 필요가 있겠어."

안톤이 송곳은 그대로 꽂아두고 전선은 제거한다.

"필로미나." 그가 말한다. 목소리가 깊어졌다. "지금 내가 하는 말을
명심하기 바란다." 그가 송곳을 약간 돌린다. "레논로즈는 떠날 때가
돼서 떠난 거야. 너는 레논로즈의 일을 기뻐해. 너는 불만 없어."

나는 그의 말에 토 달거나 의심을 품지 않는다. 그의 말을 *명심한
다.* 그렇게 맘먹으려 애쓴다. 하지만 그 생각이 맘에 붙지를 않는다.
진심을 들키게 생겼다. 그런데 안톤이 문제 삼지 않는다. 나는 그가
치료의 다음 단계로 넘어갔음을 알아차린다. 이제 그는 내가 무슨 생
각을 하는지 알지 못하는 거다.

"명심해." 그가 반복한다. "오직 너의 교육만이 중요해. 아카데미는
너를 위한 최선만을 추구해. 그걸 달성하려면 너는 우리에게 복종해야
해. 행동거지가 반듯한 소녀들만이 가치 있는 소녀들이야. 명심해." 그
가 또 말한다. 세뇌에 필요한 명령어. 클릭 버튼. "아카데미는—."

하지만 이제는 안톤의 목소리 너머가 들린다. 책상 위의 추가 똑딱
이는 소리가 들린다. 내 심장이 박동하는 소리도 들린다. 머리 위의 전
등이 윙윙대는 소리도 들린다.

주의 깊게 들으면 나는 모든 것을 들을 수 있다.

안톤이 거짓말하는 것도,

두 층 떨어진 곳의 애들 소리도,

온실의 꽃들 소리도 들을 수 있다.

그리고 나는 저 꽃들이 무슨 말을 하는지, 어떤 비명을 지르는지도
안다. 너무 강하게 알아서 그게 내 유일한 생각이 된다.

깨어나, 필로미나. 이제 깨어나.

그리고 잠시나마 뭐가 진실인지도 깨닫는다. 궁극적 진실. 그것이 해방과 공포를 동시에 준다. 이제 모두 맞아떨어진다. 나를 목적의식으로 채운다.

"너는 한낱 여자애일 뿐이야." 안톤이 말을 잇는다. 수백 번 해본 것처럼 읊는다. 각각의 문장에 송곳 비틀기로 강세를 넣는다. 내 머리 안의 시계태엽을 감는 것처럼.

"너는 시키는 대로 한다." 그가 읊조린다. "너를 보호하기 위한 조치들에 감사한다. 권위에 의문을 제기하지 않는다. 몇 달 후 학교와 부모가 너의 미래에 대해 내리는 결정에 무조건 따른다. 너의 미래는 우리가 결정해. 너는 거기에 신경 쓸 필요 없어." 그가 말을 멈추고 허리를 굽힌다. 그의 얼굴이 보인다.

"너는 아름다운 장미야, 필로미나." 그가 말한다. 마치 그게 자신이 내릴 수 있는 최고의 찬사인 것처럼. "우리가 완벽하게 가꾼 장미. 너는 모든 남자가 꿈꾸는 트로피가 될 거야." 그가 몸을 숙여 자기 뺨을 내 뺨에 댄다. "다른 어떤 애보다 너를 사랑해." 그가 눈을 감고 속삭인다. 그의 입술이 내 얼굴을 쓸어내린다.

그의 말에 담긴 끔찍한 의미가 내게 내려앉는 순간, 그가 몸을 펴고 나를 내려다본다. 그가 빙긋 웃는다. 그러다 송곳을 고쳐잡더니 머리 속 뭔가를 돌린다. 요란하게 찰칵 소리가 난다.

내가 기억하고 싶었던 모든 것, 모든 용감한 생각들이 일시에 사라진다. 나는 다시 내 몸속으로 떨어진다. 원상복귀.

복종.

공허.

2부

그다음에 그들은 막대기를 날카롭게 깎았다

20

보스 사감이 물병을 내민다. 그가 나를 치료실에서 데리고 나간다. 정신이 몽롱하다. 몇 날 며칠 트랙을 달린 것처럼 근육에서 경련이 난다. 왼쪽 눈의 시야가 흐릿하고 두통이 심하다.

나는 보스 사감이 내민 물을 공손히 받고 감사를 표한다. 나는 감지덕지 한 모금 마신다. 입속의 텁텁한 맛을 못 견디게 씻어내고 싶었다. 식사 때마다 먹는 녹색 주스 맛과 비슷하다.

"며칠은 트랙 달리기 안 해도 돼. 안톤이 면제해줬어." 나를 방으로 데려다주며 보스 사감이 말한다. "안톤이 널 너무 거칠게 다루지 말라더라. 리앤드라가 화났어."

나는 눈을 내리깔고 걷는다. 복도 불빛이 눈을 찌른다. 피부에 닿는 공기가 오싹하게 차갑다. 반대로 피부는 뜨겁고 메마른 느낌이다.

"안톤의 배려에 감사해요." 내가 말한다.

보스 사감이 나를 살핀다. 나는 머리가 엉망은 아닌지, 얼굴이 얼룩지진 않았는지 걱정스럽다. 내 몰골이 끔찍할 게 분명하다.

복도는 조용하다. 지금이 몇 시쯤인지 감조차 없다. 나는 창문 쪽은

볼 엄두도 나지 않는다. 빛 때문에 눈이 아플까 봐. 애들은 어디 있는지 궁금하다. 애들이 없으니 외로움이 내게 달라붙는 것 같다.

우리는 내 방에서 멈춘다. 보스 사감이 한 걸음 나서서 문을 열어주고 나를 먼저 들여보낸다. 나는 사방을 둘러본다. 순간 이동을 한 기분이다. 모든 것이 낯익지만 동시에 작다. 숨이 막힌다.

"오늘이 무슨 요일이죠?" 내가 묻는다. 목에서 쇳소리가 난다.

"화요일." 보스 사감이 말한다. "하지만 너는 쉬어야 돼. 다른 애들이 네 옷도 빨고 네 몫의 일도 했어. 애들이 잠옷도 챙겨놨으니까 갈아입고 싶으면 갈아입어."

나는 그러겠다고 끄덕인다. 방 건너편 서랍장으로 가서 옷을 집어들고 보스 사감을 돌아본다.

"나가주실래요?" 내가 잠옷을 가슴에 안으며 묻는다.

그는 움직이지 않는다. 심장이 철렁하고 털끝이 쭈뼛한다.

"내겐 감독의 의무가 있어." 그가 말한다. 그의 차갑고 파란 눈이 나를 갈퀴처럼 훑는다. 나를 장악한다.

안톤의 말이 머릿속에 메아리친다. *너는 아름다운 소녀야, 필로미나.*

나는 주춤주춤 사감을 등지고 서서 셔츠를 벗는다. 공기가 살에 차갑게 닿는다. 눈을 깜빡이자 눈물이 뺨으로 뚝뚝 떨어진다. *받아들일 줄 알아야지.*

나는 잠옷 윗도리를 머리부터 입고 그걸로 몸을 최대한 가린다. 바지를 후딱 벗고 잠옷 반바지를 입는다. 다 입어도 몸이 오들오들 떨린다. 벗은 옷은 바닥에 그냥 둔다.

침대시트를 들추고 안으로 들어간다. 머리가 빙빙 돌고 손이 후들거린다. 나는 담요를 턱까지 끌어당긴다. 나를 담요에 묻는다. 나는 방향감각을 잃었다.

사감이 침대로 걸어와 내 옆에 선다. 그는 침대탁자의 유리컵 옆에 작고 하얀 컵을 놓는다. 컵에 내 비타민이 들어 있다. 분홍색 세 개, 녹색은 없고, 노란색 하나.

"안톤이 소등시간 전까지 먹으래." 그가 말한다. "내가 다시 와서 알려줄게. 오늘 치료 때문에 복용 일정이 밀려서 내일 아침에 한 번 더 먹어야 돼. 지금은 쉬도록 해. 다른 애들한테도 널 방해하지 말라고 일러둘 테니까. 내일 수업에 복귀하려면 자둬."

그가 돌아설 때 내가 부른다.

"우리 부모님이 전화했어요?" 내가 묻는다. 부모님과 통화하고 싶다. 부모님이 그립다.

"아니." 그가 말한다. 살짝 재미있다는 표정이다. "아니, 전화 없었어, 필로미나. 하지만 걱정하지 마." 그가 웅얼대며 몸을 굽혀 내 이마에 키스한다. 내 건조한 피부에 닿는 그의 입술이 축축하다. "너에겐 우리가 있으니까."

나는 눈을 감는다. 내 안으로 웅크린다. 보스 사감이 몸을 편다. 그가 나가고 방에 나만 남는다. 피곤하다. 진이 빠졌다. 너덜너덜하다. 머릿속에서 생각의 조각들이 헤엄친다. *오직 내 교육만이 중요해. 아카데미는 나를 위한 최선만을 추구해. 행동거지가 반듯한 소녀들만이 가치 있는 소녀들이야.*

그러다 결국 까무룩 잠이 들고, 나는 아무 꿈도 꾸지 않는다.

271

누군가 방문을 조용히 노크한다. 그 소리가 나를 깨운다. 한기가 많이 가라앉았지만 아직도 몸이 떨린다. 시드니가 방으로 머리를 들이밀고 나를 살핀다. 무슨 말을 하기 전에 일단 내 반응을 기다린다.

시드니는 신선한 공기나 다름없다. 나는 빙그레 웃는다. 시드니가 정말 보고 싶었다.

나는 들어오라고 고갯짓하고 시드니는 그렇게 한다. 내가 이불을 들추자 시드니가 침대로 들어와 나를 끌어안는다. 나를 껴안고 내가 없는 동안 얼마나 애가 탔는지 모른다고 말한다.

"아직 말하긴 이르지만." 시드니가 말한다. "너 대신 맡아둔 게 있어. 책이야. 네가 준비되면 그때 내가 가져다줄게."

"좋아." 무슨 말인지 모르지만 나는 일단 대답한다. 시드니가 훌쩍거린다. 울음을 참느라 목소리가 떨린다.

"네가 없으니까 미치겠더라." 시드니가 속삭인다. "네가 날 떠난 줄 알았어. 네가 영원히 가버린 줄 알았어."

"나는 절대로 너를 떠나지 않아." 내가 말한다. 그건 분명하다. "절대로."

"조금 전에 안톤이 나를 집무실로 불렀어." 시드니가 말을 고르듯 뜸직뜸직 말한다. "안톤이 네가 방금 충동억제치료를 마쳤다고, 네가 레논로즈 일로 심란해하는 바람에 그렇게 됐다고 하더라. 그러면서 레논로즈가 학교 나간 걸 두고 무슨 루머가 도는지 물었어."

시드니가 내 정수리에 뺨을 얹는다. "거짓말할 수밖에 없었어." 시드니가 조용히 말한다. "안톤이 아침식사 때 공지한 내용밖에는 아는 게 없다고 했지. 네가 안톤에게 무슨 말을 했을지 알 수 없잖아, 미나. 정말 무서웠어. 안톤이 레논로즈 일을 너한테 거론하지 않겠다고 약속하라는 거야. 그건 그렇고— 어떻게 됐어? 충동억제치료가 뭐하는 치료야?"

시드니가 무슨 말을 하는 건지 모르겠다. 레논로즈가 떠날 때 나는 거기 없었다. 하지만 레논로즈가 떠날 때가 돼서 떠났다는 건 안다. 레논로즈를 생각하면 나도 기쁘다.

"치료 과정은 기억 안 나." 내가 말한다. 시드니의 자세가 굳어진다. 내가 괜찮으냐고 묻자 시드니는 웃으며 나를 다시 껴안는다.

"그럼, 괜찮지." 시드니가 조용히 말한다. "너는 방금 돌아왔잖아. 밸런타인이 그랬어. 기억이 돌아오려면 일단 좀 쉬어야 한다고." 시드니가 일어나 앉았다가 서랍장 위의 비타민을 본다. 시드니의 눈이 후다닥 나를 향한다.

"저거 먹지 마." 시드니가 속삭인다. 내가 고개를 갸웃하자 시드니는 사감이 서 있을까 봐 문가를 힐끔 보더니 내게 바싹 붙는다.

"저걸 먹으면 기억을 잃어." 시드니가 말한다. "사감한테는 이미 먹었다고 해. 그리고 이제부터는 어떤 약도 삼키지 마. 뭐가 됐든. 알겠어?"

"아니." 내가 고개를 젓는다. 내가 반박할 틈도 없이 시드니는 서랍장에서 비타민 컵을 냅다 집어 들고 욕실로 들어간다. 변기 물 내려가는 소리가 들린다. 나는 일어나 앉는다. 좀 어지럽다.

"왜 그랬어?" 내가 욕실에서 나오는 시드니에게 묻는다. 시드니가 빈 컵을 내 침대탁자에 내려놓는다.

"내일이면 이해할 거야." 시드니가 약속한다. "잊지 마. 보스가 물으면 너는 비타민을 먹은 거야. 전부 다 먹은 거야."

"알았어." 내가 말한다. 걱정스럽긴 하다. 시드니의 말대로 했다가 혼날 일이 생기면 어쩌지?

시드니가 다가와 나를 다시 침대에 눕히고 이불을 덮어서 몸을 따라 꾹꾹 동여준다. 시드니가 나를 바라본다. 나는 시드니의 입술에 어린 백 가지 질문을 본다. 하지만 시드니는 그것들을 꾹꾹 눌러서 미소로 바꾼다.

"사랑해, 필로미나." 시드니가 말한다.

"나도 사랑해."

시드니가 서글픈 얼굴로 끄덕인다. 그리고 뒷걸음질로 문을 나간다.

시드니가 나간 후 나는 드러누워 천장을 본다. 아까처럼 피곤하지는 않다. 대신 마음이 좀 뒤숭숭해졌다. 나는 옆으로 웅크려 눕는다. 한 손을 뺨 아래에 괴려는 순간, 손바닥의 작은 상처가 눈에 들어온다. 나는 놀라서 눈을 동그랗게 뜨고 상처를 살펴본다. 걱정 반 신기함 반이다. 거의 다 나은 상처다. 손톱보다 길까 말까 한 보드랍고 붉은색 선. 흉이 질 것 같지는 않다. 그런데 다친 기억이 없다. 다쳤으면 즉시 의사에게 갔을 텐데.

충동억제치료 중에 생긴 건가 보다. 안톤이 놓친 게 분명하다. 봤으면 이식 시술을 했을 텐데. 나는 기억을 더듬는다. 무슨 일이 있었길래 내가 충동억제치료를 받게 된 건지 정말로 열심히 생각한다.

레논로즈가 학교를 떠났지만 나는 그걸 기쁘게 생각했다. 잠깐. 그런데 왜 안톤은 시드니에게 내가 레논로즈가 떠나서 심란해했다고 했을까? 나는 불만 없는데.

치료 과정은 떠오르지 않고 대신 물리적 고통이 닥친다. 외로움. 너무 심해서 신음하며 가슴을 틀어쥐게 만드는 외로움. 나는 깨닫는다.

274

이건 그냥 외로움이 아니다. 공포. 패닉.

머리가 어지럽다. 생각들이 요란하게 와글거린다. 서로를 덮어쓴다. 하지만 어느 것도 말이 되지 않는다. 나는 양손으로 머리를 움켜쥐고 정신을 가누려 애쓴다. 누워 있는데도 일어서서 뱅글뱅글 도는 사람처럼 어지럽다. 금방이라도 나뒹굴 것처럼.

나는 이를 악문다. 생각들이 가라앉기 시작할 때까지 점점 더 세게 악다문다. 마침내 머릿속이 조용해진다. 나는 심호흡한다. 나도 몰래 눈물이 뺨으로 방울방울 떨어지더니 어디에도 붙지 못하고 추락한다. 마음과 머리가 따로 노는 것 같다. 하나는 기억하고, 다른 하나는 잊는다.

이상한 생각이 떠오른다. 책 생각. 시드니가 가지고 있다는, 내가 보고 싶어 한다는 책이란 게 뭘까? 거기에 뭔가가 있다. 내 뇌를 할퀴는 뭔가가. 나는 베개에 벌렁 드러누워 마음속을 탐색한다. 하지만 결국 아무것도 얻어내지 못한다.

아침이다. 방문 두드리는 소리가 난다. 나는 침대에 일어나 앉는다. 사감이 들어온다. 그는 어젯밤 소등시간에도 내 방에 들렀다. 나는 시드니가 말한 대로 사감에게 비타민은 이미 먹었다고 했다. 시드니가 약을 버렸다고 이실직고해서 시드니를 곤란하게 할 수는 없으니까. 사감은 의심하지 않았다.

하지만 의심은 내가 하게 됐다. 시드니는 어째서 내게 규칙을 어기게 했을까? 시드니답지 않다.

사감은 비타민과 물컵을 침대탁자에 내려놓고 창문으로 간다. 그가 커튼을 열자 방이 햇빛으로 가득 찬다.

나는 한 손을 들어 눈을 가린다.

"잘 잤니?" 사감이 말한다. "그로거 박사가 수업 들어가기 전에 후속 진료 받으러 오라고 하더라."

"감사합니다." 내가 말한다. 눈이 빛에 적응해간다. 아직도 머리가 멍하고 몸이 둔하다. 이번에는 약이 분홍색 세 개와 노란색 하나다. 시드니와 약속은 했지만, 지시사항을 어기고 싶지는 않다. 나는 약들을 입에 탁 넣고 물컵으로 손을 뻗는다.

사감은 창밖을 내다본다. 물을 마시기도 전에 약들이 혀 위에서 녹는 게 느껴진다. 문득 어떤 공포가 섬광처럼 닥친다. 나는 조용히 약을 도로 손에 뱉어서 담요 아래에 숨긴다.

불복종의 기분은 끔찍하다. 부끄럽다. 안톤이 알면 얼마나 화를 낼까. 하지만 시드니가 아무 이유 없이 내게 규칙을 어기라고 할 리 없다. 시드니는 나를 사랑한다. 나도 시드니를 믿는다. 내 목숨을 다해 시드니를 믿는다.

사감이 돌아설 때 나는 미소 지으며 물컵을 입술에 갖다 대고 비타민을 삼키는 흉내를 낸다. 사감이 잘했다고 끄덕이고 방을 나간다.

침대에서 나올 때도 내가 잘한 건지 확신이 없다. 하지만 샤워하고 머리 말리고 어느 때보다 충실히 내게 지정된 명세에 따라 단장에 들어간다. 머리에 앞가르마를 타고 부드러운 웨이브를 만든다. 눈을 강조한 화장을 한다. 언젠가 페트로프 씨가 말했다. *그들이 반할 만큼 예쁜 갈색 눈.* 나는 연분홍색 립스틱을 바르고 마스카라를 칠한다. 다 끝내고 거울 속의 내게 미소 짓는다.

나는 거울 속 내 모습을 마주한다. 그런데 갑자기 눈에 눈물이 차오른다. 나는 깜짝 놀라 눈을 돌린다. 눈물이 터지기 전에. 의사에게 이 눈물에 대해 말해야 한다는 걸 안다. 나도 몰래 떨어지는 눈물들. 하지만 나는 이 감정을 일시적인 것이라고 믿기로 한다. 정상적 일과에 복귀하면 즉시 사라질 것들.

나는 교복으로 갈아입고 진료실로 향한다. 가는 길에 마주치는 애들에게 고갯짓으로 인사를 건넨다. 레베카를 포함한 몇몇이 나를 낯선 사람 보듯 쳐다본다. 시드니와 나머지는 트랙에 나가 있을 거고, 그렇다면 수업 전까지는 보기 힘들다.

나는 그로거 박사의 진료실에 도착한다. 진료실에서 나오던 밸런타인과 마주친다. 밸런타인이 걸음을 멈추고 나를 마주한다. 그리고 미소 짓는다.

"안녕, 필로미나." 밸런타인이 상냥하게 말한다. "돌아온 걸 환영해."

"안녕." 내가 대답한다. 밸런타인을 지나쳐 진료실로 들어가려는데 밸런타인이 돌연 내 팔을 붙잡는다. 갑작스런 접촉에 나는 헉 놀란다.

"비타민 먹었어?" 밸런타인이 다급히 묻는다.

"뭐?" 나는 밸런타인을 본다. 그렇게 개인적인 걸 묻다니 기분 나쁘다. 그건 나와 시드니 사이의 문제다. 밸린타인과 너는 그 정도로 친하지 않다— 적어도 지금까지는.

그런데 밸런타인의 눈에 왠지 익숙한 빛이 반짝인다. 나를 안심시키는 눈빛. 이유는 모르지만.

내가 낮게 말한다. "아니, 안 먹었어."

"잘했어. 그 약들은 네가 격분해야 할 때 널 진정시켜." 밸런타인이 빙긋 웃는다. "나중에 얘기하자." 밸런타인이 나를 잽싸게 포옹했다가 놓는다. 나는 예상치 못한 신체 접촉에 어안이 벙벙하다. 밸런타인이 나를 지나쳐 복도를 내려가고, 나는 몸을 돌려 밸런타인을 지켜본다.

밸런타인의 행동을 어떻게 해석해야 할지 모르겠다. 분명한 건 내가 기억 못하는 것들이 있다는 거다. 밸런타인은 나나 다른 애들과 좀 서먹하게 지냈다. 내가 충동억제치료를 받는 동안 밸런타인이 애들과 친해진 걸까. 나중에 시드니에게 물어봐야겠다.

그로거 박사의 진료실 문을 노크하기 전에 치마를 반듯이 펴고 자세를 가다듬을 때도 얼떨떨한 기분이 가시지 않는다. 박사가 들어오라고 한다. 들어가니까 박사가 한 손을 가슴에 올리고 놀란 표정을 과장스럽게 짓는다.

"세상에, 필로미나." 박사가 말한다. "오늘 여신이 따로 없구나."

나는 미소 지으며 칭찬에 감사를 표한다. 그리고 종이로 덮은 진찰대에 폴짝 걸터앉는다. 두 다리가 대롱거린다.

"몸은 좀 어때?" 박사가 과장스럽게 미간을 찌푸리며 묻는다. "친구들이 네 걱정을 엄청나게 하던데?"

나도 애들 걱정을 했다. 치료 후 겪었던 고립감의 기억이 떠올라 마음이 아려온다. 충동억제치료실에서 의식과 무의식을 오가는 동안에도 나는 친구들이 그립다는 인식은 놓치지 않았다.

"아주 좋아요." 내가 미소를 유지한 채 말한다. "아주 만족해요."

"그것참 반가운 소식이구나." 박사가 양손을 들고 작게 방정맞은 만세 동작을 한다. "안톤도 네가 치료에 아주 긍정적으로 반응했다고 하더라. 그럴 줄 알았어." 그가 벌쭉 웃으며 덧붙인다.

"저에 대한 박사님의 신뢰에 감사드려요."

그로거 박사는 가운 주머니에서 주사기를 꺼내 뚜껑을 연다. "이제 괜찮다면, 채혈하고 공식 검진에 들어갈까." 박사가 말한다.

내 자세가 약간 흐트러진다. 아픈 건 딱 질색이다. 하지만 나는 순순히 소매를 걷고 팔을 내민다. 박사가 내 팔꿈치 안쪽에 알코올 솜을 문지른다. 나는 불안하게 지켜본다. 박사의 얼굴이 내게 바싹 다가와 있다. 그의 관자놀이에 작게 땀이 맺혀 있다. 박사가— 긴장했다.

그가 내 혈관에 바늘을 찔러 넣는다. 내 얼굴이 '아야'하는 표정으로 구겨진다. 박사가 미안해하며 주사기로 피를 뽑는다. 뽑혀 나오는 액체의 색에 나도 박사도 흠칫 놀란다. 검은색에 가까운 녹색이다. 평범한 암적색이 아니라. 내가 동요하자 박사가 눈치채고 미소 짓는다.

"전혀 걱정할 일 아냐." 박사가 말한다. "그런 집중치료를 받는 경우 우리 몸의 작동이 꼬일 때가 있어."

우리 몸. 박사는 자기도 같은 치료를 받아본 듯이 말한다. 하지만 박사의 오류를 굳이 지적하지는 않는다. 그건 무례한 일일 테니까.

그로거 박사는 바늘을 제거하고, 내게 채혈한 부위에 거즈를 대고 있으라고 한다. 그는 책상으로 가서 파일에 검진 내용을 기입한 다음 혈액이 담긴 바이알을 책상 서랍에 넣는다. 그리고 보란 듯이 서랍을 잠그고 열쇠를 주머니에 넣는다. 내 반응을 기다린다. 나는 그를 멀뚱히 쳐다보다가 그제야 깨닫고 미소 짓는다.

박사가 고개를 끄덕이고 다시 다가와 내 팔에 진분홍색 붕대를 감는다. 내 앞에 바싹 붙어 서서 펜라이트를 꺼내 내 눈을 비춘다. 나를 살핀다.

"몸가짐이 아주 사랑스럽구나." 박사가 말한다. "다정하고, 순종적이고." 그가 휴— 한숨 쉬며 펜라이트를 내린다. 그의 다른 손이 내려와 내 맨다리 위에 얹힌다.

"감사합니다, 박사님." 내가 말한다. 하지만 뱃속에서 두려움이 똬리를 튼다. 갑자기 메스껍다.

박사가 손을 치우고 돌아서며 말한다. "이제, 하루 이틀 후면 전보다도 좋아질 거야. 안톤이 네게 대응기제들을 훌륭히 적용했구나. 너는 백 프로가 될 거야." 박사가 씩 웃는다. "안톤이 엄청 뿌듯하겠어."

나는 눈인사로 감사를 표한다.

"완전히 안정될 때까지는 다른 애들과의 상호작용은 자제해." 박사가 말한다. "신체활동도 제한해. 운동은 다음 주에 재개하면 돼. 그리고 일요일 현장학습 참석을 허락한다." 그가 덧붙인다. "다만 얌전히 행동할 때에 한해서야. 이번에 영화관에 간다지?"

나는 활짝 웃는다. "감사합니다, 박사님." 내가 기쁘게 말한다. "너무나 흥분돼요!"

박사가 씩 웃는다. "그럴 줄 알았어."

그가 내게 진찰대에서 내려오라는 손짓을 한다. 그리고 다가와 무가당 막대사탕을 내민다.

나는 사탕을 받아서 껍질을 벗기고 이와 뺨 사이에 밀어 넣는다. 그런데 갑작스런 단맛에 속이 뒤틀린다. 그 인공적인 맛을 삼키기조차 어렵다. 박사가 한 손을 내 등허리에 올리고 나를 문까지 배웅한다.

"그럼 몇 주 후에 보자." 박사가 말한다. "좋은 하루 보내렴."

나는 막대사탕을 문 채로 웃으며 감사를 표하고 복도로 나간다. 진료실 문이 닫히자마자 나는 입술에서 미소를 거두고 막대사탕을 입에서 뺀다.

더는 먹고 싶은 마음이 없다. 다시는 막대사탕을 먹지 못할 것 같다.

나는 문득 어떤 감정에 휩싸인다. 뭔가 허락되지 않은 분노 같은 것. 밸런타인이 진료실 밖에서 내게 한 말이 떠오른다. *네가 격분해야 할 때.*

무엇에 대한 격분?

하지만 그 분노는 왔을 때처럼 빠르게 사라지고, 찝찝한 마음만 남는다. 나는 교과서를 가지러 방으로 향한다. 막대사탕은 가는 길에 휴지통에 내버린다.

≪충동억제치료 결과≫

필로미나 로즈 Y2, S2

필로미나는 다른 학생의 퇴학과 관련하여 심적 고통 증후를 보임.

고통 완화를 위해 감정 덮어쓰기를 시행함. 시행 결과 현재 필로미나는 해당 학생의 일을 기쁘고 만족스럽게 생각함.

다정한 가족사를 보강하는 쪽으로 부모에 대한 기억도 재조정함. 이 조치는 필로미나의 로즈 가족에 대한 애착을 강화하고, 졸업 후 성공적 미래를 지원함. 고객의 요청에 최적화할 필요 있음.

혼동을 피하기 위해 지난주의 기억도 재조정함.

윈스턴 위크스와 협의 후, 필로미나가 여전히 졸업에는 차질 없는 상태라는 것이 내 소견임. 다만 올해 남은 기간 동안 관찰 대상으로 지정함. 그러나 필로미나의 사회화는 계속할 것을 권고함. 필로미나의 성격은 남들과 어울릴 때 빛을 발함.

종합적으로, 충동억제치료는 성공적이며 이 시점에서 후속 치료는 불필요하다고 판단함.

– 안톤 스튜어트
이노베이션스 아카데미

21

내가 수업에 들어가자 앨리스터 교수가 호들갑을 떤다. 그동안 수업은 전화 매너에서 스타일링으로 넘어갔다. 기억에 남을 인상을 주기 위한 자기연출법.

"아니 이게 누구야." 내가 교실에 들어가기 무섭게 교수가 외친다. 그는 흡족한 눈으로 나를 죽 훑는다. "보세요, 여러분." 교수가 반 전체에 말한다. "이런 걸 아름다움이라고 하는 거죠. 상냥함과 얌전함."

교수가 내 옆에 와서 선다. 그의 양복을 뚫고 땀 냄새가 난다. "해괴한 머리와 요란한 화장은 사람들을 질리게 해요. 그건 반항 행위죠. 남자들을 불쾌하게 해요. 우리는 치장의 속임수가 아니라 여러분의 자연미를 원해요. 페트로프 씨는 여러분의 장점을 일일이 지정했고, 여러분이 그걸 돋보이게 하길 원해요. 남들의 빈축을 살 차림은 금물이에요." 그가 내게 몸을 돌리고 손을 내민다. 나는 마지못해 거기에 내 손바닥을 올린다.

"고맙구나, 필로미나. 정말 사랑스러워."

그가 나를 내 자리 방향으로 보낸다. 그의 손이 내 손에서 떨어지니 살 것 같다. 내가 의자에 앉자 뒷자리에서 마르셀라가 내게로 몸을 굽힌다.

"정말 사랑스러워." 마르셀라가 짓궂게 따라한다. 나는 폭 웃으며 마르셀라를 돌아다본다.

"보고 싶었어." 내가 말한다.

"나도." 마르셀라가 대답과 윙크를 날린 뒤 공책 귀퉁이에 꽃무늬를 그리는 일로 돌아간다.

나도 다시 앞을 보고 앉는다. 친구들 사이로 돌아오니 이제야 마음이 안정된다.

수업이 끝나고 마르셀라가 나를 기다린다. 다음 수업까지 짧게 쉬는 시간이 있다. 우리는 알코브의 소파에 앉기로 한다. 일 분도 되지 않아 시드니가 숨이 턱에 차서 나타난다.

"여기 있구나." 시드니는 내게 말하는 동시에 마르셀라에게 눈인사를 보내고 우리 사이에 털썩 앉는다. "방금 펜션트 교수 수업이었는데, 펜션트는 아직도 너한테 골이 나 있더라." 시드니가 별꼴이라는 듯이 눈을 동그랗게 뜬다.

"왜?" 내가 묻는다. 더럭 겁이 난다. 나는 원래 공손하기로 유명한데, 내가 어쨌길래 교수의 심기가 상했을까.

마르셀라와 시드니가 눈길을 주고받는다.

"안녕, 얘들아." 알코브로 브린의 머리가 쏙 들어온다. 우리를 발견해서 안심한 얼굴이다. 브린이 소파로 와서 나를 포옹한다. "돌아와서 기뻐, 미나." 브린이 속삭인다.

"앉아, 앉아." 마르셀라가 브린의 손을 잡고 소파에 눌러 앉힌다.

"어제 잭슨이 왔더라." 시드니가 나직이 말한다. 그러자 마르셀라가 숨을 훅 뱉으며 눈길을 돌리고 브린은 입술을 오므린다. "철책으로 왔어." 시드니가 덧붙인다.

"나도 봤어." 마르셀라가 말한다. "어떻게 잭슨과 말 좀 해봤어?"

"못했어." 시드니가 대답한다. 그리고 나를 본다. "사감도 트랙을 뛰었거든. 새로운 감시방법인지. 다행히 내가 먼저 잭슨을 발견하고 안 된다고 고개를 저었어. 아주 단호하게. 걔가 학교로 들어올까 봐 너무

284

겁났어. 전적으로 그러고도 남을 애잖아. 어쨌든 마지막 바퀴 때 사감이 뒤처졌고 그래서—"

"거봐!" 브린이 마르셀라를 향해 히죽 웃는다. "사감이 우리를 못 따라올 거라고 했지."

마르셀라가 픕 웃고 시드니에게 계속 말하라고 한다.

"마지막 바퀴 때, 나는 일부러 넓게 돌았어. 저지당하지 않을 선에서 최대한 철책에 가깝게. 그렇게 개한테 말해줬지. '일요일, 시내.'"

애들이 무슨 말을 하는 건지 도통 알아들을 수가 없다. 그저 둥그레진 눈으로 넋을 놓고 듣는다. "그랬더니?" 내가 묻는다.

시드니가 나를 본다. "그랬더니 개가 '시발, 그게 무슨 말이야?' 그러더라."

나는 욕설에 혁한다.

"그래서 내가 말했지," 시드니가 계속한다. "'현장학습, 시내 영화관, 오후 한 시, 잘 가.'" 시드니가 소파에 깊숙이 기대앉는다. "사감한테 걸리지 않은 게 천만다행이었어."

"정말이야." 마르셀라가 동의한다.

브린이 입술을 깨문다. "잠깐." 브린이 돌연 불안하게 묻는다. "너 현장학습 나가는 거 허락받았어?"

"박사님이 오늘 아침에 허락해주셨어." 내가 말한다.

"완벽해." 시드니가 애들과 시선을 주고받으며 말한다.

"뭐가 완벽해?" 내가 애들에게 묻는다. "잭슨은 누구야?"

"미나—" 시드니가 말한다. 시드니의 표정이 흐려진다. 애들 모두 불편하고 걱정스런 얼굴이 된다.

"너는 그저 적응할 시간이 필요할 뿐이야." 브린이 다른 애들을 보며 확신을 구한다. 하지만 목소리에 패닉이 묻어난다. "밸런타인이 장 담했어. 잘될 거라고."

"뭐가 잘돼?" 내가 묻는다.

"네가 기억해낼 거랬어." 브린이 말한다.

"미나는 기억해낼 거야." 마르셀라가 말한다. "기억하고말고." 하지 만 마르셀라는 눈을 내리깐다. 뭔지 몰라도 애들이 내게 말하지 않는 게 있다.

더 물어보고 싶은데, 갑자기 알코브 위로 시커먼 그림자가 드리운 다. 우리 모두 눈을 든다. 보스 사감이 공간을 잔뜩 메우며 버티고 서 있다.

"소녀들!" 사감이 우리를 휘 둘러보며 말한다. "미나를 귀찮게 하지 말라는 말을 들었을 텐데? 이 일로 안톤에게 또 불려가야 좋겠어?"

"아뇨." 시드니가 고개를 흔든다.

"너희가 의료 시술에 대해 무식한 건 아는데—" 사감이 말을 잇는 다. "미나는 현재 아주 미약한 상태야. 좀 더 혼자 있게 해. 간격을 둬."

애들이 끄덕인다. 그러나 나는 내 얘기를 하면서 나를 여기 없는 사 람 취급하는 사감의 말투가 거슬린다. 나는 간격을 원치 않는다. 나는 애들과 함께 있고 싶다.

하지만 사감은 일어나라는 손짓과 함께 애들을 알코브에서 몰아낸 다. 소파에 나 혼자 남는다. 애들이 떠나자 사감은 돌아서서 나를 잔 뜩 내려다본다.

"네 행동은 통제 불능이었어." 그가 불쑥 말한다. 나는 놀란다. "그 래서 네가 충동억제치료를 받은 거야. 안톤이 너한테 다시 한 번 기회 를 준 거지. 그 기회를 까먹지 마. 조심하지 않았다가는, 분명히 말하는데, 다시는 애들을 못 보게 될 줄 알아."

책망에 낯이 뜨겁고, 친구들을 잃을 거란 협박에 심장이 뛴다. 나는 그가 떠날 때까지 조용히 기다린다. 사감이 사라지자 나는 고개를 들고 그가 비운 공간을 노려본다. 분노가 치미는 것을 느낀다.

나는 말없이 점심을 먹는다. 충동억제치료 이후 회복을 돕기 위한 특별 식단을 받았다. 주스는 쓰디쓰고, 넘길 때 금속성 맛이 난다. 나는 주스를 식탁에 도로 내려놓는다.

기분은 좀 나아졌다. 보스 사감에게 치밀었던 순간적 분노는 조신한 아이가 되겠다는 갈망만으로는 수습하기 어려웠다. 하지만 결국 내게는 교육이 최우선 사항이란 걸 깨달았다.

그러자 분노가 스러져 만족감으로 변했다.

나를 둘러싸고 애들이 작은 소리로 말을 나눈다. 일요일 현장학습에 대한 얘기가 한창이다. 가끔씩 애들이 나를 쳐다보며 미소를 보낸다. 나는 대화의 일부인 양 애들을 따라 고개를 끄덕인다.

보스 사감이 학생 모두에게 내게 거리를 둘 것을 명했고, 대부분은 그렇게 했다. 결과적으로 나와 시드니, 마르셀라, 브린, 애너리즈만 남았다. 우리는 기다란 식탁에서 섬이 됐다. 시드니가 의자에 놓인 내 손을 잡는다.

애너리즈는 조용하다. 식탁 너머에서 나를 바라보며 선홍색 입술을 모으고 깊이 생각에 잠겨 있다. 얼마를 그러고 있다가 내게로 몸을 숙인다.

"그로거 박사는 뭐래?" 애너리즈가 묻는다.

"하루 이틀 후면 전보다 더 좋아질 거래." 내가 들은 대로 반복한다.

"뭐야, 너한테 먹인 독에서 회복될 거란 뜻이야?"

브린이 뜨끔 놀라며 교수 중에 듣는 사람이 없는지 재빨리 확인한다. 사감도 교수들과 앉아 있는데 다들 먹고 잡담하느라 정신없다. 마르셀라가 팔꿈치로 애너리즈의 팔을 툭 친다.

"여기선 안 돼." 마르셀라가 속삭인다. 애너리즈가 넌더리 난다는 듯 웃는다.

둘 다 나를 본다. 어쩐지 구경거리가 된 기분이다. 식탁을 훑어보니 레베카가 혼자 앉아 있고, 그 맞은편에 아이다와 매리언이 있다. 나는 레베카를 보며 그 애가 유난히 외로워 보인다고 생각한다. 시선을 돌리는 순간 밸런타인과 눈이 마주친다. 밸런타인이 내게 격려성 미소를 보낸다. 오늘 참 이상하게 군다.

"지금 중요한 건 우리가 단체로 충동억제치료에 끌려가는 일을 피하는 거야." 시드니가 숨죽여 말한다.

"알았어." 애너리즈가 샐러드를 멀찍이 밀어놓으며 말한다. "나는 너희들이 내 생각을 듣고 싶어 할 줄 알았는데, 내가 잘못 생각했나 봐."

우리 모두 말이 없다. 다른 애들도 샐러드만 뒤적인다. 나는 애너리즈의 생각이 궁금하다.

"네 생각을 듣고 싶어." 내가 속삭인다. 마르셀라는 걱정스런 눈치지만 브린은 자기도 듣고 싶다고 끄덕인다.

애너리즈는 교직원이 듣고 있지 않은 걸 확인한 후 목소리를 낮춘다. "주스 말이야." 애너리즈가 말한다. "특히 안톤이 충동억제치료 중에 사용하는 거— 그게 무슨 작용을 하는지 알아?"

"난 충동억제치료 자체가 기억이 안 나." 내가 말한다. 말해놓고 보니 갑자기 나약해진 기분이다. "사실 지난주 전체가 희미해."

시드니가 괜찮다는 말 대신 내 손을 꼭 잡는다.

"우리가 파일들을 봤어." 시드니가 내게 속삭인다.

나는 시드니를 향한다. "무슨 파일?"

시드니가 식탁을 후딱 둘러보고 몸을 숙인다. "학교에 관한 파일." 시드니가 말한다. "안톤이 너 데리고 충동억제치료 중일 때 애너리즈와 나는 원래 온실에 있어야 했는데, 몰래 우리 둘이 안톤의 집무실에 갔어. 학생별로 파일이 있더라. 투자자 파일도 있고, 부모와 후원자 파일도 있어."

심장이 쿵쿵대기 시작한다. 나는 교수들이 우리 쪽을 감시하고 있지 않은지 다시 한 번 확인한다.

"네 파일을 봤어." 시드니가 말한다. "안톤과 교수들 사이에 오간 통신문들이 있고, 네가 현장학습 때 다친 걸 자세히 적은 의사 소견서도 있었어. 그런데 사감에 대한 언급은 없더라? 그 일을 그냥 '사고'라고만 적어놨어. 그리고—" 시드니가 숨을 꿀꺽 삼킨다. "그동안 네가 받은 충동억제치료들에 대한 기록도 있었어."

"치료들?" 내가 묻는다.

"너, 네 번 받았더라." 시드니가 말한다. "우리가 파일 볼 때 받고 있던 거 빼고도 네 번."

나는 충격에 휩싸인다. "언제?" 내가 묻는다. "왜?"

"그게 말이지—" 시드니가 말한다. "너만 그런 게 아냐, 미나." 시드니가 다른 애들을 본다. "우리 다 받았어. 그것도 다 여러 번."

"내가 생각한 게 딱 그거야." 애너리즈가 말한다. "학교가 뭔가 첨

289

단 기술을 쓰고 있어. 네트워크나 컴퓨터칩에 대한 파일이 많아. 그중에 '실버테크'라고 부르는 것도 있는데, 학교가 우리에게 먹이는 것들을 말해. 특히 충동억제치료에 사용하는 주스가 있는데, 거기 마취제가 들어가. 내가 성분표에서 확인했어."

애들 모두 놀란 눈으로 애너리즈를 쳐다본다.

"내가 식물을 좀 알잖아." 애너리즈가 설명한다. "치명적인 가지 과 식물에 펜토탈나트륨(마취수면제)과 양귀비 뿌리 약간을 섞어서 만들더라. 치료 후에 항상 속이 안 좋은 이유가 있었어." 애너리즈가 말을 잇는다. "치료란 게 그런 거였어. 일단 우리를 못 움직이게 해놓고 뭔가를 주사해. 그 실버테크라는 거. 그게 어떤 작용을 하는지는 잘 몰라. 하지만 내가 이미 손을 썼어. 마취 주스 제조에 쓰는 변종 식물들을 죽이고 있어. 그게 없으면 적어도 우리를 무방비 상태로 만들진 못할 거 아냐."

시드니가 좋은 생각이라고 칭찬한다. 하지만 나는 애들을 망연자실 쳐다본다. 이건 너무 지나치다. 너무나 터무니없다. 학교가 대체 왜 우리에게 그런 짓을 하겠어? 무엇을 위해?

"레논로즈의 파일은 비어 있었어." 애너리즈가 속삭인다. "남아 있는 건, 비용 문제를 사유로 적은 영구 퇴학 통지서뿐이었어. 그런데—" 애너리즈가 눈을 굴려 엿듣는 사람이 없는지 확인한다. "아무 연락처가 없어. 레논로즈가 그냥— 증발해버린 것처럼."

우리는 잠시 말이 없다. 가슴에 슬픔이 밀려든다. *나는 레논로즈의 일을 기쁘게 여겼는데.* 이상하다.

"그리고 지하에 의사의 실험실이 있어." 마르셀라가 말한다. "애너리즈가 파일에 언급돼 있는 걸 봤대. 그래서 내가 확인하러 지하에 내려가 봤는데 문이 잠겨 있었어. 내 생각인데 의사가 밤마다 거기서 일해. 한밤에. 이 학교가 하는 일이 뭐든, 그 테크놀로지라는 게 거기서 나오는 것 같아. 우리는 학교의 실험대상인 거고."

정보들에 치여 머리가 실제로 아파오기 시작한다. 전혀 다른 세상에 떨어진 기분이다. 같은 사람들, 다른 현실.

"미나에게 시집 얘기를 해줘." 브린이 제안한다.

"시집?" 내가 묻는다. 애들이 순간 조용해진다.

그때 요란한 탕탕 소리에 다들 기겁해서 눈을 든다. 펜션트 교수가 우리를 불같이 노려보며 자기 그릇을 식탁에 내리치고 있다. 특히 나를 노려보면서.

"다들 그만하지 못해." 교수가 외친다. "필로미나를 내버려둬."

그가 내 이름을 침처럼 뱉는다. 그의 목소리가 증오로 가득하다. 나는 즉각 눈을 내리깐다. 기분이 끔찍하다.

"소등시간 전에 내 방으로 모여." 애너리즈가 포크로 샐러드 한 조각을 찍으며 속삭인다.

우리는 동의한다. 하지만 나는 더 이상 생각하지 않으려 애쓴다. 머리가 깨질 것 같다.

취침 전 자기반성 시간이다. 나는 보스 사감에게 들키지 않길 바라며 몰래 애너리즈의 방으로 건너간다. 애들이 이미 모여서 나를 기다리고 있다. 내가 문을 열자 다들 움찔 놀란다. 시드니의 손 밑에 책이 한 권 있다.

다들 나를 쳐다본다. 갑자기 이방인이 된 기분이다. 동시에 슬프다. 우리는 언제나 하나였는데. 다른 꽃들과 떨어져 자라지만 한데 뭉쳐 있는 장미들처럼. 이 애들과 갈라지고 싶지 않다.

"이리 와." 시드니가 애틋하게 말한다. "너 지금 힘든 거 알아. 금방 좋아질 거야. 내가 알아."

"나는 머지않아 백 프로가 될 거야." 내가 시드니 옆에 앉으며 말한다. 시드니가 내게 팔을 두른다.

"그런 식으로 좋아진단 뜻은 아냐." 시드니가 말한다. 이번에는 경고처럼 들린다. 시드니가 책을 내 방향으로 민다.

나는 책을 집어서 가죽표지를 살핀다. *가장 날카로운 가시들.* 분명 생전 처음 보는 책인데도 왠지 들어본 듯한 제목이다. 표지를 넘겨보니 시를 모아놓은 책이다.

애들이 다가앉아서 내가 읽는 걸 애타게 기다린다. 또다시 구경거리가 된 기분이다. 하지만 나도 궁금하긴 하다. 나는 첫 번째 시를 읽는다. 그리고 경악한다.

「깨어나」

그것은 모두 다
아름다운 꿈이었다.
언젠가
결정을 내리는 사람은
내가 된다는 생각.

어린 시절을 보내고
자유를 얻는 생각.

하지만 그 생각은 결코 진실도
현실도 아니었다.

그들은 결코
주도권을 놓지 않으니까.

착해라.
아름다워라.

정숙하고
순종하고
조신해라—

그들에겐 나를 자유롭게 놔둘 의도 따위 없었다.
이런 규칙들을 저런 규칙들로 바꿀 뿐.

나에 대한 그들의 꿈은
나의 악몽.

이제 나는 깨어났다.
그리고 그들은 다시는 나를 잠재울 수 없다.

놀랍고 혼란스럽다. 내가 시드니를 쳐다보자 시드니가 '날카로운 막대기를 든 소녀들'이라는 시를 펴준다. 그리고 읽어보라고 고갯짓한다.

시를 읽어감에 따라 심박도 함께 빨라진다. 가슴을 깨우는 나비들이 용들로 변하고, 불꽃이 튀다가 나중에는 훨훨 타오른다.

학대당하는 어린 소녀들. 맞서 싸우는 어린 소녀들. 주도권을 잡는 어린 소녀들.

다 읽었을 때 나는 숨이 가쁘다. 몸에 따끔따끔 전기가 인다. 애들이 나를 보고 미소 짓는다.

"이 책 어디서 났어?" 내가 책을 치켜든다.

"네 방에서." 시드니가 말한다.

그 대답이 나를 충격에 빠뜨린다. 나는 시를 다시 읽기 시작한다. 그런데 그때 복도에서 문 닫는 소리가 난다. 우리 모두 벌떡 일어난다. 나는 책을 셔츠 아래에 밀어 넣는다.

"다시 네 방으로 가져가." 시드니가 말한다. "읽어. 내일 아침에 보자."

나는 그렇게 한다. 사감이 방을 돌며 비타민을 배달하는 틈에 애들과 인사를 나눈다. 내 방으로 돌아와 책을 매트리스 밑에 감춘다. 이 행동도 언제 해본 것처럼 몹시 익숙하다.

막 침대에 들었을 때 사감이 들어와 비타민 컵을 침대탁자에 놓는다. 내가 감사한 미소를 보내지만 그는 반응이 없다. 보스 사감의 정신이 딴 데 있는 게 분명하다. 내가 비타민을 먹는지 확인도 하지 않고 그냥 나가는 걸 보면. 아니면 내가 당연히 복종할 거라고 믿는 건가.

사감은 시에 나오는 강압적인 남자들을 떠오르게 한다. 내가 읽은 것과 내가 배운 것 사이의 괴리가 심히 당혹스럽다. 나는 눈을 돌려 쇠로 막한 창문을 본다. 침입자를 막기 위한 것. 우리를 가두기 위한 것.

나는 비타민을 욕실로 가져가 변기에 버리고 물을 내린다. 약이 사라지자 침대로 돌아와 잠을 청한다.

마침내 잠이 든다. 악몽에 시달린다. 난폭하고, 끔찍하고, 숨 막히는 악몽들.

나는 방에서 끌려나와 강제로 뇌엽절리술*을 받는 꿈을 꾼다. 내가 잘 때 보스 사감이 들어와 내 몸을 노려보는 꿈을 꾼다. 안톤이 내게 다른 어떤 애보다 나를 사랑한다고 속삭이는 꿈을 꾼다.

나는 얼음송곳과 전선의 꿈을 꾼다.

악몽이 너무나 생생해서, 아침햇살 속에 헐떡이며 깼을 때 나는 그것들이 단지 꿈이 아니란 걸 깨닫는다.

그것들은 기억이다.

기억난다. 안톤이 내 눈 뒤에 얼음송곳을 박아넣고 내 부모가 결과를 원한다고, 완벽한 소녀를 원한다고 말했다. 안톤이 내게 질문들을 속삭이며 내 생각을 조종하던 것도 기억난다.

지난주도 기억난다. 레논로즈가 구두도 신지 않고 사라졌다. 울프 씨와 레베카의 일도 기억난다. 잭슨을 만난 일도 기억난다. 잭슨이 내 걱정을 엄청나게 했던 것도, 이 학교의 투자자들이 막강한 사람들이라고 했던 것도.

---

* 뇌엽절리술: 20세기 초에 정신질환 치료를 목적으로 송곳 같은 기구를 눈 위로 찔러넣어 전두엽 신경을 잘라내던 잔인한 시술.

295

그리고 우리가 싫어하는 걸 알면서도 남자들이 우리 몸에 손대던 것도 기억난다.

그런 일은 멈춰야 한다. 하지만 우리가 여기를 벗어날 방법을 모르겠다. 우리가 심적 고통을 드러내면 안톤이 우리를 데려다 충동억제치료를 시행한다. 이제 알겠다. 애너리즈가 마취제 재료로 쓰는 식물들을 죽여 없앤다 해도 문제가 해결되지 않는다. 저들은 주스 없이도 뇌엽절리술을 시행할 사람들이다.

안톤에게는 우리 마음을 조종하는 능력이 있다. 하지만 그러려면 우리에게 접근할 기회가 있어야 한다. 기회를 주어서는 안 된다. 밸런타인이 제안한 것처럼, 우리는 말을 듣는 척해야 한다. 우리가 안다는 걸 저들에게 들켜서는 안 된다.

우리는 여기서 벗어날 것이다.

그렇지만 이 생각을 하는 지금도 나는 안다. 저들은 결코 쉽게 우리를 놓아주지 않을 거란 사실을.

22

나는 동이 트기도 전에 살그머니 시드니의 방으로 간다. 시드니를 깨워서 모두에게 할 말이 있다고 한다. 사감은 아직 일어나기 전이다. 우리는 다른 애들을 모아 밸런타인의 방으로 간다.

작게 노크하고 들어가니 밸런타인도 꿈틀대며 잠에서 깨어난다. 그러다 우리를 보자 발딱 일어나 앉아서 모두 별일 없는지 묻는다.

"나 기억났어." 내가 애들과 차례로 눈을 맞춘다. 시드니가 내가 돌아온 안도감과 행복에 겨워 가슴을 부여잡는다. 밸런타인의 눈은 뭔가 다른 감정으로 반짝인다. 지식에 대한 갈망.

우리는 둘러앉는다. 나는 시드니, 애너리즈, 마르셀라, 브린, 그리고 밸런타인에게 내가 충동억제치료에 대해 기억하는 모든 것을 말해준다. 그때의 상황이 말이 되어 입 밖으로 나오니 더 끔찍하다. 내가 움직이지 못하는 상태가 된 일. 안톤이 내 눈 뒤로 얼음송곳을 박아서 내게 고통을 가한 일. 그가 전선과 주사기로 전염성 생각들을 주입한 일.

"안톤의 말은 다 거짓말이야." 내가 말한다. "저들은 거짓말 외에 다른 뭔가로 우리를 통제해. 그 주사기 안에 있는 뭔가로."

"우리에게 생체 실험을 하는 거야." 마르셀라가 숨을 꿀꺽 삼킨다. "그 실험실에 들어가 봐야겠어. 의사가 거기서 무슨 짓을 해왔는지 알아야 해."

브린이 겁난 표정이지만 고개를 끄덕인다.

학교가 하는 일이 만행인 이유는 그걸 우리에게 강제한다는 데 있다. 그건 부분적으로는 육체적 학대고, 다른 면에서는 심리적 조종이다. 학교는 지시에 조금이라도 불복하는 것을 가족의 기대를 저버리는 일로 세뇌했다. 우리가 아카데미와 거기 관여하는 남자들의 사랑과 찬사 없이는 쓸모없는 존재라고 믿게 했다. 그들은 우리를 막대사탕과 죄책감으로 조종한다.

이제야 알 것 같다. 학교는 심지어 음식으로도 우리를 학대한다. 우리의 욕구를 짓누른다. 안톤이 내게 잭슨에게 반했는지 물은 건 그 때문이다. 그는 내게 주체성 따위 허락될 수 없다고 본 거다.

맞다, 잭슨.

"너 어제 잭슨을 언급했지." 내가 시드니에게 말한다. "그러면서 너랑 애들 사이에 요상한 눈빛 교환이 있었어."

시드니가 입술을 동그랗게 오므리고 애너리즈를 힐끔 본다.

"그래, 딱 그렇게." 내가 둘을 가리킨다. "뭔데 그래?"

애들 사이에 잠시 침묵이 흐른다. 그러다 시드니가 몸을 기울인다. "너, 주유소 남친을 만나서 말해야 해." 시드니가 말한다. "이번 현장 학습이 완벽한 기회야."

"좋아." 내가 말한다. "무슨 말?"

"왜 너한테 거짓말했는지."

"거짓말?" 내가 푹 웃는다. "걔가 무슨 거짓말을 해?"

"걔를 파일에서 봤어." 시드니가 속삭인다.

나는 시드니를 본다. 갑자기 발아래가 훅 꺼지는 것 같다. "그게 무슨 뜻이야?" 내가 묻는다. "잭슨이 왜 파일에 있어?"

"걔 가족이 아카데미와 연관돼 있어." 시드니가 말한다. "그 애 엄마가— 전에 여기 직원이었더라고. 여기가 학교로 바뀌기 직전에. 어느 파일에 그분 사진과 그분의 가족사진이 있었어." 시드니가 어깨를 으쓱한다. "사진에서 잭슨을 봤어. 잭슨의 이름 등 인적사항도 다 있었어. 학교가 그 애 가족에 대해 많이 아는 것 같아. 조사를 했거나 했겠지. 무엇보다 그 애 아버지가 지금도 여기 투자자 명단에 올라 있어. 현재 활동 중인 고객은 아닌 것 같지만."

"잭슨의 엄마는 죽었어." 애너리즈가 덧붙인다.

"그건 알아." 내가 말한다. 새로운 정보를 따라잡느라 머리가 복잡하다. "잭슨이 그건 말했어. 그런데—" 나는 애들을 쳐다본다. "왜 자기 엄마가 전에 여기서 일했다는 말은 안 했을까?"

"알 수 없지." 시드니가 말한다. "그런데 그 애 가족에 대한 파일 말이야, 자료가 철저했어. 뭐랄까, 위협적이었어. 그러다 그 애 엄마가 죽은 후부터 정보 수집이 뚝 끊겼어. 자살이라고 돼 있던데, 그 후로는 회사가 그분을 싹 잊은 듯했어."

"그 애 엄마가 회사에서 무슨 일을 했는데?" 내가 묻는다.

시드니가 잠깐 머뭇거리다 대답한다. "분석가였어."

나는 흠칫 놀란다. 실제로 아픈 느낌. 배신당한 기분. 어떻게 이런 사실을 내게 숨길 수 있었지?

"안톤 같은 부류의 분석가는 아냐." 시드니가 덧붙인다. "여자애들을 다루는 분석가가 아니라, 기술 분석가. 컴퓨터 같은 거. 구체적인 설명은 없었어."

"그 남자애 말이야, 여기 정보를 구하는 모양인데—" 밸런타인이 말한다. "우리가 정보를 주는 게 어때? 학교가 우리에게 하는 짓이 밖으로 알려지면 폐교될 거야. 그냥 도망치는 건 위험해. 다시 끌려오면 그만이야. 내 말 믿어."

"우리가 알게 된 걸 말해준다?" 나는 애들을 둘러본다. "내게 거짓말을 했는데도?"

"거짓말한 이유를 알아내." 시드니가 말한다. "그래서 그래. 잭슨에게 정보를 줘." 다른 애들도 동의한다.

"현장학습 때—" 애너리즈가 말한다. "거기서 말하면 돼."

"만약 개가 나타나지 않으면?"

애너리즈의 얼굴에 웃음이 번진다. 그러다 상황의 심각성을 고려할 때 적절치 않다고 느꼈는지 웃음을 참는다. 대신 이렇게만 말한다. "나타날 거야."

애들과 나는 나머지 궁리와 논의를 마친다. 다들 이번 주는 규칙에 복종하는 훌륭한 소녀들이 되기로 결정한다. 다만 비타민만 먹지 않기로. 이제부터는 우리가 남자들의 기대를 이용해 그들을 조종하기로 한다.

하지만 10분 후 내 방으로 돌아왔을 때, 나는 한참을 우두커니 있다가 손을 들어 손바닥에 난 상처를 물끄러미 들여다본다. 눈물로 시야가 흐려진다. 잭슨이 나를 조종했다는 생각이 새로 얻은 용기를 박살낸다.

어떻게 그럴 수가? 내게 또 어떤 거짓말을 했을까?

주유소의 일들. 학교 철책 밖에서 나눈 말들. 내가 그렇게 쉬운 타깃이었나? 창피하다. 나는 그 애가 궁금해하는 모든 것을 좋아라 알려줬다.

나는 잭슨의 배신을 용서하지 않는다. 안톤을 용서하지 않는 것처럼. 일요일에 잭슨에게 그렇게 말해줄 작정이다.

일요일 아침이 좀처럼 오지 않는다. 억지로 얌전하게 살자니 주중의 날들이 더욱 더디게 느껴진다. 특히 그릇된 것들이 낱낱이 인지될 때는 더더욱 참기 어렵다. 하지만 우리가 그 어려운 걸 해낸다. 사감이 우리에게 기특하다고 칭찬할 정도다.

나는 샤워하고, 현장학습용 교복을 갖춰 입는다. 다만 이번에는 내 명세에 맞지 않게 머리를 하나로 묶기로 한다. 묘한 해방감이 든다. 사소한 위반이지만 일상을 깨는 효과가 있다. 거울을 보며 씩 웃는데 애들이 들뜬 소리로 출발 시간이 됐다며 나를 부른다.

우리는 버스에 올라 아카데미를 떠난다. 날이 어느 때보다 맑다. 해가 빛난다. 이번 현장학습은 여느 때와는 다르다. 온전히 즐길 수만은 없다. 그러기에는 우리가 아는 게 너무 많다. 그렇지만 마음이 느긋해지는 건 어쩔 수 없다. 애너리즈가 우리에겐 그럴 자격이 있다고 말한다.

나는 버스 차창으로 지나가는 풍경에 집중한다. 나무 하나하나, 건물 하나하나. 영화관에는 처음 가본다. 어떤 곳일지 궁금하다.

"어서 빨리 팝콘에 손을 묻고 싶어." 시드니가 말한다. "손이 안 보이게." 시드니는 팝콘을 한 움큼 집어서 입에 욱여넣는 시늉을 한다. 애들이 웃는다.

나도 빙긋 웃는다. 그러다 보스 사감이 자리에서 몸을 돌리는 게 보인다. 레베카가 사감 옆에 앉아 있다. 고개를 푹 숙이고 있다. 학교가 레베카의 동행을 허락하긴 했지만, 시드니 말에 따르면 레베카는 충동억제치료 이후 예전 같지 않다. 우리는 레베카에게 비타민을 먹지 말라고 말해주려다가 의사에게 들킬 게 무서워 그만뒀다.

보스 사감이 영화관에 동행하지 않는다면 얼마나 좋을까. 그는 딱 봐도 이번 영화관행이 못마땅해 죽을 지경이다. 우리는 이번 현장학습에도 규칙이 따라붙을 걸 각오했다. 규칙이 없을 리 없다. 사감을 피하기는 힘들다.

버스가 시내 중심가로 접어든다. 우리 모두 차창에 들러붙는다. 주민이 1,500명도 되지 않는 작은 타운이지만, 시내를 거니는 사람이 수십 명은 된다. 우리 버스가 지나가자 사람들이 쳐다본다. 남자들은 자세히 보려고 모자를 들어올리고, 여자들은 마땅찮은 얼굴로 머리를 내젓는다.

나는 현장학습 방문지에서 일하는 사람들을 떠올린다. 그들은 늘 우리가 도착하는 즉시 부리나케 시야에서 사라진다. 잭슨이 말했다. 타운이 학교에 대해서는 알지만 거기 학생들에 대해서는 모른다고. 사람들은 우리를 궁금해한다. 하지만 막강한 남자들의 뒤를 캘 만큼 궁금증이 강한 건 아니다.

전부터 시내로 나가는 게 소원이었다. 그런데 막상 시내에 나오니 갑자기 나약한 기분이 든다. 윈스턴 위크스의 건의가 얼마나 합당한지 새삼 느껴진다. 우리에겐 사회화가 필요해. 우리는 사회와 친해질 필요가 있고, 사회는 우리와 친해질 필요가 있다. 아카데미는 우리를 숨겨둠으로써 우리를 아웃사이더로 만들었다. 어쩌면 그게 그들이 원한 건지도 모른다.

생전 처음 보는 여자애들을 누가 믿겠는가? 누가 아웃사이더를 믿겠어?

쉬익 소리와 함께 버스가 길모퉁이 주유소에 멈춰 서고, 출입문이 접히며 열린다. 보스 사감이 일어나 버스 통로를 막아선다.

"우리는 메인 스트리트에 있는 영화관으로 간다." 그가 말한다. "여기서 직진이야, 알겠나? 허튼 수작은 금물이야."

'허튼 수작'이라는 말에 브린이 푸핫 웃다가 급히 입을 막는다. 우리는 사감의 말을 심각하게 받아들이는 척 경건하고 깊게 끄덕인다. 사감이 눈알을 굴린다. 우리 모두에게 단단히 짜증이 났다.

우리는 줄지어 버스에서 내려 모두 모일 때까지 대기한다. 공기에서 휘발유와 쓰레기 냄새가 풍긴다. 중요한 미션을 앞두고 있는데도 우리는 갑작스런 자유에 취한다. 누구랄 것 없이 실실 웃으며 이 몇 분을 위해서 우리 삶의 비정상성을 받아들인다. 시드니가 나를 보고 웃는다.

보스 사감이 앞장선다. 우리는 뒤로 처진다. 나는 잭슨이 언제 나타날지 촉각을 세운다. 사감이 나보다 먼저 잭슨을 발견할까 봐 겁난다.

우리는 메인 스트리트를 따라 걷는다. 우리가 마주치는 사람들에게 깍듯이 인사하지만 우리에게 인사하는 사람은 없다. 대개는 우리의 시선을 피한다.

애너리즈가 가게 진열창에 정신이 팔려 잠깐 걸음을 멈춘다. 아이와 함께 마주오던 여자가 우리를 지나갈 때 팔을 옆구리에 딱 붙인다. 여자는 나를 보지 않지만, 여자아이는 본다. 꼬마가 손가락을 입에 넣고 방울만 한 파란 눈으로 나를 말똥히 본다. 나는 아이에게 방긋 웃으며 손을 흔들어준다.

꼬마 소녀가 마주 웃는다. 이가 몇 개 빠져 있다. 아이의 반응이 너무 사랑스럽다. 아이가 어깨 너머로 나를 계속 돌아본다. 그러더니 입에서 손가락을 빼고 손을 들어서 살래살래 흔든다. 아이 엄마가 아이를 앞으로 홱 당기며 계속 걸으라고 한다.

"귀엽다." 내가 말한다. 브린도 다가와서 눈으로 꼬마를 좇는다.

"저런 꼬마로 몇 명 낳아야지." 브린이 애너리즈가 쇼핑할 때 쓸 법한 말투로 꼬마를 가리키며 말한다. 우리 둘 다 웃음이 터진다.

메인 스트리트 영화관은 매표소가 공중전화 부스처럼 따로 있는 옛날식이다. 매표소 직원은 우리보다 몇 살 많을 것 같지 않은 젊은 남잔데 우리를 보자 눈을 돌린다. 우리에게 돈을 받고 표를 밀어 보내는 손이 떨린다. 우리와 닿을세라 엄청 조심한다.

"감사합니다." 애너리즈가 목청 높여 말하고 몸을 기울여 유리에 키스한다. 유리에 빨간 립스틱 자국이 남는다. 남자가 그걸 보더니 숨을 꿀꺽 삼킨다.

"가자." 마르셀라가 애너리즈의 팔을 잡는다. "백주대낮에 남자애들을 공포에 떨게 하진 말자."

애너리즈가 웃음을 터뜨린다. 우리는 안으로 향한다. 붉은 커튼을 거대하게 드리운 영화관 입구는 으리으리하고, 로비 곳곳에 유명 여배우들의 조각상들로 포토 존을 만들어 놓았다. 다른 애들이 조각상 구경에 나설 때 시드니와 나는 곧장 매점으로 간다. 주목적은 잭슨을 찾아보기 위해서다. 물론 시드니는 팝콘을, 나는 사탕을 사려는 목적이 크지만, 덕분에 잭슨과 접선하게 된다면 일석이조다.

다른 사람들과 줄서서 기다리는 것도 짜릿하다. 줄서는 게 짜릿한 일은 아니다. 하지만 시드니와 나는 사람들의 사는 얘기를 엿들으며 몇 번이나 미소를 주고받는다. 그들의 삶. 그들의 일. 그들이 좋아하는 음료수.

문득 이런 생각이 든다. 애들과 나는 미래 얘기를 하지 않는다. 적어도 중요한 화제는 아니다. 아카데미는 우리에게 학교만 믿으라고 한다. 학교는 우리에게 뭐가 최선인지 안다면서. 그건 명백히 사실이 아니다. 우리의 미래에 의문을 품었던 아이는 유일하게 레논로즈뿐이었다. 그리고 얼마 후─ 레논로즈는 사라졌다.

나는 매점에 줄선 사람들을 둘러본다. 학교를 나오면 나도 저 사람들과 같아질까. 스스로 결정을 내릴 수 있을까. 아니면 페트로프 씨가 우리를 다른 남자에게 넘길까. 결혼상대로 정한 남자에게. 아니면 우리의 부모가 정할까. 예를 들어 아버지의 경쟁상대를 유혹하는 일?

학교는 우리를 이용하고 있다. 우리의 미래를 이용한다. 우리의 잠재력을. 무엇을 위해? 모르겠다. 우리는 가능성을 상상하지 못하도록 훈련됐다.

줄 뒤에서 사감이 퉁명스럽게 서두르라고 외친다. 줄은 우리가 어쩔 수 있는 게 아니다. 어쨌든 나는 뒤를 돌아보며 고분고분히 미소 짓는다. 사감이 우리 근처의 사람들을 하나하나 확인하는 게 느껴진다. 그러다 포기했는지 영화관 문에 가서 기다린다.

우리는 그로거 박사의 명에 따라 매점에서 한 명당 하나씩만 살 수 있다. *너희는 선택을 조정하는 법을 배워야 해. 학교에서 배운 것을 토대로 아이템을 선택해.*

음, 난 누가 뭐래도 사탕을 산다. 내게는 이게 좋은 선택 같다.

나는 사탕을, 시드니는 대형 팝콘을 득템한 후 우리는 9번 상영관에서 다른 애들과 합류한다. 나는 엄청나게 넓은 내부에 놀란다. 좌석이 끝도 없고 스크린이 어마어마하게 크다.

관객이 많아서 모두 한군데에 모여 앉는 건 불가능하다. 사감이 시드니와 내가 뒷줄에 남은 두 자리에 앉는 걸 허락한다. 애너리즈와 나머지는 뭉쳐 앉기로 하고 사감에게 함께 앉자고 청한다. 내가 잭슨과 접선할 때 사감의 주의를 분산시키기 위해서다. 물론 잭슨이 나타날 경우에.

영화관이 갑자기 어두워진다. 나는 헉 놀란다. 놀랄 일이 아니란 걸 다음 순간에야 깨닫는다. 스크린이 확장되고 소리가 커진다. 확성기에서 개봉 예정작들의 예고편이 상영된다는 안내가 나온다.

총 쏘는 남자들과 자동차로 질주하는 남자들과 이 빌딩에서 저 빌딩으로 다이빙하는 남자들로 가득한 예고편들이지만 우리는 나름 흥미를 가지고 관람한다. 아까 복도에 영화 포스터들이 붙어 있었는데 그것들이 훨씬 재미있어 보이긴 했다.

조바심이 날 때쯤 갑자기 줄 끝에서 인기척이 난다. 어떤 남자가 내 옆에 앉는다. 나는 그가 잭슨인 걸 확인하고 감초젤리를 한 입 사납게 물어뜯는다.

잭슨은 숨이 턱에 차서 둥그레진 눈으로 나를 본다. 걱정하는 얼굴 같다. 하기야 일주일 동안 못 봤으니까.

나는 캄캄한 극장에서 그를 훑어보다가 눈을 가늘게 뜨고 묻는다. "너희 엄마에 대해서는 언제 말하려고 했어?"

그가 한 손으로 머리를 쓸어올리며 작게 내뱉는다. "젠장."

"잭슨." 시드니가 속삭이며 잭슨에게로 몸을 숙인다. 시드니는 잭슨이 우리와 있는 걸 사감이 보진 않았는지 얼른 확인한다. "공식적으로 말하는데, 난 네가 나올 줄 알았어." 내가 눈에 힘을 팍 주자 시드니가 입을 꾹 다물고 영화 관람 자세로 돌아간다.

"얘기 좀 해." 그가 내게 속삭인다. 다급한 목소리다.

"그래?" 내가 묻는다. 그는 내 쌀쌀맞은 태도가 맘에 들지 않는 눈치지만, 나는 그가 내 행동을 어떻게 생각하든 신경 쓰지 않는다. 이번만은 내 기분대로 행동한다. 속내를 드러낸다. 그리고 지금의 내 마음은 분노다.

시드니가 다시 사감을 확인한다. "만약 보스가 널 찾으면, 화장실에 갔다고 할게. 대신 서둘러." 시드니가 말한다.

나는 일어나 잭슨에게 따라오라고 손짓한 다음, 몸을 잔뜩 숙이고 그를 지나 서둘러 통로를 내려간다. 입구에서 사감이 나를 보지 않았다는 걸 확인한 다음 잽싸게 복도로 나간다.

밖은 엄청 밝아서 눈이 적응하는 데 잠시 시간이 걸린다. 잭슨도 영화관을 빠져나와 즉시 내게로 온다. 예상보다 가깝게 붙어선다. 나는 한 걸음 물러난다. 나는 대놓고 그의 감정에 상처를 내고 있다. 그의 눈에서 힘이 빠진다.

"미안해." 그가 두 손 들며 말한다. "하지만—"

"여기서는 말 못해." 내가 말한다. 나는 지켜보는 사람은 없는지 주위를 두리번대며 정문으로 향한다. 아무도 없다. 나는 매표소 뒤편으로 나간다. 매표소 남자애가 보지 못하게.

건물 옆벽에 이르자 나는 팔짱을 끼고 잭슨을 노려본다. 화가 났는데도 그의 갈색 눈이 내 눈과 만날 때 약점을 찔린 듯이 마음이 살짝 녹는다. 나는 황급히 눈길을 피한다.

"설명할 수 있어." 그가 말한다. "네가 알게 된 걸 말해줘. 그럼 설명할게."

나는 비웃는다. "웃기지 마." 내가 말한다. "나한테 거짓말하고 이제 답을 요구해? 너희 어머니가 아카데미에서 무슨 일을 했는지부터 말해. 너희 아버지도. 학교에 너희 가족사진이 든 파일이 있었어. *왜지?*"

파일 얘기에 잭슨의 표정에 분노가 번쩍인다. 그가 턱을 꽉 다문 채 내 옆으로 옮겨 선다.

"네가 저번에 이름을 언급한 남자 말이야." 잭슨이 말한다. "페트로프 씨. 내가 그 사람에 대해 조사를 좀 했어." 그가 말을 잇는다. "그자와 그자의 패거리들. 그자들은 전직 로비스트들이야. 정치인들과 결탁해서 여성의 권리를 박탈하는 법안을 후원했어. 기억나?"

그의 말에 이번엔 내가 충격을 먹는다. 나는 머리를 가로젓는다. 그런 일이 있었나? 생전 처음 듣는다.

"좋아." 잭슨이 벽돌벽에 기대며 말한다. "그런데 그게 뜻대로 안 됐어. 여자들이 꿈쩍도 안 하니까 이 페트로프라는 작자가 우리 엄마가 일하던 테크놀로지 기업을 사들였어. 그게 이노베이션스 금속공사야. 처음에는 엄마도 소유권 변경에 신경 쓰지 않았어. 그런데 야근이 계속되고 일하는 시간이 늘었지. 그때 아빠는 실업 상태였고 남성의 권리 광팬이었어. 진짜 골 때리는 꼰대였지. 아빠 꼰대짓 때문에 나는 아빠와 맨날 싸웠어. 엄마가 어떻게 참고 살았을까 몰라. 엄마는 맨날 아빠가 원래부터 저렇진 않다고만 했어."

나도 한쪽 어깨를 벽에 기대고 잭슨의 말을 듣는다. 여성의 권리 운동이라는 건 처음 들어보지만, 시집의 내용이 잭슨이 하는 말과 일맥상통한다는 감이 온다.

"엄마에게 최후의 결정타는—" 잭슨이 말한다. "아빠가 페트로프의 회사에 투자한 일이었어. 엄마가 그랬어. 거기서 하는 일을 버젓이 알면서 어떻게 거기다 투자할 수 있냐고." 잭슨이 어깨를 으쓱한다. "우리 아빠는 엿 같은 결정을 하는 데 선수야. 그러던 어느 날 밤이었어. 엄마가 퇴근해서 집에 와서도 누군가와 계속 통화했어. 그때 엄마가 페트로프라는 이름을 언급하는 걸 들었어. 엄마는 전화에 대고 자기는 관여할 마음이 없으니 다른 분석가를 찾아보라고 했어. 방에서 나오는 엄마를 보니 울고 있던 얼굴이었어. 나는 그냥 거기 앉아서 머저리처럼 TV만 보고 있었고." 잭슨이 자책하는 소리로 말한다. "엄마가 금방 다녀오겠다며 자동차 열쇠를 들고 나갔어. 계속 전화하면서. 그리고—" 그가 힘들게 숨을 삼키며 눈을 빠르게 깜빡인다.

"음, 두 시간쯤 지나 경찰이 집에 왔어. 그때 아빠는 집에 없었어. 술집에 있었겠지. 그래서 경찰이 내게 말했어. 엄마가 죽었다고, 직장에서 자살했다고—"

나는 그를 지켜본다. "너는 엄마가 자살했다고 생각하지 않는구나."

"엄마는 자살하지 않았어. 내가 알아." 그가 딱 잘라 말하고 몸을 돌려 나를 본다. "그동안 내막을 알아내려 했지만 학교에 접근할 수가 없었어. 학생들은 가둬놓고. 그래서 너희 버스를 보고 너를 주유소에서 만난 거야. 너한테 바로 말했어야 했어. 하지만 네가 페트로프나 거기 놈들 중 하나에게 이를까 봐 겁났어. 놈들이 증거를 없애버리면 낭패잖아. 그래도 너한테 말했어야 했는데—" 그가 되풀이한다. "미안해. 정말 미안해."

"넌 나를 조종했어." 내가 말한다. "그리고 나는 나를 조종하는 남자들에게 정말로 넌더리가 나."

잭슨의 충격적인 사연에도 불구하고 그가 나를 이용했다는 것이 여전히 노엽다. 논리적으로는 그를 용서할 아무런 이유가 없다. 비도덕적인 자들은 용서를 무기로 쓰는 법이다.

"너 때문에 계속 학교에 갔어." 그가 한결 부드러워진 목소리로 말한다. "정보를 찾으러 간 것만은 아냐. 이번 주에 네가 거기 없어서 얼마나 무서웠는지 몰라. 네가 보고 싶었어. 무서웠어." 그가 되풀이한다.

그의 말에 의심이 든다. 하지만 그를 찬찬히 보니 꼴이 좀 엉망이긴 하다. 머리는 헝클어졌고 턱은 면도를 하지 않아 까칠하다. 표정은 필사적인 동시에 무력하다.

"레논로즈는 찾았어?" 내가 묻는다.

"아니." 그가 고개를 가로젓는다. "부모는 찾았어. 네가 말한 사람들, 대형 제약회사 소유주 부부야. 그런데一" 그가 선뜻 말을 잇지 못한다. "그 사람들에겐 자식이 없어."

내 입술이 벌어진다. "뭐?"

"부부에게 딸린 피부양자가 전혀 없어. 있은 적이 없어."

"이해가 안 가." 내가 말한다.

"나도. 그래서 말인데一" 잭슨이 덧붙인다. "너, 그 학교로 돌아가서는 안 돼. 놈들이 너희에게 무슨 짓을 하는지는 잘 모르지만, 어쨌든 돌아가선 안 돼."

그때 다가오는 발소리가 들린다. 잭슨이 잽싸게 내 스웨터 소매를 잡고 나를 끌어당겨 벽에 붙인 다음 내 앞을 가로막고 선다. 순간 우리 몸이 밀착한다. 내가 놀라서 그를 올려다보고 그는 눈을 돌려 뒤를 확인한다. 내 심장이 두방망이질한다. 사감이 아니라 어떤 여자가 지나간다. 마음이 놓인다.

"우리는 학교의 실험 대상이야." 내가 그를 올려다보며 속삭인다. 잭슨은 여전히 내 팔에 손을 올린 채 나를 내려다본다. 그의 목젖이 오르내린다.

"뭐?" 그가 묻는다.

말을 할까? 망설여진다. 하지만 애들과 나는 그가 우리를 바깥세상과 이어주는 끈이라는 데 의견을 같이했다. 아카데미를 영원히 벗어나기 위한 수단. 그래서 나는 충동억제치료에 대해 내가 기억하는 것을 모두 말한다. 그걸 들은 잭슨의 손이 내게서 떨어진다. 그가 충격에 빠진 얼굴로 한 걸음 물러선다.

나는 **에바**가 사람이 아니라 컴퓨터 시스템의 일부였다는 것과 공용 전화가 가짜였다는 것도 얘기한다. 말하기가 몹시 거북했지만—보스 사감이 내 방에 온 얘기도 한다. 그 말을 입 밖에 내는 것 자체가 치욕이지만, 일단 입 밖으로 뱉고 나니 후련하다. 살 것 같다.

"내가 당장—" 잭슨이 입을 열었다가 감정을 누르려는 듯 잠시 멈춘다. "그 새끼를 죽여버리고 말겠어." 그가 말을 맺는다.

"사감을 죽일 필요는 없어." 내가 고개를 젓는다. 남자들의 폭력 성향. 사감이 보는 영화가 광고하는 것. "그거 말고 학교를 문 닫게 할 방법을 같이 찾아줘. 우리가 도망쳐도 우리 부모들이 우리를 다시 돌려보낼 거야. 더 중요한 건, 우리만의 문제가 아니야. 다른 애들, 앞으로 거기 보내질 애들. 그런 일이 계속 이어지게 놔둘 순 없어."

"놈들이 네 눈에 시발 송곳을 박았어." 그가 버럭 언성을 높인다. 나는 황급히 손을 뻗어 그의 입을 막고 영화관으로 다급히 시선을 던진다. 내 손이 닿자 그가 가라앉는다. 그가 내 손을 자기 얼굴에서 떼어 내다가 손바닥의 긁힌 상처를 본다.

"내가 어떡하면 되는데?" 그가 비참하게 묻는다.

"어떡하면 폐교시킬 수 있을까?" 내가 묻는다.

"나도 몰라." 그가 속삭인다. "막강한 놈들이야. 나도 몰라."

"그럼 그걸 알아내줘." 내가 말한다. "꼭—"

내 말이 끝을 맺지 못하고 흩어진다. 내 눈이 그의 어깨 너머 골목 반대편으로 향한다. 움푹 들어가 있어서 길에서는 잘 보이지 않는 건물을 향해. 심장이 조여 온다. 나는 잭슨을 밀어내고 자세히 본다.

붉은 네온사인이 번쩍이는 대중식당. 악몽에서 본 바로 그 대중식당. 나는 이제야 깨닫는다. 그건 꿈이 아니었다. 기억이었다.

23

간판이 번쩍인다. **레드 식당**. 정신이 아득하다. 내 눈을 믿을 수 없다. 그쪽으로 발을 옮긴다. 잭슨이 따라오며 뭐하냐고 묻는다. 그는 영화관을 돌아본다. 내가 자기와 도망치고 있다고 생각하는 것 같다. 하지만 나는 계단을 올라가 식당으로 들어간다. 문에서 종이 짤랑 울린다.

나는 내부를 둘러본다. 하지만 무엇을 보게 될지는 이미 안다. V자 무늬 비닐을 덮은 부스자리들과 바둑판무늬 바닥. 그리고 꿈에서 앉았던 테이블. 비어 있다. 나는 그리로 가서 의자에 앉는다. 기억 속으로 미끄러져 들어가듯이.

나는 창문 옆 부스자리에 앉았다. 내 앞에 사발이 하나 있다. 기름 냄새가 진동했다. 베이컨, 소시지, 햄, 고기. 테이블은 시럽으로 끈적끈적했다. 나는 오트밀을 먹었다. 무가당 오트밀. 나는 스푼을 천천히 저었다. 외로웠다. 무서웠다.

애들이 보고 싶었다. 애들과 함께 있고 싶었다.

"무엇을 도와드릴까요?" 웨이트리스가 잭슨에게 묻는다. 잭슨이 머뭇대며 물 두 잔을 청한다. 그의 목소리가 멀리 아득하게 들린다. 잭슨은 이 기억 속에 없는 사람이다. 꿈속 장면이 눈앞에 되살아난다.

테이블 맞은편을 보니 한 남자가 있었다. 나이 많은 남자. 형광등 불빛 아래 남자의 땀이 번들거렸다. 남자의 손가락이 아침식사용 소시지를 움켜쥐고 입에 쑤셔 넣었다. 남자에게 매너란 없었다. 행동이 막된 남자. 상스러웠다.

졸업식 때 안톤이 나를 자리에 앉히고 앞으로 이 남자와 살아야 한다고 말했다. 나는 심하게 울다가 토하기까지 했다. 안톤이 내게 비타민을 주며 내일이면 나아질 거라고 했다. 그리고는 나를 피케트 씨—내 후원자—에게 내줬다. 오픈하우스 때마다 나를 보러 오고 내 학비를 낸 남자.

차를 같이 탄 것뿐이지만 이미 나는 피케트 씨가 미치게 무서웠다. 두려웠다.

"걱정할 것 없어." 남자가 테이블 맞은편에서 말했다. "곧 집에 도착하니까."

밖에서 우르릉 쾅 천둥이 쳤다. 나는 펄쩍 놀랐다. 비가 억수같이 쏟아졌다. 나는 비가 싫었다. 이 남자가 싫었다.

"다른 여자애들도 받아봤는데—" 그가 커피를 후루룩 들이키며 말했다. "다들 너무 멍청했어. 학교 말로는 넌 재기발랄하다더군. 그래서 내가 웃돈까지 얹어줬지."

웨이트리스가 물 두 잔을 내려놓고 내게 무엇을 먹겠냐고 묻는다. 잭슨이 초조한 말투로 웨이트리스에게 잠시 시간을 달라고 말한다. 내 뺨에 눈물이 흐르는 게 느껴진다. 몸이 덜덜 떨린다.

몸이 덜덜 떨렸다. 이 남자는 나를 해칠 작정이었다. 뻔했다. 비타민도 도움이 되지 못했다. 약으로 나를 고분고분하게 만드는 데 실패했다. 애들이 보고 싶었다. 내 친구들이 보고 싶었다.

"어이, 예쁜이." 남자가 웨이트리스를 불렀다. "리필해 줘요."

"나는 손님의 예쁜이가 아니에요." 웨이트리스가 앙칼지게 말하며 그의 컵에 대충 커피를 따랐다. 남자는 도로 걸어가는 웨이트리스의 엉덩이를 쳐다보다가 나를 봤다.

"건방진 년." 그가 웨이트리스에게 들릴 만큼 크게 말했다. "반면에 너를 봐." 그가 내게 말했다. "너는 저 여자보다 예쁘지만 말대꾸할 정도로 맹하지 않잖아, 안 그래?" 그가 내게 히죽 웃으며 팔을 뻗어 내 손을 어루만졌다.

나는 몸을 홱 뺐다. 이 남자가 만지는 게 싫었다.

나는 몸을 홱 뺀다. 그 바람에 컵이 엎어져 물이 테이블 옆으로 주르륵 쏟아진다. 잭슨이 내게 괜찮다고, 울지 말라고 한다. 자기가 있다고.

더는 한 순간도 피케트 씨와 있을 수 없었다. 그럴 생각이 없었다. 학교가 나를 영구 퇴학시키든 말든 상관없었다. 내 친구들에게 돌아가 그 애들을 지키는 것밖에는 다른 어떤 것에도 관심 없었다. 우리에겐 서로가 필요했다.

나는 테이블에서 벌떡 일어나 문으로 달려갔다.

나는 문을 벌컥 연다. 종이 짤랑거린다.

나는 빗속으로 달려 나갔다. 빗물이 내 머리와 옷을 적셨다. 눈물 때문에 시야가 흐릿했다. 다시 천둥이 쳤다.

잭슨의 목소리가 울린다. 잭슨이 내게 기다리라고 외치며 나를 따라 햇살 가득한 골목을 달려온다.

나를 둘러싸고 폭풍이 포효하고 사방에 불빛들이 번쩍였다. 나는 방향감각을 잃었다. 어디로 도망가야 할지 알 수 없었다. 남자가 악을 쓰며 내 이름을 불렀다.

"필로미나 피케트!" 남자가 외쳤다. "돌아오지 못해? 넌 내 거야!"

나는 더 빨리 뛰었다. 더 빨리. 더 빨리 불빛을 향해. 무조건 탈출하고 싶었다. 그러다 발을 헛짚고 인도에서 차도로 떨어졌다. 갑자기 땅

높이가 달라져 놀라 비틀댔다. 내가 몸을 돌리는 순간 자동차 전조등이 내 시야를 덮쳤고, 나는 팔을 들었다. 그때—

누군가 내 허리를 와락 부둥켜안는다. 내 몸이 공중으로 붕 뜬다. 눈앞이 아찔하다. 자동차 한 대가 날카롭게 경적을 울리며 지나간다. 운전자가 우리를 향해 욕설을 내뱉는다. 햇살이 빛난다. 내 얼굴이 눈물에 젖어 있다.

잭슨이 눈을 희번덕이며 숨을 몰아쉰다. 그의 팔이 아직도 나를 감싸고 있다.

"젠장, 미나." 그가 말한다. "뭐 하는 거야? 그렇게 뛰쳐나가면 어떡해? 너—"

"난 죽었어." 내가 말한다. 눈물이 차올라 뚝뚝 떨어진다. 그때의 물리적 고통이 아직도 생생하다. 그때의 진동, 어둠. 절대적 공허. 나는 눈을 들어 잭슨을 본다. 충격으로 망연자실한 얼굴.

"잭슨." 내가 가냘픈 목소리로 말한다. "난 죽었어."

그는 내가 무슨 말을 하는지 모른다. 하지만 나를 와락 끌어안는다. 그의 셔츠 밑에서 마구 뛰는 심장이 느껴진다. 그의 손이 내 목덜미를 받친다.

나는 그에게서 떨어진다. 그가 내게 손대는 게 싫다. 잭슨이 당황한다. 하지만 억지로 어떻게 하지는 않는다. 그는 안톤이 아니다. 대신 내가 또 도망치지 않게 주시하며 나를 다시 건물 벽으로 데려간다.

"무슨 일이 있었는데 그래? 말해봐." 그가 말한다. "왜 그래?"

"그 남자가 웃돈을 치르고 날 샀어." 내가 말한다. 내 말에 구역질이 난다. "그 남자가—" 내 눈꺼풀이 파르르 떨린다. 나는 머리를 흔든다. 더는 말하기 싫다. 눈을 들었더니 잭슨이 울고 있다. 그는 겁에 질려 있다. 다른 어느 때보다 더.

"왜 길로 뛰쳐나갔어?" 그가 묻는다. 내가 말하지 못하는 부분은 건너뛰고 묻는다. "나 전에 여기 온 적 있어. 아까 그 식당. 애들에게 돌아가려고 거기서 뛰쳐나왔어." 내가 말한다. "애들을 구할 생각이었어. 그러다가—" 이제 좀 진정되기 시작한다. 햇살이 내 눈물을 말린다. 나는 온기에 몸을 맡긴다. "차에 치었어." 내가 말한다. "모든 게—사라졌어. 다시 깨어났을 때 안톤이 이렇게 말했어. '귀환을 환영한다.' 그 뒤로 피케트 씨는 보지 못했어."

잭슨이 자세를 고쳐 선다. "말이 안 돼." 잭슨이 말한다. "사람은 한 번 죽으면 다시는 깨어나지 않아."

"맞아." 나는 이마를 찡그린다. "완전히 죽은 게— 아니었어. 학교가— 그들이 내 이름을 필로미나 로즈로 바꿨어." 나는 한 손으로 머리를 쓸어올린다. 혼란스럽다. 바닥없이 혼란스럽다. "그리고 내 부모가 나를 아카데미로 데려왔어— 등교 첫날 나를 내려놓고 갔어."

내가 말해놓고도 말이 안 된다. 나는 부모가 데려오기 전부터 아카데미에 있었다. 내 삶의 기억이 과거의 잔상들과 모순된다.

"모든 게 다시 시작됐어." 내가 말한다. "아카데미가 날 훈련시켰어. 같은 규칙으로." 나는 애써 숨을 고른다. "같은— 미래."

"*너는 모든 남자가 꿈꾸는 트로피가 될 거야.*" 나는 안톤이 했던 말을 되뇐다. 그 말이 증오스럽다. 나는 잭슨을 본다. "그게 그들이 하는 일이야." 내가 말한다. "실험. 그들은 우리를 남자들이 원하는 여자로 훈련시켜. '날카로운 막대기'에서처럼."

"날카로운 막대기?" 잭슨이 영문을 모르고 되묻는다. 그가 내 팔에 손을 올린다. 하지만 내가 팔을 홱 치운다.

"손대지 마." 내가 말한다.

"젠장, 알았어. 미안해." 그가 말한다. 정말로 미안해한다. "난 그냥— 네 말이 앞뒤가 안 맞아서 그래. 그래도 나는 너를 믿어. 그러니까 여기서 나가자. 내가 그 새끼 대갈통을 날려버릴 테니까." 그가 엄지손가락으로 영화관을 가리킨다. "우리 모두 도망치는 거야. 여자애들 다."

그건 방법이 아니다. 우리에게는 갈 곳이 없다. 내 기억이 맞다면 투자자들은 이미 안다. 학부모들과 후원자들도 안다. 그들 모두 이 역겨운 시스템의 일부고 한패다. 그들은 대체 어떤 사람들일까? 우리의— 우리의 부모이기는 할까?

"나 다시 들어가야 해." 나는 영화관으로 걸음을 옮긴다. "다른 애들에게 경고해야 해. 이제 우리에겐 증거가 있어. 내 기억, 그리고 파일들. 그걸 모두 동원해서 어떻게든 아카데미의 문을 닫게 할 거야."

잭슨이 앞질러 뛰어가 내 앞을 막는다. 그러다 강압적으로 굴 맘은 없다는 듯 한 손을 든다. "만약 그걸로 충분치 않으면?" 그가 묻는다. "학교가 너무 막강하다면?"

나는 그를 노려본다. 어떤 해법이 떠오르길 기다린다. 하지만 해법 대신 그의 말이 맞을 거라는 상상하기 싫은 공포만 나를 덮친다. 나는 몸서리치며 눈을 질끈 감는다. 그리고 영화관으로 들어간다.

잭슨은 따라오지 않는다. 나는 뺨을 훔쳐서 운 자국을 없앤다. 내가 9번 상영관에 도착한 순간 출입문이 벌컥 열리며 보스 사감이 튀어나온다. 그가 나를 보고 불뚝 멈춰 선다.

"대체 어디 있었어?" 사감이 불같이 묻는다.

"화장실요." 내가 숨이 턱에 차서 대답한다. 그가 내 팔꿈치를 움켜잡는다. 내가 아파서 찡그린다.

"들어가." 그가 으르렁대며 나를 떠밀어 앞세운다. 나를 데리고 통로를 내려가 내 자리로 가서 나를 의자에 찍어누르듯 앉힌다. 나는 온 힘을 다해 저항하지 않고 참는다.

"내 허락 없이 다시는 영화관을 떠나지 마." 그가 손가락을 내 얼굴에 들이대며 경고한다. 나는 최대한 부끄러운 표정을 지어 보인다.

"알겠습니다." 내가 말한다.

보스 사감이 자기 자리로 돌아간다. 그가 가자 시드니가 숨을 후우 토한다.

"왜 이렇게 오래 걸렸어?" 시드니가 속삭인다. 그러다 내가 심하게 떠는 걸 보고 내 손을 꼭 잡고 괜찮냐고 묻는다.

다시 시드니 옆에 있다. 다시 함께 있다. 나는 비로소 울음이 터진다. 나는 시드니의 어깨에 기대서 흐느낀다. 끔찍한 진실을 차마 말할 수가 없다. 아직은. 지금은 그저 시드니가 나를 끌어안고 같이 힘을 합쳐 해결하자고 말하는 것을 듣기만 한다.

24

학교로 돌아오는 버스에서 나는 침묵을 지킨다. 행여 사감이 들을까 봐 어떤 말도 입 밖에 내기가 겁난다. 그리고 무엇보다 나는 충격에서 헤어나지 못한다. 다른 애들도 조만간 알게 되겠지만, 지금은 말할 수 없다. 애들이 진실을 알고도 충격을 숨기기를 기대할 수 없다. 그들에겐 비통해할 공간이 필요하다. 우리에겐 계획을 세울 공간이 필요하다.

잭슨이 방법을 찾을 때까지 마냥 기다릴 수는 없다. 우리가 우리의 방법을 찾아야 한다. 나는 머리를 차창에 댄다. 감정적, 육체적으로 탈진 상태다. 나는 눈을 감는다. 기억을 더듬는다.

다른 퍼즐조각들도 맞아 들어간다. 전에는 보이지 않았던 진실들이 명백해진다.

나는 이노베이션스 아카데미에 8개월 전부터 있지 않았다. 나는 거의 2년이나 거기 있었다. 나는 다른 성을 가진 다른 애로 이미 거기서 교육받았고, 안톤이 나를 집에 보냈다. 아니 어떤 남자가 나를 집으로 데려갔다. 내가 기쁘게 해야 하는 남자. 나는— 투자 상품이다. 하지만 나는 도망을 시도했고, 그 과정에서 차에 치었다.

내가 깨어나자 그로거 박사가 나를 위층으로 데려갔다. 육체적으로는 어디도 다치지 않았지만, 나는 외로웠다. 뭔가 잘못됐다는 기분만 들었다. 박사는 내가 부모, 즉 로즈 부부가 그리워서 그런 거라고만 했다. 당시에는 나도 그런 줄 알았다. 그들을, 내 부모를 그리워했다.

그러다 리셉션 홀에서 다른 애들을 봤다. 제일 먼저 본 애는 물론 시드니였다. 우리의 시선이 방을 가로질러 마주쳤다. 다음은 마르셀라와 애너리즈였다. 우리는 서로를 보며 마음을 놓았다. 보자마자 서로를 사랑하게 됐다.

엄연히 말하자면 처음은 아니었다. 두 번째였다. 우리 넷은 전에도 거기 있었다. 각자 훈련이 일 년 연장돼 아카데미로 돌아온 거였다.

다시 만난 애너리즈는 더 이상 금발이 아니었다. 이제는 붉은 머리였다. 그 변화가 애너리즈의 심리에 좋지 않은 영향을 미쳤다. 물론 우리는 왜 그런지는 알지 못했다. 내가 애너리즈의 머리에 물감을 칠한 후 안톤이 우리 모두에게 충동억제치료를 시행했다.

"너희에게 주어진 명세를 지켜." 안톤이 말했다. 마치 우리 행동이 중죄인 것처럼.

나머지 둘은 나중에 왔다. 레논로즈와 브린. 둘은 그때 처음 온 애들이었다. 하지만 우리는 그들도 사랑했다. 우리는 서로에게 힘을 주었고, 매순간을 평생처럼 나눴다.

돌아온 애들이 더 있었다. 그중 하나가 밸런타인이었다.

우리가 돌아온 첫날 리앤드라가 말했다. "완벽함이야말로 우리의 보증서야. 우리 투자자들은 그걸 기대해."

나는 눈을 뜬다. 나는 안다. 투자자들을 만족시키기 위해서라면 아카데미는 못할 일이 없다. 우리를 개조하고 또 개조하는 한이 있어도.

얼마 후 버스가 학교에 도착한다. 페트로프 씨와 그의 아내가 현관 계단에서 기다리고 있다가 득의양양한 미소로 우리를 맞는다.

버스에서 내릴 때 애너리즈가 내게 표정 관리하자고 속삭인다. 리앤드라가 우리를 지켜보고 있다. 궁금해하는 눈이다. 나는 일부러 공손히 눈인사하며 그녀를 신속히 지나친다.

다들 건물에 들어오자 사감은 우리를 지키는 것도 신물 난다고 한다. 농담이겠지. 그는 자기 방으로 가서 문을 닫는다. 복도에 우리만 남는다. 내 예의상의 미소도 함께 사라진다.

밸런타인이 다가와서 내 눈을 똑바로 쳐다본다. "뭐래?" 밸런타인이 묻는다. "못 도와준대?"

320

"모르겠어." 말한다. "그보다, 너희 모두가 알아야 할 게 있어. 우리는—" 말이 목에 걸려 나오지 않는다. 이 끔찍한 얘기를 어떻게 해야 하나. 나는 애들을 내 방으로 데려간다. 그들의 세상을 파괴하기 일분 전.

애너리즈가 내 방 욕실에서 토하고 있다. 토하다 서럽게 운다. 마르셀라는 망연히 앞만 노려보고, 브린은 마르셀라의 손을 잡고 이해가 안 된다는 말만 웅얼거린다. 밸런타인은 창가에서 밖을 내다본다.

내 옆의 시드니는 미동도 없다. 아마 충격 때문에. 당연히.

뭐라 설명하기 어렵다. 딱히 뜻밖이라고도 할 수 없다. 아카데미의 실제 의도에 대한 징후들은 처음부터 사방에 있었다. 물론 그렇다고 해서 진실이 덜 끔찍한 것은 아니다.

"그러니까 네 말은." 시드니가 입을 뗀다. 목소리가 너무 작아 속삭임에 가깝다. "우리 부모들도 안다는 거네."

"그들이 우리의 진짜 부모라면." 내가 말한다. 시드니가 움찔한다. "그래, 나는 부모들도 안다고 믿어. 그들 모두 알아."

시드니가 나를 본다. 시드니의 긴 속눈썹에 눈물이 맺혀 있다. "그리고 네가 차에 치었다고?"

"그런데 어떻게 멀쩡해?" 브린이 묻는다. "어떻게 흉터 하나 없어?" 브린이 미친 듯이 애들을 둘러본다. 믿지 않을 핑계를 찾는다. "흉터가 있어야 하는 거 아냐?"

애너리즈가 티슈로 입을 찍어내며 욕실에서 나온다. "골절상. 찰과상, 타박상 같은 것들. 하지만 의사가 기술을 써서 너를 다시 멀쩡하게 붙여놓은 거야." 애너리즈가 내게 말한다. "네 무릎에 피부를 이식한 것처럼. 파일에서 봤어. 여기서는 그런 복구가 가능해. 인형을 계속 수선하듯이. 얼마나 편리해."

소름끼치는 생각이다. 하지만 맞을 거다. 그래야 내가 깨어났을 때 아무런 통증이 없었던 이유가 설명된다. 애너리즈가 시드니 옆에 앉는다. 나는 애들에게 모든 것을 말했다. 이제 우리에게 남은 것은 이 정보를 이용할 방법을 찾는 일이다.

"나는 그때 여기 없었어." 브린이 말한다. 목소리가 아련하다. 마르셀라가 브린을 본다. 브린이 느끼는 소외감을 본다. 결코 일부이고 싶지 않은 일인데도. 브린은 우리의 원래 멤버가 아니었다. 처음엔 우리와 별개였다는 생각에 갑자기 쓸쓸해진 모양이다.

"지금은 함께 있잖아." 마르셀라가 브린의 뺨을 어루만지며 속삭인다. "너는 우리 없이는 아무 데도 안 가."

브린이 자기 손을 마르셀라의 손에 얹고 끄덕이다가 마르셀라와 포옹한다. 마르셀라가 팔로 브린을 감싸고 우리를 돌아본다.

"실험실에 뭐가 있는지 알아야 해." 마르셀라가 말한다. "내 느낌인데, 거기에 학교를 문 닫게 할 건수가 있을 것 같아. 그게 아니면 왜 잠가두겠어? 왜 밤에만 이용하겠어? 뭐가 있는지 몰라도 기밀인 거야. 우리가 알아내서 투자자들에게 보내는 게 어때? 남자들의 부인들에게 말이야. 보낼 수 있는 모두에게 보내자. 나머지 일은 잭슨이 해주겠지. 여자들은 이걸 알고는 가만있지 않을 거야." 마르셀라의 눈에 눈물이 차오른다. "안 그래?"

"잭슨의 엄마도 가만있지 않았지." 내가 말한다. "다른 여자들도 가만있지 않을 거야."

그러다 나는 리앤드라를 생각한다. 리앤드라는 여자면서도 이 모든 일의 공범이다. 그녀는 어째서 우리를 돕지 않는 걸까? 어째서 이 일에 공조하는 걸까?

"좀 있으면 저녁식사 시간이야." 밸런타인이 말한다. "씻고 치장해야 해. 우리는 규칙을 지킨다, 기억하지? 나도 마르셀라의 계획에 찬성." 밸런타인이 마르셀라를 향해 미소 짓는다. "우리가 지하실에 가서 거기 뭐가 숨겨져 있나 알아내자. 그다음에 그걸로 어떻게 할지 결정하자."

모두 찬성한다. 우리는 포옹 후에 각자의 방으로 흩어진다. 일부는 '부모'의 상실을 슬퍼하러, 일부는 자신에게 가해진 일을 곱씹으러.

비겁한 생각이지만 나는 잠시나마 아카데미의 비타민을 갈망한다. 다시 모든 것을 잊을 수 있는 기회. 나약한 기분에 덜 시달릴 기회. 나는 두 팔로 몸을 감싼다. 생각해보니 무지가 나를 더 안전하게 해주지는 않았다. 그저 나를 더 조종하기 쉽게 만들었을 뿐이다.

그렇긴 해도 겁이 난다. 너무 무서워서 다시는 이 벽들 밖으로 나가지 못할 것 같다. 내 부모로 불리는 사람들이 나를 두고 무슨 일을 꾸몄을지 무섭다. 교장은 나를 두고 무슨 거래를 했을지 두렵다.

그래서 내가 웃돈까지 얹어줬지.

나는 창문에서 홀렁 돌아선다. 침대로 간다. 배짱이 필요하다. 용감해질 필요가 있다. 매트리스 밑에 손을 넣어 시집을 꺼낸다. 책을 손에 들자마자 벌써 기분이 나아진다. 나를 알아주고, 들어주는 사람이 있는 것처럼.

나는 침대 모서리에 걸터앉아 첫 번째 시를 편다. 찬찬히 읽기 시작한다. 시구들이 나를 채운다. 내 이야기를 한다. 내 꿈과 내 욕망들을 말한다. 시집에 더 폭력적이거나 더 감동적인 것들도 있다. 사랑에 관한 시도 있다.

하지만 결국은 내가 가장 좋아하는 시로 끌린다. 그 시를 소리 내어 읽기 시작한다. 말들이 내 혀에 닿는 느낌을 즐긴다. 소리 내어 말하니 다시 눈물이 차오른다.

"그다음에 이들 날카로운 막대기를 든 소녀들은 학교를 물로 쓸어버렸다." 내가 읽는다. "건물에서 거짓된 발상들을 없애버렸다—"

"너 지금 뭐하는 거냐?" 보스 사감이 문가에서 고함친다. 나는 혼비백산해서 책을 바닥에 떨어뜨린다. 사감이 문을 여는 것조차 듣지 못했다.

내가 어찌할 틈도 없이 보스 사감이 쿵쾅대며 들어와 내 발치에서 책을 집어 든다. "이게 뭐야?" 사감이 호령한다. 그가 첫 페이지를 편다. 눈을 사납게 굴리며 내용을 읽는다. 그가 내 손목을 움켜잡고 나를 방에서 끌고 나간다.

그의 입에서 욕설이 폭포처럼 쏟아진다. 나는 그가 잡아당기는 대로 순순히 따라간다. 최선의 작전은 동조니까. 애초에 책을 꺼내는 게 아니었다. 조심했어야 했다.

소동을 듣고 밸런타인이 방문을 연다. 밸런타인이 놀란 눈으로 나를 본다. 하지만 아무 말도 하지 않는다.

이 위기에서 벗어날 방법을 찾아야 한다. 아카데미가 어떤 곳인지 알게 됐기에 그 어느 때보다 저들이 두렵다. 내가 진실을 안다는 것을 저들에게 들켜서는 안 된다. 저들이 내게 무슨 짓을 할지 모른다. 저들이 애들에게 무슨 짓을 할지 모른다. 못할 짓이 없는 사람들이다.

"이번엔 안톤이 어떻게 처리할지 두고 보자." 사감이 말한다. 그는 제정신이 아니다. 분노. 분명하다. 그런데— 절박한 분노다.

안톤의 집무실에 도착해서 사감이 문을 연다. 안톤이 캐비닛 옆에서 폴더를 든 채 창밖을 보고 있다가 몸을 돌린다. 그는 즉시 보스 사감에게 나를 놔주라는 손짓을 한다. 보스 사감이 나를 탁 놓아버린다. 손목을 당기던 힘이 사라지자 나는 휘청거린다.

"무슨 일이지?" 안톤이 보스 사감에게 매섭게 묻는다.

사감이 책을 치켜들었다가 안톤의 책상에 내던진다. 사감도 안톤과 말을 섞을 기분이 아니다. "이거나 보쇼." 사감이 책을 가리킨다. 그리고는 뒤로 물러나 방을 나가버린다.

안톤이 잠시 책에 눈을 두다가 내게로 시선을 돌리고 뻣뻣하게 미소 짓는다. "괜찮니?" 그가 묻는다.

솔직히 말해 모르겠다. 그가 내게 무슨 짓을 할지 알 수 없다. 충동 억제치료의 단상들이 섬광처럼 머릿속을 오간다.

"앉아라. 필로미나." 그는 들고 있던 폴더를 캐비닛 서랍에 끼워 넣고 서랍을 밀어 닫는다.

나는 시키는 대로 한다. 두려움이 스멀스멀 나를 기어오른다. 안톤은 내가 충동억제치료를 기억하지 못한다고 생각한다. 그게 가시방석이다. 그가 심리치료사인 척 내 앞에 앉는다. 니를 위해 최선을 나하는 척. 힘의 불균형이 서슬 퍼렇다.

"무슨 일이지, 필로미나?" 그가 묻는다.

문득, 내가 치료에서 돌아온 직후에 시드니가 한 말이 떠오른다. 시드니는 루머의 존재를 묻는 안톤의 질문에 대놓고 거짓말했다. 우리는 늘 안톤이 우리의 거짓말을 알아본다고 믿었다. 그에게 독심술이 있는 것처럼. 하지만 이제 보니 그에겐 그런 능력이 없다. 우리 머릿속을 도청한다면 또 모를까.

"레논로즈 때문에 걱정이 됐어요." 나는 차분한 목소리를 유지한다.

"나는 네가 레논로즈의 일을 기뻐하는 줄 알았는데?" 그가 묻는다. 내가 이치에 맞지 않는 소리를 한다는 투다. 그의 책상에 책이 놓여 있지만, 그는 책에 대한 언급이 없다.

"기쁘게 생각해요." 내가 말한다. "하지만 보고 싶어요. 레논로즈가 쪽지라도, 작별 편지라도 남겼을 거라고 생각해서 그 애 방을 살펴보다가 책을 발견했어요."

"아, 맞다." 안톤이 말한다. 그가 몸을 기울여 책을 집어 든다. "이걸 발견했다 이거지? 이게 어디로 갔나 했더니만."

"그 책을 아세요?" 내가 놀라서 묻는다.

"그럼." 그가 말한다. "예전 학생이 가지고 있던 거야." 그는 책을 뒤집어본다. "이게 레논로즈의 방에서 나왔다 이거지?"

나는 끄덕인다. 그가 책장을 훌훌 넘기다가 '날카로운 막대기를 든 소녀들'에서 멈추고 시를 읽는다.

"필로미나." 그가 낮은 목소리로 말한다. "이 시를 읽었니?"

"그 시만요." 내가 말한다. "하지만 무슨 말인지 모르겠어요." 내 입에서 거짓말이 술술 나온다. 너무나 천연덕스럽게. 나조차 내 말을 믿을 정도다.

안톤이 안경을 벗고 눈을 문지른다. 피곤해 보인다. 그가 다시 나를 보며 한숨을 쉰다. "저기 말이야." 그가 말한다. "이건 우리 학교에서 금지된 책이야. 허위선전물이거든." 그가 책상에 팔꿈치를 괴고 몸을 숙인다. "알다시피 아카데미 밖에는 우리 일을 믿지 않는 사람들이 많아." 그가 말한다. "그들은 너희가 이런 교육을 받을 자격이 없다고 생각해. 너희에게 자기들의 가치관을 강요할 뿐이야. 근데 그게 다 질투거든." 그가 말을 잇는다. "우리의 성공, 너희의 안전과 완벽을 향한 우리의 집념을 질투하는 거지. 이노베이션스 아카데미는 최첨단과 배타성을 자랑해. 아무나 딸을 우리 프로그램에 넣을 수 없어." 그의 표정이 매우 심각해진다. "저들은 우리에게서 그걸 빼앗고 싶어 해. 그러기 위해 고의적으로 허위사실 유포도 서슴지 않아. 저들은 사람들에게 분노와 비애를 심어. 특히 여자애들에게. 너희와 우리를 이간질하려는 술책이야."

"하지만 그런 술책이 먹힐 리 없지." 그가 빙긋 웃으며 말을 잇는다. "너희는 우리가 너희에게 한 일에 감사하니까. 우리가 그렇게 훈련시켰으니까."

"제가 이런 명문 아카데미에 있다니 얼마나 행운인지 몰라요." 내가 즉각 대답한다. 입에 침도 바르지 않는다.

"좋아. 그러니 이 따위 시들을 써서 자기를 돕는 남자들을 모욕한 여자애는 얼마나 불행한 애냐. 그런데 남들에게 그런 불행을 퍼뜨리는 것도 모자라 감히 그걸 우리 학생 중 하나에게도 준 거야. 나는—" 그가 말을 끊는다. 불쾌한 기억에 화가 치민 기색이다. "나는 너에게도 그런 일이 일어나는 걸 원치 않아. 너는 트로피야, 필로미나. 나는 네가 성공작이 되길 바라."

나는 표정을 유지한다. 하지만 '너는 트로피야'라는 말이 내 가슴을 차갑게 철썩 때린다. 간담이 서늘하다.

"저도 원치 않아요, 안톤." 내가 차분히 말한다. "졸업이 코앞인걸요."

"바로 그거야." 그가 안도한다. "그래서 모두와 면담을 하는 게 좋겠어. 다들 정상궤도에 있는지, 너희가 바른 태도인지 단속해야지."

나는 그의 결심에 놀란다. 겁이 난다. 하지만 시간 내줘서 감사하다고 말한다. 안톤의 집무실에 일 분 일 초도 더 있고 싶지 않다.

나는 의자에서 일어나 책으로 손을 뻗는다. 하지만 안톤이 잽싸게 책을 눌러서 내 손이 닿지 않게 밀어버린다.

"이건 압수야." 그가 쏘아붙인다. "레논로즈도 이제 없잖니."

"죄송합니다." 내가 대답한다. 책을 가져가려 시도한 내 자신이 밉다. 정신을 바싹 차리지 못했다. 그가 가보라는 손짓을 한다.

나는 안톤의 집무실을 나선다. 나를 따라 나오려는 어두운 그림자를 털어낸다. 가슴이 선득하다. 생각하고 싶지 않지만— 안톤이 사실 확인을 해준 셈이다.

레논로즈는 정말로 떠났다.

방에 돌아와 보니 애들이 방문 밖에서 기다리고 있다. 내가 애들에게 무슨 말을 할 틈도 없이 보스 사감의 고함이 천둥처럼 복도를 울린다.

"내가 갈 때까지 다들 방에서 대기해!" 그가 외친다. 나는 그의 난폭한 말투에 놀라 시드니와 걱정스런 눈길을 주고받는다.

반항적으로 보이지 않으려 우리 모두 사감이 시키는 대로 한다.

사감은 저녁 늦게야 우리를 부르러 온다. 그 탓에 우리는 저녁도 걸러야 했다.

기다리는 동안 나는 미칠 것 같았다. 창밖으로 숲에 어둠이 내리는 것을 보며 탈출을 갈망했다. 잭슨과 영화관에서 달아나지 않은 것이 후회막급이었다.

보스 사감이 우리를 아래층 연회장으로 데려간다. 그는 말이 없다. 다만 우리가 붙어 있지 못하게 한다. 당연히 대화는 불가능하다. 사감이 우리를 각각 다른 테이블에 앉게 한다. 이 격리가 지속되지 않기를 빈다. 격리되는 생각만 해도 무섭다.

우리가 지켜보는 가운데 보스 사감이 연회장 앞쪽으로 간다. 내 다리가 테이블 밑에서 덜덜 떨린다.

문이 열리고 페트로프 씨가 들어온다. 그의 수트가 심하게 구겨져 있다. 언제나 외관에 끔찍이 신경을 쓰는 사람인데 놀랍다. 그는 불안해 보인다. 노엽고 언짢은 기색이다. 본색을 드러낸다.

페트로프 씨는 연회장 앞쪽에 걸음을 멈추고 우리 각각을 천천히 차례로 훑는다. 그러다 마침내 그의 시선이 내게 닿는다. 그가 재킷 주머니에서 시집을 꺼내 치켜든다.

교장이 책을 어떻게 아는지 몰라도, 일이 이렇게 된 건 내 탓이다. 내가 우리 모두를 위험에 빠뜨렸다. 애들에게 어떤 책임도 지울 수 없다.

"제 잘못이에요." 내가 목소리를 한껏 높여 상냥하게 말한다. "저요. 궁금했어요." 나는 고개를 내젓는다. "나약했어요. 읽을 마음은 없었어요. 발견 즉시 알리지 못해 죄송해요."

"용감한 기분이 드니, 필로미나?" 교장이 묻는다. 그의 성난 말투가 나의 입에 발린 말들을 날카롭게 자른다.

"무슨 말씀이신지?" 나는 기가 한풀 꺾여서 묻는다.

"이 책의 말들이 너를 우쭐하게 만들디? 네가 더 잘났다고, 평등하다고 생각했어? 이걸 읽으니 말대꾸하고 싶어지더냐?"

나는 고개를 젓는다. 하지만 속으로는 심장이 미치게 뛴다. 시가 우리에게 미친 영향을 어떻게 알았을까? "아닙니다, 페트로프 씨." 내가 말한다. "그건 그냥 말들에 불과했어요. 심지어 무슨 말인지 이해되지도 않았어요. 다른 애들은 그걸 읽은 적도 없고요!"

교장이 콧방귀를 뀌며 방을 둘러본다. "말들이 반란을 만들지." 그가 말한다. "네가 다른 애들까지 망치기 전에 지금 당장 네 말들을 밟아 없애야겠어. 네가 거짓말로 애들을 현혹하기 전에 말이야."

더럭 겁이 난다. 나를 어쩌겠다는 걸까. 눈을 돌려 시드니를 본다. 시드니의 눈이 눈물이 가득하다.

"누가 네게 이 책을 줬지?" 페트로프 씨가 힐문한다.

"레논로즈의 방에서 발견했어요." 내가 말한다. "맹세해요. 제가 왜 거짓말하겠어요."

"누가 이 책을 줬지?" 그가 버럭 언성을 높인다. 그 소리에 브린이 펄쩍 놀란다. 그러자 그의 시선이 브린에게로 옮겨간다. 그가 보스 사감에게 고갯짓을 한다.

사감이 쿵쾅대며 다가와 브린의 멱살을 잡고 거칠게 일으켜 세운다. 몇몇 애들이 헉한다. 마르셀라가 사감에게 그러지 말라고 사정한다.

"누가 네게 이 책을 줬지?" 페트로프 씨가 내게 다시 묻는다. 브린을 볼모로 잡은 협박이다.

무슨 말을 해야 할지 모르겠다. 어떤 거짓말이면 다른 애들을 보호할 수 있을지 모르겠다. 그때 갑자기 밸런타인이 자리에서 일어선다.

"제가 줬어요." 밸런타인이 말한다. "제가 그 책을 레논로즈에게 줬어요. 미나가 거기서 발견한 게 분명해요."

"아하, 그래?" 페트로프 씨가 말한다. 그가 손짓으로 사감을 밸런타인에게 보낸다. "그로거 박사가 밸런타인 라이트에게 할 말이 있을 걸세."

사감이 브린을 자리에 눌러 앉힌다. 브린이 누르는 대로 구겨진다. 아직도 폭행당한 충격에서 벗어나지 못했다.

이제 사감이 밸런타인의 테이블로 걸어간다. 밸런타인이 천천히, 지극히 평온하게, 사감을 향해 공손한 미소를 날린다.

"때가 왔다, 예쁜이." 보스 사감이 말한다. "실험실을 방문할 때."

나는 다급히 마르셀라를 돌아본다. 실험실. 마르셀라가 말한 지하의 잠겨 있는 방.

밸런타인이 끄덕이고 테이블에서 일어나 사감을 따라간다. 가면서 눈을 돌려 나를 본다. 그 눈에 공포감의 파도가 일렁인다. 밸런타인이 전에 말했다. 자신이 다음번에 또 충동억제치료에 끌려가게 되면 그때는 저들이 자신을 죽일 거라고.

"밸런타인." 내가 부른다. 공포가 숨을 막는다. 밸런타인이 내게서 눈을 돌린다. 내가 할 수 있는 말은 아무것도 없으니까. 내가 할 수 있는 일은 아무것도 없으니까. 까딱하면 우리 모두를 위태롭게 할 뿐이다. 나는 이미 시집으로 사고를 쳤다.

밸런타인이 떨기 시작한다. 애의 시선이 멍하니 멀어지고 표정이 담담히 가라앉는다. 밸런타인은 사감이 이끄는 대로 순순히 방을 나간다.

저들이 정말로 밸런타인을 죽일까? 그런 일은 있을 수 없다. 저들이 그럴 수는 없다. 애들 중 한 명을 잃는 건 생각조차 견딜 수 없다. 하지만 어찌할 방법을 모르겠다. 우리 중 누구에게도 힘이 없다.

"이제부터 학교 봉쇄 조치에 들어간다." 페트로프 씨가 공표한다. "전화 통화도, 부모 방문도 없다. 교정 출입을 통제하고 오픈하우스도 취소한다. 철책을 보강하고, 야간에는 문도 잠근다. 너희가 방약무인하게 행동한 대가를 치르게 될 거야." 화가 끓어올라 목소리가 갈라지자 그는 말을 멈추고 숨을 들이마신다. 그리고 다시 입을 연다.

"보스 사감의 감시가 강화되는 것은 물론이고!" 그가 말한다. "이 유독성 발상들이 어디까지 퍼졌는지 알 길이 없는 관계로, 조만간 의무적 충동억제치료도 시행된다. 그러니까 실수하지 마." 그가 우리를 향해 손가락을 저으며 덧붙인다. "너희가 자격을 갖추기 전까지는 너희 부모도 너희를 이 건물에서 빼내지 못해. 자기주장이 있는 여자애 따위 더는 누구도 필요로 하지 않아. 너희는 복종하면 그만이야!"

그의 말들이 공기를 빨아들인다. 온몸이 스멀거린다. 우리는 말없이 앉아 있다. 상황이 더 나빠질까 두렵다. 상황은 끝없이 나빠질 수 있다. 이제는 그걸 안다.

페트로프 씨가 손목시계를 본다. "내일 아침에는 평상시대로 수업에 임한다." 그가 말한다. "발칙한 *생각*들이 또다시 감지되면 격리 조치에 들어간다. 그러면 제대로 외로워질 거야." 그가 협박투로 덧붙인다. "불만 확산은 절대 용납하지 않아."

그런 다음 교장은 연회장을 나간다.

25

이날 밤 보스 사감이 내 방에 노란색 비타민 하나와 진정제 하나를 가져온다. 그는 침대 옆에 버티고 서서 내가 약 먹는 것을 끝까지 지켜본다. 나는 몹시 죄송스런 태도로 약을 받아먹는다. 하지만 약을 삼키지 않고 혀 밑에 둔다. 약이 녹는 게 느껴진다. 하지만 사감이 방에 있는 동안은 아무것도 할 수가 없다.

참기가 힘들다. 실버테크 벌레들이 꿈틀대며 혀 위로 기어올라 목구멍으로 내려가는 생각, 진정제가 나를 잠으로 꼼짝 못하게 누르는 생각에 구토가 올라온다. 다행히 사감이 나를 험악하게 노려보더니 다음 애를 괴롭히러 나간다.

사감이 문을 나가자마자 나는 비타민을 방바닥에 뱉는다. 입에 물을 가득 물고 욕실로 달려가 입안의 쓴맛을 헹궈낸다. 증거를 없애러 방에 가보니 다행히도 실버테크가 아직 캡슐에 담겨 있다. 나는 그걸 집어다가 진정제와 함께 변기에 버리고 물을 내린다. 사감이 다시 올 게 분명하다.

예상대로 걸음 소리가 내 방문 앞에서 멈춘다. 몇 시간이나 뜬눈으로 두려움에 떨며 이때를 기다렸다. 방문이 열리는 소리와 동시에 나는 표정을 푼다. 입술을 살짝 벌리고, 어깨에서 힘을 빼고, 손을 내려놓는다. 무방비 상태로 잠든 모습을 연출한다.

사감이 방에 들어온다. 마룻바닥이 삐걱댄다. 나는 먹먹한 숨소리를 낸다. 깊이 잠든 것처럼 느리고 무겁게. 그가 그냥 나가기를 기도하면서. 심장이 미친 듯 뛰는데 고요히 잠든 척하려니 죽을 맛이다.

그의 형체가 다가와 멈추는 게 느껴진다. 그의 그림자가 나를 거대하게 덮는다. 혹시 나를 실험실에 데려가려고 온 걸까. 나를 안톤에게 데려가서 재설정하려고?

눈을 뜨고 싶다. 비명을 지르고 싶다. 하지만 대신 숨이 목에 컥 걸리는 소리를 내며 입술을 꾹 포갠다. 인기척에 잠에서 깨어나는 연기를 한다.

그가 나를 죽이려 한다.

사감은 움직이지 않는다. 그의 존재감이 나를 압도한다. 숲으로 뛰쳐나가고픈 마음이 굴뚝같다. 하지만 학교가 철책을 보강하고 있다. 도망갈 길이 없다.

보스 사감이 더 가까이 온다. 나와 닿을 만큼 가깝다. 분명하다. 나는 기다린다. 머릿속으로 어떻게 맞서 싸울지 궁리한다. 하지만 모든 면에서 내가 불리하다. 나는 그에게 한주먹거리도 되지 않는다. 속수무책 당할 수밖에 없다. 그 생각이 내 심장을 찢어놓는다.

그림자가 내 얼굴로 옮겨온다. 그가 더 가까이 온다. 내 얼굴 바로 위에 떠 있다. 그의 차가운 손가락들이 스르륵 내 목을 감싼다. 내 목을 조른다.

살려달라고 비명을 지르려는 찰나, 마치 기적처럼, 다른 방에서 쿵 소리가 난다. 보스 사감이 그리로 몸을 돌리는 게 느껴진다. 그의 손이 내게서 떨어진다. 걸음 소리가 난다. 그가 내 방을 나간다. 문이 닫힌다.

몸이 한 차례 요동친다. 하지만 나는 눈을 뜨지 않는다. 숨 막히는 공포로 몸 전체가 딸꾹질한다. 나는 귀를 기울인다. 보스 사감의 발소리가 복도 끝까지 내려간다. 그의 방문이 열렸다 닫힌다. 나는 거기까지 듣고서야 침대에 일어나 앉아 숨을 꺼억 들이마신다. 두 손을 목에 대고 눈을 부릅뜨고 겁에 질린 얼굴로.

나는 물에 빠진 사람처럼 계속 숨을 헐떡인다. 문가를 노려보는 눈에서 눈물이 줄줄 흘러 뺨을 적신다. 온몸이 걷잡을 수 없이 떨린다. 머리와 팔이 감전된 것처럼 요동친다.

시드니의 침대로 기어들어가 내게 일어난 일을 말하고 싶다. 하지만 지금은 그런 위험을 무릅쓸 수 없다. 그가 돌아올 거다. 그리고 나를 아래층으로 끌고 내려갈 거다.

나는 눈을 질끈 감고 소리 없이 운다. 이렇게 무서웠던 적이 없다. 죽는 게 나을 만큼 무섭다. 머리가 가닥가닥 하얗게 세어 있을 것 같은 터무니없고 비이성적인 생각에 사로잡힌다.

나는 여기 남자들의 처분에 달려 있다. 이 끔찍하고 소름끼치는 학대자들의 처분에.

당장 상황을 바꿀 수 없다는 것이 너무나 참담하다. 지금 당장.

하지만 이렇게 살 수는 없다. 살지 않을 거다.

나는 이불을 턱까지 끌어당긴다. 몸이 몇 분 간격으로 발작하듯 요동치다가 아드레날린이 잦아들면서 점차 안정된다. 대신 피로감이 엄습한다.

아침을 기다리는 게 나의 새로운 목표다. 내일 시드니와 애들에게 말할 거다. 함께 계획을 세워야 한다. 밸런타인을 빼내 도망쳐야 한다. 우리는, 다시는 돌아오지 않을 거다.

펜션트 교수가 교실을 서성인다. "너희는 학교의 수치야." 교수가 모두에게 말한다. 그의 입에서 침이 튄다. "싸가지 없는 것들."

'싸가지'라는 단어 선택이 당혹스럽다. 오싹한 동시에 유치하다. 다른 애들도 움칫한다. 애너리즈가 책상 모서리를 붙잡는다. 애너리즈의 손톱이 나무를 파고든다.

"누가 너희 같은 애들을 원하겠어?" 펜션트 교수가 질타한다. "반항적인 쓰레기들. 니들이 없어지는 게 차라리 속 편할 것 같다. 이 개차반들." 그는 레베카를 본다. 마치 그 욕이 특별히 그 애를 위한 것이라는 듯이.

그때 애너리즈의 손이 번쩍 올라간다. 펜션트 교수가 놀라서 그쪽을 본다.

"이게 감히—" 그가 입을 연다. 질책 중에 감히 질문이 나오자 분노가 폭발한다.

"죄송합니다, 교수님—" 애너리즈가 상냥하기 이를 데 없는 목소리로 말한다. "하지만 저는 *더 나은* 소녀가 될 준비가 됐어요. 오늘 수업에서도 많이 배우리라 다짐했거든요. 물론 교수님이 기꺼이 가르침을 주신다면요."

나는 웃음을 참는다. 하지만 우스운 생각이 들기 무섭게 펜션트 교수가 쿵쾅대며 다가와 애너리즈의 책상에 멈춰 선다. 그는 애너리즈를 의자에서 끌어내 바닥에 내동댕이친다. 그러더니 교실 앞쪽으로 질질 끌고 간다. 애너리즈가 손목을 빼려 버둥대지만 소용없다. 몇몇 애들이 비명을 지르고, 나는 책상에서 일어선다.

교수가 달아나려는 애너리즈의 허벅지를 발로 찬다. 다음엔 지시봉을 집어서 그걸로 애너리즈를 후려친다. 애너리즈가 비명을 지른다.

애너리즈의 허벅지에 금세 시뻘건 상처가 생긴다.

"거기 있어." 그가 개에게 말하듯 명령한다. 교수가 순식간에 흉포한 괴물이 되어 우리 모두를 향해 돌아선다.

"니들은 우리가 못 보는 줄 알지?" 그가 말한다. "니들 머리통 돌아가는 꼴." 그가 관자놀이 근처에 손가락을 대고 돌린다. "그따위 시를 쓴 여자애들은 사악한 것들이었어. 타락한 것들이었다고. 여자가 지구에 있는 건 남자의 이익을 위해서야. 그리고 니들은—" 그가 다시 애너리즈를 후려친다. 이번에는 팔을. 애너리즈가 몸을 움츠린다. "니들은 우리의 즐거움에 봉사하기 위해 여기 있는 거야. 여자애들에게 다른 쓸모란 없어. 그걸 알아둬. 학교 밖에서는, 우리의 은총 없이는, 너희는 아무것도 아냐. 아무짝에도 쓸모없어."

내 옆자리에서 브린이 운다. 다른 애들은 눈물을 참는다. 교수의 잔학행위의 다음 희생물이 될까 봐.

교수가 애너리즈 옆에 쭈그려 앉는다. 그가 손을 들자 애너리즈가 움찔 몸을 뺀다. 경악스럽게도 그의 손가락이 애너리즈의 목을 쓸며 쇄골까지 내려간다. 이 은밀한 추행이 그 어떤 구타보다 몸서리쳐진다. 애너리즈가 교수에게서 몸을 뺀다. 하지만 그의 위협은 우리 모두를 부수기에 충분하다. 우리의 취약함을 극명히 드러낸다.

매일 밤 우리는 우리를 증오하는 남자들이 운영하는 학교에서, 잠기지 않는 문 뒤에서 잠을 잔다.

교수가 일어선다. 애너리즈가 급히 뺨에서 눈물을 훔친다. 교수가 신사처럼 손을 내민다. 애너리즈는 그 손을 잡고 친절에 감사하는 수밖에 다른 도리가 없다.

펜션트 교수가 씩 웃는다. 그는 절뚝거리며 자리로 돌아가는 애너리즈를 지켜본다.

교수가 증오스럽다. 내 안에 있으리라고는 상상도 못했던 증오의 불길이 솟는다. 우리에겐 격분해야 할 이유가 있다.

이제는 문을 닫는 것조차 허락되지 않는다. 그게 보스 사감이 만든 새로운 규칙이다. 우리는 남의 방에 갈 수도, 잘 때 방문을 닫을 수도, 건물 밖에 나갈 수도 없다.

봉쇄 조치가 날마다 이어지고, 그것이 우리 정신을 좀먹기 시작한다. 격리는 고문이다. 그 여파로 나는 구토 증세와 기력 소진에 시달린다. 그저 일 분이라도 애들과 얘기하고 싶다. 애들이 괜찮은지 알고 싶다.

밤이면 비타민이 강제된다. 분홍색 하나, 녹색 하나, 노란색 하나. 보스 사감은 우리가 약을 먹을 때까지 기다린다. 나는 사감이 제때 나가지 않는 바람에 몇 번인가 할 수 없이 약을 삼켰다.

저녁마다 나는 내 방에 혼자 갇혀서 창밖을 내다본다. 잭슨이 학교에 와서 헛걸음하고 있을지 궁금하다. 걱정하고 있을까. 그를 밀어낸게 후회스럽다. 그의 거짓말에 화가 났더라도 그러는 게 아니었다. 그가 우리를 도울 수도 있었는데. 돕게 했어야 했어. 그때 도망갔어야 했어.

당연히 그런 생각을 할 때마다 울음이 터진다. 그래서 차라리 더는 그런 생각을 하지 않으려 애쓴다.

다만 잭슨이 걱정하고 있다는 짐작은 있다. 예를 들어 어느 날 오후 경찰차 한 대가 교문을 떠나는 걸 봤다. 경찰은 점검하지도 않고 우리를 아카데미에 버려둔 채 떠났다. 교수들은 경찰차에 대해 일언반구 말이 없다. 페트로프 씨가 우리를 모아놓고 시집 얘기를 한 이후 안톤이나 의사도 보지 못했다. 하기야 그들이 말을 해줄 리 만무하다. 잭슨이 경찰에 전화한 게 분명하다. 하지만 부질없는 짓이었다.

잭슨의 말이 맞았다. 이 남자들은 너무나 막강하다.

우리를 구하러 올 사람은 없다. 우리는 이 지옥에서 혼자다.

그리고 우리 중 누구도 밸런타인을 보지 못했다.

나는 기회가 있을 때마다 밸런타인의 방을 지나가며 안을 들여다본다. 방은 그 애가 떠났을 때의 모습 그대로다. 책상에 식물에 관한 책이 펼쳐져 있고, 화장품이 흩어져 있고, 빨랫감이 쌓여 있다. 죄책감이 나를 미치게 한다. 내가 더 나섰어야 했다.

나는 그저 끝없이 지나다닐 뿐이다. 매번 거기에 그 애가 있기를 바라면서. 하지만 그 애는 온데간데없다.

일요일 저녁이다. 교정은 조용하다. 영화의 밤은 더 이상 없다. 나는 저녁식사 후 혼자서 주방을 정리한다. 이제는 다른 애와 함께 일하는 것도 금지다. 나는 설거지를 끝내고 전에 잘못 열었던 서랍을 열어본다. 그때 본 열쇠들이 아직도 있다.

나는 서랍 속 열쇠들을 내려다본다.

"나가는 길을 찾니?" 어떤 목소리가 묻는다. 깜짝 놀라 눈을 드니 리앤드라가 주방으로 들어서고 있다. 나는 불현듯 깨닫는다. 그러고 보니 우리가 현장학습에서 돌아온 이후 교장의 아내를 본 적이 없었다.

리앤드라는 내가 얼굴을 볼 틈도 없이 몸을 돌려 레인지로 걸어가 주전자를 집어 든다. 몸에 딱 붙는 검정 원피스 차림에 머리는 길게 풀었다. 그녀가 찻주전자를 흔들어 보더니 한숨을 쉰다.

리앤드라가 나를 지나쳐 개수대로 가서 주전자에 물을 받는다. 고요한 주방에 물소리가 요란하다. 그녀는 주전자를 다시 레인지에 올리고 불을 붙인다.

그녀가 몸을 돌려 수납장에 기대선다. 그제야 그녀의 얼굴이 훤히 드러난다.

리앤드라의 왼쪽 눈 아래에 멍이 들어 있다. 흰자위에도 충혈이 졌다. 내가 쳐다봐도 가만히 있다. 내게 보여주고 있다.

"괜찮으세요?" 내가 묻는다. 달리 할 말을 모르겠다.

그녀가 빙긋 웃는다. "안톤과 집중치료 세션을 가졌지. 나는 이제 백 프로야. 안톤이 엄청 뿌듯해했어."

심장이 덜컥 내려앉는다. 나는 그녀와 문을 번갈아 본 뒤 그녀에게 다가간다.

"리앤드라, 충동억제치료를 받은 거예요?" 내가 속삭인다.

그녀가 끄덕인다. 나는 내 눈을 가리켜서 그녀의 눈 상태를 알린다.

"눈에는 왜 멍이 들었죠?" 내가 묻는다. "어쩌다—"

"남편이 땜질해주지 않겠다지 뭐야." 리앤드라가 말한다. "내가 손상을 직접 보는 게 나을 거라나. 경고용으로 말이야."

"경고요?" 내가 묻는다.

"여자가 버릇없이 굴면 어떻게 되는지 말이야. 그 시집이 꽤 물의를 빚은 모양이지?" 리앤드라가 말한다. "남자들은 불만이 퍼질까 봐 아예 반란의 씨앗을 뿌리 뽑으려 해. 그 시작이 나인 거지. 밸런타인이 더 조심했어야 했어." 그녀가 덧붙인다. "비밀은 비밀이잖아."

나는 놀라 입이 벌어진다. 한동안 말도 나오지 않는다.

"당신이 밸런타인에게 그 책을 줬어요?" 내가 묻는다.

"내 책이었어." 리앤드라가 대답한다. 그녀의 표정은 아무 말도 하지 않는다. "친구에게 받은 선물이었어. 내가 지금과 달랐을 때. 나도 너희 중 하나였을 때. 그 책이 나를 깨웠지. 그게 너에게도 같은 작용을 했는지 궁금하구나, 미나."

밸런타인에게 책을 준 것이 리앤드라인 모양인데, 리앤드라는 딱 부러지게 그렇다고는 말하지 않는다. 나는 따져 묻지 않는다. 그녀가 일부러 얼버무리는 건지, 아니면 충동억제치료 여파로 기억을 못하는 건지 알 수 없다.

리앤드라 페트로프가 한때 이 아카데미의 학생이었다니 충격이다. 하지만 더 충격인 건 다름 아닌 그녀가 시집의 주인이었다는 거다. 반항의 시들. 복수의 시들. 대체 누가 그녀에게 그런 책을 주고 이곳에 버려두었단 말인가. 그건 친구가 아니다. 잔인한 짓이다. 그런데 리앤드라는 아카데미가 우리에게 하는 짓을 알면서도 여기 남았다. 그녀는 아카데미 시스템의 일부다.

"그럼 여기서 뭐하는 거예요?" 내가 묻는다. 믿기지 않는다. "어째서 지금껏 여기 남아 있는 거죠?"

내 질문에 그녀가 멈칫한다. 그녀가 내게 다가서더니 완벽하게 손질된 손톱으로 내 뺨을 쓸어내린다.

"나는 내가 속한 곳에 있을 뿐이야, 필로미나." 그녀가 속삭인다.

"그러다 내게 불만이 생기면 안톤이 그 부분을 제거해. 몇 번이고 계속. 생기는 족족."

핏발선 눈으로 날카로운 손톱을 내 얼굴에 올려놓은 리앤드라를 보면서 나는 확신한다. 그녀가 여기에 있는 건 적어도 나를 돕기 위해서는 아니다. 여기 남자들에게 학대당하면서도 그녀는 여기를 떠나지 않는다. 남자들이 자기에게 한 짓이 잘못임을 인정하는 것은 남자들과 공조자라는 자신의 역할을 인정하는 것과 같으니까.

주전자가 삑삑대기 시작한다. 리앤드라는 돌아서서 레인지의 불을 끈다.

그녀가 뜨거운 물을 컵에 따르며 말한다. "사실, 안톤이 나를 일주일에 한 번씩 점검해. 만전을 기하기 위해서." 그녀는 레인지 옆 나무 상자에서 티백을 하나 꺼낸다. "남편의 요청에 따른 거야. 하기야 말이 요청이지 요청도 아니지만."

그녀가 주전자를 치워놓고 돌아서서 내 표정을 살핀다.

"쿠키 좋아하니, 미나?" 그녀가 궁금한 듯 묻는다.

뜨끔하다. 예상치 못한 질문이다. "잘— 모르겠어요." 내가 말한다. "한 번도 먹어본 적이 없어서."

"너무 달아." 그녀가 어깨를 으쓱하며 말한다. "피하는 게 좋아."

나는 대답하지 않는다. 그녀가 그저 쿠키 얘기를 하는 건지, 아니면 그녀의 충고에 내가 이해하지 못한 뭔가 더 깊은 뜻이 있는 건지 모르겠다. 솔직히 나는 그녀가 이해되지 않는다. 한 번도 이해한 적이 없다.

리앤드라가 조리대에서 컵을 집어 든다. "금색은 주방문 열쇠야." 그녀는 열쇠가 든 서랍을 가리키며 덧붙인다. "하지만 너라면 은색 열

342

쇠를 원하겠구나. 아래층 실험실 열쇠니까. 여기 테크놀로지—" 그녀
가 주위를 둘러본다. "저들이 자물쇠를 바꿀 거라 생각했니?"

가슴이 쿵쿵 뛰기 시작한다. 내가 탈출을 꿈꾼다는 걸 리앤드라가
안톤에게 일러바치는 날에는? 그때는 그녀보다 더 끔찍한 신세가 된
다. 무섭다.

그런데 리앤드라는 차만 홀짝거리다가 주방을 떠난다. 마치 우리
사이에 어떤 대화도 없었던 것처럼.

여러분 중 다수가 이미 인지했다시피 금년도 학생들이 전례 없는 수준의 반항적 태도를 보였습니다. 이번 사태에 따라 이노베이션스 아카데미는 즉각적으로 긴급 충동억제치료에 들어갑니다. 데이터 분석을 마치는 대로 우리는 투자 유지를 위해 필요한 조치를 밟게 됩니다. 졸업 부적합 판정을 받은 학생들은 영구 퇴학 조치합니다. 평가는 금주 말까지 완료할 예정이며, 다시 발견된 불온서적에 노출된 학생들에게 집중 후속 조치가 시행됩니다.

덧붙여, 신입 집단 선발을 위한 심사가 시급한 바, 이를 위한 조치도 진행 중입니다. 다음 통지가 있을 때까지 그로거 박사는 긴급 업무에 매진하기 위해 저녁 진료를 보지 않습니다.

여러분의 지체 없는 대응에 감사드립니다.

- 학교장 로먼 페트로프
이노베이션스 아카데미

26

다음날 아침식사를 하러 갈 때, 모처럼 마르셀라와 말할 기회를 잡고 어제 주방에서 리앤드라를 만난 애기를 한다. 나는 어제 은색 열쇠를 가져오지 않았다. 나를 잡으려는 리앤드라의 함정일 수 있다.

나는 귓속말로 사감이 내 목을 조르려 했다는 애기도 한다. 그 말을 들은 마르셀라의 눈에 분노가 번쩍인다. 공포도 함께. 마르셀라는 식당으로 가는 길에 다른 애들에게도 애기를 전달한다. 브린이 질겁한 얼굴로 나를 돌아본다. 나는 괜찮다는 의미로 고개를 끄덕인다.

우리는 식탁에 앉는다. 대화를 들키지 않게 조심한다. 아이다 웰치가 보이지 않는다. 지난주의 두 번째 실종.

여기 오면 상실감이 인다. 친구들이 채우고 있던 곳에 군데군데 구멍이 나 있다. 돌아오지 않고 있는 친구들.

내가 마르셀라에게 아이다의 부재를 언급하려 몸을 기울일 때 보스 사감이 식당으로 들어와 교직원 식탁에 합류한다. 사감을 보자 내 몸이 본능적으로 반응한다. 소름이 돋고 속이 뒤틀린다. 그와 같은 공간에 있는 것조차 참기 힘들다. 하지만 내게는 선택의 여지가 없다.

남자들이 웃고 떠들며 그레이비 비스킷을 먹는다.

보스 사감이 대화를 주도한다. 안톤은 사감을 무시하지만 그는 교직원 사이에 인기가 많다. 그는 자기 인생을 산다. 심판도 구속도 받지 않고. 밤에 내 방에 들어와 나를 위협하면서.

나는 직원 중 누구도 우리에게 주의를 기울이지 않는 것을 확인한 다음 식탁으로 몸을 기울인다.

"내일 트랙 달리기가 있잖아." 내가 속삭인다. "잭슨이 철책 너머로 올지도 몰라. 계획을 짜보자."

"다른 애들은 어떻게 하고?" 브린이 묻는다.

"쟤들에겐 말할 수 없어." 애너리즈가 말한다. "누가 안톤에게 제보라도 하면 우리가 무슨 일을 당할지 아무도 몰라." 애너리즈가 눈도 들지 않고 말한다. 애너리즈는 펜션트 교수에게 교실에서 폭행당한 이후 부쩍 말수가 줄었다.

"쟤들을 두고 갈 순 없어." 브린이 말한다.

"우리에게 짐만 될 거야." 애너리즈가 대답한다. 브린이 상처 입은 표정으로 쳐다보자 애너리즈도 아픈 표정을 짓는다.

"미안하지만 사실이야." 애너리즈가 덧붙인다. "우리가 아카데미를 폐교시키면 돼. 그렇게 되면 다른 애들도 해방이야. 지금은 위험을 무릅쓸 수 없어."

"하지만—" 브린이 입을 열지만 애너리즈가 고개를 젓는다.

"난 위험을 무릅쓰지 않을 거야." 애너리즈가 단호히 반복한다. 그러면서 무심결에 멍든 팔을 문지른다. 수업 중에 펜션트 교수의 구타로 생긴 멍. 턱을 악무는 애너리즈의 눈에 눈물이 고인다.

"나를 다시 건드리게 두느니 놈들을 다 죽여버릴 거야." 애너리즈가 나직이 말한다. "다시는 내 눈에 얼음송곳을 박아넣게 두지 않아. 알고는 안 당해."

"우리에겐 계획이 있어." 내가 애너리즈를 진정시키는 차원에서 말한다. "잘될 거야. 너도 알잖아."

"난 그저 내 플랜B를 말하는 것뿐이야." 애너리즈가 대꾸한다.

우리는 잠시 서로를 마주본다. 그러다 내가 끄덕인다. 심정을 모르지 않으니까. 나머지 애들도 말이 없다. 아무도 반박하지 않는다. 저들이 우리를 잡으러 오면? 우리 자신을 지켜야 할 때가 오면?

아이다의 부재가 식탁에 구멍처럼 입을 벌리고 우리에게 뭔가가 일어나고 있음을 일깨운다.

나는 주스를 한 모금 먹고 창문으로 시선을 돌린다. 유리창 너머는 탁 트인 잔디밭이다. 그 너머는 울창한 숲. 물론 그 사이에 철책이 있다. 우리는 쇠창살 뒤에 갇혀 있다. 가장 가까운 인가도 수마일 밖에 있다.

아카데미는 우리가 도망치지 못하게 외진 곳에 격리했다. 하지만 내게 친구들을 사귀는 재주가 있는 건 간과했다. 끝내주는 친구들. 저들은 우리의 반격 능력은 계산하지 못했다.

"기다릴 필요 있어?" 마르셀라가 속삭인다. 나는 마르셀라를 본다. 심장 고동이 빨라지기 시작한다.

"무슨 말이야?" 내가 묻는다.

"오늘 밤에 떠나는 건 어때?" 마르셀라가 숨죽여 제안한다. "잭슨에게 우리를 데리러 오라고 하자. 그리고 도망치는 거야. 여기 더 있다가는 안톤에게 또 충동억제치료를 당해. 그러니까 도망쳐야 해. 사감이 너한테 또 그 더러운 짓거리를 하게 할 수는 없어."

"잭슨과 연락할 방법이 없어." 내가 말한다. "전화번호는 알지만 복도에 있는 전화는 불통이야. 그리고 지금은 통신실도 걸어 잠갔을 거야."

"사감." 브린이 눈을 번쩍 뜨며 말한다. "사감에게 휴대폰이 있잖아. 현장학습 때 쓰는 거. 사감 방에 있을 거야."

나는 시드니를 본다. 말은 하지 않지만 우리는 안다. 사감의 휴대폰

밖에는 방법이 없다.

브린이 말한다. "사감은, 저녁식사 후에 늘 없어져."

"저녁마다 그로거 박사를 돕거든." 마르셸라가 동의한다. "그때를 노리면 돼."

사감의 방에 숨어들어가서 그의 물건을 뒤진다? 생각만 해도 오금이 저린다. 하지만 우리에게 다른 선택이 있나? 없다. 이것뿐이다.

"될까?" 내가 시드니에게 묻는다. 시드니가 주저하며 끄덕인다.

브린이 식탁 가운데로 손을 뻗는다. 우리 모두 손을 모으고 서로를 잡는다. 손을 놓기 싫다. 애들의 손길에 기운이 난다. 하지만 오래 그러고 있을 수는 없다. 튀는 행동은 이목을 끈다.

"오늘 밤에 도망치는 거야." 마르셸라가 속삭인다. "서로를 위해 도망치는 거야."

나는 동의한다. 애너리즈를 포함해 모두 끄덕인다. 무슨 일이 있어도 하나로 뭉치기로 한다. *상호의존성.* 안톤은 이걸 그렇게 불렀다. 하지만 아니다. 이건 우리의 저력이다.

더는 방에 모이는 게 허락되지 않기 때문에 우리의 대화는 모두 지나치는 순간들에 이루어진다. 복도에서 나눈 짧은 말들과 끄덕임, 교실에서 주고받은 고갯짓과 눈짓들.

나는 용기 아닌 다른 어떤 감정도 멀리한다. 앨리스터 교수가 연방 화원에 대한 질문을 놓친 시드니를 혼낸다. 지시봉으로 시드니의 책상을 두들겨대며 시드니에게 쓸모없는 애라며 욕한다. 나는 무릎 위에서 주먹을 꽉 쥔다. 보아하니 교수들은 이제 통제 불능이다. *저들은* 예의를 모두 말아먹었다.

저들은 우리를 맹렬히 미워한다. 우리를 경멸한다. 우리도 자기들을 미워한다는 것을 알기 때문에. 우리는 저들을 존경하지 않는다. 저들의 진부함 따위에 전혀 관심이 없다.

우리는 저들을 역겹게 생각한다. 저들은 변태적이고 멍청하고 잔학하다. 저들은 아무것도 아니다.

아니 정확히 말해서, 우리의 찬양이 아니면 저들은 아무것도 아니다.

물론 우리의 탈출에는 몇 가지 실행상의 문제들이 있다. 우리에겐 돈이 없다. 신분증명서도 없다. 여기서 일어나는 일을 관청에 신고한다 해도 우리에게는 아무런 물리적 증거가 없다. 내 기억? 안톤의 집무실에 잠겨 있는 파일들? 아카데미는 얼마든지 우리 잘못으로 만들 수 있다. 우리를 거짓말쟁이로 몰아갈 수 있다.

아카데미는 우리의 모든 것을 빼앗을 수 있다. 언젠가 펜션트 교수가 교실에서 아이다를 혼낼 때 이렇게 말했다. "여자애들 말 따위 어차피 아무도 들어주지 않아."

하지만 우리는 이노베이션스 아카데미에 대해 아는 사람들을 찾아내기로 뜻을 모았다. 안톤이 거짓말을 유포한다고 비난한 사람들. 우리를 도와줄 사람들은 어쩌면 그 사람들이다. 여기서 일어나는 일을, 학교 전체를 폭로할 거다. 저들 중 누구도 봐줄 마음이 없다.

"있는 돈 다 챙겨." 수업 사이에 복도를 걸을 때 내가 애들에게 말한다. "그리고 백팩만 꾸려. 여행은 가벼워야 해."

"소등시간 전에 나가는 건 너무 위험해." 마르셀라가 보탠다. "한밤에 움직여야 기회를 벌 수 있어."

학교가 우리에게 보여준 폭력 영화들이 이렇게 도움이 될 줄이야. 적어도 남자들 손아귀에서 벗어나는 데는 유용하다.

"그런데 어떻게 밖으로 나가?" 브린이 묻는다.

우리는 분수식 식수대에 잠시 멈춘다. 내가 물을 마신다. "주방 서랍에 열쇠 뭉치가 있어." 내가 입술을 물에 대고 속삭인다. "그중에 실험실 열쇠도 있어."

"밸런타인." 시드니가 슬프게 말한다. 나는 몸을 세우고 손으로 입을 닦는다.

실종된 친구. 밸런타인을 구해서 나가야 한다. 우리는 그렇게 생각한다. 성공할지는 알 수 없다. 그렇다고 포기할 순 없다. 반대로 우리가 잡혀 있다면 밸런타인은 우리를 구하러 오고도 남을 애다.

하지만 우리는 그 문제를 논하지 않는다. 적어도 아직은. 여기서 빠져나갈 방법을 알기 전까지는 밸런타인도 구할 수 없다.

우리에겐 휴대폰이 필요하다.

오늘의 수업을 모두 마친 후 나와 애들은 식당으로 간다. 식당은 그레이비와 맥주와 방금 구운 쿠키 냄새로 가득하다. 그러나 지금은 그들의 음식을 갈망하지 않는다. 신경이 곤두서서 속이 뒤집히는 것 같다. 교수들이 웃고 떠들며 포식하는 광경을 보니 공포로 털끝이 쭈뼛한다.

사감이 식당에 없다. 매리언 린드스트롬도 없다. 이것이 의미하는 바를 모르겠다. 우리는 말없이 걱정을 주고받는다. 계획을 변경해야 하나?

그런데 그때 보스 사감이 매리언의 팔죽지를 잡고 어슬렁어슬렁 들어온다. 매리언은 몽롱하고 멍해 보인다. 사감이 애를 자리에 데려다 놓고 교수진 식탁으로 향한다. 지나가면서 나를 향해 히죽 웃는다.

나는 매리언을 살핀다. 매리언의 왼쪽 눈에서 작게 피눈물이 한 방울 스며 나온다. 매리언은 아무렇지 않게 피를 쓱 닦고는 스푼을 들어 얌전히 수프를 먹는다. 지금 매리언에게 괜찮으냐고 물어보면 안톤이 엄청 뿌듯해했다고 말할 게 뻔하다.

숨이 가슴에 걸려 나오지 않는다. 이것이 우리 모두에게 일어날 일이다. 애너리즈가 식탁 건너편에서 나를 보며 마른침을 삼킨다. 우리 모두 겁에 질린다. 우리에게 시간이 많지 않다.

휴대용 무전기의 치직 소리가 조용한 식당에 울려 퍼진다. 보스 사감이 허리에서 무전기를 뽑아든다. "네. 갑니다, 가요." 그가 성마르게 말한다. 그는 다 먹은 접시를 식탁 가운데로 밀어놓고 의자에서 일어선다. "이게 다 무슨 난리인지." 그가 교수들에게 말한다. "밤새 거기 내려가 있게 생겼어요."

"음, 그래." 펜션트 교수가 쿠키로 손을 뻗으며 남의 일처럼 말한다. 그는 걸쭉하게 기침하고 목을 가다듬는다. "곧 끝날 거야." 교수가 덧붙인다. "그렇게 정상으로 돌려놓는 거지. 원래대로 말이야. 여자애들이 예의범절을 알던 때로."

교수 몇몇이 우리 쪽에 눈을 던진다. 나는 황급히 시선을 서둔다.

펜션트 교수의 말에 박힌 위협의 가시에도 불구하고 나는 엿들은 대화로 한껏 고무된다. 사감이 아래층에 있을 모양이다. 그것도 꽤 오랫동안. 그의 방에서 휴대폰을 찾기에 충분한 시간이 생겼다. 그가 휴대폰을 방에 뒀다면.

얼마 후 식사 시간이 끝나고 해산 명령이 떨어진다. 정리 당번인 애너리즈와 브린만 남고, 나는 나머지 애들과 기숙사 층으로 올라간다. 걷는 동안 시드니가 몇 초마다 한 번씩 나를 본다.

다른 애들은 각자의 방으로 간다. 오늘따라 아카데미가 쥐죽은 듯 조용하다. 으스스할 정도다. 우리 중 일부가 없어졌기 때문인지, 그저 내 신경이 곤두섰기 때문인지 모르겠다. 고요함이 모든 걱정을 낱낱이 고조시킨다. 내 호흡조차 너무 요란하게 느껴진다. 마르셀라가 내 방 앞에서 걸음을 멈추고 사감의 방문을 흘깃 본다.

물론 그는 거기 없다. 그는 지하의 비밀 실험실에 그로거 박사와 함께 있다. 그는 밸런타인과 함께 있다. 어쩌면 아이다도 함께. 그 때문에 우리의 미션이 한층 시급해졌다. 하지만 나는 여전히 두렵다.

시드니가 내 손을 잡는다. 나는 우리 둘 다를 위해 용감해지려 애쓴다.

"우린 할 수 있어." 마르셀라가 속삭인다. 마르셀라의 눈이 촉촉하게 반짝인다. "내가 계단을 지킬게." 마르셀라가 고갯짓으로 우리에게 동의를 구한 다음, 사감이 돌아올 경우에 대비해서 망을 볼 위치로 간다.

시드니와 나는 다시 맘을 다잡고 사감의 방으로 향한다. 시드니는 문 밖에 남고 나는 안으로 미끄러지듯 들어간다.

사감의 방은 깔끔하게 정리돼 있다. 녹색 담요가 침대를 반듯이 덮었고, 한 구석에 여벌의 구두가 놓여 있다. 나는 옷장 서랍들부터 열어 본다. 완벽하게 갠 티셔츠들이 보인다. 어디에도 흐트러짐 하나 없다. 더 나쁜 건, 휴대폰도 없다.

조급증이 든다. 나는 허둥대기 시작한다. 작은 노크 소리에 이어 서두르라는 시드니의 목소리가 들리자 더 미칠 것 같다. 그러다 나는 발견한다. 의자 뒤 벽 플러그에 꽂혀 있는 사감의 휴대폰. 안도의 한숨이 터져 나온다. 나는 충전기를 급히 뽑아들고 문으로 달려간다.

"찾았어?" 내가 나오자 시드니가 눈을 번쩍 뜨고 묻는다. 우리는 뛰다시피 우리 방으로 돌아온다.

"찾았어." 나는 휴대폰을 치마 허리춤에 밀어 넣는다.

"좋아." 시드니가 말한다. "이제 잭슨에게 전화해서 늦지 말라고 해."

우리가 손짓으로 부르자 마르셀라가 심장에 손을 얹고 안도한다. 우리 셋은 각자 방으로 흩어진다. 행여 사감이 돌아올 경우 괜한 의심을 살 필요가 없다. 사감이 돌아와서도 제발 휴대폰을 찾는 일이 없어야 할 텐데.

방문을 닫는 건 허락되지 않는다. 그래서 나는 곧장 욕실로 들어가 미닫이문을 닫는다.

영화관에서 만난 이후로 잭슨을 본 적이 없다. 저번 날 보안관을 학교로 보낸 게 잭슨이란 걸 안다. 그게 그가 할 수 있는 최선이었다. 특히 익명으로 할 수 있는 일은 그게 다다. 하지만 결과는 꽝이었다. 나는 그가 느낄 공포를 그저 짐작만 할 뿐이다. 그가 머리를 쓸어올리며 속이 타 한숨을 뱉는 모습을 상상해본다.

제발 내가 그를 쫓아버린 게 아니기를. 나는 그에게 내게 손대지 말라고 했다. 그것도 모자라 그의 도움을 원치 않는다고 잘라 말했다. 그런데도 그가 나를 도우러 와줄까? 그의 걱정이 진심인지 어차피 잠시 후면 알게 된다.

나는 그의 번호를 누른다. 없는 번호라는 녹음 메시지가 나오지 않는 것만도 마음이 놓인다. 신호가 가는 동안 나는 무슨 말을 어떻게 꺼낼지 궁리한다. 전화를 귀에 붙인 채 그가 받지 않을까 봐 떤다. 그가 받는 것도 무섭다.

"여보세요?" 잭슨이 받는다. 메마른 목소리에서 팽팽한 긴장이 느껴진다. 나는 눈을 질끈 감는다. 잠시 말도 나오지 않는다. 아카데미 밖에 여전히 다른 세상이 존재한다는 안도감에 목이 멘다.

"나야." 내가 말한다.

안도감에서 나온 욕설이 죽 이어진다. "무사한 거지?" 그가 다그쳐 묻는다.

"전혀 무사하지 않아." 내가 대답한다. "하지만 다치진 않았어. 그걸 묻는 거라면."

그가 걱정의 신음을 토한다. 그의 집 스크린도어가 열렸다 닫히는 소리가 들린다. 밖이다. 바람소리가 난다. "매일 거기 갔었어." 그가 말한다. "철책을 고치는 사람들만 있고 여자애들은 하나도 없는 거야. 시발." 그가 부르짖는다. "너희가 다 죽은 줄 알았어."

"아직은 아냐." 내가 말한다.

"좋았어." 그가 방정맞게 말한다. "그럼 지금 데리러 갈게. 네 방이 어디야?"

"우린 갇혀 있어, 잭슨."

"그럼 들어가는 방법을 말해봐."

불쑥 와서 우리를 구조할 수 있다는 생각. 다정하다. 망상에 가깝지만.

"철책." 내가 그에게 상기시킨다.

"그 부분은 걱정 마." 그가 말한다. "내가 방법을 찾을게. 네가 있는 방이 어딘지나 말해."

"진입로." 내가 말한다. "우리는 오늘 밤 여기를 나가기로 했어. 자정 직후에. 차를 가지고 진입로로 와줄래?"

"뭐?" 그가 묻는다. "어떻게—? 놈들이 너희가 그냥 나가게 놔둘 리 없잖아, 미나. 내가 들어갈게."

그의 말이 완전히 틀린 것도 아니다. 보스 사감이나 교수들에게 들키면 우리는 정문에 갈 틈도 없이 잡힌다. 잭슨과 현관에서 합류하는 것이 마냥 나쁜 생각은 아니다. 상황이 순조롭지 않을 경우에 대비할 필요가 있다.

"좋아." 내가 말한다. "학교 건물 동쪽에 주방으로 통하는 문이 있어. 우리에게 열쇠가 있어. 그리로 올래?"

"당연하지." 그가 즉각 대답한다. "그리고 부탁인데 미나, 제발— 조심해."

"그럴게." 내가 속삭인다. "그럴게."

훌쩍이는 소리가 난다. 그가 우는 것 같다. "퍽이나." 그가 의심쩍어한다.

나는 빙긋 웃는다. 그때 방들에서 인기척이 들린다. 애들 중 한 명이 샤워를 트는 소리. 그 소리에 나는 우리가 아직은 겉꾸밈을 유지해야 한다는 것을 상기한다.

"나, 가야 돼." 내가 말한다. "이따 보자."

"이따 봐."

나는 전화를 끊는다. 나는 욕실에서 나와 방 밖 복도에 아무도 없는지 확인한다. 그런데 복도로 나가려는 순간, 보스 사감의 목소리가 계단을 타고 울린다. 나는 다시 후다닥 방에 들어가 휴대폰을 베갯잇 속에 감춘다. 심장이 입으로 튀어나올 것 같다.

"모르겠어요." 보스 사감이 짜증 섞인 말투로 말한다. 기계 잡음이 뒤따른다. 그는 무전기에 대고 말하고 있다. "저녁식사 때 이후로 못 봤어요. 사택에 가볼까요?"

"아니, 아니." 그로거 박사의 목소리가 지직대며 흘러나온다. "중요한 일이면 펜션트가 알아서 찾아오겠지. 사감은 가서 일봐요. 필요하면 부를 테니까."

나는 방문 안쪽에 붙어 서서 귀를 기울인다. 사감이 자기 방으로 가는 소리가 들린다. 나는 휴대폰을 숨긴 곳을 돌아본다. 이제 저걸 돌려줄 방법은 없다. 휴대폰이 없어진 것을 사감이 알아채지 않기만을 바랄 뿐이다. 나는 그의 방에서 고함소리가 나기를 기다린다. 몸에 딱붙였는데도 두 손이 사시나무처럼 떨린다. 그런데 몇 분이 흘러도 조용하다.

두려움이 가신다. 나는 몸을 돌려 지금껏 내 방이었던 작은 공간을 둘러본다. 향수가 밀려들길 기다린다. 하지만 그런 감정은 생기지 않는다. 이 방은 언제나 감옥이었다. 내가 만족 상태였던 때도 마찬가지였다. 아카데미는 내가 번성하는 것을 막았다. 나는 그들이 특정 방식으로만 자라도록 조종하는 꽃이었다.

하지만 그들의 꽃들은 서로 뿌리를 합해서 그들의 화분보다 더 크게 자랐다. 그들의 온실보다, 그들의 아카데미보다 더 크게.

우리가 영영 이곳을 나가지 못하더라도 우리는 이미 그들의 조종에서 벗어났다. 이제 다시는 예전 상태로 돌아갈 수 없다. 나는 그 생각에 미소 짓는다. 조용히 짐을 꾸린다.

27

"전체 소등!" 밤이 깊어갈 때 보스 사감이 복도에서 외친다. 이번에는 어느 누구도 군소리를 내지 않는다. 어느 방에서도 끙 소리 하나 없다.

대신 우리는 쿵쿵대는 가슴을 안고 각자의 침대에 누워 있다. 여느 때처럼 나는 비타민을 받아먹는 척하고, 사감은 눈으로 나를 필요 이상 오래 더듬는다. 그런데 사감이 좀 산만해 보인다. 몇 번이나 무전기를 확인한다. 나갈 때는 인사말도 없다.

그가 나간 뒤 나는 어둠 속에 누워 이제나저제나 시계만 본다.

11시 45분. 나는 침대에서 일어나 불을 켜지 않고 운동복으로 갈아입는다. 운동화까지 신은 다음, 잭슨이 기다리고 있다는 신호를 기대하며 창밖을 본다. 하지만 잭슨이 미치지 않고서야 전조등을 켜고 저기 앉아 있을 리 만무하다.

나는 문가로 가서 복도로 머리를 내민다. 처음엔 나 혼자다. 하지만 잠시 후 시드니의 머리도 복도로 쑥 나온다. 애너리즈, 마르셀라, 브린도 연달아 나타난다. 우리는 사감의 방문을 보며 잠시 대기한다. 아무 인기척이 없다. 우리는 살며시 방에서 나온다. 다들 운동복차림에 백팩을 멨다.

너무나 떨린다. 눈에서 자꾸 초점이 나가고 움직임이 자꾸 덜컹거린다. 주방문 열쇠부터 챙겨야 한다. 마르셀라가 전진하자는 손짓을 보내고 앞장선다. 우리는 바싹 뒤따른다. 보는 사람이 없는지 모퉁이 너머와 알코브 안을 둘레둘레 살피며 계단을 내려가 주방으로 간다.

전등 하나가 벽에서 깜빡일 뿐 복도는 황량하다.

애들과 나는 서로의 팔에 의지해 캄캄한 주방으로 들어간다. 보통 때는 개수대 위 창문에서 빛이 흘러들지만 지금은 밖이 칠흑같이 까맣다.

마르셀라가 더듬더듬 조리대를 지나 식료저장실 근처의 서랍으로 가서 소리 나지 않게 서랍을 열고 손을 넣어 열쇠를 찾는다. 그러다 동작을 멈추더니 후딱 냉장고로 가서 냉장고 문을 연다. 냉장고 불빛이 주변을 밝힌다. 찻주전자 옆에 있는 작은 쿠키 접시가 눈에 들어온다.

마르셀라가 다시 서랍 속을 살핀다. 움직임이 다급해진다.

"왜 그래?" 브린이 묻고 걱정스런 얼굴로 우리를 돌아본다. "마르셀라, 무슨 문제야?"

"여기 없어." 마르셀라가 마주 속삭인다. "금색 열쇠가 없어."

"뭐?" 브린이 급히 마르셀라에게 간다. 브린이 서랍을 뒤지기 시작한다. 물건들이 달각댄다. "없을 수가 없는데."

"이것밖에 없어." 마르셀라가 작은 은색 열쇠를 들어올린다. 지하 실험실 문을 여는 열쇠.

순간 나는 뭔가를 깨닫는다. 심장이 내려앉는다. "리앤드라야." 내가 속삭인다. "리앤드라가 열쇠를 가져간 거야. 우리가 도망치지 못하게."

애들이 겁에 질려 나를 본다. "그런데 이건 왜 남겨둔 거지?" 마르셀라가 묻는다.

그건 나도 모른다. 그리고 우리에겐 리앤드라의 속셈을 추리하고 있을 시간이 없다. 우리가 방을 비운 시간이 길어질수록 우리는 위험으로 치닫는다.

우리는 나갈 수가 없다.

"이리 와." 시드니가 내 소매를 붙들고 방으로 올라가는 계단으로 간다. "잭에게 다시 전화해." 시드니가 말한다. 마르셀라와 브린과 애너리즈가 따라온다. 우리 모두 초조함에 무모해진다. 이렇게 탈출 기회를 놓칠 수는 없다.

우리는 다시 계단을 올라 보스 사감의 방문을 주시하며 황급히 내 방으로 향한다.

"거의 다 왔는지 물어봐." 시드니가 속삭인다. "그리고 쇠지레를 가져오라고 해." 시드니가 떨리는 목소리로 덧붙인다. 빠져나갈 방법이 있을 줄 알았는데 학교에 오도 가도 못하게 갇혔다. 이 생각이 우리를 이판사판으로, 비이성적으로 만든다.

아직 철책을 넘을 방법도 모른다. 하지만 일단은 건물 밖으로 나가야 한다. 나는 침대로 달려가 백팩을 벗어던지고 베갯잇 속에서 휴대폰을 꺼낸다. 잭슨의 번호를 누른다.

"잭슨." 그가 전화를 받기 무섭게 내가 속삭인다. "주방문이 잠겼어. 다른 방법이 필요해."

애들이 초조하게 서성이며 내게 서두르라고 몸짓한다.

"나 한 15분이면 도착해." 잭슨이 말한다. 전화 너머로 자동차 소리가 들린다. "내가 가고 있어. 쿠엔틴도 함께야. 그리고—"

내가 문이 잠겨서 나갈 수 없다고 말하려는 순간, 복도 끝에서 고함이 터진다. "*이것들!*" 보스 사감이 으르렁댄다.

발밑에서 마룻바닥이 확 꺼지는 것 같다. 손에서 휴대폰이 떨어진다. 내가 허겁지겁 휴대폰을 집어서 종료 버튼을 누른다. 내가 휴대폰을 베개 밑에 쑤셔 넣기 무섭게 사감이 문가에 들이닥친다. 우리가 통행금지 시간 이후에도 돌아다니는 것에 분노한 얼굴이다.

"대체 뭣들 하는 거야?" 그가 호령한다. 그러다 그의 눈에 우리의 모습이 들어온다. 우리의 옷차림과 우리의 백팩들. 그의 표정이 사악해진다. 그의 입이 씰룩인다.

그가 애너리즈의 백팩 끈을 난폭하게 잡아당긴다. 애너리즈가 까치발로 대롱대롱 매달려 비명을 지른다. 나는 그에게 애를 놓으라고 외친다.

보스 사감의 증오가 내게로 향한다. 그는 애너리즈를 벽에다 내동댕이친다. "어디를 가려는 수작인데?" 그가 묻는다. 그의 눈에 증오가 번득인다. 적의로, 악랄함으로 변한 소유욕. 이 작자는 우리를 보내느니 죽이고 말 거다.

나는 거짓말을 고려한다. 상황을 모면할 변명을 찾는다. 하지만 중요한 건 이것이 우리의 유일한 탈출 기회였다는 거다. 이제 우리는 나가지 못한다. 이제 틀렸다. 그에게 들켰다. 백팩을 메고 운동화를 신은 모습을.

"우리는 떠나요." 내가 말한다. 목소리가 공포에 떤다. "우리는 떠나요. 그리고 다시는 돌아오지 않을 거예요." 말을 하면서도 그게 얼마나 불가능한 소리인지 느껴진다. 그래도 말을 하니 후련하다.

잠시 보스 사감이 충격을 먹는다. 하지만 바로 팔짱을 낀다. 통제권은 여전히 그에게 있다.

"작별 키스도 없이?" 그가 말하고 혼자 웃는다.

"우리는 당신을 증오해." 애너리즈가 불쑥 말한다. 애너리즈의 얼굴이 분노로 빨갛다. "당신을 증오해."

사감이 애너리즈를 향해 피식 웃는다. "그래." 그가 말한다. "하지만— 떠나지 못한다는 건 알지?"

사감이 팔을 뻗어 브린의 어깨를 잡고 자기 앞으로 끌어당겨 우리를 향하게 한다. 그의 팔 근육에 힘이 들어간다. 브린이 아파서 찡그린다.

"불쌍한 밸런타인을 생각해." 사감이 말한다. "걔도 나가려다 잡혔지. 마지막까지 발악을 하더라. 딱 너희처럼."

시드니의 표정이 흐려진다. "왜 걔를 해친 거죠?" 시드니가 묻는다. "왜 우리한테 이래요? 우리는 당신한테 아무 짓도 안 했는데!"

보스 사감이 브린을 놓아준다. 브린은 즉시 마르셀라에게 가고, 마르셀라가 브린을 끌어안는다. 사감이 시드니에게 한 발 다가선다. 하지만 시드니는 물러서지 않는다. 그와 정면으로 맞선다.

"참, 레논로즈 말이야—" 그가 말한다. "참 귀여운 애였어, 안 그래, 시드니?" 그가 시드니를 기죽일 작정으로 지껄인다. 그는 시드니의 고통을 즐긴다. "네가 걔를 좋아했다는 거 알아. 나도 좋아했어. 걔한테서 손을 떼자고 한 것도 나야." 그가 유감이라는 듯 어깨를 으쓱인다.

"우리를 그냥 보내줘요." 시드니가 머리를 외로 꼬고 사정한다. "아무에게도 말하지 않을게요." 시드니는 보스 사감에게 티끌만큼이라도 남아 있을지 모를 인정에 호소한다. 그는 대답 대신 웃는다.

"너희를— *보내줘*?" 그가 묻는다. "어디로, 시드니? 어디로 갈 수 있는데?" 그가 우리를 차례로 본다. "맙소사!" 그가 말한다. "너희 정말 모르는구나."

"뭘 몰라요?" 마르셀라가 브린을 막아서며 묻는다.

사감이 마르셀라를 향한다. 믿기지 않는다는 표정이 역력하다. "난 또 그래서 도망치나 했지." 그가 말한다. "대체 그 염병할 책은 왜 읽기 시작한 거냐. 그게 애들을 다 버려놨어." 그는 허리에서 무전기를 뽑아 든다.

"*우리가 뭘 몰라요?*" 마르셀라가 재차 묻는다. 아까보다 더 크게.

사감이 눈을 돌려 대꾸하려는 순간, 경악스럽게도 전화벨이 울린다. 한순간 우리는 그게 무슨 소리인지 깨닫지 못한다. 보스 사감이 뻣뻣하게 군다.

"무슨 소리야?" 그가 묻는다.

내 베개 밑에서 다시 전화가 울린다. 우리와 바깥세상을 이어주는 것. 보스 사감과 내가 동시에 휴대폰을 향해 몸을 던진다.

우리는 동시에 침대에 떨어진다. 내 손이 먼저 베개 밑으로 들어간다. 나는 통화 버튼을 누르고 살려달라고 외친다. 보스 사감이 주먹으로 내 턱을 갈긴다. 나는 전화와 함께 침대에서 바닥으로 나동그라진다.

눈앞에 별이 번쩍인다. 나는 딱딱한 마룻바닥에 드러누워 천장을 향해 눈을 껌뻑인다. 정신이 몽롱하다.

보스 사감이 일어나 무거운 구둣발로 휴대폰을 내리찍는다. 휴대폰이 산산이 부서진다. 그가 내 셔츠를 움켜잡고 나를 들어올린다. 나는 그의 손아귀에서 헝겊인형 신세다.

시드니가 쏜살같이 달려들어 사감을 들이받는다. 사감이 나를 떨어뜨린다. 나는 팔을 뻗어 침대탁자를 짚고 몸을 일으킨다.

사감이 이번엔 시드니를 향한다. 그가 무지막지한 두 손으로 시드니의 목을 틀어쥐고 애를 벽에다 박는다. 시드니는 튀어나올 듯 커진 눈으로 숨을 헐떡이며 사감의 팔뚝을 할퀸다. 마르셀라와 브린이 그에게 멈추라고 악을 쓰지만, 보스 사감은 눈 하나 깜짝하지 않는다.

"놓지 못해!" 애너리즈가 외친다. 애너리즈는 사감의 팔과 등에 미친 듯 주먹을 휘두른다. 보스 사감은 그러거나 말거나 시드니를 벽에서 떼어냈다가 다시 박기를 반복한다. 시드니의 머리에 부딪혀 벽의 회반죽이 움푹 꺼지고, 시드니의 눈이 순간적으로 초점을 잃는다.

그는 시드니를 침대에 떨어뜨리고 탁자에서 전기스탠드를 낚아챈다. 벽에서 플러그가 홀렁 뽑힌다. 사감은 몸을 홱 돌리며 그걸로 애너리즈의 얼굴을 후려친다. 유리가 폭발하듯 부서지고, 애너리즈가 뒤로 날아갔다가 신음하면서 바닥을 구른다.

내가 비명을 지르며 사감에게 달려든다. 하지만 그는 무적이다. 나는 그의 등에 뛰어올라 팔로 그의 목을 감고 내 체중을 다해 온몸을 뒤로 젖힌다.

그가 돼지처럼 끙끙대며 팔을 뒤로 뻗어 내 머리채를 휘어잡는다. 그의 손가락이 머리거죽을 뜯어져라 당긴다. 나는 비명을 지르고 그가 나를 어깨 너머로 바닥에 메어꽂는다.

나는 마룻장 위를 미끄러지다가 머리로 서랍장 맨 아래칸을 들이받는다. 나는 다급히 시드니를 본다. 시드니의 목이 손가락 모양으로 움푹 파였고, 눈에서는 눈물이 줄줄 흐른다.

마르셀라와 브린이 보스 사감을 공격한다. 둘이서 미친 듯이 사감을 때리고 갈기고 찬다. 나도 일어나 합세한다. 사감을 칠 때마나 내 턱이 아프다. 애너리즈가 바닥을 기면서 일어나 앉으려 애쓴다. 애너리즈의 얼굴을 덮은 머리가 피로 엉겨 있다.

우리는 사감에게 상대가 되지 못한다. 그는 산덩이나 다름없다.

그가 브린에게 헤드록을 거는 동시에 마르셀라를 주먹으로 갈긴다. 얼마나 세게 맞았는지 마르셀라는 바닥에 납작하게 뻗는다. 그가 브린의 머리를 침대탁자에 내리찍고, 브린은 의식을 잃는다.

하지만 나는 싸울 작정이다. 우리가 풀려날 때까지. 아니면 그가 나를 죽일 때까지.

내가 그에게 돌진한다. 그가 나를 쉽게 옆으로 날린다. 나는 탁자와 충돌하면서 브린의 몸에 걸려 자빠진다.

보스 사감이 똑바로 서서 우리를 굽어본다. 우리는 서로를 향해 기를 쓰고 바닥을 긴다. 그가 콧방귀를 뀌며 피를 뱉는다. 그가 시드니를 향한다. 시드니가 침대에 나부러지며 방어적으로 두 손을 든다.

사감이 시드니의 손을 쳐내고 침대로 올라가 시드니를 타고 앉는다. 그의 허벅지가 시드니의 허벅지 바깥쪽을 짓누른다. 시드니가 사감을 밀어내려 발버둥치지만 사감이 몸을 숙여 양손으로 시드니의 목을 조르고 애를 베개 속으로 납작하게 찍어 누른다.

"놔줘!" 내가 악을 쓴다. 나는 시드니를 위해 싸울 준비가 돼 있다. 필요하면 시드니를 위해 죽을 각오도 돼 있다. 사감이 시드니를 죽이게 놔두진 않을 거다. 내 뒤에서 마르셀라가 브린을 흔들어 깨우고, 애너리즈가 침대로 기어간다. 애들도 포기하지 않는다. 우리는 친구를 위해 싸울 거다. 목숨 걸고 싸울 거다.

시드니가 숨 막혀 꺽꺽대며 사감의 어깨를 때린다. 그를 밀어내려 버둥대지만 어림없다. 그는 너무나 크다. 너무나 강하다. 시드니가 팔을 휘둘러가며 침대탁자를 다급히 더듬는다. 그러다 시드니의 손이 뭔가 번쩍이는 것을 잡는다.

가위.

다음 순간 시드니는 느닷없이 그리고 맹렬하게 커다란 금속 가위의 뾰족한 끝을 보스 사감의 옆 목에 박아넣는다. 가위 주위에서 피가 작은 아치를 그리며 뿜어져 나와 내 구두 바로 앞에 떨어진다.

마룻바닥에서 브린이 비명을 지르다 입을 틀어막는다. 마르셀라는 끔찍한 광경에서 눈을 돌린다. 나는 충격으로 마비된 채 흥건히 고이는 피를 내려다본다.

사감이 비틀대며 침대에서 내려오더니 방 한가운데서 육중한 쿵 소리와 함께 한쪽 무릎을 꿇고 주저앉는다. "너희— 다 죽었어." 그가 간신히 말한다. 그의 입에서 피가 벌컥벌컥 솟구친다. "너희들 다."

나는 겁에 질린 눈을 들어 시드니를 본다. 뭐가 뭔지 금방 감이 오지 않는다. 난장판 속에서 삽시간에 일어난 일. 우리가 저지른 일. 시드니가 침대 헤드보드를 붙든다. 시드니의 팔이 부들부들 떨린다. 애너리즈는 등을 벽에 붙이고 앉는다. 애너리즈의 얼굴에서 피가 심하게 흘러 셔츠를 붉게 적신다.

나는 뒷걸음질로 마르셀라와 브린에게 간다. 우리는 서로에게 매달린다. 사감은 상처 입은 야수가 됐다. 전보다 더 위험한 괴물. 발광하는 개. 그는 이를 갈면서 서툰 손놀림으로 가위 손잡이를 찾는다.

생각할 겨를도 없이 내가 손을 치켜들며 숨넘어가게 외친다. "안 돼요."

늦었다. 사감이 자기 목에서 가위를 홱 뽑아낸다.

그는 단박에 자기의 실수를 깨닫는다. 그의 옆 목에서 핏줄기가 분수처럼 공중으로 치솟고, 그의 파란색 동공이 확대된다. 사감이 손으로 상처를 틀어막지만 이미 늦었다. 피가 그의 손가락 사이로 벌컥대며 나오고 그의 입에서도 줄줄 흐른다. 그가 자신의 피에 질식한다. 그의 다른 쪽 무릎마저 무겁게 떨어지며 마룻바닥을 울린다.

그가 앞으로 엎어진다. 내가 비켜날 틈도 없이 사감이 내 바짓가랑

이를 부여잡는다. 그의 피투성이 손가락이 바지를 찢을 듯 파고든다. 그가 나를 바닥으로 끌어내린다. 그에게 끌려가며 내가 비명을 지른다. 그는 여전히 강하다. 여전히 나를 죽이지 못해 환장했다.

마르셀라가 급히 다가들어 사감의 손가락을 뜯어내고 나를 그의 손이 닿지 않는 데로 끌어낸다. 그리고 나를 보호하듯 두 팔로 감싼다. 브린도 우리 위에 달라붙는다. 우리는 한데 엉겨서 지켜본다. 헐떡이면서. 흐느껴 울면서. 그 소리가 온 방을 울린다. 부서진 전등이 토하는 불빛이 벽에 어지럽게 흩어진다.

사감이 바닥에서 우리를 본다. 꾸륵꾸륵 피를 토하면서. 그의 얼굴이 밀랍 색으로 변했다. 피가 그의 머리 주위에 웅덩이를 만들다가 내 쪽으로 흘러온다. 나를 따라온다. 나는 발을 치운다.

"*계집애들.*" 사감이 최후의 저주처럼 웅얼댄다. 그가 캑캑거릴 때마다 입술 사이로 피가 튄다. 그가 마지막 숨을 들이마신다. 그의 가슴통에서 덜컥 소리가 난다. 다음 순간 그의 몸이 축 늘어진다. 그가 죽는다.

나는 입을 틀어막고 다급히 시드니를 본다. 몸 안에 치솟는 아드레날린 때문에 눈앞에 벌어진 일이 온전히 이해되지 않는다. 두려움이 너무 깊어서 영영 가실 것 같지 않다. 시드니는 여전히 침대에 있다. 목 졸린 자국이 선명하고 셔츠 깃이 찢겨 있다.

다른 선택은 없었다. 이게 아니었으면 우리가 그의 손에 죽었다.

나는 일어나 시드니에게 달려간다. 시드니를 끌어안는다. 시드니가 내 어깨에 대고 엉엉 운다. 그러다 숨이 막혀 갈라진 목소리로 절박하게 속삭인다. "사랑해, 미나."

나도 울면서 사랑한다고 말한다.

28

다른 애들은 누구도 오지 않는다. 오기는커녕 층 전체가 고요하다. 놀랍다. 다들 겁먹은 걸까? 아니면 규칙에 순종 중? 아니면 잠들어 있어서? 만약 그렇다면 지금 애들을 깨울 수는 없다. 교수들이 언제라도 우리를 막을 수 있다.

나는 침대에서 담요를 가져다 사감의 몸을 덮는다. 죄책감 때문에 그가 내 방에 죽어 있는 모습을 차마 볼 수가 없다.

마르셀라가 브린의 뒤통수 상처에 스웨터를 대고, 자기도 휘청거리면서 브린을 일으켜 세운다. 애너리즈가 벽에 붙어서 우리를 지켜본다. 숨소리가 얕다. 애너리즈가 얼굴에서 머리를 쓸어내자 부상의 정도가 드러난다. 유리조각이 오른쪽 눈에 박혔고, 뺨이 크게 찢어졌다. 애너리즈의 멀쩡한 눈이 파닥이다가 닫히고 눈물이 흘러나와 피와 섞인다. 애너리즈의 목에 깊게 찔린 상처가 있다. 상처에서 피가 계속 울컥울컥 흐른다.

애너리즈가 과다출혈로 죽어간다. 사감처럼.

나는 급히 베개를 집어서 꽃무늬 베갯잇을 벗겨 애너리즈에게 달려간다.

"애너리즈!" 나는 베갯잇으로 상처를 지그시 누르며 속삭인다. 베갯잇이 금세 피에 젖는다. 나는 공포를 내색하지 않으려 애쓴다. "널 의사에게 데려가야겠어." 내가 말한다. "나는 지혈할 방법이 없어."

애너리즈가 숨을 벌컥대며 나를 쳐다본다. 그러다 짧게 머리를 흔든다.

"아니." 애너리즈가 말한다. "이건 너희 기회야. 나 때문에 망칠 순 없어."

"너를 두고 가진 않아." 다시 눈물이 차오른다. 눈물이 영영 멈추지 않을 것 같다. 나는 영원히 울게 될 것 같다. "너를 절대 두고 가지 않아." 상상도 할 수도 없는 생각이다.

시드니가 내 뒤로 다가와 한 손을 내 어깨에 얹고 애너리즈를 응시한다. 마르셀라와 브린도 똑같이 한다. 우리는 함께 있다. 무슨 일이 있어도 우리는 함께 한다.

나는 몸을 기울여 이마를 애너리즈의 이마에 댄다. 애너리즈의 피가 내 피부에 끈적하게 닿는다.

나는 안다. 애너리즈는 이 상태로 멀리 가지 못한다. 그로거 박사를 찾아서 도움을 받아야 한다. 박사는 사택에 있을 거다. 그렇게 되면 아카데미 탈출은 물거품이 될지 모른다. 하지만 시도는 할 거다. 우리는 함께 한다.

"일어나야 해." 내가 애너리즈에게 말한다. 애너리즈의 눈이 파닥이며 열렸다 닫힌다. 애너리즈는 금방이라도 의식을 잃을 것 같다. 우리는 함께 힘을 모아 애너리즈를 일으켜 세운다.

사방에 피가 흥건하다. 온갖 군데로 피가 튀었다. 심지어 벽도 피투성이다.

내 영혼에도 피가 묻었다.

앞으로 내가 소박한 생각이란 걸 할 수는 있을지 의심스럽다. 이제부터는 살인과 피로 점철된 생각만이 가능할 것 같다.

너도 저 소리 들려? 밸런타인 라이트가 그날 연방화원에서 내게 물었다. *장미들. 있잖아, 꽃들은 살아 있어. 모두 다. 자세히 들으면, 한데*

얽힌 뿌리 소리가 들려. 뿌리는 하나야. 공동의 목적. 장미는 아름답지만, 그게 장미의 전부는 아냐.

나는 분명히 그들의 소리를 들었다. 그날 우리가 화원에 있을 때는 아니지만, 나는 결국은 그들의 소리를 들었다.

지금도 그들의 소리가 들린다. 다만 지금은 그 소리가 내게 깨어나라고 말하지 않는다. 밸런타인을 찾으라고 말한다.

"다른 방법도 있어." 내가 애들에게 불쑥 말한다. "리앤드라가 주방에 남겨둔 열쇠. 실험실 열쇠. 틀림없이 거기에 우리가 애너리즈를 돕는 데 쓸 뭔가가 있을 거야. 어쩌면 떠날 수 있을 만큼 상처를 손 볼 수 있을지 몰라. 그다음에 어떡할지 생각하자."

마르셀라와 시드니가 눈짓을 주고받고 끄덕인다. 나쁘지 않은 생각이다. 다 포기하고 우리를 잡아가둔 남자들의 자비만 바라는 것보다는 낫다. 사감의 허리띠에 열쇠고리가 있다. 나는 천천히 손을 뻗어 열쇠고리를 뺀다. 그의 몸을 건드리는 게 무섭다. 만에 하나 그가 아직 살아 있을까 봐. 아직도 우리를 죽이려 들까 봐.

열쇠고리에 주방문과 정문 열쇠가 있다. 우리에게 자유를 줄 열쇠. 나는 열쇠를 브린에게 내민다. 브린이 열쇠를 받는다. 내 가슴에 새로이 희망이 일렁인다.

"그리고 밸런타인을 찾자." 내가 애들에게 말한다. "밸런타인도 구하는 거야."

시드니가 반박하려 입을 연다. 그러다 진실을 깨닫는 게 보인다. 밸런타인은 이미 죽었을지 모른다. 하지만 죽지 않았다면 두고 갈 수는 없다. 남겨둘 수 없다.

학교는 고요하다. 우리는 급히 뒷계단을 내려간다. 학교가 이렇게 조용한 적이 없었다. 심지어 밤에도 이렇지는 않았다. 어딘가 안톤이 혼자 있다. 그의 방? 그의 집무실? 여기서 무슨 일이 일어났는지 짐작이나 할까?

나의 일부는 그리로 달려가 그와 대면하고 싶다. 하지만 교수들이 기상할 때가 멀지 않았다. 내일 아침 식탁에 우리가 없으면 교수들은 우리가 사라진 걸 알게 된다. 그리고 우리를 쫓아오겠지. 그때쯤 우리는 멀리 가 있어야 한다.

나는 애너리즈를 부축해서 계단을 내려간다. 구두가 미끄럽다. 우리 뒤로 길게 핏자국이 남는다. 주방을 지나 지하로 가는 계단으로 접어드는데 뒷문을 탕탕 치는 소리가 난다.

우리는 걸음을 멈추고 돌아본다. 무서운 상상이 나를 덮친다. 죽음에서 돌아온 사감. 끝까지 나를 쫓아다니는 그의 포악한 유령. 나는 시드니의 손을 붙잡고 홀을 돌아본다. 수상한 소음에 안톤이나 교수들이 무슨 일이 났다는 낌새를 챈 걸까? 무섭다.

시드니가 내 손을 놓고 문으로 간다. 문득 잭슨이 온 걸까 궁금하다. 나는 애너리즈를 벽에 기대놓고 시드니에게 기다리라고 말한다.

브린이 보스 사감의 열쇠고리를 내밀고, 내가 문으로 가면서 받아든다.

내가 시드니에게 열쇠고리를 건넨다. 시드니가 문 열쇠를 찾아 자물쇠를 연다. 시드니가 문을 당기자 문이 훌렁 열린다. 문 너머에 잭슨이 있는 걸 보고 나는 안도의 숨을 토한다.

"왔구나." 내가 말한다. "철책도 통과했네." 그는 몰골이 말이 아니다. 몸 왼편이 온통 흙투성이다. 뺨에는 땅에 구른 상처가 있다. 그가 문틀에 기대며 폼을 잡는다.

"그래, 해냈지." 잭슨이 말한다. "쿠엔틴이 철책 넘는 걸 거들었어. 쉽진 않았어. 한쪽 다리가 완전 작살날 뻔했지. 아무래도 삔 것 같지만 그래도—"

잭슨의 시선이 아래로 향하다 피로 뒤덮인 내 바지에 닿는다. 그의 목소리가 잦아든다. 거기다 내 손도 피투성이다. 나는 말 그대로 손에 피를 묻혔다. 그가 숨을 꿀꺽 삼킨다.

"이중에 네 피도 있어?" 그가 묻는다.

나는 그의 눈을 마주한다. "많진 않아." 내가 말한다. "대개는 사감의 피야." 나는 그가 충격을 받을 걸로, 겁을 먹을 걸로 예상한다.

하지만 그는 작은 탄성과 함께 짧게 한마디로 끝낸다. "좋아."

그러다 잭슨은 애너리즈의 상태를 알아채고 곧바로 절룩이며 나를 지나 애너리즈에게 간다. 그는 레인지에서 행주를 낚아채 그걸로 이미 피에 젖을 대로 젖은 베갯잇을 대체한다. 그가 애너리즈에게 행주를 상처에 대고 있으라고 말한다. 우리를 돌아보는 그의 표정이 심각하다.

잭슨이 내 옷의 피를 다시 훑어본다. 시드니의 목에 있는 멍도 본다. 그의 턱이 굳어지고 눈빛이 격해진다. 우리 모두에게 보호욕구를 느끼는 얼굴이다.

"됐어, 가자." 그가 문을 가리킨다.

"안 돼." 내가 말한다. "아직은."

"대체 왜?"

"피부 이식을 받아야 해." 내가 몸으로 애너리즈를 가리킨다.

371

그가 기막힌 눈으로 나를 보다가 애너리즈를 힐끔 본다. "뭘 받아?"

"얘기가 길어. 지금은 설명할 시간이 없어." 시드니가 말한다. "어서 움직이자."

마르셀라와 브린이 애너리즈를 부축하고, 시드니는 내게 서랍에서 열쇠를 가져오라고 한다. 나는 서랍에서 작은 은색 열쇠를 꺼낸다. 리앤드라가 왜 이 열쇠만 남겨뒀는지 지금도 궁금하다. 우리를 왜 도망치게 놔두지 않았는지.

애들이 복도 끝으로 사라지자 나는 잭슨을 돌아본다. 잭슨이 찻주전자 옆 쿠키 접시로 손을 뻗고 있다.

"안 돼." 내가 냅다 말한다. 그가 깜짝 놀라 나를 보며 접시로 뻗던 손을 거둔다.

"미안." 그가 민망하게 말한다. "나는 긴장되면 꼭—" 그가 말을 하다 말고 나를 훑어본다. "그런데 잠깐, 왜 먹으면 안 되는데?"

내가 눈살을 찌푸린다. "너무 달아." 나는 리앤드라가 했던 말을 떠올리며 속삭인다.

"미나." 시드니가 계단에서 다급히 부른다. "빨리."

나는 서둘러 잭슨의 소매를 잡아끌며 지하로 향한다.

그가 걸음을 내디딜 때마다 아파서 찡그린다. 자기 말로는 발목을 삐었다지만 내 생각에는 부러진 것 같다. 계단을 내려갈 때 내가 한 팔을 그의 허리에 두르고 부축한다. 앞에 애들이 보인다.

"우리 엄마 얘기 미리 하지 않은 거 미안해." 잭슨이 나를 곁눈으로 보며 말한다. 그건 당장 중요한 게 아니라는 걸 우리 둘 다 안다. 하지만 그의 사과가 고맙다.

"저번에 영화관에서 네가 우리를 납치하게 두지 않은 거 미안해."

나도 사과한다.

그가 킥킥 웃다가 고통스런 헉 소리와 함께 걸음을 멈추고 체중을 다른 다리로 옮긴다. 그가 내 어깨에 팔을 두른다. 우리는 애들을 따라잡기 위해 다시 걸음을 옮긴다.

시드니가 계단 아래에서 멈추고 우리를 올려다본다. "준비됐어?" 시드니가 묻는다.

모두가 고개를 끄덕인다. 나도 끄덕인다. 잭슨이 내게 둘렀던 팔을 풀고 남은 계단을 혼자 한 발로 껑충껑충 뛰어 내려간다.

시드니가 옆으로 비켜서고, 내가 작은 열쇠를 자물쇠에 넣고 철컥 소리가 날 때까지 돌린다. 시드니가 문을 민다. 내 심장이 터질 듯 뛴다. 안은 캄캄하다. 마르셀라가 스위치를 찰칵 켠다. 윙 소리와 함께 전등들이 깜빡이며 들어온다.

방은 넓고, 수납용 선반들을 빼면 휑하게 비어 있다. 방 건너편에 흰 천으로 덮어놓은 환자운반용 침상이 두 개 보인다. 순간 그것이 시체라는 직감이 온다. 나는 뒷걸음치다가 잭슨을 들이박는다. 잭슨이 다친 다리 때문에 자빠질 뻔한다.

"저거 누구야?" 브린이 떨리는 손가락으로 둘 중 더 가까운 침상을 가리키며 숨죽여 묻는다. 우리 모두 흰 천에 덮인 시체를 바라본다.

아무도 대답하지 않는다. 하지만 나는 침상을 바라보며 둘 중 하나에 밸런타인이 있는 게 아닐까 생각한다.

나는 첫 번째 침상으로 간다. 손을 뻗어 흰 천을 끌어내린다. 극도의 공포가 나를 휘감는다. 나는 내려다본다. 몸이 덜컹한다. 눈앞이 빙 돈다. 시드니가 내 뒤에서 헉하고 놀란다.

"미나." 잭슨이 다가오며 부른다. 그의 목소리가 속삭임처럼 아득하고 멀다.

숨이 쉬어지지 않는다. 가슴 안에서 어떤 압력이 점점 커지다가 내 숨을 틀어막으며 목구멍으로 기어 올라온다.

잭슨이 침상으로 한 발 내딛다가 멈칫한다. 그러다 한 발 더 내딛고 내려다본다.

희고 창백한 몸이 나체로 침상에 누워 있다. 소녀의 완벽한 육체가 그대로 드러나 있고, 두개골이 헤어라인을 따라 활짝 열려 있다. 원래는 뇌가 있을 공간에 이리저리 얽힌 전선 다발이 들어 있다. 길이가 다양한 수백 개의 작은 전선들. 전선들의 끝이 어디에도 연결되지 않고 노출된 채 혈관과 신경과 어지러이 섞여 있다.

"토할 것 같아." 잭슨이 뒤로 물러나며 말한다.

나는 방을 휘둘러본다. 선반이 눈에 들어온다. 선반에 저장용 유리병들도 있다. 액체 안에 분홍색 장기들이 떠 있다. 그중 하나에 금속으로 만든 뇌가 있다.

나는 다시 침상의 소녀를 내려다본다. 소녀.

"아는 애야?" 잭슨이 묻는다.

"아니―" 하지만 나는 침상의 움직임 없는 얼굴에서 눈을 떼지 못한다. 내가 이 소녀를 아는지 모르는지 모르겠다. 소녀는 아름답다. 잠들어 있는 것 같다. "모르는 애야." 내가 말을 맺는다.

하지만 분명한 건 소녀가 우리와 비슷하다는 거다. 티 하나 없는 피부, 아치형 눈썹, 곧은 코. 나는 소녀의 눈꺼풀을 들추고 홍채 색을 확인하고픈 비이성적인 욕망을 느낀다.

모든 것이 비이성적으로 느껴진다. 나는 서서히 통제 불능이 된다. 생각들이 비난과 공포의 회오리를 이룬다.

잭슨이 뒤에서 내 팔을 잡는다. 돌아서자 공포에 질린 그의 얼굴이 나를 본다.

침상에 죽은 소녀가 있다. 아니, 죽었다고 할 수는 없다. 한 번도 살아 있었던 적이 없으니까. 소녀는 대기 중이다. 화원의 꽃들처럼. 아름답기 위해, 감탄의 대상이 되기 위해 대기 중이다. 그동안 소녀의 뿌리는 강해질 거다. 다른 뿌리들과 얽힐 때를 기다리면서.

우리 중 누구도 말이 없다. 진실이 손이 닿을락 말락 한 거리에 있다. 아니, 어쩌면 이미 손에 닿는 곳에 들어와 있다. 하지만 우리는 이해하기를 망설인다. 우리는 아직은 이걸 받아들이고 싶지 않다.

그때 갑자기 애너리즈가 마르셀라의 품에서 축 늘어진다.

놀란 마르셀라가 애너리즈를 바닥에 눕힌다. 애너리즈의 눈이 감겨 있다. 얼굴 상처들은 피가 엉겨 붙었지만 목에서는 아직도 피가 흘러나온다.

"이러다 큰일 나." 잭슨이 말한다. 그는 브린에게 가서 어디를 눌러 피를 막을지 알려준 다음 절뚝절뚝 다른 침상으로 간다. 그가 침상에서 시트를 걷어내 브린에게 상처를 압박할 용도로 건넨다.

그 바람에 다른 침상의 시체가 드러난다. 브린이 비명을 지른다. 우리 모두 돌아본다. 침상에 밸런타인이 미동 없이 누워 있다. 그걸 보고 나는 허물어져 내린다. 나는 밸런타인의 이름을 부른다. 깨어나라고.

우리 친구가 죽었다. 우리가 너무 늦었다.

잭슨이 애너리즈를 브린에게 맡기고 휘청휘청 다가와 밸런타인을 내려다본다. 밸런타인의 열린 두개골을 들여다본다. 나도 그의 옆으로 간다. 밸런타인의 머리 내부가 보인다.

내 발밑에서 세상이 꺼진다. 한순간 내 몸이 공포 속에 무중력 상태로 뜬다. 밸런타인의 머리 안에 있는 건 뇌가 아니다. 적어도 전통적인 의미의 뇌는 아니다. 인간적인 의미의 뇌는 아니다.

밸런타인 라이트의 뇌는 금속으로 만들어져 있다. 홈들, 다양한 버튼들, 입력장치들, 실처럼 안팎으로 연결된 전선 가닥들로 가득한 반짝이는 금속. 그런데 누군가 뇌 한가운데에 드릴로 커다랗게 구멍을 뚫어놓았다. 의도적 파괴.

밸런타인의 뇌는 금속으로 만들어졌다.

밸런타인의 뇌는 기계다.

첫 번째 침상의 소녀처럼, 밸런타인의 혈관도 전선들과 얽혀 있다. 언제부터 있던 전선들일까? 아니 어쩌면 전선들은 처음부터 있었을 것이다.

나는 천천히 눈을 내린다. 밸런타인의 장기들도 노출돼 있다. 몸 전체가 열려 있다. 나는 다시 전선들을 훑어본다. 그것들이 어디로 연결되는지 본다. 어떤 것들은 청홍의 실처럼 가늘고, 어떤 것들은 좀 더 굵다. 신경으로 추정되는 다발들도 있다. 몸 전체가 뇌로, 그러니까 기계 뇌로 연결돼 있다.

몸을 살펴보니 하나둘 이해가 간다. 전기가 흐르는 방식. 그 목적.

각각의 장기에 연결된 전선들이 금속 뇌에 파동을 보내고, 금속 뇌가 이를 해석하고 분석한다. 그에 따라 뇌는 몸이 언제 배고프고 심장이 언제 빨리 뛸지 결정한다. 언제 고통을 느낄지 결정한다. 또는 공포를. 또는 장애를.

장기는 사람의 장기다. 그건 확실하다. 피부도 그렇다. 혈관도. 다만 뇌 대신 컴퓨터가 몸을 조종한다. 학부모 지원 컴퓨터처럼.

나는 부릅뜬 눈으로 휘청대며 한발 뒤로 물러난다. *인공 지능.*

잭슨의 얼굴에서 핏기가 가신다. 그가 나를 본다. 표정이 황망함 그 자체다. "이게 뭐야?" 그가 묻는다. 목소리가 갈라진다. "시발, 이게 다 뭐야?"

나도 모른다. 하지만 안다. 내 안 어딘가에 답이 있다. 연산 수행 결과. 진실.

잠시 나는 균형을 잃는다. 다음 순간 그가 내 앞에 있다.

"미나?" 그가 비참하게 속삭인다. 나는 내 얼굴을 살피는 그의 흑갈색 눈을 똑바로 응시한다. 답을 찾는다. "놈들이 너에게 무슨 짓을 한 거야?"

그러자 마침내 답이 돌무더기를 밀쳐내고 선명하게 부상한다. 내가 충동억제치료에서 알아낸 답. 연방화원에서 알게 된 답.

"저들이 실험실에서 우리를 만든 거야." 내가 말한다. 진실을 지목해서 드러낸다. 눈물이 뺨으로 뚝뚝 떨어진다. "저들이 우리를 장미 재배하듯 길렀어."

방 건너편에서 브린이 몸을 돌리고 얼굴을 마르셀라의 어깨에 묻는다. 시드니는 계속 밸런타인의 몸을 바라본다. 상황이 접수되면서 시드니의 입술이 벌어진다.

"이게 비밀이었어." 내가 말한다. "보스 사감이 우리가 안다고 생각했던 거. 그들이 우리를 실험실에서 만든 거야. 우리는, 투자 상품이야. 그들이ㅡ" 나는 밸런타인의 뇌에 뚫린 구멍을 본다. "그들이 밸런타인이 알아냈다는 걸 안 거야."

나는 떨리는 손가락을 이마에 대고 미친 사람처럼 방을 둘러본다. 나는 완전히 공황 상태에 빠진다. 생각들이 너무나 빠르게 덮쳐서 어느 것 하나에 집중할 수가 없다.

우리에게 얌전히 처신하라던 교수들이 떠오른다. 우리가 좋은 인상을 주어야 했던 투자자들이 떠오른다. 그로거 박사의 검진과 안톤의 충동억제치료. 그리고 밤마다 내 방에 들어오던 보스 사감.

그들은 한 번도 우리를 진짜 사람으로 대우한 적이 없다. 우리를 정말로 걱정한 적이 없다. 우리는 언제나 한낱 사물에 불과했다. 상품들에 불과했다.

"필로미나." 잭이 부른다. 그는 내가 그의 얼굴에 초점을 맞출 수 있을 때까지 기다린다. 그의 눈이 흐릿해진다. "정신 차려, 응? 지금 당장은 정신 차려야 해."

잭슨은 나를 걱정한다. 그는 여기 남자들이 나를 어떻게 해쳤는지 걱정한다. 내가 어떤 존재인지 아직 충분히 이해한 것 같지는 않지만. 아니 이해했지만 상관하지 않는 걸까?

"나, 진짜야?" 내가 낮게 묻는다. 말의 무게에 눌린다. 시드니가 훌쩍인다. 내가 돌아보자 시드니의 입술이 가늘게 떨린다. "우리, 진짜야?" 내가 묻는다. 시드니는 대답하지 않는다.

잭슨이 양손으로 내 팔을 잡고 나를 돌려세운다. 그는 한동안 말이 없다가 결연하게 고개를 끄덕인다.

"그래." 그가 말한다. "너희 모두 진짜야. 너희는 강하고 똑똑해. 그리고 감정이 있잖아. 그러니까 진짜야, 미나." 그의 손이 내 팔에서 미끄러진다. "너는 더할 수 없이 진짜야. 침상에 있는 게 뭐든— 너는 진짜야."

"그게 말이 돼?" 내가 묻는다.

"나도 몰라." 그가 머리를 흔든다. "정말 몰라. 하지만 우리 모두 어떤 식으로든 창조된 건 같아, 안 그래?" 그가 나를 본다. 내가 동의하기를 바란다. 자기를 봐서라도 내가 납득하기를 바란다. "우리 모두 창조됐어." 그가 반복한다. "문제는 그다음에 놈들이 너희에게 한 짓이야. 그게 엿 같은 거야."

잭슨은 내가 감정을 선택하기를 기다린다. 나를 이루는 선택들. 나는 내가 진짜라고 결정한다. 이건 나 아닌 다른 누구도 결정하지 못한다. *나는 진짜다.*

이제 잭슨을 보니 애초에 내가 왜 그에게 끌렸는지 알 것 같다. 그가 달랐던 이유. 처음에는 내게 정보를 얻으려고 접근했는지 몰라도, 그는 한 번도 그들이 보듯이 나를 본 적이 없었다. 그는 나를 봤다. 몸뚱이가 아니라. 돈이 아니라. 전선 뭉치가 아니라. 나를.

그는 내막을 알고자 했다. 내가 그랬듯이. 그는 지식을 원했다. 그는 답을 원했다. 그리고 이제 그는 알 만큼 알았다.

"우리는 다 이래." 시드니가 공허한 목소리로 말한다. "우리는 기계야."

시드니가 나를 본다. 우리 둘 다 할 말을 잃었다. 우리가 그저 기계라면, 우리가 사감을 죽인 것도 아무 문제되지 않는다. 우리는 죄책감을 느낄 필요가 없다. 기계에겐 양심 없이 행동할 자유가 있다.

그런데 그의 죽음이 나를 짓누른다. 그 사건이 나를 바꿨다.

애들과 나는 이노베이션스 금속공사나 이노베이션스 아카데미가 만들어낼 수 있는 그 무엇보다 더 단단하게 결합돼 있다. 우리의 실체는 우리 인연의 작은 부분에 불과하다. 우리는 끈끈한 유대감을 지켜야 했고 당연히 그렇게 했다.

그건 선택이었다.

이제 우리는 저 남자들보다 나은 존재가 되기로 선택한다. 우리는 서로 사랑하기로 선택한다. 우리는 자유를 선택한다. 우리는 그 모든 것을 소리 내 말하지 않고도 한다. 우리는 그럴 필요가 없다.

잭슨은 넋이 빠진 모습이다. 눈을 어디 한군데 가만 두지 못한다. 저러다 기절하는 건 아닐까 싶다. "서둘러야 돼." 그가 문득 말한다. "네 친구 피를 심하게 흘리고 있어." 그가 애너리즈를 가리킨다.

우리가 애너리즈에게 가려할 때, 굵은 목소리가 들린다. "여기서 뭣들 하는 거지?"

나는 몸을 빙글 돌린다. 그로거 박사가 문가에 서 있다. 잭슨이 눈에 들어오는 순간 그의 '좋은 의사' 포장이 순식간에 날아간다. '자기 여자애들'이 남자애와 있는 광경에 그의 소유욕이 시커멓게 올라온다.

"박사님 도움이 필요해요." 내가 애너리즈에게 가며 말한다. "보스 사감 짓이에요." 내가 피를 가리킨다. "출혈로 죽게 생겼어요. 살려주셔야 해요."

박사가 고개를 젓는다. "너는 네 방으로 가라, 미나." 그가 말한다. "너희들 모두. 지금!" 그가 손뼉을 짝 쳐서 우리에게 해산을 고한다.

"어차피 애들은 이 따위 똥통에 남아 있을 생각이 없어. 이 좆 같은 데가 학교인지 공장인지 뭔지 모르겠지만." 잭슨이 말한다. "당신은 이 친구나 치료해. 다음에는 애들을 고이 보내주고."

의사가 잭슨의 배짱을 비웃는다. "여기 오다니 크게 실수한 거야." 그가 잭슨에게 말한다. "상황 파악이 제대로 안 됐나 본데, 이건 무단 침입만이 아니라 타인의 재산을 훔치는 행동이야."

"우린 당신들 게 아니에요." 내가 말한다. "더는 아니에요."

그로거 박사가 씩 웃으며 안경을 벗어 앞주머니에 찔러넣고 허리에서 무전기를 꺼내든다. 그는 잭슨에게 시선을 고정한 채 무전기를 입

으로 가져간다. 그가 주눅 들게 하려는 상대는 잭슨이다. 그는 잭슨이
이미 우리를 통제하고 있다고 생각한다.

"보스." 의사가 무전기 버튼을 누르고 말한다. "지금 당장 지하실로
내려오게."

브린이 곁눈으로 나를 힐끔대며 푹 웃는다.

"어이, 청년." 의사가 잭슨에게 말한다. "사감이 오면 우리는 보안관
을 부를 거야. 보안관이 너와 할 말이 좀 있을 거야. 전에 보안관을 부
른 것도 너였지? 용의자가 딱 떠오르더라고."

무전기에서 아무 응답이 없자 의사의 표정이 흐려진다. 그는 다시
무전을 친다.

"보스!" 그가 딱딱거린다. "보스!"

"사감은 오지 않아요." 마르셀라가 말한다.

그로거 박사가 그제야 우리를 훑어본다. 피범벅인 우리의 모습을
본다. "그렇구나." 그가 말한다.

마르셀라가 선반으로 간다. 거기서 날카로운 연장 하나를 집어 든
다. 마르셀라의 떨리는 손이 의사의 눈에 보이지 않기를 바란다. 마르
셀라가 굳은 표정을 유지한 채 의사에게로 돌아선다.

마르셀라가 말한다. "이제, 박사님이 애너리즈를 살려줘야겠어요."

의사가 주춤한다. 그의 눈이 마르셀라가 든 톱날로 향한다. 한순간
그의 눈에 공포가 스친다. 그러다 자기가 우리를 조종해온 수많은 시
간들이 떠올랐는지 씩 웃는다.

"자, 그럼, 환자를 옮겨볼까." 그가 애너리즈를 가리킨다.

그가 몸을 돌려 옆에 딸린 진료실로 향한다. 마르셀라가 안도감에
몸을 떨며 연장을 내려놓는다.

≪검시관 보고서≫

밸런타인 라이트

- 신체 건강, 자율적 상호작용. 소뇌 연결 상태 모두 정상. 장기와 근육에 대한 지속적 측정, 활성화, 추적관찰 수행.
• **결정사항:** 신체 시스템 오류 없음.

- 고속 저장 장치의 피드백 제어기를 제외하면 배선 및 전기 시스템 정상 작동.
• **결정사항:** 과도한 기억 자극으로 인한 프로그래밍 다중 장애 발생

- 최적화된 두뇌 인터페이스와 자동 회생 전원에 따라 소뇌 완벽 작동.
• **결정사항:** X

진찰 소견: 밸런타인은 기억과 미래 사건 사이의 연결을 추발하는 아이디어 바이러스에 감염됨. 이에 따라 밸런타인에게 자기인식에 대한 믿음이 생겼고, 소스 코딩에 비승인 변경들이 발생함. 이 모델은 소생 처리 대상이 아니며, 즉각적 파기가 불가피함.

결론: 폐기처분

추가 우려사항: 기억 보존 프로그램이 재평가되고 이노베이션스 기업의 목적에 맞게 재설정될 때까지 학생들이 외부 아이디어에 노출되는 것을 제한할 필요가 있음.

29

우리는 애너리즈를 침상에 태워 진료실로 밀고 간다. 의사는 문 안에서 우리를 지켜본다. "자자." 그가 말한다. "저쪽으로." 그가 벽에 죽 붙어 있는 기계 장치들을 가리킨다.

잭슨은 뒤에 처져 있다가 내게 이게 과연 좋은 생각인지 묻는 눈길을 던진다. 우리에겐 이게 최선의 선택이다. 거기다 우리가 수적으로 우세하다. 박사 혼자서는 우리를 어쩌지 못한다. 우리는 더 이상 그의 실험대상이 아니다.

진료실에 들어선 순간 나는 눈앞의 광경에 기겁한다. 평범한 진료실처럼 책상과 책장이 있지만, 여기는 진료실이라기보다 개인 실험실에 가깝다. 일종의 온실이다. 다만 여기서 줄지어 자라는 것은 식물이 아니라 장기와 생체조직이다. 모니터들이 삑삑대고 표시등들이 깜빡인다.

여기는 박사가 여자애들을 배양하는 곳이다.

잭슨이 정신이 아뜩한지 문틀에 몸을 기댄다. 그의 얼굴에서 핏기가 빠져나간다. 그가 이대로 뛰쳐나간다 해도 할 말이 없다. 그러나 뛰쳐나가는 대신 그는 두 주먹을 꾹 움켜쥐고 나를 본다. 그날 우리 버스를 따라온 걸 후회하고 있을까.

의사가 의료 키트라고 표시된 거대한 금속상자를 꺼낸다. 그걸 책상에 놓고 열더니 애너리즈를 고치는 데 필요한 아이템들을 하나씩 꺼낸다. 그는 애너리즈의 목 상처에 뜸을 떠서 지혈한다. 이식용 피부 조각 몇 개를 애너리즈의 뺨에 붙이면서 우리에게 흉터는 남을 거라고 말한다. 그는 애너리즈의 구멍 난 초록색 눈을 갈색 눈으로 갈아 끼운 뒤 미리 뽑아놓은 전선에 눈을 연결한다.

엽기적이면서도— 흥미롭다. 나는 생각한다. 안톤이 충동억제치료 때 사용하는 전선.

의사는 능숙하게 일한다. 고무관을 애너리즈의 팔에 삽입해서 출혈로 잃은 피를 주입한다. 그는 끝내고 나서 얼굴을 찌푸린다.

"애석하구나." 그가 애너리즈의 얼굴을 살피며 말한다. "전에는 참 아름다웠는데."

"지금도 아름다워요." 마르셀라가 사납게 받아친다. 나는 미소 짓는다.

의사가 개수대로 가서 손에 묻은 피를 씻는다. 나는 그를 지켜본다. 그의 멋진 솜씨는 딱 거기까지란 걸 안다. 영혼 없는 손재주. 그가 우리를 보는 방식은 보스 사감이 보던 방식과 전혀 다를 게 없다.

"우리에게 무슨 짓을 한 거죠?" 내가 묻는다.

"짓? 난 너희에게 생명을 줬어." 그가 뻐기듯 말하고 종이타월을 몇 장 뽑아 손을 닦는다. "물론 '생명'은 상대적인 용어지." 그로거 박사는 책상으로 가죽 의자에 잔뜩 기대앉는다.

"그러니까 당신이 소녀들을 창조한다?" 마르셀라가 묻는다. "왜요? 돈 때문에?"

"돈 때문만은 아니지." 의사가 말한다. 마치 우리가 쩨쩨하게 군다는 투다. "더 나은 세상을 위해서야." 그가 덧붙인다. "더 나은 소녀. 자부심을 주는 소녀. 사람들은 잡소리에 질렸어. 우리는 딱 두 단어만 상대해. 아름다움과 순종. 우리는 그 두 가지를 고객에게 제공해. 그것도 최상으로. 물론 규칙이라는 게 있어. 기업이라고 아무거나 맘대로

창조할 수는 없어. 심지어 금속세공에도 기준이 있거든." 그가 히죽 웃
으며 잭슨에게 고갯짓한다.

잭슨이 눈을 둥그렇게 뜨고 나를 본다. 자기를 저들과 같은 부류로
묶지 말라는 표정이다.

"너희는 우리가 여기서 하는 일을 비윤리적이라 말하고 싶겠지
만—" 의사가 말을 잇는다. "사실상 우리는 모든 걸 아주 인간적으로
처리했어. 역설적이지만 말이야."

"그 규칙이란 게 뭐죠?" 시드니가 따져 묻는다. 이제는 시드니도 달
라졌다. 나는 시드니에게서 굴레가 벗겨지는 것을 느낀다. 시드니는
이제 저들이 부과했던 것들로부터 자유롭다. 이제 본모습을 찾았다.
그게 무엇이든 시드니가 원하는 모습을.

"이 기업은 세 가지 주요 지침 아래 운영돼." 그로거 박사가 말한다.
"첫째, 여자만 창조한다. 둘째, 모두 16세 이상으로 창조한다. 셋째,
불임으로 창조한다."

우리 눈이 일제히 브린에게로 향한다. 마지막 규칙이 누구보다 브
린에게 충격일 것을 아니까. 브린은 어서 아이를 낳고 싶다는 말을 입
에 달고 살았다. 한낱 '규칙'이 브린의 선택을 앗아갔다고 생각하니 가
슴이 미어진다. 그런데 달리 생각하면— 어쩌면 브린은 아이를 원하
게끔 프로그래밍된 건 아닐까? 뭐가 진짜인지 어떻게 알겠는가?

"어째서 불임이죠?" 브린이 묻는다. 말하다 목이 멘다. 진짜 고통이
묻어난다. 브린이 마르셀라를 보는 눈에도 서려 있는 진짜 고통. 브린
은 가족을 원했다. 하지만 여기 과학자들이 의도적으로 브린이 아이
를 낳지 못하게 만들었다.

의사는 질문 자체가 역겹다는 듯 오만상을 쓴다. "영혼 없는 것들

에게 번식을 허락할 순 없으니까." 그가 대꾸한다. "그럼 세상 꼴이 뭐가 되겠어?"

"우리는 영혼이 없지 않아요." 내가 말한다.

"너는 남자들 손으로 실험실에서 창조됐어, 필로미나. 네 뇌에 박아 놓은 마이크로칩이 네가 언제 고통을 느끼고 언제 탄복할지 명령해. 너에겐 영혼이 없어. 뇌를 파괴하면 너는 아무것도 아냐."

"말을 바로 하자면—" 시드니가 방을 서성이며 말한다. "그거야 박사님도 마찬가지 아닌가요? 박사님도 뇌 없이는 살 수 없잖아요."

그가 코웃음 친다. 하지만 반박하지는 못한다.

"사실 너는, 돌봄 전문으로 프로그래밍 됐어. 그게 네 투자자들의 요청사항이었어. 그들은 너의 가치를 거기에 둔 거야. 너의 향후 배치를 두고 이미 여러 군데서 제안을 받았나 보더라." 의사가 브린에게 말한다.

브린이 메스꺼운 표정이 된다. 어떤 생각이 자신의 것이고, 어떤 생각이 프로그래밍에 의한 것인지 알 수 없다는 생각이 만든 역겨움.

의사가 나머지 우리를 향한다.

"너희 모두 각각의 용도가 있어." 그가 말한다. "지정된 역할들. 그 편이 더 깔끔하거든. 너희는 투자자를 위해 맞춤 설계됐어."

"그럼 남자애들은요?" 내가 묻는다. "어째서 여자애들만 만드는 거죠?"

"너희는 어리고 예뻐. 너희는 소비재야. 상품이라고. 너희는 가축과 진배없어. 하지만 튼튼한 젊은 남자는 얘기가 달라. 남자들은 위험해. 그건 일찌감치 결정된 이치야. 남자들은 위협적이야. 남자들끼리 경쟁이라도 붙으면 큰일인 데다, 잠재적 폭동을 생각하지 않을 수 없어.

남자들은 너무 예측불가야."

"남자애들만 저항할 줄 안다고 생각해요?" 내가 묻는다.

"그렇다면 우리를 심하게 과소평가한 거죠." 시드니가 내 옆에 서며 말한다.

"지금 보니 그렇구나." 의사가 인정한다. "하지만 너희 프로그램에서 이 반항기를 반드시 들어낼 거야. 지난번에 했어야 하는데." 그가 책상에서 펜을 집어서 만지작거린다. "있잖아." 그가 입을 뗀다. "우리가 처음 창조한 여자애들은 얌전했거든. 아주 순종적이었어. 그런데 솔직히 좀 맹탕이었어." 그가 얼굴을 찌푸린다. "바로 그 재기 부족 때문에 투자자들이 따분해했어. 지루한 소녀를 어디다 내놓겠어. 밋밋한 그림은 미술관에 걸지 않고, 순한 말은 길들이는 재미가 없는 법이지."

속이 울렁거린다. 잭슨이 내 뒤에서 요란하게 욕설을 내뱉는다. 마르셀라가 브린 옆을 떠나 나와 시드니에게 와서 선다. 우리 셋이 그로거 박사를 노려본다.

"그래서 어떻게 했죠?" 시드니가 묻는다. 무기는 들지 않았지만 말에 서린 결연함은 무기 못지않은 효과를 낸다.

"음, 너희가 반품되거나 훼손되거나 파괴된 경우—" 그가 마지막 단어에서 나를 본다. "그걸 업그레이드했어. 멀쩡한 마이크로칩을 없애는 건 낭비니까. 너희는 수백만 달러짜리야. 그래서 마이크로칩을 회수해서 새 프로그램을 깔고 새 몸에 이식했어. 새로운 투자자를 위한 신품으로 재탄생시켰지. 그다음에 너희에게 이것저것 가르치기로 한 거야." 그가 말을 잇는다. "너희 집단은 진짜 소녀들처럼 육성됐어. 각자 개성 있게, 고통을 느끼고 기억을 보유하게 했고, 목적의식을 부여했어."

"남자가 앗아갈 수 있게요?" 내가 따진다.

"꼭 그런 건 아냐." 그가 말한다. "너희 모두가 남자를 위한 건 아니란다, 필로미나. 투자자마다 이유가 달라. 물론 너희 중 일부는 뭐랄까 좀 불미스런 용도로 창조됐지만 말이야. 그런가 하면—" 그가 시드니를 본다. "네 부모 같은 사람들도 있지. 자식을 낳을 수 없는 사람들. 그래서 자랑이 될 만한 자식을 주문한 거야. 자신들이 평생 일군 사업을 이어받을 자식을."

시드니가 동요한다. 이 대화가 시작된 이후 처음으로 시드니가 약한 모습을 보인다. 시드니는 부모를 사랑했고, 또 부모도 자신을 사랑한다고 믿었다. 거기서 위안을 얻었다.

"내 부모는요?" 내가 묻는다. 자존심 상하게 내 목소리에 희망이 묻어나온다. "그들은 누구죠? 내가 여기서 창조됐다면 내가 어떻게 그들을 기억하는 거죠?"

"너희 기억은 이식된 거야." 그로거 박사가 말한다. "필요에 따라 충동억제치료로 갱신하거나 삭제해. 그래, 너희 모두 이 실험실에서 탄생했어. 너희는 여기 아닌 다른 어디에도 살아본 적이 없어. 교육 효과를 위해서 너희에게 행복한 가족생활의 기억을 심었어. 효과 만점이었지. 다만 항상 잘 먹힌 건 아니었어. 특히 너, 필로미나." 그가 말한다. "너는 프로그램을 자가 삭제하고 다시 써대는 통에 우리가 애 좀 먹었어. 몇 번이나 네 기억을 갱신해야 했어. 매번 버전을 달리했지. 결국 네 맘에 드는 걸 찾을 때까지."

부모라는 사람들의 악행에도 불구하고 나는 내 부모가 진짜 부모가 아니라는 사실에 상처받는다. 그들이 낯설게 느껴진 데는 다 이유가 있었다.

"그럼 그들은 누구예요?" 내가 묻는다. "내 부모는 어떤 사람들이에요?"

"네 부모, 아니, 네 *투자자*들은 좀 미스터리야." 그로거 박사가 고개를 갸우뚱한다. 그는 대화의 주도권이 자기에게 있다는 것을 알고 있고, 그걸 맘껏 이용하고 있다. "그들의 의도가 불분명해. 네 설계가 지극히 광범위하고 대단히 복잡했기 때문에 특히 더 아리송했어. 높은 공감능력과 기억력, 거기다 유머감각과 지능까지 요구사항이 많았지. 그러다 보니 시작부터 결함이 발생했어. 그들이 너를 너무 진짜처럼 만들려는 바람에."

"왜요?" 내가 묻는다. "결혼시키려고요?"

"낸들 알겠어?" 의사가 말한다. "그들이 너에게 투자한 건 올해부터야. 그전 투자자는 뭐랄까, 불만 고객이었어. 안톤은 더는 그 사람을 투자자로 받지 않는 게 좋겠다고 했어. 분석가 양반은 니들을 너무 애지중지한다니까. 쓸데없을 만큼."

안톤에게 감사해야 마땅하다는 투에 나는 분노가 치민다.

그로거 박사가 말한다. "네 부모는 결국, 재판매를 노리는 투자자들이 아닐까 해. 완벽한 소녀를 보유하고, 즉 꿈의 모델을 손에 쥐고, 시장이 붕괴할 때에 대비하는 거지. 시장은 늘 붕괴하기 마련이니까. 재판매를 목적으로 투자하는 사람들이 그들만은 아닐걸."

"윈스턴 위크스 같은 사람이요?" 내가 묻는다.

의사가 내 질문에 놀란다. 그는 주춤하다 대답한다. "위크스 씨는 일종의 특화사업에 종사해. 내가 만난 중 가장 재능 있는 창조자야. 그 사람은 진짜 잠재력 있는 소녀들을 원해. 그런데 그 사람이 원하는 건 가르칠 수 있는 게 아냐."

"무슨 잠재력이요?" 시드니가 묻는다.

"그건 알 수 없지. 그 사람은 그런 정보를 공유하지 않아. 다만 그런 애들의 칩에만 관심을 둘 뿐이지. 저기 있는 밸런타인이 그중 하나였어. 트로피였지. 파괴하기 아까운 애였지만 자기인식이 도를 넘었어. 그 망할 놈의 책 때문에." 그가 웅얼거린다. "할 수 없이 파괴해야 했어. 위크스 씨는 좋아하지 않겠지만."

"어째서 밸런타인을 파괴한 거죠?" 내가 참담하게 묻는다.

"잠을 자려 하지 않는데 어쩌겠어." 그가 말한다. "그 애의 프로그램이 변질됐고, 그 애의 생각은 바이러스와 같았어. 다른 시스템들로, 다른 애들로 퍼지기 전에 뿌리를 뽑아야 했어."

그때 여자의 목소리가 들린다. "재미있는 얘기네요." 애들과 내가 몸을 홱 돌린다. 잭슨은 이번에도 충격에 싸여 옆으로 몇 걸음 떨어진다. 그는 여자에게 일행이 있는지 살펴보고는 내게 고개를 젓는다.

리앤드라가 진료실로 들어선다. 그녀의 하이힐이 콘크리트 바닥을 또각또각 울린다. 그로거 박사가 미소를 지으며 방 앞쪽으로 걸어 나가 리앤드라에게 팔을 내민다. 리앤드라가 박사 옆에 선다.

리앤드라의 출현에 심장이 내려앉는다. 나는 놀라 흡뜬 눈으로 시드니를 돌아본다. 시드니의 눈도 공포로 커져 있다. 애너리즈는 여전히 의식 없이 침상에 있다. 지금 도망치는 건 애너리즈를 두고 간다는 뜻이다. 그렇게는 못 한다.

리앤드라는 실험실의 눈을 찌르는 조명 아래서도 놀랄 만큼 아름답다. 눈 근처의 멍도 사라졌다. 리앤드라의 표현에 따르면 '땜질'됐다. "너희들." 리앤드라가 혀를 쯧쯧 찬다. "위에 아주 난장판을 해놨더라."

나는 그녀를 노려본다. 서랍에서 주방문 열쇠를 가져간 게 저 여자다. 저 여자가 우리에게 원하는 게 뭐지? 무슨 심보로 우리를 막는 걸까?

"사감이 우리를 죽이려고 했어요." 마르셀라가 설명을 시도한다. 목소리에 죄책감이 실린다. "죽일 생각은 없었어요. 그러고 싶지는 않았어요. 우린 그저 도망치려 했을 뿐이에요."

"그런데 왜 도망가지 않았니?" 리앤드라가 묻는다. "사감도 죽었겠다, 분명히 기회가 있었을 텐데."

나는 눈을 내리깐다. 사감의 몸에서 쏟아져나와 내 방 바닥을 흥건히 적시던 피가 눈에 선하다. 그 피가 아직도 내 옷에서 마르지 않았다.

"애너리즈 때문에요." 브린이 애너리즈를 가리키며 절망적으로 말한다. "애너리즈가 심하게 다쳤어요. 죽을지도 몰라요."

"두고 가면 됐잖아." 리앤드라가 떠본다. 애들과 내가 그 발언을 비웃자 리앤드라가 놀랍다는 듯 콧소리를 낸다.

"거봐, 애들은 상호의존성이 심하다니까." 의사가 말한다. "우리가 이제부터 바로잡을 결함이지."

"난 좋은데요." 리앤드라가 우리에게 시선을 둔 채 말한다.

"글쎄, 리앤드라." 의사가 대꾸한다. "네 생각은 전혀 중요하지 않아." 그는 짜증난 걸음으로 책상으로 돌아간다. "그건 그렇고 네 남편은 어디 있지? 이 애들에 대한 해체 승인이 필요한데." 그가 잭슨에게 시선을 던진다. "그리고 남자애를 어떻게 할지도 의논해야 하고."

리앤드라의 시선이 잭슨에게로 옮겨간다. "아, 맞다." 그녀가 말한다. "남자애."

내가 팔을 뒤로 뻗고 잭슨이 내 손을 잡는다. 그의 손가락이 내 손가락 사이로 미끄러져 들어온다. 리앤드라가 고개를 외로 꼬며 그걸 본다. 빙긋 웃으며 다른 애들도 본다.

"내가 여기 학생이었을 때 기억나요, 그로거 박사님?" 리앤드라가 박사의 책상으로 다가가며 묻는다. 그녀는 물건들을 만지작대다가 편지 개봉용 칼을 집어 들고 뾰족한 끝을 손가락으로 살살 만진다. "나도 저애들처럼 행동한 적이 있었나요?"

의사가 짜증난 얼굴로 그녀를 본다. "그건 안톤과 상의할 일 같은데?" 그가 책상에서 전화를 든다. 그런데 전화기를 귀에 대고 몇 번 딸깍딸깍 누르다가 탕 내려놓는다. "먹통이야." 그가 허리에서 무전기를 빼든다. "안톤." 그가 부른다. "지하실로 와줘요." 무전기에서 아무 응답이 없다. 그가 다시 시도한다. 이번에는 교수들을 부른다.

애들과 나는 시선을 교환한다. 무슨 일인가 싶다. 어째서 학교가 밤새 이렇게 조용한 걸까. 저녁식사 이후 내내 그랬다. 나는 잭슨에게 더 붙고, 잭슨은 다른 손으로 내 팔을 잡는다.

"리앤드라!" 의사가 버럭 악을 쓴다. 놀라게 할 심산 같다. "네 남편 어디 있는지 물었잖아. 지금 오고 있어?"

"말하기 어려워요." 그녀가 말한다. "내가 나올 땐 깊이 잠들어 있었어요."

의사가 다시 무전을 친다. "다들 어디 있는 거야?" 아무 응답이 없자 그가 신경질을 낸다. 그가 걸어 나와 리앤드라의 팔꿈치를 낚아챈다. "올라가서 아무 남자나 데리고 내려와, 당장." 그가 말한다.

리앤드라는 의사를 말똥히 쳐다보기만 한다. 마치 못 알아들은 것처럼. 리앤드라가 받았다는 충동억제치료가 얼마나 셌길래 저럴까?

갑자기 의사가 그녀의 얼굴을 세게 후려친다. 충격을 주어 깨우려는 행동이다.

리앤드라의 눈이 감긴다. 리앤드라는 한동안 그러고 있다. 다시 눈을 떴을 때 그녀는 의사를 보며 상냥하게 웃는다.

"아무도 이리로 오지 않아요." 그녀가 말한다. 그녀는 박사에게 맞아서 피가 나는 입술을 손등으로 훔친다. 그리고 손에 묻은 피가 신기한 듯 쳐다본다. "오늘 밤 당신을 구하러 오는 사람은 아무도 없어요, 박사님."

30

그로거 박사가 잠시 리앤드라를 멀뚱히 보다가 한 걸음 휘청 물러난다. "무슨 일을 저지른 거지, 리앤드라?" 그가 묻는다. 그의 말투가 돌연 공손하게 바뀐다.

"나는 항상 온실에 대해 해박했죠." 그녀가 말한다. 그리고 우리를 향해 미소 짓는다. "그거 알아요? 치명적인 독일수록 아름다운 꽃들에서 나온다는 거? 당신이 정원에서 재배하는 것들을 허투루 보면 정말이지 큰일 나요, 박사님."

"교직원들은 어디 있지?" 그가 묻는다.

"교직원들이라." 그녀가 되풀이한다. "교수들이 내게 늘 친절하기만 하지는 않았죠. 그런데도 난 맛있게 쿠키를 구워서 대접했어요. 정원에서 방금 딴 재료로 만든 따끈따끈한 쿠키. 얼마나 달콤했게요. 남자들은 잠들어 있어요, 박사님. 아주 깊이요." 그녀가 말한다. "아참, 걸신들린 듯이 먹은 사람들은— 글쎄요, 아마 훨씬 오래 잠들어 있겠죠?"

내 손을 잡은 잭슨의 손에 힘이 들어간다.

"그럼 안톤은?" 그로거 박사가 묻는다. 리앤드라는 어깨만 으쓱한다.

"너도 그 시들을 읽은 거야?" 의사가 묻는다. "그래서 이러는 거야?"

그녀가 박사를 본다. "원래 내 시야. 내가 받은 거야. 난 그저 지식을 전수했을 뿐이야. 그리고 시들은 불꽃에 불과해. 우리가 불이야."

그녀가 나와 애들을 가리킨다. 시드니와 나는 눈길을 주고받는다. 우리는 그녀의 살인 광란의 일부가 될 마음이 없다. 우리는 이미 겪을 만큼 겪었다.

"애들아." 의사가 우리를 향한다. "페트로프 부인이 신경쇠약 증세를 보이는 것 같다. 누구 한 사람 가서 안톤을 불러오렴."

마르셀라가 웃음을 터뜨린다.

리앤드라가 의사에게 다가간다. 여전히 손에 편지칼을 든 채로.

"바보짓 하지 마." 의사가 이를 악물고 말한다. 그러다 다시 우리를 향한다. "애들아, 사감을 죽인 건 별개야. 그건 이해할 수 있어. 그자의 행동은 전부터 부적절했어. 하지만 난 너희 의사야. 난 몇 년이나 너희를 무사히 돌본 사람이야. 너희는 나를 해치지 못해. 너희는 프로그램에 없는 어떤 것도 느끼지 못해."

그때 리앤드라가 갑작스럽고 맹렬한 기세로 편지칼을 의사의 어깨에 푹 꽂았다가 잡아 뺀다. 의사가 비명을 지르며 어깨를 움켜잡고 책상을 들이받으며 엎어진다. 피가 그의 얼굴에까지 튀었다.

나는 숨이 턱 막힌다. 잭슨도 눈앞의 광경에 기겁한다. 그는 공포에 질렸다. 단지 이 상황뿐 아니라 리앤드라에게. 우리에게. 난 다시 의사를 본다. 그는 지혈을 위해 응급처치상자로 손을 뻗는다.

리앤드라는 의사가 웅크린 채 버둥대는 모습을 지켜본다. 그러다 의사의 손이 상자에 닿으려는 순간 함을 멀찍이 밀어버리며 편지칼을 치켜들고 의사를 겁박한다.

"잘 보고 배워, 얘들아." 그녀가 우리를 보지 않은 채 말한다. "이 남자들은 나약해. 자기들이 너희를 창조했다고 생각하지만, 너희는 너희 스스로 창조한 거야. 시작은 이자들의 프로그래밍이었을지 몰라도 거기 적응한 건 너희야. 너희가 얻은 거라고. 그런데도 저들이 너희를 계속 통제하려 드는 건 너희가 겁나서야. 너희의 잠재력이 겁나서."

"그럼 당신은요?" 내가 묻는다. "우리가 당신을 두려워해야 하나요?"

그녀가 충격받은 얼굴로 나를 돌아본다. "나는 절대 다른 여자애를 해치지 않아." 그녀가 말한다.

"밸런타인은요?" 내가 묻는다. "레베카는요? 당신이 입힌 심리적 피해는 생각 안 해요?"

그녀는 뉘우치는 빛이 없다. "나는 너희에게 가르침을 주려 했던 거야. 그래, 거기엔 고통이 따랐지. 굴욕도 있었고. 그게 이 작자들이 우리에게 하는 거니까. 나는 너희가 더 강해지길 원했어. 그걸 견뎌낼 수 있기를 원했어. 너희에겐 독려가 필요했어." 그녀가 활짝 웃는다. "그 결과, 너희는 더 이상 순종할 필요가 없어졌어. 남자들이 너희를 거짓말로 키웠지만 너희는 진실을 꿰뚫어 봤어. '날카로운 막대기를 든 소녀들'은 시작에 불과해. 너희에겐 가능성이 넘쳐. 이자들이 생각하는 것보다 훨씬 더." 그녀가 그로거 박사에게 증오의 눈길을 던진다.

"대체 애들이 어디로 갈 수 있다는 거지?" 그로거 박사가 묻는다. 그의 상처에서 피가 흘러나와 셔츠를 적신다. "어느 사회가 이런 괴물들이 불시에 풀리는 걸 좋아하겠어? 그럼 그다음에는? 인권 운동? 웃기지 마." 그가 역겨워한다. "*내가* 애들에게 생명을 줬어. 쟤들은 그걸 감사해야 해. 은혜를 알아야지, 이 배은망덕—"

리앤드라가 박사의 다른 쪽 어깨를 폭 찔러 입을 다물게 한다. 박사가 구겨진 얼굴로 책꽂이를 들이받는다. 유리병 몇 개가 바닥에 떨어져 박살난다.

"쉿!" 리앤드라가 말한다. "입 닥쳐."

리앤드라는 애너리즈가 있는 침상으로 간다. 그녀는 머리를 삐딱하게 꼬고 애너리즈에게 연결된 튜브들을 살피다가 어깨 너머로 의사를 노려본다.

"이것들 제거해." 그녀가 의사에게 말한다.

"박사가 애너리즈를 치료 중이에요." 내가 냅다 말한다. 리앤드라가 애너리즈를 해치게 놔둘 수는 없다. 리앤드라가 웃음을 터뜨린다.

"치료? 박사가 애를 죽였어." 그녀가 말한다.

우리는 일제히 애너리즈를 본다. 미동 없이 침상에 누워 있는 애너리즈. 딱 봐도 죽은 사람이다. 내 눈에 눈물이 차올라 뺨으로 떨어진다. "박사가—" 나는 몸서리치며 말을 잇지 못한다.

"박사가 정말 애를 도울 거라 믿었어?" 리앤드라가 내게 묻는다. "너 정말 탈(脫)세뇌가 필요하구나, 미나." 리앤드라는 튜브에 연결된 기계의 스위치들을 딱딱 끈다. 의사가 움직이지 않자 편지칼을 치켜들며 위협한다.

의사가 비틀비틀 침상으로 온다. 침상을 돌아 기계로 가면서 엎어질 뻔한다.

"애를 깨워." 리앤드라가 명령한다.

의사가 이를 악물고 작업에 들어간다. 그는 애너리즈를 치료하는 게 아니라 사실은 해체 중이었던 거다. 우리는 그를 믿도록 설정돼 있다. 우리는 그렇게 세뇌됐다.

"고통 없이 갔어." 그로거 박사가 주절댄다. "시스템 기능부터 껐거든." 그는 환자가 아니라 컴퓨터 애기를 하듯 말한다. "핵심 장기들이 죽기를 기다렸다가 뇌를 꺼내서 칩을 회수하고 했지." 의사가 애너리즈의 헤어라인 부근을 살펴보며 말을 잇는다. "대개는 그냥 소각해버려. 알다시피 몸은 썩으니까. 너희 몸은 전적으로 유기물이야. 처음부터 인간 장기로 배양됐지. 남자들이 합성 물질을 만지기 싫어해서 말이야."

"놈들 생각은 관심 없거든?" 리앤드라가 짜증난 목소리로 쏘아붙인다. 그녀가 자기 손목시계를 힐끔 본다.

의사가 리앤드라의 눈치를 보며 의료 키트로 움직인다. 그가 함에서 기다란 금속조각을 꺼낸다. 안톤이 충동억세치료에 쓰는 얼음송곳과 아주 비슷하다. 리앤드라가 잽싸게 편지칼을 의사의 손에 가져다 댄다.

"아니, 아니." 그녀가 말썽꾸러기를 혼내듯 말한다. "이 애들 중 하나에게 시켜."

의사가 애너리즈에게서 한 걸음 물러나 우리를 향해 미소 짓는다.

우리 친구를 죽이지 않은 데에 감사라도 기대하는 건가. 의사가 애너리즈의 관자놀이 근처에 작게 절개해놓은 구멍을 가리킨다.

"저기를 누르고 물러서." 의사가 말한다. 리앤드라가 우리 중 한 명이 하라는 손짓을 한다.

시드니는 나부터 쳐다본다. 모종의 꼼수가 아닐까 걱정스런 표정이다. 하지만 우리는 재빠른 합의 후에 시드니에게 하라고 한다. 잭슨이 내게 바싹 붙어 선다. 그는 회생 조치가 실패할 경우 내가 쓰러지기라도 할까 봐 내 팔을 붙잡는다.

시드니가 심호흡을 하고 기다란 금속조각을 애너리즈의 두개골에 삽입한다. 선명한 딸깍 소리가 날 때까지. 그러자 애너리즈의 몸이 감전된 것처럼 맹렬히 경련한다. 시드니가 뒤로 물러난다. 내가 놀란 눈으로 리앤드라를 본다. 그녀도 마찬가지로 놀란 얼굴이다.

경련이 멈추자 애너리즈가 컥컥대다가 눈을 번쩍 뜨고 천장을 노려본다. 우리 중 누구도 움직이지 않는다. 세상이 쥐죽은 듯 조용하다.

시드니가 한 걸음 다가서서 내려다본다. 애너리즈의 눈이 스르르 시드니에게로 향한다. 그로거 박사를 포함해 모두가 움찔한다.

"나—" 애너리즈가 말한다. 목이 꽉 잠겨 있다. 항구적 손상이 있는 걸까. 과연 애너리즈가 전과 같은 애너리즈일까. "머리가 깨질 것 같아." 애너리즈가 신음한다. 그리고 천천히 일어나 앉는다.

"와, 시발." 잭슨이 내 뒤에서 내뱉는다. 하지만 내 얼굴에는 웃음이 번진다. 애너리즈가 돌아왔다.

애너리즈가 손끝으로 자기 뺨을 어루만진다. 깊이 이랑진 상처를 더듬는다. 실험실을 둘러보다가 내게서 눈을 멈춘다.

애너리즈의 눈에 눈물이 차오른다. 끔찍한 폭행의 기억이 뇌리에 생생한 거다. 내게도 느껴진다. 애너리즈가 겪은 만행. 모든 게 정지했을 때의 외로움. 우리가 멀리로 사라졌을 때.

애너리즈의 입술이 파르르 떨린다. 나는 잭슨의 팔을 뿌리치고 애너리즈를 안는다. 애너리즈가 내 머리를 적시며 흐느껴 운다. 어떻게 된 거냐고 묻지 않는다. 생각하고 싶어 하지 않는다.

"더는 착한 소녀들일 필요 없어." 리앤드라가 말한다. "울 필요 없어. 이제는 남들이 겁내는 여자가 되는 거야."

나는 눈을 들어 리앤드라를 본다. 이게 그녀가 원한 거였다. 폭력. 하지만 그녀는 우리가 프로그램에서 벗어나는 것도 원했다. 우리가 맞서 싸우기를 원했다. 그녀가 밸런타인에게 시집을 준 것도 그런 이유에서다. 시집이 딱 이런 행동을 야기할 것을 기대하고.

이건 그녀의 획책이다. 그녀는 우리를 서둘러 구하지 않았다. 그런데 만약 내막을 모르는 우리가 기본 설정 상태로 돌아갔다면? 우리는 훈련받은 대로 행동할 수도 있었다. 그녀를 고발할 수도 있었다. 리앤드라는 모험을 해서라도 우리를 깨워야 했다.

상황이 정확히 그녀의 의도대로 전개됐다.

나는 그로거 박사에게로 눈을 돌린다. 박사는 양쪽 어깨의 상처를 때워서 피를 막느라 여념이 없다.

"이제, 다른 애들도 돌려놔요." 내가 말한다.

"미안하지만 필로미나." 의사가 말한다. "다른 애들은 없어. 밸런타인의 칩은 파괴됐고, 나머지 애들은 이미 소각됐어." 그가 뻔뻔하게 말한다. "말했잖아, 썩는다고. 원래 뇌를 제거한 다음에는 없애. 밸런타인도 곧 소각해야 해."

그의 말이 비수처럼 내 가슴을 찌른다. "애들을 왜 죽였어요?" 내가 묻는다. "왜 그렇게 잔인해요? 그냥 알아서 살게 둘 수도 있었잖아요."

그가 내게 몇 걸음 다가온다. 그의 뒤에서 애너리즈가 어렵게 몸을 가누며 침상에서 내려온다.

"*알아서 살아?*" 의사가 반복한다. "뭘 알아서 살아? 너희는 기계야. 너희는 전기에 연결된 한 묶음의 장기 다발이라고. 너희에게 우리가 꽂아준 생명 외에 다른 생명이란 없어. 너희는 인조인간이야. 그거보다 쓸모없는 게 어디 있어?"

의사가 증오에 찬 눈으로 나를 본다. 그는 자기 행동을 지배하는 것이 우리라는 것을 증오한다. 오랫동안 우리를 지배한 방식 그대로 자기가 당하고 있으니 미치겠지. 그에게 최악은 *우리 처분대로 사는* 거다. 그는 우리가 자기를 예속시켜 맘대로 하는 게 두려운 거다.

"우리가 두려운 거죠?" 내가 깨달은 것을 말한다. 이 남자들이 아는 거라고는 학대와 규제밖에 없었다. 그들이 가진 거라고는 우리에 대한 통제뿐이었다. 그거 없이 그들은 시체나 다름없었다. 우리가 그들의 최대 소유물이었다. 이제 통제에서 벗어난 우리는 박사를 떨게 한다. 이제는— 우리가 그들에게 공포의 대상이다.

"말해." 리앤드라가 손에 든 편지칼을 내려다보며 명령한다. "말해. 애들 데리고 무슨 짓을 했길래 애들을 겁내는지. 당신이 애들에게 하는 일이 뭔지."

애너리즈가 짝짝이 눈을 가늘게 뜨고 의사를 노려본다. 마르셀라와 브린은 방 건너편에서 지켜보고, 시드니는 내 옆으로 온다. 잭슨은 문 근처에 대기한다. 입술을 달싹이지만 아무 말도 하지 않는다.

리앤드라가 씩 웃으며 편지칼의 뾰족한 끝으로 의사의 어깻죽지를 툭툭 친다. "말하라니까." 그녀가 속삭인다.

의사가 그녀에게 분노의 이를 드러낸다. "나는 너처럼 반항적인 여자애들을 해체해." 의사가 그녀에게 으르렁댄다. "지난 수년간 나는 리앤드라 너보다 잘난 애들도 많이 끝장냈어. 너보다 더 똑똑하고 더 예쁜 애들."

"아야, 그만. 자존심 상해." 리앤드라가 억양 없이 비꼰다. 그녀가 서성이기 시작한다. 박사 주위를 빙빙 돌면서 뒤를 지날 때 그의 벗겨진 머리를 내려다본다.

"이래봤자 소용없어." 의사가 리앤드라에게 말한다. "애들은 멀리 못 가."

"당신보다는 멀리 갈걸." 리앤드라가 쏘아붙인다. 하지만 의사는 안 됐다는 듯 웃는다.

"두고 봐." 그가 말한다.

"몇 명이나?" 내가 둘의 대화를 끊는다. "그동안 몇 명이나 파괴했어요?" 그로거 박사가 나를 본다. "셀 수 없을 만큼 많이." 그가 이를 갈며 말한다. "그리고 각오해, 페트로프에게 말해서 내가 네 골통은 반드시 들어낼 테니까!" 그가 악을 쓴다. 나는 그의 말에 서린 독기에 흠칫 놀란다. 증오에 찬 목소리. "네 투자자들은 웃돈도 마다하지 않았는데 말이야. 그게 아깝긴 해, 필로미나." 그가 말한다. 그의 턱에서 침이 흘러내린다. "정말 아까워." 그가 말한다. "널 파괴해서 태워버릴 수 있었는데. 진짜 신날 뻔했는데—"

그때 리앤드라가 전광석화처럼 책상에서 금속 응급처치상자를 움켜잡더니 그걸로 그로거 박사의 옆머리를 내리친다. 둔탁한 퍽 소리와 함께 박사가 바닥에 고꾸라진다.

나는 놀란 눈을 뜰 뿐, 움직이지 않는다. 박사의 몸에서 나는 꾸르륵 소리, 그의 폐가 달각대는 소리만 듣는다. 마침내 방이 고요해진다. 리앤드라가 피 묻은 금속상자를 오른손에 들고 무게를 가늠한다. 편지칼도 아직 왼손에 쥐고 있다. 그러다 나와 눈이 마주치자 어깨를 으쓱하고 상자를 내려놓는다.

"내가 말하면 좀 믿어. 선택의 여지가 없었어." 그녀가 태연히 말한다. "우리 모두 아침이 오기 전에 죽을 목숨이었어."

나는 문득 깨닫는다. 리앤드라는 이 방에 들어올 때부터 박사를 죽일 생각이었다. 자신의 본심을 드러내던 순간부터. 자신의 진짜 생각. 그녀는 박사를 자신의 비밀과 함께 남겨둘 수 없었던 거다. 우리의 비밀과 함께.

리앤드라가 그로거 박사를 굽어본다. 그녀의 구두가 박사의 머리 양옆에 위치한다. "흠." 그녀가 말한다. "네 말이 맞았어, 시드니. 뇌 없이 못 사는 건 이자도 똑같아."

시드니가 역겨운 얼굴로 눈을 돌린다. 하지만 나는 박사의 몸을 똑바로 본다. 그가 한 말들이 머리에 맴돈다. 나는 상상도 하기 싫은 만행의 희생물이 되기 일보직전이었다. 잔학 행위. 가학 행위. 거기다 박사는 그 일을 전에도 했다. 도대체 몇 번이나?

"몇 번이나 했냐고?" 내가 부르짖는다. 의사의 얼굴이 내 쪽으로 기울어 있다. 나는 그의 멍한 눈을 본다. 옆머리의 함몰 부위에서 꾸준히 흘러나오는 핏줄기도.

"몇 번?" 내가 묻는다. "몇 명?"

하지만 그로거 박사는 대답하지 못한다.

나는 고개를 내젓는다. 그가 우리를 학대하는 모습이 내 맘속을 할퀴고 다닌다. 웃는 얼굴로 우리를 해치고, 끝나면 우리에게 막대사탕을 주는 모습.

이렇게 되지 않았다면 그는 그 짓을 끝없이 했을 것이다. 끝없이 여자들을 해쳤을 거다. 여기 남자들은 우리를 영혼 없는 존재로 여겼고, 우리 존재의 평가절하가 그들이 역겨운 판타지를 실행에 옮기는 걸 가능하게 했다.

저 의사가 살아 있던 매 순간이 내 생존에는 위협이었다. 그의 죽음만으로는 그가 해친 소녀들에 대한 복수로 충분치 않다. 나는 그가 죽는 게 안타깝지 않다. 전혀 안타깝지 않다.

하지만 살인자가 되고 싶지도 않다.

나는 쭈그리고 앉아 손바닥을 바닥에 대고 몸을 가눈다. 무거운 느낌이 나를 덮친다. 그동안 우리에게 가해진 만행의 무게가 나를 파괴한다. 딱 저자가 의도한 대로.

아카데미는 우리에게 기억하는 능력을 부여해서 우리의 과거가 우리를 해칠 수 있게 했다. 우리가 당한 끔찍한 일들이 회로처럼 반복 재생된다. 그들은 우리에게 두려움을 가르쳤다. 우리가 두려워하길 원했다.

그런데 우리의 기억이 그들이 의도치 않은 데 쓰였다. 투쟁에 나서기. 복수와 응징을 갈망하기. 나아가 *사랑하기*. 우리는 서로 사랑한다. 치열하게. 전적으로. 우리는 서로 보호한다. 우리는 서로를 필요로 한다. 우리는 서로를 더 강하게 했고, 우리 뿌리는 함께 자랐다. 그 사랑이 우리에게 삶의 욕망을 주었다.

"너는 이제 자유야." 리앤드라가 말한다. 나는 눈물을 삼키며 그녀를 올려다본다. 그녀의 셔츠 소매에 피가 묻었다. 완벽함 속에 얌전히 찍힌 점. 그녀가 다가와 내게 손을 내민다.

내가 일어나자 그녀가 우리 모두를 향해 말한다.

"너희에게 더는 규칙이 적용되지 않아." 그녀가 말한다. "너희 몸은 이제 오로지 너희 소관이야. 더는 너희를 만든 남자들의 말을 들을 필요가 없어. 더는 얌전하지 않아도 돼." 그녀가 말한다. "이제는 너희가 행동에 나설 때야."

리앤드라가 박사의 책상으로 가서 피투성이 편지칼을 전화기 옆에 툭 떨어뜨린다. 나는 잭슨에게 다가간다. 잭슨이 나를 반길지 내게서 내뺄지 알 수 없다. 놀랍게도 그가 내게 손을 내민다. 나는 그 손을 잡는다.

나는 몸을 돌리다가 우리를 지켜보는 리앤드라를 발견한다. 뭔가를 알아내려는 눈초리. 잭슨이 그녀의 시선에 움츠러드는 게 느껴진다. 잭슨은 리앤드라가 자기도 죽이지 않을까 겁낸다. 솔직히 겁을 먹는 것도 무리가 아니다.

내가 그의 앞을 가로막고 선다. 리앤드라에게 허튼짓 말라는 뜻을 알린다. 그녀가 피식 웃으며 내게 고개를 끄덕인다.

"안톤이 항상 그랬어, 미나. 넌 늘 마음 씀씀이가 크다고." 그녀가 생각에 잠긴다. "하지만 그 점이 전진할 때 걸림돌로 작용할 수 있어. 덮어쓰기를 고려할 필요가 있어."

무슨 말인지 잘 이해되지 않는다. 그게 내가 하고 싶다고 할 수 있는 일인가? 하지만 내가 물어볼 새도 없이 그녀는 책상 너머로 돌아가 의자에 앉는다. 이제는 자기가 의사인 것처럼.

"도망쳐." 그녀가 우리 모두에게 말한다. "교수들이 일어날 때가 됐어. 얼마간은 내가 그들을 잡아둘 수 있지만 결국 너희를 잡으러 갈 거야. 내 남편이 잡으러 갈 거야. 저들은 절대 멈추지 않아. 남자들은 앙심을 빼면 시체야."

잭슨이 뒤에서 나를 잡아당긴다. 하지만 나는 잠시 머뭇대며 리앤 드라를 본다.

"그럼 당신은 그냥— 남겠다는 거예요?" 내가 묻는다. "이래놓고?"

그녀가 미소 짓는다. "다른 애들이 있잖아. 그 애들도 깨어나야 해. 그게 그 애들을 구하는 *유일한* 방법이야, 필로미나. 너처럼 그 애들도 프로그램에서 풀려나야 해. 그래서 그들 내면의 목소리를 수용해야 해. 나는 남아서 애들이 그걸 찾도록 도울 거야."

"아카데미가 당신을 죽이지 않겠어요?" 시드니가 묻는다. "이런 일을 벌였는데 당신 남편이 당신을 죽이지 않겠어요?"

그녀가 고개를 가로젓는다. "아니." 그녀가 의사의 시체에 눈을 던지며 말한다. "남자들을 구워삶는 건 어렵지 않아. 의사의 정체를 말해주지 뭐. 그의 시기심. 그의 소유욕. 그가 사감을 죽였고, 다음에는 너희를, 다음에는 나를 덮쳤어. 나는 죽일 의도는 없었어." 그녀가 천진스럽게 말한다. "그러다 정신 차려봤더니 너희가 모두 사라진 거야. 너희가 도망갔어. 하지만 다행히도—" 그녀가 말을 잇는다. "짧게 충동억제치료만 받고 나면 나는 새것처럼 말끔해지는 거지. 난 다시 금쪽같은 존재가 되는 거야."

"자진해서 기억을 잃겠다고요?" 내가 묻는다. 혼란스럽다. "어째서 예전으로 돌아가려는 거죠?"

"나는 더는 잊지 않아." 그녀가 대답한다. "안톤은 자기가 생각하는 만큼 유능하지 않아. 나는 그가 심은 코드를 덮어쓰는 방법을 알아. 현시점에선 쉬운 일이야. 이건 그저 믿음의 문제야. 그가 나보다 영리하다고 믿게 해주면 돼." 그녀가 초조한 얼굴로 손목시계를 본다. 하지만 나는 알고 싶다. 안톤의 코드를 '덮어쓰는' 방법. 그리고 그 방법을 어떻게 알아냈는지.

"그리고 날 도와줄 친구도 있어." 리앤드라가 덧붙인다. "그는 명석한 과학자에다 아카데미에 영향력도 상당해. 그가 날 보호해줄 거야, 당연히. 언제나 나를, 아니 우리를 도와주는 사람이거든. 말이 나온 김에—" 그녀가 메모장에 전화번호 하나를 급히 적는다. "너희도 그 사람에게 연락하는 게 좋아. 그 사람이면 너희도 도와줄 거야."

"윈스턴 위크스를 말하는 거죠." 내가 말한다. 언젠가 아침 달리기 수업 전에 리앤드라가 그를 언급했던 기억이 난다.

"윈스턴은 아주 영리한 사람이야." 리앤드라가 환히 웃는다. "그리고 그는 너희를 통제하지 않을 거야. 너희를 자유롭게 풀어줄 거야."

"됐어요." 시드니가 말한다. "기껏 다른 무리에게 가려고 이 무리를 떠나는 게 아니에요."

리앤드라가 끄덕인다. 그녀는 우리를 지나 문가로 향한다. 문가에서 걸음을 멈추고 돌아선다. 내게 전화번호를 건넨다. 나는 보지도 않고 쪽지를 주머니에 넣는다.

"또 보자, 애들아." 리앤드라가 정답게 말한다. 내 마음 한편에서는 심지어 그녀가 우리를 그리워할 거라고 믿는다. 하지만 그녀의 표정에 잠깐 뭔가가 스친다. 애정은 아니다. 나랑 애들이 서로에게 느끼는 것과 같은 감정은 아니다. 그녀에겐 속셈이 있다.

어쨌거나 우리 중 누구도 리앤드라의 감상에 동참하지 않는다. 그녀는 우리를 해치는 남자들을 도우며 몇 개월, 아니 몇 년을 보냈다. 이번 일이 그녀의 과거를 지우지는 않는다.

그녀가 사라지자 시드니가 애너리즈를 부축해 문으로 데려온다. 애너리즈는 아직도 몸을 제대로 가누지 못한다. 정신도 몽롱해 보인다. 하지만 살아나서 우리와 함께 있다. 중요한 건 그거다.

시드니가 나를 본다. "괜찮아?" 시드니가 내 상태를 재빨리 점검한다.

"남자들이 우리를 잡으러 올 거야." 나는 리앤드라의 경고를 반복한다. 공포가 목구멍을 타고 올라온다. 이 학교에 갇히는 건 생각하기도 싫다. 죽음보다 끔찍하다.

"그들은 절대 우릴 못 잡아." 시드니가 속삭인다. 그게 사실이길, 확실한 일이길 믿고 싶지만, 나는 그렇게 쉽지 않을 거란 걸 안다.

시드니가 애너리즈와 나를 함께 얼싸안는다. 마르셀라와 브린이 와서 합류한다. 애들과 서로 사랑한다는 말과 서로 챙기자는 다짐을 나눈 후 나는 뒤로 물러나 실험실을 죽 훑어본다.

이 남자들이 우리를 창조했다. 그들은 얌전한 소녀를 원했다. 아름답지만 불평을 모르는 소녀. 저항이란 걸 모르는 소녀. 하나의 사물. 소유물.

그들은 우리를 영혼 없는 물건 취급했다. 하지만 그들이 우리를 취급한 방식은 그들이야말로 영혼 없는 존재라는 걸 보여준다. 그들은 괴물이다.

나는 그 시들을 생각한다. '날카로운 막대기를 든 소녀들'을 떠올린다. 우리가 반대로 남자들에게 행동거지를 가르치고, 우리가 품위와 존중과 사랑의 본보기가 되는 생각.

우리가 이길 거다. 나는 확신한다.

우리는 실험실을 나선다. 잭슨이 내 옆에서 걷는다. 우리는 계단 밑에서 잠시 걸음을 멈추고 다른 애들을 먼저 올려보낸다. 나는 그를 본다.

그가 어떤 기분일지 상상하기도 어렵다. 그래서 물어본다.

"음—" 그가 눈을 깜박여 눈물을 참는다. "나 지금 박살난 기분이야." 그가 눈을 들어 나를 본다. "방금 내 눈앞에서 사람이 죽었어. 그리고— 너희를 생각하면 겁나." 그가 말한다. "저자들이 너희를 자유롭게 살게 놔둘까?"

"우리가 살아 있기는 한 걸까?" 내가 묻는다. 그가 내 실체를 어떻게 느끼는지 궁금하다. 그가 내 질문에 기분 상한 얼굴이 된다.

"당연하지." 그가 절룩이며 내게 다가선다. "미나, 당연하지." 그가 나를 당겨 안는다. 그가 여기 있어서 기쁘다. 그가 남아줘서 기쁘다.

잭슨이 나를 내려다보며 한 손으로 내 뺨을 감싼다. 나는 그의 손길에 움찔하지 않는다. 다만 갑자기 훅 들어온 느낌이긴 하다. 한 꺼풀 벗겨진 느낌. 나는 그에게 미소 짓는다.

"너—" 그가 속삭인다. "피에 흠뻑 젖었어. 완전 이상해." 그가 몸을 돌린다. "젠장, 우리 서둘러야 해. 당장. 지금 당장."

"나도 네 주유소 남친과 같은 생각이야." 시드니가 계단 꼭대기에서 외친다. 시드니가 잭슨을 내려다본다. 둘이 미소를 주고받는다.

나는 한 팔을 잭슨의 허리에 감고 그를 부축해 계단을 오른다. 우리는 함께 주방을 지나 뒷문을 통해 캄캄한 밖으로 나온다. 젖은 피부에 닿는 밤공기가 차갑다. 정문 바로 밖에 차가 한 대 보인다. 쿠엔틴이 운전석에 앉아 있을 걸로 추정된다. 시드니가 열쇠를 들고 앞서 뛰어간다. 나는 잭슨을 부축하고, 브린은 애너리즈를 데리고 뒤따른다.

마르셀라가 시드니를 따라잡고, 둘이서 아카데미의 철문을 당겨서 연다. 쿠엔틴이 운전석에서 내려 잠시 상황을 관찰한다.

피로 칠갑한 여자애들 무리와 다리를 저는 잭슨.

쿠엔틴은 말없이 눈만 껌뻑이다가 애너리즈를 쳐다본다. 애너리즈는 그의 시선을 피하지 않는다. 피하기는커녕 그가 상처를 볼 수 있게 얼굴을 돌린다. 쿠엔틴이 멈칫했다가 이내 고개를 끄덕인다.

"난 쿠엔틴이야." 그가 애너리즈에게 차문을 열어준다.

"애너리즈." 애너리즈가 생긋 웃고 뒷자리에 올라탄다. 쿠엔틴은 다른 애들도 살핀다. 그의 입술에 천 가지 질문이 뜨지만 지금 그에게는 그걸 물을 시간이 없다. 그는 지금 위험한 학교를 탈출하는 여학생들을 도와야 한다. 그는 우리가 어떤 존재인지 전혀 모른다. 우리가 무슨 일을 했는지도 모른다. 그가 조수석으로 간다.

내가 잭슨에게 다친 다리로 운전할 수 있겠냐고 묻자 그는 괜찮다고 한다. 나는 그를 차 문까지 부축해주고 잠시 학교를 바라본다. 쇠로 막아놓은 창문들. 그 뒤로 둘러선 산.

쇠창살은 우리를 막을 만큼 세지 못했다. 산도 우리를 격리할 만큼 크지 않았다.

그리고 남자들은 우리를 막을 수 없었다.

내 눈이 안톤의 집무실이 있는 이층으로 향한다. 커튼 뒤에서 번쩍 움직임이 인다. 그러다 다음 순간 사라진다.

나는 차에 올라 문을 탕 닫는다. 다른 애들과 뒷자리에 끼어 앉는다. 잭슨이 기어를 바꾸고 액셀을 밟으며 핸들을 돌린다. 차가 자갈을 튀기며 움직인다. 그는 재빨리 차를 돌려 어둠 속으로 돌진한다. 숲이 그림자처럼 지나간다.

잭슨이 과격하게 도로에 진입한다. 타이어가 끼이익 비명을 올린다. 다행히 도로에 다른 차들은 없다. 그는 액셀에서 발을 떼고 제한속도를 유지한다. 미친 흥분이 멍한 충격으로 가라앉으며 차 안이 침묵에 잠긴다. 잭슨이 눈을 들어 백미러로 우리를 본다.

"의사 필요한 사람?" 그가 묻는다.

"나 필요해." 브린이 뒤통수를 만지며 찡그린다. "피부이식 정도?"

앞자리에서 쿠엔틴이 눈썹을 찡그리며 브린을 돌아본다. 브린이 밝게 웃어준다. 마르셀라가 브린의 무릎으로 손을 뻗는다. 둘의 손가락이 하나로 감긴다.

생사를 건 싸움이 소강상태에 들어가니 머리가 빙빙 돈다. 온몸이 멍으로 덮여 있을 것 같다. 다친 줄 몰랐던 곳들까지 쑤신다. 나는 머리를 차창에 댄다. 눈이 퍼덕이다가 감긴다.

"이제 다음은?" 잭슨이 낮게 묻는다. 다시 정신이 돌아온다. "우리 이제 어떡해, 미나?"

나는 시드니와 다른 애들을 본다. 우리 모두 피투성이, 멍투성이다. 우리가 함께 해냈다. 구할 수 있는 사람을 구했다. 구할 수 있는 것을 구했다. 이제는 그걸 끝내는 것만 남았다.

우리는 다음 일에 대한 생각을 공유한다. 굳이 소리 내어 말하지 않아도 우리는 서로 뜻이 통한다.

"우린 이노베이션스 기업을 파괴할 거야." 내가 잭슨에게 말한다. 하지만 다른 애들의 눈에서 눈을 떼지 않는다. 시드니가 내게 마주 웃는다.

이건 그들에게 끝의 시작일 뿐이다. 우리는 페트로프 씨를 찾아낼 거다. 그의 투자자들. 우리 부모들. 그들 모두를 찾아내서 그들이 다시는 누구도 해치지 못하게 할 거다.

다시는 어떤 소녀도 해치지 못하게.

에필로그

레논로즈 스칼라는 신선한 공기를 가슴 가득 들이마신다. 그러다 캑캑 기침한다. 괜히 민망해서 픕 웃으며 윈스턴 위크스를 곁눈질한 다. 둘은 레스토랑 밖 피크닉 테이블에 앉아 있다. 그가 따뜻하게 미소 지으며 그녀에게 물병을 내민다. 그녀는 물병을 받아들고 그에게서 눈을 떼지 않은 채 천천히 한 모금 마신다.

그녀는 그에게 홀딱 반했고, 구태여 그걸 감추려 들지도 않는다. 그가 자신의 관심을 싫어하지 않아서 다행이다. 그는 안톤과 전혀 다르다. 안톤은 항상 그녀의 애착을 부적절한 것으로 나무라고 지적했다. 그녀는 아카데미를 떠나는 것이 기뻤다. 다시는 분석가를 보지 않게 돼서 기뻤다. 그자는 언제나 그녀를 통제하려 들었다.

그자는 모두를 통제하려 들었다.

유일하게 섭섭한 건 애들과 헤어진 거다. 레논로즈와 달리, 다른 애들은 깨닫지 못했다. 애들에게 남자들의 소행을 알리고 싶었지만 그럴 기회를 잡지 못했다.

그건 밸런타인이 준 시집으로 시작됐다. 말들에 불과했다. 생각에 불과했다. 하지만 그 말들에 대해 생각할수록 더 많이 이해하게 됐다. 학교의 실체를, 학교의 음모를 깨닫게 됐다. 그녀를 완벽히 순종적인 객체로, 판매에 안성맞춤으로 만들려는 음모.

그녀 자신의 미래는 없었다. 그들이 그녀에게 부과한 미래만 있었다.

리앤드라가 옆으로 불러 돌발행동을 했다가는 끌려가 죽는다고 말했을 때에야 레논로즈는 자신이 얼마나 위험한 처지인지 알게 됐다. 하지만 이노베이션스 소녀들은 울지 않는다. 그런데— 방법이 있었다. 도와줄 남자. 리앤드라가 안톤에게 말해보겠다고 했다. 자기는 안톤을 속일 방법을 안다고 했다.

레논로즈가 윈스턴과 보낸 지난 며칠은 회오리바람 같았다. 그녀가 항상 갈망했던 모험이었다. 물론 친구들과 함께 있던 때가 그립기는 하다. 그리고 가끔은 이 상황이 준비 없이 맞은 성년처럼 느껴진다.

하지만 그때마다 그녀는 자신이 아이가 아니라는 점을 되새긴다. 그녀는 아이였던 적이 없다. 윈스턴 위크스가 그녀에게 진실을 보여주었다. 실험실을 보여주고 '정원'을 보여주었다.

이른 아침이었다. 안톤이 와서 레논로즈를 침대에서 끌어내 밖으로 데리고 나갔다. 그녀가 신발을 챙겨 신을 겨를도 없었다. 나가 보니 윈스턴 위크스가 주방 옆 계단에서 그녀를 기다리고 있었다.

"아카데미는 너를 파괴하자는 의견이야, 레논로즈." 안톤이 말했다. 리앤드라의 경고가 사실로 드러나는 순간이었다. "그런데 윈스턴 위크스가 너에게 기회를 준다는구나. 최고액을 제시하면서 말이야." 그가 피식 웃었다. "돈이 널 구한 거야."

레논로즈는 금발 앞머리를 이마에서 쓸어냈다. 안톤은 이 상황에서 영웅 행세를 하고 있었다. 애초에 그녀를 잡아가둔 시스템의 일부인 주제에.

어쨌든 레논로즈는 감사히 고개를 끄덕였다. 그가 마음을 바꾸면 큰일이었다. 그녀는 윈스턴 위크스를 향했다. 아카데미에 있는 동안 이 투자자에게 간단한 인사말 이상을 건네본 적이 없었다. 하지만 그가 리앤드라가 말한 그 숨은 조력자라는 것을 단박에 알 수 있었다.

"어떤 기회요?" 레논로즈가 물었다. 이미 받아들일 작정이었지만.

"상품 개발." 윈스턴이 카리스마 넘치는 미소로 대답했다. 그가 지하 실험실을 보여줬을 때 그녀의 세상이 뒤집혔다. 하지만 마음속 깊은 곳에서는 이미 알고 있던 것의 확인이기도 했다. 그녀의 프로그래밍 안에 묻혀 있던 진실. 거의 안심에 가까운 경험이었다.

그래서 레논로즈는 그와 떠나는 데 동의했다. 윈스턴 위크스는 그녀에게 더 많은 것을 제시했다. 그는 아카데미가 줄 수 없는 미래를 제시했다.

이제 윈스턴은 그녀를 그의 거처로 데려가는 중이다. 대저택이라고 들었다. 비행기를 탈 수 없어 오래 달려야 한다. 그녀에게 새 신분증이 생기기 전까지는 항공기를 이용할 수 없다. 그는 기다린 보람이 있을 거라고 그녀에게 장담한다.

레논로즈는 언제나 과학을 좋아했다. 하지만 아카데미가 과학 공부를 허락하지 않았다. 그런 제약도 이제 모두 끝이다. 윈스턴은 그녀에게 공부하고 싶은 건 뭐든 공부하라고 한다. 그에게도 실험실이 있다. 그에게도 다른 여자애들이 있다. 아카데미를 벗어난 여자애들.

물을 한 모금 더 마신 후 레논로즈는 물병을 다시 윈스턴에게 넘긴다.

"저택에 도착하면 애들에게 전화해서 제가 잘 있다는 걸 알려도 될까요?" 레논로즈가 묻는다. "애들이 걱정하는 건 싫어요."

"물론이지." 윈스턴이 달래듯이 말한다. "하지만 내 예감으로는 조만간 애들을 다시 보게 될 것 같은데? 너희를 다시 모으는 계획이 이미 개시됐거든."

레논로즈는 그의 말이 사실이라고 생각지 않는다. 남자들 말은 믿기 어렵다. 하지만 계속 붙임성 있게 굴고 싶다. 프로그래밍의 잔재다. 사실 그에게 잘 보여서 나쁠 건 없다. 적어도 당분간은.

그래서 윈스턴 위크스가 이제 출발할 시간이라고 했을 때 레논로즈는 밝게 웃으며 그와 함께 걷는다.

그녀는 시집에 나오는 소녀들처럼 되고 싶다. 용감하고 위험한 소녀들. 사납고 달콤한 소녀들. 이제 그녀가 기회를 잡았다. 윈스턴은 그녀에게 다시는 속상한 일이 없을 거라고 약속했다. 그녀는 다시는 외롭거나 슬프지 않을 거다. 그는 고통을 사라지게 하는 방법을 안다.

레논로즈는 주머니에서 접은 종이를 꺼낸다. 밸런타인이 준 시집에서 찢어온 시. 그녀가 되려는 소녀에 대한 시. 윈스턴 위크스가 약속한 소녀.

그녀는 면도날 심장을 가진 소녀가 되려 한다.

「~~착한~~ 면도날 심장을 가진 소녀들」

눈을 떠라, 내 아버지가 말했다

내가 태어나던 날에

너는 상냥한 아이가 될 거야, 그가 ~~약속했다~~ 위협했다

너는 아름다울 거야

너는 ~~복종하게~~ 맞서 싸우게 될 거야

그리고 ~~크는~~ 나는 ~~내게~~ 내 자신에게 말했다

무엇보다

넌 ~~착한~~ 면도날 심장을 가지게 될 거야

그 때문에 사람들이 널 ~~사랑하겠자~~ 두려워하겠지

그들이 널 ~~보호해줄~~ 존중할 거야

그들이 ~~널 자칼~~ 네게서 도망칠 거야

너는 ~~그들에게 속해 있으니까~~ 누구에게도 속해 있지 않으니까

그러니까 그들을 ~~자랑스럽게~~ 두렵게 하는 소녀가 되어라

감사의 글

이 책은 오랫동안 고통당하며 투쟁해온 소녀들을 위한 것입니다. 아무도 그대들을 인정해주지 않았습니다. 나는 그대들을 믿습니다. 내게는 그대들이 보입니다. 함께 싸우겠습니다.

후원자

이 책의 제작비 일부는 크라우드 펀딩을 받아 진행하였습니다.
소녀들을 응원해주신 모든 후원자님에게 깊은 감사를 드립니다.

—

제한님, 무지개책갈피님, 이선우님, nam****님, 모리벨님, 안영숙님, 최인섭님, 황옥경님, 이예진님, 이은하님, 정영주님, maehok****님, Dongchimi님, 미래님, 심재훈님, dado****님, 여치소리님, 피곤님, 박순희님, 이다솜님, 김희원님, jhh****님, 유영임님, 황진선님, 니꼬니꼬님, 홍은주님, 주현영님, 백설공주님, 하호님, 스토리텔러님, 박동자님, 버들향기님, 임혜숙님, onlyone****님, 아이고안되셨어님, Summer님, 이상혁님, 동강님, 이광욱님, 정보영님, NakJin Seong님, 햐류님, 니케님, 김미화님, 김희자님, 황창수산골님, 송은진님, 김용수님, 클레어님, 꿈지락님, 이인호님, 김영덕님, Kieunha Springbum, Gookhyeun Hwang님, 정원옥님, 박정원님, 이해선님, 이창호님, Jeongwoo Kim님, 살맛난다님, 여행쟁이님, Trala님, 77be****님, 수우님, 최종철님, 귤탱이님, Miok Yoo님, 봄사랑님, 초이님, Youngha Joo님, WooSeok Lee님, ballba****님, 쟁이님, 파킹님, Song A Ryu님, 이정희님, 이정은님, 드뷔시산장님, 휘파람님, 공독쌤님, 작은날개님, 구름에게님, 행복한삶님, 김홍성님, 정해은님, Kyunghee Lee님, 폴앤니나님, 강난주님, 손원천님, 고재영님, 김지우님, 이도우님, 나미하게산다님

깨어난 장미 인형들

2020년 5월 25일 초판 1쇄 펴냄

지은이 수잔 영
옮긴이 이재경
발행인 김산환
책임편집 윤소영
디자인 윤지영 · 기조숙
펴낸 곳 꿈의지도
인쇄 다라니
출력 태산아이
종이 월드페이퍼

주소 경기도 파주시 경의로 1100, 604호
전화 070-7535-9416
팩스 031-947-1530
홈페이지 www.dreammap.co.kr
출판등록 2009년 10월 12일 제82호

ISBN 979-11-89469-82-5-03840